U0589429

近现代书信丛刊
009

谨以此书纪念陈桥驿先生百年诞辰（1923—2023）

浙江古籍出版社

近现代书信丛刊 009

陈桥驿致靳生禾手札集（附致寒声信）

刘涛 赵柱家 任立新 编注

图书在版编目(CIP)数据

陈桥驿致靳生禾手札集：附致寒声信 / 刘涛, 赵柱家, 任立新编注. -- 杭州：浙江古籍出版社，2023.11
（近现代书信丛刊）
ISBN 978-7-5540-2778-3

Ⅰ. ①陈… Ⅱ. ①刘… ②赵… ③任… Ⅲ. ①书信集—中国—当代 Ⅳ. ①I267.5

中国国家版本馆CIP数据核字（2023）第202151号

陈桥驿致靳生禾手札集（附致寒声信）
刘　涛　赵柱家　任立新　编注

出版发行　浙江古籍出版社
（杭州市体育场路347号　邮编：310006）
网　　址　https://zjgj.zjcbcm.com
责任编辑　孙科镂
封面设计　吴思璐
责任校对　吴颖胤
责任印务　楼浩凯
照　　排　浙江大千时代文化传媒有限公司
印　　刷　浙江新华印刷技术有限公司
开　　本　787 mm × 1092 mm　1/16
印　　张　16.25
彩　　插　2
字　　数　244 千字
版　　次　2023 年 11 月第 1 版
印　　次　2023 年 11 月第 1 次印刷
书　　号　ISBN 978-7-5540-2778-3
定　　价　80.00 元
如发现印装质量问题，影响阅读，请与市场营销部联系调换。

序

葛剑雄

收到赵柱家先生寄来的《陈桥驿致靳生禾手札集（附致寒声信）》（以下简称《手札》）打印稿，命我作序，而且在书稿的目录中已预留了署我名的序言一项。陈桥驿先生和靳生禾先生都是我尊敬的前辈，照理我是没有资格作序的。但他们都已归道山，目前相关的专业范围内直接受过他们教益又有较多交往的人已屈指可数，我算是比较年长的。就凭这一点，我就不便也不敢推却了。

《手札》收录了陈桥驿先生单独致靳生禾先生的信 89 通，起于 1984 年 2 月 14 日，迄于 2014 年 3 月 28 日，即自陈先生 71 岁至 91 岁，距陈先生离世的 2015 年 2 月不足一年，历时 20 年 1 个月又 14 天；又收录了致寒声先生的信 7 通（包括合写给寒声与靳生禾两位的信 1 通），起于 2004 年 5 月 19 日，迄于 2009 年元宵。

这些信件的存在，显示了陈先生的热忱、勤奋和机敏。

《手札》在第一通书信的注中称："从内容看，两人交往已深，应不是陈、靳二先生往来的第一通书信。"不过据我所知，尽管此信未必是他们交往的第一通书信，但他们应该相交未久。因为陈、靳两位先生结缘应始于靳先生为《山西大学学报》约稿和陈先生为靳先生推介他撰写的论文。我还记得，陈先生向先师季龙（谭其骧）先生介绍靳生禾先生，是在 20 世纪 80 年代一次外出开会期间。当时，陈先生称他为"新发现的一位历史地理学者"，可见相识未久。其实这正反映了陈先生对人的热忱，即使是素不相识的人抑或还不知天高地厚的年轻人的来信，陈先生也会迅速回信。那时经常听先师赞扬："桥驿回信真快！"他发出相同内容的征询信件，陈先生的回复一般都是最快的。对我们这些学生，陈先生也有问必答，回信又快又详细。

这 89 通书信中，写于 1984 年的有 11 通，为最多；而其中最频繁的两次是 1985 年 10 月和 1989 年 6 月，不到 1 个月的时间内都有 3 通。从信中内容可以看到，陈先生这些信有的写于出国数月刚刚返回，有的写于出席“两会”的繁忙公务间，有的写于结束高级职称评审会的“隔离”后（会议期间断绝与外界的一切通讯联系），有的写于旅途。还有的信是在陈先生本人正经历不幸或遭遇困境时写的，尽管字面上显得风轻云淡。如他提到“大女儿家遭回禄”，实际上这次大火不仅将她女儿家全部财产物品焚毁，而且使他寄存在女儿家的祖传文物和他毕生收藏的字画全部付之一炬，损失无可估量，造成他内心难以治愈的创伤。他提到“内人记忆力衰退实已有三四年，而去年起病情加重”，实际陈师母患阿尔兹海默症已相当严重，完全不认人，家人一不留神就会走失，以至于陈先生只能陪她迁入乡居。

这 89 通书信只是陈先生在同时期写的至少数以百计的信中的一小部分，如他给先师的信应该更多。这 22 年间，他出版的由他撰写、点校、翻译或主编的论著有 50 余种，《陈桥驿全集》14 册、2160 万字，大多数是在这 22 年间完成的，有一年他为别人写的序就有 14 篇。何况他还要出席国内外的学术会议，到国内外长期或短期访学，参加各级各种学术评审和职称评定会、研究生论文评阅和答辩（包括我的硕士、博士学位论文），出席全国人大、省政协会议和公务活动，接待国内外来访，指导研究生和国内外访问学者，指导和参与故乡绍兴的各种文化活动。对一位年过七旬的老人而言，这不能不说是一种奇迹，一项很少有人能超越的纪录。

学人间的通信自然是以问道论学、讨论学术问题和办理相关事务为主。在这些信件中，我们可以看到陈先生与靳先生讨论《〈穆天子传〉若干地理问题考辨》，评价岑仲勉的《黄河变迁史》，谈论“夏商周三代工程”，整理《水经注·金石录》《水经注·文献录》，出版《〈水经注〉研究》《郦道元与〈水经注〉》《郦道元评传》《水经注校释》，编纂《中国地名掌故词典》《水经注全译》《郦学札记》，请靳先生承担《水经注》中山西省河流的注解工作，筹备在山西召开历史地理学术讨论会，办地理培训班，寄赠刊物论文，索取《山西地图》刊物，为主编《当代中国五十名城》《历史地理》《中外城市研究》约稿，介绍招收历史地理专业研究生的考试科目，介绍与日本、美国学者的交往，介绍出访日本、加拿大、美国情况和印象，内容相当丰富，从一个侧面反映出上世纪八九十年代历史地理学界活跃的思想和丰硕的成果。

这些信件也涉及靳先生的高级职称评定、工作调动、职务安排、住房分配、老年丧偶和再婚、儿子赴美国留学、论著的发表和出版，陈先生和夫人的健康状况、女儿家的火灾、繁忙中的烦恼，以及学术腐败、出版难、提升职称中的矛盾、知识分子待遇低、行政部门工作效率差等，诸如此类，当时社会和中老年知识分子不可避免的日常。从这一角度看，这些信件不失为可信的鲜活史料，足以丰富正史的记载。

据赵柱家先生介绍，这批信件是两年前于一个偶然的机会获得的，并经几位山西的同仁合力整理，这才有了今天此书的问世，真是万幸！不知陈先生后人处是否还存有靳先生致陈先生的信件？如果今后能将两位先生往复的信件编在一起，一定是一件更珍贵的史料。

癸卯清明于上海浦东寓所

目录

陈桥驿致靳生禾手札

靳生禾（1932—2019），河北宁晋人，先后担任《山西大学学报》主编、山西大学黄土高原地理研究所教授，长期从事中国古代史、历史地理学的教学与研究，任中国地理学会历史地理专业委员会委员、中国古都学会常务理事等。1982 年开设中国历史地理文献学课程，讲稿《中国历史地理文献概论》被选为高等院校史地专业教材。曾参与编纂《山西省历史地图集》，并出版专著《旅行家法显》《赵武灵王评传》《山西地理的战略地位》《长平之战——中国古代最大战役之研究》（合著）等，其中《山西古战场野外考察与研究》（合著）被誉为“历史军事地理学研究中的里程碑”。

一九八四年　11通

1

生禾同志：

前后二信[1]均悉，知大作已从《历史地理》寄回，并拟在寒假修改，甚好。以后还希望多多寄稿。

上海辞书出版社要我主编一种《中国地名掌故词典》，已经联系了一年多，我因一直无暇，所以搁着。最近他们一再催促，并几次来了人，我只好逐渐动起来，已拟了一些参考条目，并起草了一个写作简则，正在修改打印，可能还有一段时间。山西方面，当然要请您鼎助了，大概100—200条，工作量也不是最大，过一段时期再与您联系。

匆此，并祝

春釐！

陈桥驿

84.2.14

2

生禾同志：

前日发出一信，想已收到。此事，直到现在，我的思想仍颇矛盾。当

---

① “前后二信”未见。本书辑录陈桥驿单独致靳生禾书札89通，此外另有合写给寒声与靳生禾的书札1通（见后文“陈桥驿致寒声书札”），而此信写作时间为最早。从内容看，两人交往已深，应不是陈、靳二先生往来的第一通书信。

然，这是一种年纪较大的人的安土重迁的观念。另外，南中国和北中国，在气候、风俗习惯、生活条件等许多方面，差距确实极大。再加上，同一个社会下，社会风气、关系学、官僚作风、走后门等等，倒是没有多大差距的。所以，调动或许能成功，但调动以后，是相对的满意，抑是无穷的后悔，眼下还很难说。因为你态度很坚决，所以我当然应该义不容辞地帮你的忙。但是我到底是帮了忙，抑是帮了倒忙，眼下也很难说。到那时候，只有多想想中国的古老哲学，既来之，则安之，想想塞翁失马的故事吧。

不管你在晋出晋，《掌故》的山西条目总是请你执笔的，寄上简则及几个试写条目，山西原来估计写200条，但多一些亦无妨。

匆此，祝

好！

陈桥驿

84.5.20

3

生禾同志：

您好，上个月在复旦讲课时，连续接到您的信稿，因为大作来不及读完，而贵校马玉山[①]同志已有信给您，所以未曾及时复信，甚歉。上月底返杭后，随即又到京出席人大，但大作我是带在身边的，会余稍暇，我已经拜读过两遍，觉得文章极佳，显示了您对此书所下的功夫，值得佩服。

大作内容分为两大部分，第一部分为《穆传》的历史背景和地理路线，这是地地道道的历史地理，而且论证亦甚有见地。第二部分则为对岑仲勉《〈穆天子传〉西征地理概测》一文的补充与纠谬，所纠多条亦均说理充分，考证严密。此两个部分都足以证明您对此书的功力。

尊稿既以《“穆传”若干地理问题考辨》为题，但内容有四分之三实为

① 马玉山（1948— ），山西神池人，山西大学中国古代史专业教授，著有《中国古代的人口买卖》等。

对岑文的辨正，尽管辨正内容确是地理问题，但这些地理问题毕竟由岑误而起。为此，尊稿如不拟作较大修改，则标题后亦宜加一副标题，庶几文题紧扣。[①]但有一点我还要指出，岑先生是隋唐史大家，对中西交通史方面，由于他的语言学基础甚厚，颇收考证之功。但对于地理，他实在属于外行，因此他的论证古代地理诸作，除了在历史和语言方面具有很大优势外，在地理方面则常有讹误，有时并且相当武断。因此，要评论他在地理上讹误，颇有评不胜评之感。因此，历史地理学界对他的著作在这方面的错误（如《黄河变迁史》[②]），颇有不愿点评之趋向。所以尊作如纯以评岑文而立题，可能要减少历史地理学界的兴趣。所以鄙意：大作最好分成两篇。即第一部分关于《穆传》的历史背景与地理路线，可以充实内容，加以扩大，专撰一文，此文必甚精采，获得学术界的重视。第二部分或许就以评岑为题，最好能另外再搜集一点资料，用以冲淡专门评岑的色彩，则可能收到更好的效果。

所见不周，仅供参考。

此致

敬礼！

陈桥驿

84.5.30

烦请转告田世英[③]先生，各件均已收到，勿念。我因今日刚从北京出席人大返杭，还来不及写信，请他原谅。又及。

84.6.3

---

① 靳生禾此文后以《〈穆天子传〉若干地理问题考辨——兼评岑仲勉〈穆天子传西征地理概测〉》为题刊载于《北京师范大学学报（哲学社会科学版）》1985 年第 4 期。

② 岑仲勉《黄河变迁史》，人民出版社，1957 年 6 月第 1 版。

③ 田世英（1913—1994），安徽砀山人，毕业于西北联大地理系，山西大学黄土高原地理研究所首任所长。

4

生禾同志：

您好，来信收到，您说得太客气了。因为在国内，历史地理的队伍还很小，希望能不断扩大这支队伍。从大稿中看出您对此道已很有素养，所以对您寄予厚望，算是相互切磋吧。

山西文化悠久，历史地理可以研究的对象甚多，按照您的素养和在大稿中表现的功力，是必然可以有很大作为的。我们一定要把中国历史地理的研究深入和扩大，因为中间已有不少方面，我们已经落后于日本，外国人在中国历史地理的研究中超过中国人，对我们来说，实在是颇不光彩的。

承邀为贵刊写稿，我只能笼统答应您，但无法说什么时候。因为二月份在郑州时，郑大学报要稿，我答应后一时交不出，只好写信到上海复旦，请邹逸麟[①]同志去为我抽出一篇寄给《中华文史论丛》的稿子。结果该稿已经发排，无法抽出，后来只好抽时间为他们写了一篇。目前，我正在整理《水经注》碑目，以后或许可将此稿寄您，但因杂务甚多，不能预定时间。乞谅。

今日早上散步，遇见翁志鹏同志，已代您向他问好。

匆匆，并致

敬礼！

陈桥驿

84.6.18

5

生禾同志：

前寄一信，想已收到，因为得到了额外的十一二天时间（全国人大代表

---

① 邹逸麟（1935—2020），浙江宁波人，生于上海，著名历史地理学家，复旦大学首席教授，曾任中国史学会理事、中国地理学会历史地理专业委员会主任、复旦大学中国历史地理研究所所长、《历史地理》主编。

按例应列席省人大，但这次领导上主动提出同意我请假），总算把已经拖了一年的《〈水经注·金石录〉序》完毕，兹寄上，请斧正。假使你们的学报不适合这类文章，请即寄回，因为我没有留底。原来为我抄稿的吕以春[①]同志正在阅高考卷，我不让他抄了。

另外，寄给您几篇关于《水经注》文章，特别要请您看的是那篇《编纂〈水经注〉新版本刍议》（发表于《古籍论丛》），因为我想迟早总要组织这一次新版本的协作，中华书局与上海古籍出版社都希望我早一点搞，后者的一位编辑周宁霞同志（《徐霞客游记》的责任编辑）希望在她退休前能当上此书的责任编辑。但问题是：第一，工程太大，必须有很多人协作，比如山西省，卷六诸水都在此省内，还牵涉到河水、㶟水的一部分（这些河流，将来希望您负责）。第二，我目前几年内工作和出访的安排已经饱和，根本腾不出手来。《〈水经注〉研究》年内可出版（三十余万字，天津古籍出版社），但《水经注研究二集》的稿子要明年才能凑足，这是必须完成的。

为了接下去的新版本工作，我有意在《〈水经注〉研究》中多安排一点资料性的东西，年内出版的一集中除了论文外（寄您的这些全都收入了），还加上了《〈水经注〉佚文》和《〈水经·浙江水注〉补注》两种，后者是抛砖引玉，作为新版本的讨论稿。明年交稿的二集中，除了我去年在日本讲出的东西外，还加上了《水经注·文献录》和《水经注·金石录》两种，这次寄上的拙稿，就是后者的序言。《文献录》和《金石录》或许也可以作为新版本的附件。

寄上的《评森鹿三主译〈水经注（抄）〉》[②]（包括一个日译本）也请一看，因为这个日译本实际上已经超过了我们的一切版本（幸而它只有全书的四分之一），其中有一些作法，是我们的新版本值得效法的。

由于上述两个原因，在新版本的准备工作中，我主要的是物色将来的协

① 吕以春（1928—1995），浙江东阳人，原杭州大学历史地理研究中心副研究员，曾任中国古都学会理事兼副秘书长。

② 原文载《杭州大学学报（哲学社会科学版）》1981 年第 4 期。森鹿三（1906—1980），日本历史学家、郦学家，京都大学人文科学研究所教授。曾主译日文节译本《水经注（抄）》，是《水经注》第一部较完整的外文译本，1974 年由东京平凡社出版。

作者。去年在兰大讲学时，在兰大物色到一位，可以承担一部分西北河流的工作。如今，山西省的河流，我就寄希望于您了。我个人的希望，到 86 年（至迟 87 年），这一工作的协作队伍已经组成，花一二年时间完成一部可能超过 200 万字的新版本。年底前《〈水经注〉研究》出版时，还要请您看一看其中的《〈水经·浙江水注〉补注》那一篇。当然，该篇写于 79—80 年，我现在的想法又不完全与该篇相同了。到那时再讨论吧。

匆此，并致

敬礼

陈桥驿

84.7.12

6

生禾同志：

七月二十八日函敬悉，知道您同意承担新版本《水经注》中山西省河流的注解工作，不胜高兴。此事是我长期心愿，但何日能动手，心中殊无把握，您既然同意，则又是一大块困难解除了。您当然还可能要邀集几位志同道合的人合作共事，那是您的事了。在我的思想中，这一片已基本解决，希望我能一步步地克服困难，把这一套班子组织起来。

拙作贵刊能适用，谢谢。何期发表，请根据你们的方便。不过我检查草稿，在说到第一类水利之内漏掉一句，即在说到赵明诚《金石录》中缺乏有关水利的碑刻之下，请您替我代加一句：“在清孙星衍的《寰宇碑访录》中，从周到后魏，共著录各种碑刻四百十六种，其中也没有一种是涉及河川水利的。”①

知道您在厦门之行后可能到杭州，甚好，我们迟早总会见面的。我本月九日去沪转包头参加中国大地图集编委会，顺告。

---

① 此句在最终刊发的《〈水经注·金石录〉序》中并未补入。又，“《寰宇碑访录》”当为“《寰宇访碑录》”之误。

专复，并祝

暑祺！

陈桥驿

84.8.1

7

生禾同志：

您好！前曾闻您云或有机会南来，但久候不见，或是甚忙故。曾寄拙作《〈水注·江水注〉研究》，请指正。目前《中华文史论丛 9》拙作也已发表，特寄上抽印本，均请暇时指正。[①]

拙编《水经注·金石录》已初步定稿。经考虑，凡郦注出现碑刻，即有名无文，甚至有数无名者，均作编目。这样，全部郦注金石录编目为 352 种，此数已定稿，前寄拙［稿］中 270 余之数，请代改 352 可也。

匆匆，并祝

近好！

陈桥驿

84.10.20

8

生禾同志：

大函敬悉，汇下稿费也收到，谢谢您。上个礼拜，我在城内开会，尊处一位老师在杭大附近开会，曾到舍间，只见到我内人，当我开完会返校，他们已离开，请您代我向他致歉！

知道你们学报即将出版，记得我第一次看到你们学报是在日本。那天，

---

① 指《关于〈水经注疏〉不同版本和来历的探讨》，载《中华文史论丛》1984 年第 3 期。或因该辑由上海古籍出版社于 9 月出版，故信中于刊名后标以数字 9。

关西大学文学院长大庭修[①]教授邀我到他府上作客，在他家中，他给我看了你们的学报，因那一期上有他的一篇文章。昨天恰恰又接到大庭修的来信，说他从十一月份起又重新担任关大文学院长，明年年初将仍以文学院长身份欢迎我，我一定把你们学报带去送他。其余日本朋友，我也将把拙作复制去送他们，因为在日本倒是有不少人知道，我正在整理郦注金石录。今年三月底，我去陕西师大讲学，河南地理所一定要拖下我，在郑州为该所讲几次。这中间，郑州大学学报一位陈有忠同志找我，再三要我为他们写一篇稿子，其时我正在为上海人民出版社写一本《郦道元与〈水经注〉》的小书（已交稿）。后来我到复旦讲学时，利用课余从那本小书中抽出一点，写了一篇《爱国主义者郦道元与爱国主义著作〈水经注〉》的文章寄给他们，也在今年第四期发表，发表后当寄上请教。另外，我的《〈水经注〉研究》一书，出版社正在争取于年底前出版，届时当也会寄请指正。

勿此，并祝

撰安！

陈桥驿

84.11.6

9

生禾同志：

刚刚要发出一批《掌故》的“例催”（就是一份抽印本），却接到你来信，并且看到你宿舍的号码已换了，所以我就拆换一个信封，并加写这几句。我因美国 Valparaiso 大学历史系主任 Schoppa[②]在此三四个月，一直陪着他，既任项目指导，又兼翻译，所以忙得很。你的事，按你处理甚好，但既已吃过一次亏，就得学一次乖，因为我们力量微弱，大局不是我们所能影响

---

① 大庭修（1927—2002），日本历史学家，主要从事中日交流史、秦汉法制史、秦汉简牍等研究。著有《秦汉法制史研究》《江户时代中国典籍流播日本之研究》等。

② 指美国汉学家萧邦齐（R. Keith Schoppa，1943—2022），主要致力于中国近现史研究。

的。[1]我们唯一能做的是，凭良心做好本职工作，立定脚跟，不与坏势力同流合污，做一个清清白白的人。譬如我，连系里发的“奖金”从来都是拒绝的。因为我觉得这些“奖金”之中，有的或许并不合法。例如“小金库”，这就是国法所不容的，所以我还是拒收为好。今日事，如此而已，没有其他办法。

匆复，并致

敬礼！

陈桥驿

84.11.8

10

生禾同志：

您好，收到您汇的稿费后，我曾寄上一信，不知有否收到。贵学报至今尚不见寄下，近年来印刷厂紧张，常有误期之事，可能也是如此吧。

我下月中旬再次去日讲学，如贵刊能赶得上，我拟带到日本与他们的郦学界交流一下，不知是否能赶上，便祈赐复。

匆此，并祝

冬祺！

桥驿 敬白

84.12.11

11

生禾同志：

前寄一信，想已收到。

① 此句后略有删节。

兹有一事相托，出版社托我编一本《当代中国五十名城》，我因已编过一本《中国历史名城》[①]，不愿再重复。但他们缠住不放，考虑到我周围的一些中青年同志要在这个出版［社］出书，故只好勉为其难同意他们。当然，作者不宜和上次重复，城市最好也多予更换。不过从山西来说，大同因为是历史名城，不能不写。上次是请田世英先生写的，这次当然不宜再请同一作者写。因此，大同希望由您来写，内容主要是：① 历史概况；② 地理与现状；③ 发展远景。字数 4000，请千万控制在 4500 字以内。明年三月底前交稿。

因我下月下旬再次去日，还希早日赐复为感！

此祝

年釐！

陈桥驿

84.12.28

① 该书稿后由中国青年出版社于 1986 年 8 月出版。

一九八五年　9通

1

生禾同志：

来信收悉，因我正在收拾行装，故匆匆写这一信。“大同”4000 字，大体写法可参考拙编《中国六大古都》[①]。但因此稿是为一本书名称为《当代中国五十名城》的书所用，为此，历史可压缩一点，稍多写现状和远景，并且要照顾旅游者的需要。大体如此。

匆此，并致

敬礼！

陈桥驿

85.1.17

2

生禾同志：

您好，从日本返回已三个月，因为杂事纷繁，加上来了一位进修学者，广岛女子大学的一位副教授，在我这里进修一年，所以搞得很忙乱，没有给您复信，歉甚。

您想必很忙，近况必佳。

《当代中国五十名城》正在整理，但您写的“大同”尚不见寄到，请您

① 陈桥驿主编《中国六大古都》，中国青年出版社，1985 年 4 月第 1 版。

早日寄下为感。

匆此，并祝

暑祺！

陈桥驿

85.7.13

3

生禾同志：

昨天我刚从北京返杭，看到您的电报和信稿，因恐您念，特写此一信，稿俟稍空再拜读。您写的评王仲荦先生文甚好，此事已成为一个笑柄，连日本人都大吃一惊，但我们因为都是熟人，不便说话。您写了，很好。

我忙得不可开交，奈何徒唤。

祝

好！

陈桥驿

85.8.29

4

生禾同志：

九月六日信悉，知您将提职称，向您祝贺。但论文尚未寄到，俟寄到后，我一定从速给您评定。因为您的论文我早已数读，觉得既有内容，又富资料，而且结论也多具说服力也。关于这一类事，我从来不草率迁就，但对于您，过去从几篇大作中，我早已认为您应该提升也。

我的《〈水经注〉研究》已经出版，另邮寄上一册。此书交稿四年半，才算见书，令人失望。其实，原稿是前任天津人民出版社社长陈力[①]同志（我的朋友，蒋介石著名秘书陈布雷的幼子，北大哲学系毕业，北大学生运动领袖之一，现已调北京英文《中国日报》），亲自到杭州争取去的，作为他们的重点书（后来出版社分家，才以古籍出版社名义出版）。但结果一拖再拖，出版社的理由是：① 前年我在日本讲学时，曾从日本寄回一个新发现的东西，请他们插入此书（但我当时说明，不能插入的话也就算了）；② 冷僻字太多，加上外文，特别是天城体梵文，像画图画一样（其实外文数量很少，梵文更少）。这样就拖到四年半之久，日本和美国的好些图书馆馆刊已经预报了几次“即将出版”的话，使我极受压力（七月份的《辞书研究》中还有人写文章，预报“即将出版”，但我当时却不知道八月份就能出版），现在总算出版。这一星期来，忙着向国外寄书，已寄出一百多册，还得再寄一部分。出版社希望国内有一些人写书评（国外已有人写）。因此希望您能写一篇书评（《中国社会科学》专门刊用短小的、一千字左右的书评，您能否试一试。当然，假使能写长篇书评找什么地方发表，这不矛盾。当然，这事完全只能由您决定，我无非提个建议罢了）。《光明日报》的新书简讯，听说已有人写，不久可以见到了。

关于新版本《水经注》编纂以后，贵省出版社有意出版的事，他们主动提出，我当然很感谢，并且认为可以考虑。自从我发表《新版本的刍议》[②]后，先后已由五六个出版社表示过这种意见，因为编书的事尚未正式开始，所以我都未曾表过态。我的意思，根据以往我出书的经验，“欢迎”与“合作”是两回事。我想找一个不仅“欢迎”，而且能和我“合作”的出版社，就以我的这本《研究》为例吧，出版社无疑非常“欢迎”，虽然陈力在接受了稿子后不久就走了，但有一位编辑室主任全力帮忙。但除了这位主任以外，我发现不少人，特别是出版科，没有很好地与我合作，到最后寄样书时，这位主任唯恐出版科拖沓，是他自己一包包地打起来，自己去付邮的。

---

① 陈力，当作陈砾（1929—2006），信中似为误记。

② 指《编纂〈水经注〉新版本刍议》，载《古籍论丛》（福建人民出版社，1982 年 12 月第 1 版）。

因此，我希望贵省出版社能够与我们合作，出好这一部有时代意义的大书。大家都有一个事业心（当然，出版社是企业，这一点我们是充分理解的），能这样，我仍是十分愿意这本书在贵省出版的。

《研究》虽然是我历年来的郦注论文，但它的内容其实还只是郦学的一些基础的东西。《研究》交稿后，我陆续发表的论文又有了十多篇，加上一个《金石录》和《文献录》，大约二十多万字，大体可以算是《研究》基础上提高一步的东西，我打算把这些东西合成一套《水经注论丛》（现在就差《文献录》尚未完成），您便可问问贵省出版社，有没有兴趣出这本书，但不要勉强（因为几个出版社都愿出，但我是怕又像天津一样，拖四年半）。

“大同”很好，体例将来由我统一。

匆此，祝

好！

陈桥驿

85.9.10

5

生禾同志：

您好，信早敬悉，但论文三篇昨日始由我校人事处交我，我当尽早抽时间写好评语（我都很满意您的大作），然后交人事处寄发，请您放心。

山西人民出版社的李广洁[①]同志写了信给我，并寄来合同，说是您已经把情况详细告诉了他们。我的确盼望有一个有事业心的出版社与我真诚合作，绝不计较出版社的大小。过去天津人民出版社的陈力同志和我说过他的一句名言：“大出版社找小作家，小出版社找大作家。”这恐怕也是相对的，他是有事业心的，可惜老早调到英文《中国日报》去当领导了。战前上海北新书店，规模实在很小，但名气很大，就是因为有事业心。我已经给李广洁同

① 李广洁（1963— ），山西万荣人，山西人民出版社编审。先后担任陈桥驿《水经注研究二集》以及《郦学新论——水经注研究之三》的责任编辑。

志回了信，说明一些问题，假使他们同意，再写合同不迟。

这里也在搞升等，我天天开会，升得上，当然是他自己的努力，不必感谢我；升不上，或许就因我在会上不够卖力，就必然要挨骂。这样的事，真是吃力不讨好。

匆此，并祝

秋祺！

陈桥驿

85.9.24

6

生禾同志：

九月二十四函敬悉，我二十六有一函寄上，当已收到。大作三篇已拜读毕，俱是精构，已妥写赞评，俟节日恢复上班后当交此间人事处，勿念。拙稿请正。

此致

敬礼！

陈桥驿

85.10.1

7

生禾同志：

我又外出开会了一段时间，前日才返杭，我实在不想回杭，因为评审升等的事，弄得我疲于奔命。地理系是一个一百多人的大系，却只有我一个教授。现在三四十个人提出升等，我单单看看他们的材料就像看一部天书一样。他们用电报屡催，我只好回来，粥少僧多，我无能为力，最后总是被人背地里骂。

您的论文评语，我是在离杭前交给我的助手送学校人事处去的，但公家办事迂缓，现在总早应收到，近来外面送审的东西较多，但格式不同。你们学校的格式是没有提出要升哪一级职称的，所以我也不便写，以免欲益反损。[①]但不知你们那边的这项工作进展得如何，祝您一切顺利。

承您为我的著作与山西人民出版社联系，该社古籍室李广洁同志早已来了信，并寄来合同。因为学校对此书提出了意见，有一位副校长专门来我家谈了一次，他们认为此书（指《〈水经注〉研究》）很有影响，日本人已来信，正在组织评介文章，并准备翻译。因此，此书已成为学校的一块牌子（学报即将介绍），所以提出希望以后出书，仍用这个书名，下面加上“二集”二字。我觉得这样的意见也有道理，因此，在上月二十四日复信李广洁同志，告诉他这种意见。或许他认为把原定的《论丛》改为二集对他们有所不便，所以没有复信，便中请您告诉他，假使他们认为这样不好，毫无关系，我就把合同寄还给他们（好在没有填过）。因此而让他们花了时间，也请您代道一番歉意。

此间聘任制的事，本月月底就基本结束，因为我们是试点单位，你处不知是否试点单位，否则，还会拖迟一些。

匆此，并祝

秋祺！

陈桥驿

85.10.18

8

生禾同志：

昨日寄上一信，其中提到贵省出版社或许不同意我把书名从《论丛》改为《二集》。若不同意，就请不必勉强他们接受。但今天接到李广洁同志来

---

① 此句后略有删节。

信，因他出差，所以迟复。他们同意书名改为《二集》，因此，我即将把合同填写后寄去。此事就不必提了。

勿此，并祝

近好！

陈桥驿

85.10.19

9

生禾同志：

我因去金华浙师大讲学周余，昨日才还杭，读来信，迟复为歉。你升等事，我的意见寄出已很久，今日签收到你校汇来酬劳，说明早已到达你校。①

昨日返校同时读到《历史地理》常务编辑来信，说你们的稿子已寄你们，请你们作一点修改，大概也可收到了。

《掌故词典》因我目前周转不过来，尚须小待一段时期再开始。知你参加省志，甚好。浙省也已开始，我担任了他们的顾问，只去出席过一次会议，没有做过什么事。

《〈水经注〉研究》承写评介，此间《光明日报》记者告诉我，说他写了一点简讯寄去，但总编认为他所说“这是我国专题研究郦注的第一种著作”一语是否过分，故不予发表。为此，《光明日报》稿不必再等。他们既已有了成见，不会再发表了，便时可寄他刊。

因刚返校匆忙，搁笔，并祝

冬祺！

陈桥驿

85.12.16

---

① 此句后略有删节。

一九八六年　3通

1

生禾同志：

信早悉，因杂事纷繁，迟复为歉。

知大作正在修改，改毕再寄，甚好。计日当已寄往复旦了，因第六辑可能已发稿，或许要排入第七辑，印刷周期甚长，无可奈何也。

前承联系尊处人民出版社出版拙著事，后与李广洁同志往复通讯几次，决定拙著《水经注研究二集》（约 40 万字）在该社出版，订合同时，我怕不能如期交稿，影响出版社工作，故写了今年十二月份，但其实稿基本是现成的，却需整理，故估计六七月份当能交稿（曾与广洁同志说明过）。

《水经注・文献录》是《二集》中最后一篇完成的稿子，寒假中也已脱稿，与以往的《金石录》一样，我也在卷首写了一篇序言，因《金石录》序在尊处学报发表，故特将《文献录》序复制寄上，如尊处学报方便，请在尊处发表。如有困难，亦无关系。因为估计《二集》出版总得比尊处学报迟一年，序言发表，等于和郦学界先打个招呼，如同过去《金石录》序言一样。

另寄《戴、赵相袭案》[①]一份，此事实不宜重提，但不少同志希望知道始末，所以写了此稿。

匆此，并致

① 指陈桥驿《〈水经注〉戴、赵相袭案概述》一文，载《郑州大学学报（哲学社会科学版）》1986 年第 1 期。

敬礼！

陈桥驿

86.3.8

我正在拟订编纂《中国地名掌故词典》和《水经注辞典》的规范，拟好后，开始写，二书都得请您参加。又及。

2

生禾同志：

信敬悉，既然您考虑结果，认为非离开山大不可，我当然不能再作别的考虑，而应该为您尽其绵力。因为最近外事忙，但总算抽出片刻与省社科院商量，而且已经获得他们基本同意，调您至省社科院《浙江学刊》工作。《浙江学刊》您或许见过，在各省公开出版的哲社刊物中，水平还算是高的。事情正在由他们办，成功与否，尚不可定，先与您打个招呼。

此致

敬礼！

您的夫人，当然也可一同调来。

陈桥驿

86.5.18

3

生禾同志：

我刚刚从被隔离的情况下解放出来，在郊区一个宾馆搞省一级也是最终一级的高级职称评审，总算已搞好。这是一件吃力不讨好的工作，花时间而最终落得挨人骂，实在是不得已。返校后读到您挂号信。我还没有与社科院联系过，大概他们的人事方面或许已发函你处了。所以，您能否去杭，事情说到底还要决定于你校是不是放人。所以您暂时不必到杭州跑一趟，现在交通困难，又得花钱，而你自己跑来，其实并不解决问题。与其花这样的精力，还不如设法说服你校，让你能调出为好。另外还得告诉您，浙省社科院成立不久，自己尚未造宿舍，住房条件恐怕比您现在要差多了。又，冬天没有暖气，我们都很习惯，但您恐怕也是到南方的一关。

《掌故》每条 200 字，只是一个约数，事实需要多的，无妨。因为是词典，所以希望落笔精炼，但一切请您自己掌握好了。刚返校，杂务纷繁，因恐念，先草草复此一信。

祝

好！

陈桥驿

86.6.12

一九八七年　4通

1

生禾同志：

我因去北京出席人大，返程中又去南京出席中国地理学会理事会，最近始返杭，信稿均悉，迟复为歉。

《辞典》条目收到，我预备在暑假中一并阅读，届时再与您商量。

因外出月余，回校后杂事纷繁，先复一信免念，稍暇再与您详叙。

匆复，并致

敬礼！

陈桥驿

87.4.23

2

生禾同志：

来信敬悉，读了此信，使我十分高兴，因为你到底冲破重重难关，获得了高级职称。这正也说明一条真理：学问是打不倒的。尽管有些人阻挠你（这类人往往就是不学无术的草包），但是结果阻挠不了，还是你获得胜利。三年来我管这件事，从学校到省，许多人为了此事跑来，甚至深夜还不肯走。他们的心情我完全理解，我总想尽可能把事情办得公正些，所以花了许多时间和精力。但是要皆大欢喜是不可能的。尽管我是省学科组的组长，但是说到底，我也只有一票。不过从形形色色的要求者的接触之中，我体会得到获得一个高级职称的困难，所以我为你庆幸。而且通过这一次经验可以懂得，今后做事，只求于心无愧，少管闲事为妙。

广洁同志的校样后来是用邮寄的，从一般三校样的要求来说，已算上乘，只可惜排字人不慎，有一处整整漏排了一页（原稿是《中华文史论丛》的抽印本），补排这一页，牵动大局，必定大费周折。

《掌故》俟看了再说，收到时曾略略过了一下目，主要的问题可能是“故事性”差了一些。因为出版社要求《地名掌故词典》，而不是《地名来源词典》，所以我寄上的试写条，每条都特别注意“故事性”，不单是解释地名来源，而是从地名的来源叙述一个故事。当然，这两者是不能截然区分的，详情俟我看了稿再说。

我比较忙，除了对付研究生和自己的写作工作外，省、校、系的升等之事（最近正在搞这一届的扫尾），加上一个月几次的外事，包括给不断来到的外国学生学习班讲课（内容很简单，不过要用英语讲，所以找不到代替人），搞得团团乱转。

本来，你省历史地图集编委会的王尚义同志和地理所的张维邦同志，都说希望明年历史地理学术讨论会在太原开，这样就或许可以见面一次。但事情过去几个月，两者都是消息寂寞，可能有困难。我们得另找地方，或者是开封、洛阳，或是其他地方。慢慢再说吧。

匆匆，并祝

近好！

陈桥驿

87.6.30

3

生禾同志：

信敬悉，《河北师大学报》也收到，承您为我的书推介，谢谢。[①]你文末指出的缺点也很对，论文集往往发生这样的问题。《二集》中有两篇文章重复很多，幸亏广洁同志发现，我托他删节相同的部分，总算避免了明显的重复（不明显的重复或许仍难免）。据广洁同志告，九月份可以出版，我已托他定购一百册，届时再寄你斧正。目前正在整理《三集》，广洁同志来信交他们出版，当然也得谢谢他的关心。我希望能在《二集》有了一些社会舆论后再出，以免他们受到损失（物质上的和声誉上的）。我觉得作者写一本书，不仅要对读者负责，也应对出版者负责。假使一本书的社会反映不好，则何必花费许多人力物力把它排印出来。现在拙著《一集》，除了你在《河北师大学报》发表的以外，先后已有《光明》、《文汇》、《人民日报》（海外版）、香港《大公》、香港《文汇》、《地理知识》、《地理研究》等十几种报刊先后推介（日本和美国的尚未统计），但《二集》出版后的社会反映如何，现在无法估计。因此，我想到《二集》有了初步的社会反映后，再寄发《三集》稿，这样比较稳妥、慎重些。

《掌故》的事，因为辞书出版社已经收到香港的订货，所以催稿颇急。但问题是，这两个月我很忙，一因这一届的职称工作正在办理最后一次扫尾，我因主管了省、校两者，近来甚紧张，来信来访者不断，有的人到晚上十一点还不肯走。心情我完全理解，但是僧多粥少，说到底我也只有一票。另外，学校里办了两个美国学生的暑假文化班，因为直到现在，学校里能用英语直接讲文化课的人还是很少，我不得不老牛破车，继续为他们的外汇服务（学校也可怜，仅仅这样一点外汇来源）。所以必须要八月下旬开始，我才动手整理《掌故》，你如有若干条故事性较少的，届时我通知你再充实一下好了。

---

① 指靳生禾《评〈水经注研究〉》，载《河北师范大学学报（哲学社会科学版）》1987 年第 3 期。

匆复，并祝

暑祺

陈桥驿

87.7.15

4

生禾同志：

目前接到你省历史地图编委会谢鸿喜[①]同志来信，明年的历史地理学术讨论会，已基本落实在太原举行，具体问题尚未商量，但最重要的经费问题是，中国地理学会补助三千元，你省地图编委会、山西地理学会、山大黄土所集资一万元。他说省里的经费大概可以解决，但因还有不少具体问题（我尚未接中国地理学会信）要解决，因此，预发通知可能还有一段时间。我写信给您，是希望您动手准备论文，并通知李广洁同志，请他也准备一篇论文，因为是山西省作东道主，所以希望你们的论文从地区上能［聚焦］在山西，或黄土高原。届时我当要他们向你们发请柬。此事原在去年兰州会议时初步议定。据谢鸿喜同志告，是因为经费问题，所以拖了颇久。现在既已落实，则明年暑期，我们有在太原见面一次的机会。

有一事相告，我的《水经注研究二集》，当年承您介绍到山西人民出版社出版，李广洁同志又很热心，花了很大力气，我都很感激。此书原来亦定在天津古籍出版社出版。我因为考虑到天津的印刷条件甚挤，书的周转期要两年，与山西相比，山西不仅出书快（当时广洁同志告我，见稿后八个月可出书），特别重要的是，天津和郦注实无关系，而山西不仅涉及郦注的好几卷，并且曾是北魏国都所在。我的郦学研究在山西出书，当然意义大大超过天津。所以立刻决定在山西出。在天津，因为拙著在报刊颇多表扬（包括

① 谢鸿喜（1947—　），山西万荣人，长期从事山西省域历史地理研究。曾担任《山西地图》杂志主编、山西省历史地图集编辑部常务副主编，编著有《〈水经注〉山西资料辑释》，并与靳生禾合著《长平之战——中国古代最大战役之研究》《山西古战场野外考察与研究》。

大作），因而让他们得了一个此书的编辑一等奖，所以颇多微词，曾经来到我处，后来由我替他们的《历代游记语译》[①]写了长篇序言，总算补了他们的情。此书在广洁同志关心下，排版总算顺利。广洁同志原说一千册开印，曾来过一信要我多购一百册以凑足一千册之数，我也电复增购，以便付印。但不久前来信说，要三千册才能付印，要请水利史研究会帮助征订，我虽已去信该会秘书长周魁一同志，但我觉得返利征订，效果甚小。在中国，由于长期官商垄断（当然已自食恶果），现在仍只好依靠官商新华书店，除非出版社自己有魄力像上海辞书出版社那样地自搞发行。另外，据中华、上海古籍等社的经验，出版社的邮购部，只要发送信息得法，常常能成倍地超过新华书店的订购数。此书天津版印了五千多册。当时天津人民与天津古籍内部尚不分家，天津人民自留千余册。而其中最后 200 册在去年五月北京书市上两天售完，离出版时间不过五六个月。此事眼下广洁同志当然很有为难之处（因为原说一千册，后改三千册，必是某位领导的意见）。你如有可能，是否设法鼎助，促使早日付印，谢谢。匆此，并祝

敬礼！

陈桥驿

87.9.2

《掌故》事，因我一个暑假未曾得暇，稍后再处理。

---

① 指天津教育出版社于 1987 年 11 月出版的《明代游记选粹》、1989 年 11 月出版的《宋代游记选粹》以及 1992 年 6 月出版的《清代游记选粹》，三书皆隶属于“古文选粹对译丛书”，书前附陈桥驿同一篇序文。

一九八八年 7通

1

生禾同志：

信敬悉，虽然您的《文献概论》[①]尚未到（印刷品较慢），但是我急于写这封信给您，因为我觉得省、校领导为你纠错这件事十分重要。我特别感到欣慰的是，当年你的调浙江之事没有成功。现在回过头来真要谢谢杭州市人控办（五人小组，全国只有北京，上海，杭州三地有这样的机构）。因为当时，调动基本成功，社科院连你家住什么房子都已经考虑了，但是我却是一直犹豫的。当时，我实在是因为你信上所表的决心而被迫至此，因为我认为土生土长的北方人，到了这样年纪，一旦南下，总是很不妥当的。反过来要南方人到北方也是一样，所以后来当我的研究生跑来告诉我人控办的顽固态度时，我确实并不十分懊恼，因为我当时就有“塞翁失马，安知非福”的想法。现在想想，要是当年人控办能够通融一下，我们就从此铸成大错了。这次你得到省、校的恢复，当然是值得祝贺的。但是想想整个经过，的确又给我们一种启发，即：什么事都以慎重为好，假使当年南下成功，在“人和”的方面，或许一时会变得较好，但“天事”“地理”，都于你十分不利。许多北方人不习惯南方的气候、饮食，我看得太多了。

你如能回学报，当然很好。不过这两年来，为了升等的事，学报受到不小的影响，各校如此，办学报比过去更难了。又要照顾各系的中青年（为了升等），又要不损害学报的地位，真是两难。我寄给你的抽印本《〈历代郦

---

① 指靳生禾《中国历史地理文献概论》，由山西人民出版社于 1987 年 9 月出版。

学家治郦传略〉序》，去年八月才脱稿，杭大学报知道了，立刻来要去，硬插到当时已经定稿待发的学报第 4 期，作为第一篇盖面文章，这就说明了杭大学报这两年来的处境。就算我是一个“名家”，但是这篇文章的性质，实在不宜用来“盖面”。他们之所以一定要这样做，说明了他们的苦衷。你如再度去领导学报，工作将会比你以往困难。当然，这些是不能计较的，因为学报毕竟是一所大学在学术上的喉舌，是个重要阵地。

您手头已有一本《二集》的事，广洁同志已经告诉了我。谢谢您又要为我写书评，你是属于内行人写书评，因此你的书评当然都是说到点子上的。我的助手曾把此书书评，凡是他看到的都复制出来。现在我把他复制出来的属于重要报刊的书评，寄上若干种供你参考。这中间，除了内行人所写的（如《香港文汇报》《地理研究》等）外，都是一般水平，质量都无法与您的相比。

广洁同志来信中问起关于《三集》的事，《三集》暑假前可以完稿，但是由于《二集》的印数只有《一集》的五分之一还不到，出版社亏累，特别是让广洁同志为难，我很过意不去，所以我已给他写了回信。假使出版社愿意，特别是不让他为难，我当然可以让他们出。因为既然《二集》在那里出了，再出《三集》，也算顺理成章，但若是他要为难，则可另议。

你想必很忙，今后有些什么打算，便祈示及。《掌故》因尚有三四处未交稿（出版社已催了几次，因辞书出版社是自己搞发行，香港的订货单都到了），俟寒假前稿子齐后，我再动手处理，那时再与你联系。

匆此，并致

敬礼！

陈桥驿

88.1.2

2

生禾同志：

您好，这次我外出了十多天，先是去西安主持师大的博士研究生论文答辩，接着去北京出席国家大地图集编委会，返杭读到来信，不胜欣慰。有一件事和您商量，《概论》已读过，确实不错，特别是适宜于作为教材。但此间汇款到山西人民出版社购书，款被退回（购三册），据说省社科院也有此事，不知为何购不到。研究室吕以春同志向我说了此事。如此，您如能设法为系里购到三册，请挂寄地理系吕以春，书到即汇款，因都是个人购买，所以不需发票。

《三集》的事，承您关心，广洁同志也已给了我信。《二集》大批书尚未到。《光明日报》1 月 28 日刊了书讯，至今不过一礼拜，但我已经收到八封信来问书何处购，因当地新华书店买不到，奈何？

您的《掌故》条目，确实还有“故事化”的必要，请您先准备一下，俟我一起处理时，再将尊稿寄您。

学报如来信确实难办，但难办也得办，正派的人办总比三心两意的人办好得多。

匆此，祝

好！

陈桥驿

88.2.5

又，我昨日已有一信给谢鸿喜同志，请他在山西的名额中发通知邀您和广洁同志参加九、十月份的历史地理讨论会。如山西名额有困难，要他即告我。请你便时与他联系一下，又及。

3

生禾同志：

临走时读到您的来信，知道你尚未复任，多有些时间准备也是好的。

《概论》很好，可惜印少了。书到时，请你寄吕以春同志，最好能寄四册（因社科院也有一位被退了款）。但汇款的事，请绝对不要客气。因为他们都是拿了单位发的书报费购书的，你能在你的书中调剂给他们，已经很难得了。书一到，他们当然要汇款，所以不必客气。

《二集》，我也购了 200 册，但目下书未到，因为《光明日报》刊了一个书讯，我现在已经无法招架了，包括香港和［国外的］日本，都已有信到我处。便时烦你打个电话给广洁同志，请他设法催一催印刷厂。

知道谢鸿喜同志已找过你，我给他的信中请他发你、广洁同志和陈公善三人的邀请通知，还不知广洁同志是否收到。

我是到北京来出席方志会议的，月中返杭。

匆此，祝

好！

陈桥驿

88.3.6

4

生禾同志：

您为《当代中国名城》撰写的《大同》，已经出版。①浙江人民出版社已将赠书一册（因作者太多，每人仅赠一册）及七五折购书二册（在稿费中扣）邮寄给您，但因此事在杭大是由我的助手经办，而出版社则由出版科经办，您的通讯处是我在 1986 年 7 月开出的，现在已无法更改（俟我想到，已经晚了），所以请您往您的老地址留心一下，以免错递。

《概论》早已收到，吕以春已汇款，谢谢您，此书对他们甚为有用。

匆此，并致

敬礼！

陈桥驿

88.4.30

---

① 陈桥驿主编《当代中国名城》，由浙江人民出版社于 1988 年 5 月出版，书中《大同》一篇即由靳生禾撰写。

5

生禾同志：

来信敬悉，大作拜读。我首先得承认你读书的本领，不仅高瞻远瞩，而且敲骨入髓，确实让我佩服。只是因为书评的对象是拙著，所以弄得我不好说话。大作我已交给杭大学报，他们是否发表，由他们讨论决定。因为我知道你是个仔细人，此文必定有留底，所以这样不征得你同意就做了。

尊稿有一万多字，算是篇大文章。我认为，既然花了很大力气写出这样一篇大文章，你还可以以此文作基础，浓缩内容，另外再写一点文章。例如，《地理学报》（北京北沙滩 917 大楼）只收八千字以内的文章，但它是全国一级学报，你现已花了力气，为何不去那里试试。另外，水利史系统的刊物，也很需要这一类文章，但以五千字左右为宜。可寄给水电科学院水利史室周魁一教授推荐。这并不是一稿多投（因为篇幅、题目都不同），而是适应各种不同刊物的需要。而你花的精力，也可得到应有的报偿。周魁一教授处，我另备一信，以供你如有需要时使用。

这里又在搞职称（因为退休了一批，所以又有了名额）。这是我最感到难办的事，这几天来，家里又是来客盈门，穷于应付，整个社会有一种根深蒂固的病态，令人懊恼。

知道《当代》[①]已收到，据责任编辑陈巧丽告诉我，每人寄书三册，二册是七五折，另一册由发行科寄，算是赠书，稿费也由财务室另寄。如未收到，请函杭州武林路浙江人民出版社历史室陈巧丽。

我还拟在中国历史城市方面组织一些东西，届时请你帮助。

勿此，祝

好！

陈桥驿

88.6.4

① 即前函所言《当代中国名城》一书。

6

生禾同志：

此次到山西，承蒙您大力协助，热情招待，临行又蒙厚赐名酒，实在感谢不尽。到尊府作客，看到您一家如此融融乐乐，在今日的世道潮流之下，你们一家能享如此天伦，实在令人高兴。我家虽亦称融洽，但一家四口稽留国外，而国内扰攘，对知识分子待遇又极不公平，归国又必遭冷遇，令人犹豫也。因返杭后适逢省政协常委会，此信迟写为歉。《掌故》条目烦修改，希能于年内掷还为感。

匆此，并祝

全家好！

陈桥驿　顿首

八八、九、二四

7

生禾同志：

信敬悉，欣知尊著备获高评，十分高兴。我第一次读此书时即感此书价值甚高，竟想不到在出版前却受到过阻挠，人心之事，诚难逆料也。

知地理系的通知已经收到，此事是太原会议中广洁与您令婿等所提出，我认为确有必要。返校后与系里一些同志谈及，因为他们多数都是我的学生，比较听话，愿意任课，并筹划在最后去自然地理比较典型的天目山野外实习一次。不过眼下风气不好，办这样一个培训班，校内多方包括教务处、总务处，甚至管理学校大门的保卫处，都要分一点好处，所以不得不收一些培训费。世道如此，无可奈何也。在寄发通知时，寄给您的通知上特别写出目的是为了请您宣传联系一下，因为恐怕一般人不知道。我意像您这样学问丰富、成就杰出的高级职称同志，实在不必参加这样的培训班。因为此间的生活条件并不好，而且十周内课程也很紧张，这类马拉松式的学习，只适宜于让中青年承受也。当然，您假［如］认为身体可以而又有兴趣，则也可南来，领略一下南方风味。

我从太原南返后，由于学校、省及文博系统连续评职称，真是马不停蹄。这样的评职称，我看总得改变方法。

《掌故》如改好，还请早寄。

匆此，并祝

冬祺！

向全家问好！

陈桥驿

88.12.10

一九八九年　11通

1

生禾同志：

信敬悉，知《掌故》已改成，并可寄下，谢谢！

学习班事，此间系里去年发出信数十封，但报名者不足十人。因为各处经费困难，虽然想参加者不少，但均因费用无着，无法成行。此间则亦因人数过少，无法举办，只好作罢，甚歉。当今文化教育处于罕见的低潮之时，这种现象，也是可以想象的。

匆复，并祝

春祺！

陈桥驿

89.2.26

2

生禾同志：

久不通信，近况谅好。时局坎坷，忧心忡忡，彼此相同也。

曾于五月一日印挂寄上拙编《中华人民共和国地名词典·浙江省》一册，不知有否收到，现在邮递甚慢，而印挂特甚，无可奈何也。

有一事相托：大约一月前，我收到山西省地图编委会（迎泽大街 36）一信，告诉我，去年在太原会议中的开幕词及论文已在《山西地图》发表。几日后，又接到他们寄发的稿费。但《山西地图》这种刊物，却一直未收到。

我曾向谢鸿喜同志发出一信，要求此刊，以后又发一快信要求此刊，均石沉大海。我想您一定能够获得此刊，请您设法寄我一册为感。因为一位日本友人，他原想参加太原会议（他参加了 85 年的兰州会议），后未果，希望看到我的开幕词，我想等您寄我此刊后复制给他。谢谢您。专此，并祝

教安！

陈桥驿

89.4.2

评介尊著文章，已在《中国历史地理论丛》88 年 3 辑发表，特为祝贺。[①] 又及。

3

生禾同志：

信稿均敬悉。因接二连三外出，一月多来没有一点喘息时间，大量信件积压无法处理，迟复为歉。因又要连续外出，匆匆先复您一信，免念。身不由己，实在抱歉。奔波忙碌，不知搞出了点什么，自己也无法理解。俟稍暇再详叙。

匆匆，并祝

教安！

陈桥驿

89.4.12

① 指杨国勇《〈中国历史地理文献概论〉评介》一文。

4

生禾同志：

前些日子曾寄上一信，想已收到，信发出后数天，《山西地图》寄到（一共走了一个半月），而且寄来了两册。所以我可以将一册给日本友人，不必再烦您了。而且，现在情况，日本友人是否来亦未可知了。

前几天用邮包寄您新茶一斤，邮包走得甚慢，不知何时可以收到。现在的茶叶，往往施农药，我们很害怕。不施农药的只有高山云雾茶。寄上的茶叶是千岛湖（即新安江水库）中的云雾茶，质量颇佳，保证不施农药。所以寄上，让你们全家品尝一下南方的新茶，但数量不多，甚歉！

勿此，并祝

教安！

陈桥驿 顿首

89.6.14

5

生禾同志：

信敬悉，知《山西地图》已寄出，则我信您尚未收到。我于十六日致您一信，告知《山西地图》已收到（走了月余），请不必再寄。兹知已付邮，抱歉。该信同时还告您寄上新茶一斤，但眼下邮路甚慢，也不知何日可收到也。又知您的《二集》简评在武汉发表。[①]我全不知，如有寄到，也请复制寄下。《论丛》关于尊作书评，遵嘱复制二份附上。

勿此，并祝

教安！

陈桥驿 顿首

89.6.24

① 指靳生禾《评〈水经注研究二集〉》，载《水利史志专刊》1989 年第 2 期。该刊由中国江河水利志研究会主办，编辑部位于武汉，故云。

6

生禾同志：

日前寄上一信及《论丛》复制二纸，想已收到。今日上午，杭大学报一位编辑到我家，送我《杭大学报》今年第二期两册，说是您的书评已经发表。[①]他又说，您的学报赠刊和稿费，学报都会直接寄给您，大概不久可以收到。我手头有两册，已将一册寄给广洁同志，他可能需要。学报寄您的，估计会慢一些，因为眼下办事效率很低，特先函告，并祝

暑祺！

陈桥驿

89.6.28

7

生禾同志：

信敬悉，复印尊作收到，谢谢！但从来信中知道您在《杭大学报》发表的评拙著的大作尚未由杭大学报寄到。我上信曾告诉您尊稿已在《杭大学报》今年第二期发表，我已寄李广洁同志一册，因为估计杭大学报即将寄您稿费和学报，但从信中知尚未寄到。如稿费及刊物至今尚未到，请即函我，以便我向学报催促，请不要客气。

我因去参加省政协常委会（其实就是学习），故此信迟复为歉。

匆此，并祝

全家好！

陈桥驿

89.7.11

---

① 即靳生禾《评陈桥驿〈水经注研究二集〉》一文。

8

生禾同志：

您好，蒙赠刊收到，谢谢！此文与《杭大学报》文虽然有同处，但也有其特色，说明您思路广阔，读书精细，值得学习。明年十一月上海历地会议（庆祝谭先生①80寿辰），第一次征询意见函想已收到。您在历地方面贡献卓著，希望您届时务必到会。

我后天去北京，是为了审四十周年电视系列片《中国七大古都》。下月上旬返杭，因广岛大学邀请讲学，十月二十五日偕内人同去日，月余返国。

便时请向广洁同志探询，拙著《水经注研究三集》稿，不知进展如何。因他去年在太原告我，今年年初起，即可处理此稿也。我的殿本点校本，已经看完校样（有800余页），出版时当寄上就正。②

勿此，并祝

秋祺！

陈桥驿

89.8.24

9

生禾同志：

信敬悉，因去北京十多天，返杭后才得阅，迟复为歉。知尚未收到复旦满志敏③的征求意见通知，我已匆匆写出一信致邹，请他即补发，不知有否

---

① 谭其骧（1911—1992），字季龙，浙江嘉兴人。著名历史学家、历史地理学家，中国科学院院士，复旦大学教授。曾任复旦大学历史系主任、中国历史地理研究所所长，是中国历史地理学科主要奠基人和开拓者，主编的《中国历史地图集》被视为新中国社会科学最重大的成果之一。

② 指武英殿本《水经注》点校本，该书后由上海古籍出版社于1990年9月出版。

③ 满志敏（1952—2020），历史地理学家，复旦大学教授。曾任中国地理学会历史地理专业委员会副主任、中国地理学会气候专业委员会委员、复旦大学中国历史地理研究所所长。著有《中国历史时期气候变化研究》等。

收到。

此次去京是为了《中国七大古都》事。台湾本《中国六大古都》（正标题《雄都耀光华》，是溥杰题字）大型摄影、文字集，最近已出版，因卷首是我的序言，所以我收到此书，摄影技术及装帧等均极佳。大陆的《中国七大古都》摄影画册，也已制出样书，卷首也是我的序言。比之台湾，内容多而摄影、纸张均较逊，特别是估价每册 250 元，私人是没有人买的。电视系列片《七都》约要到十月中才能播放。

承告已为《三集》事斡旋，甚感。此书当然要亏本，也正因如此，去年他们要《水经注辞典》，我劝他们稍缓，因为这辞典专业性太强，也难免亏本。为了弥补《三集》，我为他们主编《中国城镇词典》，现在正在积极进行。此词典估计各方需要，印量必不会少也。

匆此，并祝

秋祺!

陈桥驿

89.9.14

10

生禾同志:

信敬悉，知您到沪开会，因恐我准备去日本忙碌而不来杭州，您对人处处关心，其实我也并不太忙。去日本的事，大概要延期，因为手续办得太慢，中国人的事，说出去真是难为情。日本人诚恳邀请我们夫妇去，我们是八月中开始办的手续，直到 9 月 27 日省府才批准。而批准的事虽在电话上告诉了我，但凭电话无法办护照，而正式批件经过打字，加印，直到 10 月 7 日才到我手上。还要学校再出一个没有到天安门搞暴乱的证明（这当然很快），到今日拿到护照，这样再办签证，原定的 10 月 26 日去日，肯定来不及了，已和他们联系，推迟到以后方便的时候。

兰州大学和我校城市系合办一种《中外城市研究》的刊物，他们硬拉我当主编，因为情面难却，只好答应下来，现将稿约寄上，请你提些意见，刊物如能明年创建，还要请您赐稿。

承为《三集》斡旋，甚感。

匆此，祝

全家好！

陈桥驿

89.10.12

11

生禾同志：

寄上稿约，请斧正。创刊号约在明年七月出版，如可能，请赐稿。

我 12 月 5 日偕内人去日本，年底前设法赶回。因国内事务成堆，不能在外面久留也。

匆此，祝

全家好！

陈桥驿

89.11.15

一九九〇年　3通

1

生禾同志：

信敬悉，欣知工作即将落实，十分高兴，希望再次得到你的好消息。

我和内人从日本返回后，先是忙着过年，家里客人多。然后是还积欠，加上一直开会，捉襟见肘，至今似乎还喘不过气来。没有及时给你写信，实在抱歉。

在日本月余（这次是我三次去日本讲学时间最短的一次），到广岛大学、广岛女大、修道大学、九州大学等校讲课，又应邀到佐贺电视台发表了一些学术演说，生活比较紧张，但也算顶过来了。其实，日本教授都是这样忙。我们因多在这个大锅饭环境中懒惯了，所以一时适应不过来。

对日本的印象，其实每次都一样。作为知识分子，首先看到的当然是他们尊重知识、尊重知识分子已经深入人心（但报上从不宣传）。我第一天在广岛大学讲学，讲台边上叠了一大堆书，包括人上台介绍，原来这些书是我的专著和主编书，共三十余种，据他们为我所编的目录，他们的搜集只缺二三种（我自己比他们缺得更多）。我内人后来打趣说，他们在为你吹嘘。但我认为这就是他们尊重知识的表现。我到广岛是讲学，绝不想与政治界接触，但抵达后几天，学校的国际交流课长来找我，通知我广岛市长荒木武先生希望与我们夫妇会见的要求。广岛是个大市，有一百多万人口，市长如此忙碌，但却之不恭，只好同意。会见是在一个百多米平方的大会客室里，市府的七八位有关官员都参加会见。录像机摆好架子，谈了四五十分钟。然后由市长送给我们夫妇各一件礼物，想得真是周到。我们到离广岛 250 公里外的赤穗市旅行，参观一个盐业博物馆，市长知道了（大概是博物馆长通知的），立刻要求和我们会见，会见结束还问我有什么要求，我随口提了城市规划，他立刻叫城市计划课长来，给我一大套资料，其中整套城市规划图，竟是 1/2500 的极大比例尺（我们 1/5 万就绝密）。我们到广岛仅三四天，当地最大的报纸就报导了我讲学消息。由于报纸到得早，而日本人上午的工作照例要 9:30 后才开始，8:00 我们从旅馆房内下楼去，旅馆经理立刻出来告诉我们这消息，而且立刻把这部分复制交给我们。旅馆里多少客人，但经理却注意这样的事，在中国真是不可想象。所以我说，尊重知识和知识分子在他们早已深入人心了。

工作效率之强也令人难忘，广岛市长和我们会见前，应我们的要求，广岛都市计划课课长河合武先生带了三个工程师，花一小时在暗室用电影和幻灯为我们夫妇讲解广岛城市规划（给了许多资料和一整套 1/25000 的地图）。讲毕后，与我闲聊，他说：明年亚运会在北京开，你们到底是社会主义国家（他是真心话，绝不含他意），全民管此事，关心此事，连电视节目里都是天天预报亚运会来临的日子（这一点由于我不看电视，不知道。但回国后问别人，知道是确实的），使他不胜羡慕。因为下一届（1994）亚运会在广岛举行，而广岛此会，就由他带了几个工程师，负责全部会场事务。相比之下，真是了不起。

知道《三集》有望，要谢谢你们几位关心，广洁处，我不写信了，见面时代我向他问好，告诉他我的一些近况。

匆匆恕草，并祝

全家好！

陈桥驿

90.3.28

2

生禾同志：

大作《赵武灵王》[①]早已收到，因几次外出，返校后又碰上此间搞职称，终日忙碌，迟复为歉。武灵王是个杰出人物，胡服骑射，为人之所不敢为，其实拯救了汉族。尊作分析细致，说理透彻，资料完备，文笔洗练，不是文场老手，焉能出此，自当什袭珍藏也。

曾寄上《慈溪盐政志》一书，有拙序一篇就正，不知是否收到？因想到河东盐之大名，故此献丑也。

有一事相托。香港吴天任教授正在撰写一部《水经注研究史》[②]，大作评拙著数篇及《华东师大学报》中《郦氏一手》[③]文，我均已寄去。不知您尚有郦文否？如有，还请复制寄下，并转寄吴先生以免掠美。又《山西大学学报》[④] 1982 年第 2 期，曾发表过一篇辛志贤所撰《郦道元籍贯考辨》，您想必办得到，也请复制一份寄下，并转寄。诸劳鼎力，谢谢！

勿此，并祝

文祺！

陈桥驿

90.5.10

3

生禾同志：

信敬悉，为您的工作落实而高兴。我一个暑假基本上没有空闲，参加了一次国际学术讨论会，接着是从头到尾的外事，真是招架为难。现在开了

---

① 指靳生禾《赵武灵王评传》，由山西人民出版社于 1990 年 2 月出版。

② 该书稿后以《郦学研究史》为名，由台北艺文印书馆于 1992 年 8 月出版。

③ 指靳生禾《〈水经注〉经注出自郦氏一手吗？》，载《华东师范大学学报（哲学社会科学版）》1985 年第 3 期。

④ 此处误记，当作《山西师范学院学报（社会科学版）》。

学，事情一件接一件。二三年来，确实连喘息时间都没有。今年 1—8 月为人家的著作写序竟达十篇，实在穷于应付。

您当然应该招研究生。在黄土高原的研究中，历史地理大有用武之地，地理历史也好，文献也好，我想您可以在一般全面照顾的基础上，逐渐深入到黄土高原历史地理学研究史和黄土高原历史文献学方面。这就独树一帜，高视阔步了。您今后必能做到，我深深相信。

至于考试课目，还是应该从普遍的基础要求：地理学基础（自然地理学和人文地理学）、中国通史、古汉语。我一直是这样招生的，供您参考。

十一月份的会，我当写信通知邹先生。您一定会收到邀请，请放心。匆匆恕草，并祝

秋祺！

陈桥驿

90.9.17

一九九一年　3通

1

生禾同志：

信敬悉，祝贺令郎去阿肯色大学深造。这是眼下最好的出路，人人求之不得，反正大家都明白，不必多说了。

知尊夫人等有东南之行，又不幸生了点小病，住在群英招待所。但非常不巧的是，当时如驾舍下，却要空跑一趟，使我更为抱歉。因为日本文部省委托的一个课题，要我论证西南的丝绸之路，我和内人三月上旬离杭去四川，跑了二十多天，到四月初才返杭。知她最后溯江入蜀，而我们正是从重庆顺流东下，如果事前约定，倒可以在江轮中打个招呼。

广洁来信要考外语（为了职称），我已寄给他几种文献。但我不知山西考外语采用什么办法，浙江的办法是应试者自己选送一种给经管外语考试的负责人，如同意，就考这份材料（翻译）。理科每小时 5000 印刷符号，文科则 4000 印刷符号，只要大体正确（译文），就算通过。最近他无来信，我颇为挂念。

因杂事纷繁，匆匆搁笔

此祝

合家安康

陈桥驿

91.5.13

2

生禾兄：

明日要外出开会，但今日下午接到您的挂号信，只好草草复您的一信，实在抱歉。

道刚[①]教授的文章接到后没有几天，我即寄辛德勇[②]君。当时匆忙，或许忘了给您写信，抑是写成后未寄，现在查不清楚了。

我曾于六月间去西安主持茂莉[③]博士答辩，但最近闻悉她已去北大侯先生处做博士后。据说史先生[④]也同意德勇去北京，但情况尚不知道。因最近一段时间我相当忙，所以未给他们写信。

匆匆恕草，并祝

文祺！

陈桥驿

91.9.20

3

生禾兄：

二十五日信敬悉，欣闻已通过教授，谨表祝贺之意。请您任本届历史地理专业委员，还在两月以前。由于我们办理公事迂缓，现在正在北京填写聘书，因为发信必须邮码，其中有不少信邮码未知，查了好久才查清，估计下

---

① 即师道刚（1929—2016），山西怀仁人，山西大学历史系教授。

② 辛德勇（1959—　），辽宁铁岭人，1982 年起，师从史念海先生，于陕西师范大学攻读历史地理学专业硕士、博士学位。主要从事中国历史地理学、历史文献学研究。

③ 即韩茂莉（1955—　），北京人，1985 年考入陕西师范大学，师从史念海先生攻读历史地理学专业硕士、博士学位，后与辛德勇结为夫妻。1991 年进入北京大学人文地理博士后流动站工作时，导师为侯仁之教授，即后文提及的“侯先生”。

④ 即史念海（1912—2001），字筱苏，山西平陆人，当代中国历史地理学的主要创建人之一。陕西师范大学教授，原陕西师范大学中国历史地理研究所所长，曾任中国地理学会历史地理专业委员会副主任、中国唐史学会副会长、中国古都学会会长，创办并主编刊物《中国历史地理论丛》。

月或许可以寄发。

暑假后一直忙于外出，到最近才安顿下来，但年后恐怕又要奔走，不胜苦恼也。知不久将为吴天任先生撰书评，甚感。①撰成后请您就近投寄，不必寄我，信件往返，反致耽搁也。

便时请电话广洁君，《全译水经注》②春节前一定寄出，又拙撰《郦学新论》③不知何时可以见书，谢谢！

匆复，并祝

全家新年好！

陈桥驿

91.12.30

① 靳生禾后撰《评台版〈郦学研究史〉》一文，载《中国历史地理论丛》1993 年第 2 辑。

② 该书稿后以《水经注全译》为名，由山西人民出版社于 1995 年 9 月出版。

③ 即《郦学新论——水经注研究之三》，由山西人民出版社于 1992 年 1 月出版。

一九九二年 2通

1

生禾兄：

信敬悉，知吴汝宁君已有信告，好人常常早死，而坏人则特别长寿，为之奈何？

承为拙著奔走，谢谢！广洁已有信来，谓八月中能出，即寄我部分应急。

请通知广洁，在我的份下，抽出两册，一赠兄，一赠师道刚先生，免得辗转费时也。我已请广洁为我购100—150册。

匆复，并祝

暑祺

陈桥驿

92.8.11

2

生禾兄：

大函敬悉，欣知您有外出考察机会，行万里路，读万卷书，令人羡慕。考察之后，必有大作，当以先睹为快。

我因颈椎骨质增生影响供血不足，住院两月，内人随着住院则有照顾方便原因在内。十月底出院，事情连续不断，在家未有三五日的停留。最后一个节目是复旦大学博士生答辩，昨天下午从上海返杭，总算结束了一年的工作。而正在此时，读您来信，不胜快慰也。来信诤诤之言，实蒙厚爱，我实也未尝不想专心一志把我的《水经注》校本誊写出来，今年写序又在十篇以上，索序者多半是学生，实有无法谢绝者，为之奈何?

希望《山西古战场》早日问世。

匆匆恕草，并祝

年釐！

陈桥驿

92.12.31

一九九四年　2通

1

生禾我兄：

手示敬悉，别来半年有余。而在这期间，兄跋涉山河，作出了许多成绩，令人钦羡。说明做历史地理研究，野外工作确实重要。当然，由于兄的功底充实，慧眼独具，可以事半功倍。但无论如何，若不出门考察，实足聪明的人也无法闭门造车也。谢谢兄贻我长函，此信中所述种切，为郦注，为山西史事，均大有贡献。说明省方支持您的项目，完全必要，而且根据您作出的成绩，省方实应重新检讨此事，予以更多的支持也。

长沙别后，我的身体未见显著好转，颈椎肥大是老年病，根治实不可能。在长沙时，兄对我关爱倍至，十分感谢，但实在因为机器已经用旧，加上杂事纷繁，无法解脱，所以只好老牛破车，勉强敷衍。感到头昏时就即时躺倒，约半小时就可恢复，似乎关系不大。但因经常要发作，所以也甚感不便。为此更羡慕兄能够跋山涉水，从事野外考察。我在这方面，看来已经力不从心了。

拙作《郦道元评传》一书，已经三校，在匡亚明先生主持的人物评传丛书中，将在南京大学出版社出版。[①]书中曾引用了兄《赵武灵王评传》中的精辟观点，出书时，当寄上就教。又《水经注全译》一书（我只译了很小一点，主要是此间其他几位译的）在广洁君处，全部校样早已寄来校过，便时

① 《郦道元评传》一书后作为匡明亚主编“中国思想家评传丛书”一种，由南京大学出版社于 1994 年 4 月出版。

请兄挂个电话，不知何时可以见书，谢谢！

匆匆恕草，敬祝

全家春节好！

陈桥驿 顿首

94.1.25

2

生禾教授吾兄：

大函敬悉，大作拜读，真是一篇铿铿锵锵的大文章，令人倾倒。①我也勉强算是一个对北魏一朝有点涉猎的人，读到这样文章，实在不胜高兴。鸿喜兄也参与此文，见面时向他问好。

记得上次您给我一信后，我即复您一信，信中告诉您，我的拙作《郦道元评传》或许可在今年出版（南京大学出版社），但至今尚未见书。拙著内引用了您的大作《赵武灵王评传》，为拙作生光不少。如出版，当即寄上求教。上次信中我又托您一事，请您便中挂个电话问问广洁君，《水经注全译》何日可以出版。因为去秋已校了清样，但迄未见书，此间几位作者都较悬念（我只译了一卷，做了个走过场的，主要是此间搞古籍的朋友译的）。因为明日要去南昌一行，匆匆恕草，并祝

撰安

陈桥驿 顿首

94.6.1

① 当指靳生禾、谢鸿喜《北魏〈皇帝南巡之颂〉碑》，载《地理知识》1994 年第 12 期。

一九九五年　1通

生禾我兄：

寄下大札及学报大作均敬悉，拙著承逾格吹嘘，实不敢当，拙著其实不登大雅之堂，竟不料国内七八种报纸，［包括］香港《文汇》，又泰国三种报纸，又闻日（但我均尚未亲见）也已宣扬，实在愧惶不安。兄研究成果卓著，所述种种，使我倍感企慕。我因大儿子一家在加拿大，小儿子一家在美国，均在大学执教，恰逢两国均有大学及学术团体相邀，遂得公私兼顾，于七月初偕内人出访北美。原拟九底十初返国，却因加国几处邀请，离加赴美已在十月初。到美后又奔波于各大学之间胡诌，一拖再拖，直到 12 月 3 日才返抵上海。学校派车接回，实已 12 月 4 日凌晨了。所以大函迟复为歉。我自从去年中央人事部拟定所谓“终身教授”后，压力甚重，老牛破车，奈何徒唤，无计可施，只好“鞠躬尽瘁”了。

离加时正值该国红叶季节，红枫是加国国徽与国旗，四方游客云集，不说美国各州，有远自澳洲游客。我大儿子特为驱车至红叶最著名的魁北克森林作整日游，采得红叶若干，特随函附上四叶，二叶赠兄，另二叶赠广洁，以其来自北国远方，聊供案头玻璃板下留念也。离国五月，信件据助手过秤，积压达 20 余公斤。明日又得去外地开会，捉襟见肘，忧心忡忡也。

草复乞谅，并祝

撰安

陈桥驿　顿首

95.12.10

一九九六年 1通

生禾我兄：

久不书候，近况必佳。科研工作一定相当紧张，成果自必可喜也。今年半年，一则因为去年出国尾欠不少，而又几次去外地开会，捉襟见肘，实为惭愧。

有一事相托，即不知广洁近况如何？有否外出，如出国之类？身体是否健好？颇为念念。因我查了日记，3 月 17 日他曾挂电话给我，告诉我几件事。第一，《水经注全译》（此书我实在只是挂名，工作得很少，都是几位朋友做的）出版后即售完，决定重印，要我校出一张勘误表（此事我即嘱他们进行）；第二，此书稿费马上开发（我即时也通知了朋友们）；第三，希望要我把《〈水经注〉研究》前后三集整理一下，删其重复，他预备向上面申请一点钱，三集合为一册再出。我于 4 月 8 日寄他一信，内附三集删节后的目录。由于一直不见他回信，我于 5 月 24 日再发一信，提到《全译》稿费事，因他在电话中说马上开发，我已告诉了三位作者，特别是其中一位前年起中风卧床，对他也是一种安慰。另外，《全译》勘误，几位正在力赶，不知是否确要重印，否则也不必再费工夫。但此信发至今又已二十多天，仍不见他回信，所以我颇以他近况为念。烦兄挂个电话，问问他是否在开，是否一切都好。因我颇为念也，拜托。

并祝

撰安

陈桥驿 顿首

96.6.16

一九九七年　1通

生禾兄：

寄上拙作，请指正。久不通候，甚念。此书同时也寄广洁一册，但年余未通信，我写的仍是山西人民出版社老地址，不知他是否已去古籍出版社，请您告诉他一下，免得失落。

陈桥驿　顿首

97.10.28

一九九八年 5通

1

生禾我兄：

久不通候，忽接大札，不胜欣慰。大作《长平》[①]必然精采创新，俟寄到后（眼下印刷品寄递甚慢），当即拜读，并竭尽绵薄，写出心得呈兄，可勿念也。

知兄为山西省历史地图忙碌。这是能者多劳。国内省区历史地图集，山西实开先河，而兄执此牛耳，亦属必然。劳而有功，而且功劳卓著，兄实当之无愧，我虽“顾问”莫及，但闻此佳音，亦与有荣也。

拙著《水经注校释》目前正在四校，年内可出书，届时当请斧正。此书虽是我多年校释之作，但原不拟提早付梓，因杭大争取“211”，校长得悉我有此稿，上门相商，希望列入杭大出版社计划，则“211”审查诸公进驻时可以争点面子（后来杭大进入“211”）。但总编拿稿去不久，即在中华书局《文史知识》登出广告，而不久国家古籍小组又汇来 3 万元，弄得生米成熟饭，我又无法摆脱，只好就范。此事因来得突然，所以我事前没有与广洁谈起过。后来上海书店得悉此事（我与他们有颇长久的关系），负责人来杭以此稿未交他们为憾（其实我从未同意过他们），乃以该店正在组织一套“名人笔记丛书”为由，坚求我的《郦学札记》（曾陆续在《中国历史地理论丛》及香港《明报月刊》连载）。[②]碍于老关系，也只好交给了他们。不过

① 指靳生禾、谢鸿喜《长平之战：中国古代最大战役之研究》，由山西人民出版社于 1998 年 3 月出版，李广洁担任责任编辑。

② 《郦学札记》后由上海书店于 2000 年 9 月出版。

《札记》一稿，我曾告诉过广洁（并非求他出版，此道理应该让他知道）。现在手头仅存《水经注研究四集》稿约四五十万言。我确已衰老，工作效率甚低，与兄诚不能相比。叨在多年知己，故以此中经过奉闻也。

《山西省历史地图集》不知何时可以完成？这是一件大事，必当中外知晓，继北京、西安二图之后，此图必然大有可观，仰首以待也。《长平》俟收到后拜读执笔。

专此，并祝

撰祺，便时向广洁问好

陈桥驿　顿首

98.7.2

2

生禾吾兄：

收到大函以后，我曾即复一信。约一周后，大作收到，不胜欣喜，即逐字拜读，确实前无古人。邻居周是今君，平日亦多阅历史文献，借阅以后，称赞不绝。因此，我亦邀他撰写一篇读后感，现将此二文寄上，还请我兄斧正。

我的稿子中，有一处还得请兄补正。即原稿第 5 页中有关平型关之战的一段，此事是刘（？）先生所告，这是那年太原会议的前一年（1988），因地方志小型讨论会（全国仅十人参加），我与他在北京相识。他在会上发言时，对于山西省方志纠正以往错误史实时曾以此举例，并赐我剪报（记得是《山西日报》等几种），上载他对此事的作品，报刊日期是 1987 年 7 月 7（？）日（即抗战 50 周年）。由于一时找不到他的名片，所以记不起他的大名。他曾任晋祠领导，所以太原会议时，我请他带领代表们参观晋祠。但因时久，所以不仅记不起他的大名，文章名称和报刊名称也忘记了（文章原是收起来的，但找了很久没有找到）。所以只得请兄补上，包括文末注解在内。如能挂个电话问问刘先生，则此事可以顿释也。

我们夫妇因去湖南张家界开了七八天会，因此此文迟寄，乞谅。

匆此，并祝

撰安

陈桥驿 顿首

98.8.3

3

生禾吾兄：

八月初曾挂寄评论大著的拙稿及周是今君二稿，想经尊览。日前周是今君从外地返回，我给他看了拙稿复印件。他提出一种意见，即关于稿中所述平型关之战一事。他认为，我们上面的政策、观点随时在变，刘先生的文章（他未见过）在抗战 50 周年时上头认可，现在是否继续认可，值得了解。他的话当然也有道理。不过实际上，在 88 年我与刘先生在北京见面，他又给我剪报大作（88 年见面后，我们曾通过信，接着在太原会议又见面，并承他陪同参观晋祠）。在这以前，大约二三年，我已在开封师院（后改河南大学）学报上见到一篇由三位作者写的专题文章，也是评论这次战役，此三人也是到了现场指挥所实勘过的，说法和刘先生一样。不过对于这样的事，确实需要有此一时也彼一时也的考虑，所以特写此信，请兄和鸿喜兄斟酌一下，如认为不妥当，则这几句文字可以删去。

匆此，并祝

撰安

陈桥驿 顿首

98.8.27

4

生禾我兄：

大札读悉，知道您和广洁为拙文斟酌发表，因为《长平》的确开创了历史军事地理的新纪元，所以我认为把这个信息告诉学术界是一件大事。我也和周是今君谈了，他也很高兴。由于去参加了一次“东南区域史研究国际学术会议”，迟复为歉。据来信知刘先生已故世，我与他相见虽仅二次（北京、太原），但感到他说话爽直，观察事物细致，所以也不胜唏嘘。我所盼望的是我在拙文中的最后几句，即是用兄等的方法研究历史上的重要战争。我建议您和鸿喜兄，包括广洁，能否申请一个国家或省上的课题，把历史上的重要战役在古战场进行勘察，最后（包括《长平》在内）获得一种成果，如《中国历史军事地理实录》或《中国古战场实录》之类（随手拟写）。我想这一定能震动国内外学术界的，这样的成果可以举行一次国际学术会议。无疑会比我们刚刚举行的“东南区域研究史”出色。这次会议来了 20［位］左右美、日等学者，因为其中有数人是我邀请的，又因我能说英语，所以他们一定要我唱主角，但其实所有论文都实在一般，没有突破性的。而古战场实录的研究方法，肯定是突破性的。

我的《水经注校释》年底前或可出来，届时当请您指正。此书我原来不拟拿出来，由于拿专用稿纸写信，被有些出版社获悉，前来约稿。上海书店因近水楼台，派人上门“订货”，这都是几年前的事了。但我都没有同意。96 年，由于我校申请“211 工程”，校长上门索稿，目的只说列入出版社计划，让“211”审查组看看，以增学校气派。但稿取去后（尚未校对），竟擅自刊登广告，而国家古籍组居然汇来 3 万元“以示鼓励”。但我声明我没有时间参加校对，结果由党委书记和校长插手，组织能人看校样。现在已经五校，说是七校后请我签字出版（版式还差强人意，我看过了）。而此事又引起了上海书店的不满，又派人来（其实当时我绝未同意过），因为他们正在组织一套名人笔记丛书，所以我只得以《郦学札记》应付。大概明年上半年可以出版。

我因此又想到我的郦注研究论文，自从那年广洁给我出了《三集》以后，现在又积累了三十余篇，约有 30 万字。此事，当然理应先告诉广洁，所以抄了一个目录寄您，请您便时给广洁看看。假使他有意继续，则让我整理一下，明春可以交稿。如不便，则不要让他为难。

匆匆恕草，并祝

撰安

陈桥驿 顿首

98.9.23

5

生禾兄：

刚刚外出返杭，读到两封大札，由于才抵家，人家还不知我的行踪，所以趁机多写几句，因为读您第二封信说到“三代工程”的“眉目”之事。记得前年我曾写信给这个“工程”的办公室主任辛德勇（因为他的博士答辩是我主持的，所以说话可以随便），我说这个工程其实质是“大跃进”时代的亩产 20 万斤，后来他辞职了。当然辞职或是另外原因，我的信显然没有这样大的力量。我不知道这个工程的底细。有人说，现在科学进步，科学的测年手段日新月异，如 C^{14}、热解光、中子活化、钾氩、铀系等等不胜枚举。但科学进步的事也涉及对于“年”这种概念的更新。1 回归年 = 365 日 5 时 48 分 46 秒（365.2422 日），1 恒星年 = 365［日］6 时 9 分 10 秒（365.2564 日）。当然，“年”是有误差的，这种误差是“秒值”（每遇这种误差，天文台都要“安排”这一二秒的去处，并公告于众）。但各种科学的测年手段也有误差，这种误差是“年值”“十年值”和“百年值”。只要这样一对比，就可以想得到，“三代工程”是无法通过现代化的测年手段实现的。在“年”的概念如此精确的前提下，用考古学或历史学的方法，也完成不了这项工程。将来或许会公布一个数字出来。那末，可想而知，无非是在《东京民报》《江苏民报》或黄藻《黄帝魂》这三个黄帝纪年数字以外再增加一个而已。所以我认为尊图中这几幅“传说地图”，假使按科学办事，是不能入图的。现代地图是有经纬坐标、有比例尺的计量地图，传说而又予以计量，这不是笑话！但问题在于有的有权的领导，他们还不懂得这一套。假使无法说服他们，但必须说明：是传说图，是示意图。当然，一本用现代地图学方法绘制的地图集，加上这样几幅，好像穿了西装又戴瓜皮帽，当然是无可奈何的事。当然，这几幅图上不上，与“三代工程”实无关系。我的意见就是如此。

欣知山西省领导很重视你的研究课题，这是很有眼光的。把这个课题从一省推展到全国，最后写出一部《中国历史军事地理》，这本书在历史地理学领域中将是有革命意义的。希望兄等几位能带头做这件大事，而且看样子也只能由你们几位来做。因为你们已有经验，做出了不同凡响的成果，我们只好敲敲边鼓而已。

拙稿《水经注校释》校了七次校样，总算已经定局。这里的书记、校长都与我说过，此书由他们管，不必我操心。但我看了六校样后，知道必须让自己再校一次，才能最后放心。现在正在按七校样排版，最后由我核对了七校样无讹，就可付印。拙作《关于〈水经注校释〉》已经发表，特别是文中最后一段，是我必须说清的，特复制寄上，请指正。此稿由于专用稿纸用作信笺而暴露。几个出版社都来联系过，我绝未对谁作过承诺。最后由于学校申请“211”而由校长出面取走。由于立刻就刊登了广告，使我猝不及防，造成既成事实。上海书店赶来杭州，尽管我对他们未作过承诺，但还是把《郦学札记》做了“补偿”（明年可出版）。另外一个出版社也赶来，我也答应了他们另一种稿子。在这样的情况下，我必须把《四集》的事告诉广洁，因为他出了《二集》《三集》，现在《四集》已基本完成，我不能对他隐瞒。但另一方面，上次信中我记得与兄提起一句，不要让他为难。

我相当忙，由于不能退休，什么事都会拉到我，今年已出差十次，虽然都由内人陪同，邀请者还派人“接驾”，但花费了许多时间，老牛破车，精力实已不济，无可奈何而已。关于《长平》书评的拙稿和周君稿，一切听兄安排。

匆匆恕草，敬祝

全家好，便时并候广洁

桥驿 顿首

98.12.7

临寄，我还得赘述几句。《山西省历史地图集》是全国第一种省级历史地图集，过去曾见到过一份尊处寄来的报导，你们开会时，省领导也到会，所以全国都看着你们，关系实在重大。自从“谭图”以后，有了“北京图”和“西安图”，我都写了书评。[①]“谭图”是奉胡乔木之命，我在日本写的。“侯图”是遵侯先生之嘱。“西安图”因为事前开了审订会，我被命为主任，等图出来后，我当然只得写。

“西安图”中有四幅没有比例尺，我在点评中（《历史研究》97年3月）只能实说：“在一部以现代技术绘制的图集中，出现这样四幅不能计量的‘彩色示意图’，看来并不适合。”由于涉及史老先生，我的话是温和的，而且把责任加于西安地图出版社。为此，尊图的几幅传说战争图，实在应该从长考虑。我实在无法充分表达我的意见，临笔不尽。又及。

① “谭图”即谭其骧主编《中国历史地图集》，陈桥驿有《评〈中国历史地图集〉》一文，载《中国社会科学》1985年第4期。“北京图”以及下文“侯图”皆指侯仁之主编《北京历史地图集》（北京出版社，1988年5月第1版），陈桥驿有《评〈北京历史地图集〉》一文，载《历史研究》1989年第5期。“西安图”即史念海主编《西安历史地图集》（西安地图出版社，1996年8月第1版），陈桥驿有《评〈西安历史地图集〉》一文，载《历史研究》1997年第3期。

一九九九年　7通

1

生禾我兄：

久不通候，想必安泰而忙碌也。我兄年来屡出佳作，令人钦羡。不知除在战场以外，还在进行何种研究。如有佳作，还祈早睹为快。

《长平》声名甚著，周是今君已由《晋阳学刊》寄来刊物及稿酬。[①]我于近月前，收到此文稿酬，汇单上写的好像是《黄河文化论丛》？我当时以为不久就可接到此刊，却至今未见此刊，不知何故。此事兄必了解，是否能为我查索一下，该刊是否寄出刊物？因校名已改"浙大"，但邮编及地址不变，有时也会错递失落也。

匆匆恕草，并祝

撰安

陈桥驿 顿首

99.3.8

2

生禾兄：

信敬悉，欣知您搬了新居，应该祝贺您的乔迁之喜。《论坛》[②]前天收

① 周是今《〈长平之战〉读后》，载《晋阳学刊》1999年第1期。

② 指寒声主编《黄河文化论坛》，北岳文艺出版社，1998年12月第1版。内收陈桥驿《前无古人的历史军事地理研究成果——评〈长平之战与长平古战场考察报告〉》一文。又，此后3通书札中，《黄河文化论坛》皆误作《黄河文化论丛》或《论丛》。

到，内外俱属上乘，请代为谢谢寒先生。最近比较忙，如有时间，我会尝试写一点黄河的东西。我从国外带回了一点黄河研究的东西，这条河流令人挚爱，最终将会怎样？是今君信已转交，他刚要去外地，要我向您致谢。

您长沙相告之事，我牢记在心。年来每年为他人著作写序，常在十篇左右。有的心甘情愿，有的实属应酬，以后者为多。您的大作，我当然义不容辞。去年写的序中，只有两篇属于前者，一篇是历史所的《中国历史地名辞典》，谭先生是顾问，可惜他见不到出版（今年二三季度可出），另一种是苏北海先生的《西域历史地理续集》①，二季度也可出版，他老坎坷，八十多了，拼命把损失的时间补回来，我当然应该支持他。此间的《都城辞典》（江西教育出版社）②，二三季度也可出书，全赖兄等帮忙。吉军能干，也花了大力气，并陪我去了两次南昌。

台湾“中央研究院”邀请我六月中去讲点东西，并在一个国际会议上担任“主讲人”，他们负担全程费用。但我还未决定，因为要考虑两个人的健康情况（我们二人共 150 岁：77+73），只好到那时再说。

匆复恕草，并祝

撰安

陈桥驿 顿首

99.4.1

3

生禾我兄：

昨日匆匆寄上一信，今天又收到了寒声先生亲笔签名的《论丛》一册，真是不胜感谢。为特再写一信，务请兄代我向寒声先生道谢。并请告诉他《论丛》确为难得佳籍。昨日信中我已与兄说过，也请转告他，我一定会撰

---

① 指《西域历史地理（第 2 卷）》，后由新疆大学出版社于 2000 年 7 月出版。苏北海（1915—1999），新疆大学历史系教授，长期从事西域历史地理、民族史等研究。

② 指陈桥驿主编《中国都城辞典》，由江西教育出版社于 1999 年 9 月出版。

写一篇有关黄河的拙作请他指正。

匆此，并祝

撰安

陈桥驿 顿首

99.4.3

编者按：靳生禾后将此信转交寒声，并于信笺空白处作如下说明。

寒老赐鉴：

谨遵嘱寄上浙江大学（杭大已与浙大合组为“浙江大学”）陈桥驿教授致不佞的4月3日函，并4月1日函有关摘录，请检收。

靳生禾

5.17

《论坛》前天收到，内外俱属上乘。请代为谢谢寒先生，最近比较忙，如有时间，我会尝试写一点黄河的东西，我从国外带回了一点黄河研究的东西。这条河流令人挚爱，最终将会怎样？……

——摘自陈桥驿教授1999.4.1来函

4

生禾兄：

我上个月曾寄兄二信，但都遵嘱仍寄25-23，因兄新址尚未知道，不知是否能收到。

兹将拙校《水经注校释》印挂寄上。因我手头还只有五册样书，特先寄兄一册，俟大批到时，再寄广洁。书也寄25-23，由于是印挂，可能要慢些。到时，请兄指正（我在卷末《跋》中写了校释过程），并请拨冗写个书评，能否在《黄河文化论丛》或他处发表，甚感。

台湾“中央研究院”邀我六月份前去（并邀内人陪同），台湾方面手续很快已办妥，但此间教育部批文尚未到。匆匆并祝

撰安

陈桥驿 顿首

99.5.28

5

生禾兄：

从台湾返杭，读到来信，不胜高兴。去台十余天，参加的这个国际会议名称是“电子古籍中的文字问题研讨会”，有来自美、德、日、韩等国汉学家 132 人。我因邀请时就讲好属于会议的“特邀报告”，内容与会议主题实在无关。但为了这场“特邀报告”，他们倒是花了一点力气，因为要另外再请一位相当的主持人。结果是我的这场报告，他们请了［台北］故宫博物院院长昌彼得[①]老先生（长我二岁）主持。说明他们对学术是重视的。“中央研究院”在南港，原是台北东郊的一片田野，当年由朱家骅选定这个地方建院。全院几十个所集中在一起，史语所由于有傅斯年、胡适、顾颉刚、陈寅恪等诸先辈的创导，所在院中属于名所。会议整整三天，开得十分紧凑。会后，我们夫妇参观［台北］故宫博物院、胡适纪念馆、傅斯年图书馆等，又去看了阳明山中尚在活动的火山，喷气甚高，硫黄漫溢，一股浓厚的硫黄气味。又到了全岛最北一点，地名石门。又有人请我们夫妇在圆山饭店吃了一顿饭，这个台湾最大的饭店，其建筑宛如前门箭楼。由于时间不长，看的地方并不多，而且毕竟年龄较大，颇感吃力。两个老人能够顶得住这十多天的奔波，也算差强人意了。

① 昌彼得（1921—2011），字瑞卿，湖北孝感人，曾任台北“中央图书馆”特藏组主任、台北故宫博物院图书文献处处长、副院长。编有《故宫善本旧籍总目》《宋人传记资料索引》《明人传记资料索引》等。

读来信，欣知兄工作甚忙，这是能者多劳，兄精力还很旺盛，可以多多作出贡献。《论丛》首发式为我吹嘘，实不敢当。对于黄河，我虽无研究，但有些看法。95 年在北美讲学，又看到华裔学者的针锋相对的治黄意见（我已带回），更觉感慨甚深。暇时当写写出来请您指教，并请在见面时向寒先生问候。

拙校书已有书评见于《光明日报·书评周刊》。一本小书，要兄等操劳，实不敢当也。因刚返家，杂事较多，匆匆恕草，并祝

夏祺

陈桥驿 顿首

99.6.27

6

生禾兄：

大函及大作收到。大作精湛，只是为我表扬甚过，愧不敢当。此间因四校合并，《杭州大学学报》已不存在（原来颇有名气），而《浙大学报（文科版）》一直受人看不起，原杭大几位闻名学者的文章都已转到《杭州师范学院学报》。此学报今年起已评为浙江省一级期刊，网罗各地知名学者写稿，而且校对印刷均属一流，已成为浙江省内毫无疑问的权威文科期刊。大作经我与该学报联系，今日下午，副主编严军女士亲到舍下取稿，并决定刊用。大作为他们增光，要我代为谢谢。现在她急需下列各件：

① 中文摘要（200 字以内）；

② 英文摘要（中文摘要英译，但文题也要译出）；

③ 关键词（有二三个就行，中、英并要）；

④ 作者简介：生年、籍贯、职称、任职处、著作（简单即可）。

上列各件，请您即挂寄：

310012 杭州市 文一路 杭州师范学院

学报编辑室

严军 女士

祝

全家安康！

陈桥驿 顿首

99.10.7

7

生禾我兄：

这次能在太原见面，不胜荣幸。

返杭后不久收到《黄河文化论坛》第二辑，十分精采，寒先生确实下了大功夫。因而记起您在太原时的催促，我原来有一个底子，经过修改勉成一稿，您看了如认为可以，请交寒先生。我自从 1953 年在天津出版了一本不到 10 万字的《黄河》以后，对此河确实一直耿耿在怀。大堤随河床扶摇直上，许多人都眼睁睁看着，等它高到天上去。怎么办？

而水土保持和水利工程两派嚷嚷不息，外国人也感觉出来了。黄土高原的水土保持当然要重视，但此事和眼下高高在上的下游河道已经是两码事。水利工程，大堤当然要加固增高，但这是没有其他路好走的出路，冒着很大风险。

应该有人想想下游河道的现实了。尽管现下尚无良策，但必须有一部分人，哪怕是很少数，把脑筋放到这个问题上来。拙稿内所引的美籍肖昕先生，就是走的这条思路。不管他的方法能不能奏效，但多有一些人跳出“水保”“工程”两个圈子，想想如何处置“悬河”的问题，总是要提到日程上来的。

贵省历史地图集，专业上恐怕非您多花力气不可。我 19 日曾寄包维铅[①]君一信，就他来信中的关于图上的一个词汇提出讨论。要重复一遍太费事，

① 包维铅（1954— ），辽宁本溪人，时任山西省历史地图集编辑部总编审。

您是否能向包君索此信看一看，请您说个评语，谢谢！

匆此，并祝

新年合家康泰！

陈桥驿 顿首

99.12.23

二〇〇〇年 8通

1

生禾我兄：

去年 12 月下旬曾寄上拙稿，想必收到，如审阅认为不可用，烦请退回。

现在向您通报一事。昨日下午《杭师院学报》主编严军女士来到舍下，送来 2000 年第 1 期样刊一册，您的大作已发表。①晚上我细读一遍，包括英文摘要，并未发现错字，说明他们比较仔细（刊物封面印有“浙江省一级期刊”字样）。但严女士告知，因寒假开始，人手缺乏，又因作者多系高校教师，各高校也均届寒假，唯恐寄失。所以刊物及稿酬，要等寒假结束后再行寄奉，为特奉闻。您的大作精湛，为拙作吹嘘，感谢莫铭。台湾“中央研究院”史语所专刊《古今论衡》去年最后一期（三日前寄到），也发表了一篇一万数千字的评介拙作文章，并附有几种照片，实亦汗颜。②此刊作者多是彼方“院士”及国外学者，并有徐中舒遗作一篇③（徐解放前也在史语所，未去台，留在川大执教）。我的一点雕虫之作，承兄台等鼓吹，实在有愧！眼下拙作《郦学札记》已看完三校样，出版时当再请指正。

昨日又收到《黄河文化论坛》寄赠的台历一个，制作甚精，便时烦请代谢。

---

① 指靳生禾《评〈水经注校释〉》一文。

② 指周筱云《评介陈桥驿〈水经注校释〉——兼谈今后“郦学”发展之趋向》一文。

③ 指徐中舒《北狄在前殷文化上之贡献——论殷墟青铜器与两轮大车之由来》一文。徐中舒（1898—1991），安徽怀宁人，曾就读于清华大学国学研究院，师从王国维、梁启超诸先生，是现代著名史学家、古文字学家。

匆此，并祝

全家春节康泰

陈桥驿 顿首

2000.1.27

2

生禾兄：

寒假中我曾寄上一信，告知您《杭州师院学报》大作已出版发表，因假期恐寄递遗失，故需俟开学再寄。想必收到。不久，兄寄至系里的大函也收到。因假期系里的信箱无人管（大学一到放假就像瘫痪一样），搁了好久才收到。知您又去野外考察，能者多劳也。但毕竟有了年纪，还须多加小心。兹接杭师院学报室电话，兄的学报已经寄出，请查收。但抱歉的是稿费因该校财务交接，钱尚未拨下，要半月后才能寄奉，要我与兄打个招呼，请谅。

《黄河文化论坛》三期收到。但此事还得烦兄通知他们一下，通信处搞错了，邮编也错了，寄了一个多月才算有熟人送到手上，否则就丢失了。因为这里四校合并为一个新的浙江大学，一共有五个校区，虽然名称都是浙大，但邮编各异，校区地址和名称也各异，否则极易误投。我的地址另写一纸附上，烦请兄转交他们，否则十分精彩的书，到不了我手上，太可惜了。谢谢！

专此，并祝

撰安

陈桥驿 顿首

2000.2.28

3

生禾兄：

以前寄上一信，是托您要《黄河文化论坛》改正我的地址和邮编，因为他们都弄错了，最后寄来这一期，要不是幸遇一位熟人，就丢失了，岂不可惜。今天写此一信，是向您通报一事，《杭州师院学报》的稿酬已经寄出，请您检查一下，是否收到，如未收到，请示及为盼。

匆匆恕草，并祝

撰安

陈桥驿 顿首

2000.4.4

4

生禾兄：

手示敬悉，知拙著已收到，当请暇时斧正。

读手示，深表同情，我们相知多年，荣辱与共。尊夫人病危，焦念可想而知。我能安慰兄的话，只能是，夫妻一生，终有分手之日，何况按中国传统，兄伉俪已算白头偕老，我内人读兄信也频频叹息。她说了一句话，也算是她在无言可表的情况对兄的安慰。她说："早走的福气。"确实，夫妻一生，总是一人送一人先走，则被送的确比送的福气。

《辞典》已出多日，但江西方面一直还未寄来稿酬。吉军[①]作事甚仔细，常在催询中，顺告。

请多保重。祝

好！

陈桥驿

2000.5.19

---

① 即徐吉军（1961— ），浙江宁波人，浙江省社会科学院研究员，为《中国都城辞典》编纂委员会常务副主编。

5

生禾兄：

信敬悉，惊闻嫂夫人仙逝，我们已来不及送花圈，敬以此表示我和内人的悼念，还望节哀，用时间来排遣伤痛。

有关黄土高原文收到，但《论丛》[①]现在要收取很高的版面费。我与史先生之间可以商量的，但史先生已住院（病不属危，但治愈很难，美国里根尚且无法），我已无法再与他们打交道了。去年，我的研究生一篇文章，他们收了三百六十元。至于《历史地理》，因为第 15 辑以后，我不再挂名主编，而此稿事隔 12 年，也难启齿。我看稿留在我处，俟我编什么东西或另外机会再插进去，兄以为如何？

匆复，并祝

夏安

陈桥驿

2000.6.2

6

生禾我兄：

到昆明开会，没有能见到您，我很理解。经过一场家庭大变，您的心态还调整不过来，情况与几年前邹逸麟兄一样。当然，我也十分希望您也能像邹兄一样地逐步调整心态，按您的才华能力，还可以做一番事业。我想，这是必然的，您一定会振奋精神作出贡献的。

谢鸿喜兄在昆明相见，到我房中坐了一回，我请他转达我们夫妇对您慰问。关于地图，他说快了。

《论坛》第 4 辑收到，卷末《鸿雁传书》中看到了您致寒老的拙信[②]，承

① 指史念海主编《中国历史地理论丛》。
② 即 1999 年 4 月 3 日陈桥驿致靳生禾信。

蒙推崇，不胜汗颜。

昨天收到《中国图书评论》第 6 期，刊有拙文《前无古人的历史军事地理研究成果——评〈长平之战〉》。我想一定是您或广洁寄去的，全文作过删节，但删得很好。这位署名李可可的责编是很有水平的。据徐吉军说，此刊甚有声望，故特奉告，并请转告广洁君。匆匆恕草，祝

好！

陈桥驿 顿首

2000.8.20

7

生禾兄：

我因避忙，于上月中来到绍兴做点工作，但其间又出差两次，并接待外宾，仍然捞不到多少时间，而研究生到校已多日，所以中旬就得返杭，实在捉襟见肘了。

昨日系里派人送信，得读大札并新华社电文，很为您感到自豪。读大札得知这两年未曾接到专业委员会开会通知，我虽然已经退位，但对此仍不胜抱歉，当通知邹逸麟兄注意（不久前曾经见面过）。

读大札知拙文曾在《中国图书评论》发表，但我却未曾看到，也不曾接到该报，所以请您把此文复制寄下为感。并请写出此报发表此文的卷期日月，由于我素来不读此报，还请您告诉我此报在何地发行出版，谢谢！

《山西省历史地图集》[①]首发式，杨剑英[②]女士曾挂电话到绍兴诚恳邀请与会，我因时间困难而婉谢。《图集》在包括您在内的晋省专家澹淡经营多年，能够获得如此成绩，令人钦敬。

匆复恕草，并祝

---

① 该书由中国地图出版社于 2000 年 9 月出版，是我国第一部大型的省区综合性历史地图集。

② 杨剑英，山西太原人，山西省历史地图集编辑部执行编辑之一。

撰安

陈桥驿　顿首

2000.10.16

8

生禾我兄：

谢谢您复制的拙文。

知道由于嫂夫人老家姊妹到来，又引起您的心情悲苦，这当然是情理所然。不过我还得重复一句，您和嫂子是白头分手，任何人都不免这种遭遇，所以您必须想开，嫂子在泉下也必以我语为然也。当然，这需要时间，万望珍重。

上月下旬从绍兴返回杭州，《中国图书评论》两册已经寄到，此刊物确实不错。至于稿费的事，请不必再和广洁说了，书既已寄来，也就算了，不要使广洁为难了。

《山西省历史地图集》也已收到，您为此图立了大功，不胜钦羡。

匆匆恕草，并祝

撰安

陈桥驿　顿首

2000.11.4

二〇〇一年 1通

生禾兄：

久不通候，突奉大札及大作，拜读之下，胜于晤谈。山不在高，有仙则名，兄对山西历史军事地理实已了如指掌，研究古战［场］而得如此成就者，历史地理学界，兄实为第一人也，实当祝贺！

读大札，欣知兄又重结伉俪，我和内人闻此都极感慰藉而高兴，而前嫂夫人遗愿得偿，亦可含笑于泉下矣。为特敬颂兄得此一擘，将大有助于学术研究之欣欣向荣也。

我因即将偕内人去省内外地开个会，临行读兄书信，匆复为歉，并祝
俪祺

陈桥驿

2001.6.16

二〇〇二年　2通

1

生禾吾兄：

您好！我从绍兴开会返杭，看到您公子所留条子，远道而来，有失迎接，不胜抱歉。从留条中看到您对我的惦记关怀，又不胜感激。人生在世，能有几个真心朋友，也算一大幸事。从留条上看到，您曾有信给我而不得我的复信。但您想必知道我有信必复的习惯。这事，恐怕是邮局应该负责了。昨天，我从绍兴返家，接到了我的一位已经故世的学生的夫人寄我的贺年卡，信中署 2002.2.25，此信走了一个多月（同在杭州市内，距舍下仅 2 公里）。今日早晨与绍兴一友人通话，因他的著作求序于我，信发于去年 9 月，我却一直不曾收到。仅在这两天之内，就发生了这样二事，所以我看眼下邮局实在也不好太相信了。

去年一年中，我颇遇着点不顺之事，先是我大女儿家遭回禄，暑假中回绍兴老家，替张步天君的《山海经解》[①]校阅并作序，在一次腹泻之后，忽然发现左下腹有硬块隆起，我估计或是不治之症，但到了这样年纪，所以也并不紧张。但返杭检查后知道是疝气，而这样年龄开刀已犯不着了，遂购得一种器材称为“疝托”，系在身上维持，仍能保持日常生活，也就这样得过且过算了。

去年十二月，由于我在加拿大和美国的两家回国过圣诞节省亲，虽然能

① 《山海经解》后由线装书局于 2004 年 7 月出版。张步天（1938—　），湖南益阳人，湖南城市学院教授，主要从事《山海经》和历史地理学研究。曾担任中国地理学会历史地理专业委员会委员、中国山海经学会筹备委员会委员。

热闹一番，幸亏国内两家都在身边。因为我们实在已无接待能力，由他们的两位姊姊、姊夫调度一切，但他们生活于社会安定的国外，到国内（杭州还算好的）这样的社会情况下，我们也不免操心。总算来去平安，但我们也不免忙碌一番。

您的情况我也常常惦记，去冬去苏州科技大学讲学，邹逸麟兄也应邀去那里，我们曾谈起您，不知近况如何为念。

史念海先生故世后的一些情况您想必知道，我们也有所闻。去冬与邹兄也谈及此事，在电话中与北京高德兄也谈及此事，实在不胜感慨。

《国家地图集·历史地图卷》①从今年起分册出版，这也靠高德兄的能力和耐力才得成功。顺告，并祝

康泰

弟 陈桥驿 顿首

2002.3.30

2

生禾兄：

大函敬悉，此信看日子三天就到，何其速也。首先要恭祝您重筑新巢，我和老伴听到此消息，都十分高兴。同时也要谢谢嫂夫人所说在新家接待的厚意。

欣知兄去年在学术上做出三件大事，可羡可贺。眼看当前潮流，包括学术界的腐败（其实只是政治腐败的一角而已），令人叹息，但毕竟还有一批书呆子如你我者，为了国家民族的文化而使足傻劲。虽然与当前形势格格不入，但求得于心无愧而已。

年岁大是自然规律，当然为兄所言应该自我注意。前列腺肥大我亦有之，以前不注意，现在间时用“保列治”，效果甚好。此药是美国货，但一

---

① 指《中华人民共和国国家历史地图集》，该书第一册由中国地图出版社、中国社会科学出版社于 2012 年 6 月出版。

般医院均有，兄如尚未用过，不妨试试。服一盒后，便感通畅，可以停服，过一段时期再服，我使用半年多以来，由于效果好，仍在间时服用。

我的工作确实较忙，目前台湾“中央研究院”又来电话邀请，感到捉襟见肘。明日又要去老家绍［兴］出席一次活动，所以匆匆写此一信，还祈恕草率。匆匆，并祝

俪祺

陈桥驿

2002.4.15

二〇〇四年 1通

生禾我兄：

久不联系，忽接大札，快同亲炙。特别是欣知兄一切顺利，成就斐然，老一辈人仍能奋发有为，确也不可多得也。但毕竟有了年纪，还请多加保重。弟前年过的八旬，家乡绍兴、香港，［国外］日本均为铺张祝寿（生日在日本过的），浙大并为举行了祝寿学术讨论会，请邹逸麟兄前来主持，复旦、陕师大、地理所及其他数校均来参加，弟实在汗颜。身不由己。他们印发请柬均不经我，诸事我都不知，所以当时有失恭请，还请勿罪。弟内人记忆力衰退实已有三四年，而去年起病情加重。如兄所说，此病眼下不少，亦属无可奈何。去年太原盛会，原拟与兄团叙，亦因此只好翻出一篇旧讲稿塞责，竟有劳兄费大力，实不敢当也。现在弟夫妇生活，全赖大女儿（她也是浙大教师，去年退休）。因家址甚近，每餐弟均扶持内人在她家用餐。家里只请一位钟点工每天来打扫洗洒而已。也是由于内人之病，故今年弟很少出门，不能与兄在新疆见面，不胜遗憾（十日前去宁波开会，遇见邹逸麟兄，他告知弟此事）。由于不退休，案头工作仍然很忙（带了几位研究生，不过仍充“导师”名义，讲一二次课而已，无甚负担），主要是外间约稿，因为约者均是熟人，无法推辞，今年至今已交稿逾 60 万字。既然吃了这碗饭，也算命中注定，无可奈何而已。最近（已经一年），此间宿舍区决定拆除重建，原有 500 余户绝大部分已迁，弟因工作停不下来，学校党委书记曾亲来舍为弟安排，暂住我女儿附近（弟所居处，属于原杭大最好的部分，所居者均是 80［岁］以上老人，均已退休，故均早已搬走，但弟因不退休，工作放不下）。恐要俟工作稍告间断时再搬，届时当告知新址。

寄上复制文三篇。第一篇为叶教授所写。[①]文题就为弟所难以接受，由于《中华读书报》名声大，不少熟人（包括港、台）读到后多来电话。但其实此文所说弟事，均是弟当年职责，无足称道（叶先生与弟同年，已退休，但仍帮弟译书），其重要者在于“引蛇出洞”“阳谋”，所以复制寄给这些朋友，以说心迹。第二篇为一记者发表于对外交流期刊《文化交流》。[②]因为眼下不少人对外国人卑躬屈膝，故写此文。但问题是，眼下人为了求他们投资，形同乞讨，以致不要颜面，弟无此求，当然与他们不同，但在今日潮流中，乞讨频繁，并受上头鼓励，还谈什么气节！第三篇是《学术界》约稿，而我是一稿二用（原稿因我不能参加清史讨论会，作为发言稿）。[③]但刊出后，也得到不少熟人电话，并有素不相识之人寄来信函十余封盛赞“说得好，说得痛快！”之类，但我一律不覆，不必节外生枝也。也寄上一份，请兄指教。

因久不通函，故噜噜唠唠多写了一下，费兄时间为歉，并恕草率。向诸旧友问好。

匆匆，并祝

俪祺康健！

弟 桥驿 顿首

2004.9.8

---

① 指叶光庭《陈桥驿教授改变我的一生》，载《中华读书报》2004 年 2 月 18 日。叶光庭（1923—2018），浙江临海人，1978 年在陈桥驿的要求下，作为翻译人才由杭州大学教材科调地理系工作，有译作《地理学的性质——当前地理学思想述评》等。

② 指颜越虎《陈桥驿速写》，载《文化交流》2004 年第 2 期。

③ 指陈桥驿《我对清史编纂的管见》，载《学术界》2003 年第 3 期。

二〇〇八年 3通

1

生禾我兄：

接读大函，快慰奚似。我今年已八十六，但因不退休，加上各处求书（我的书法实甚拙劣）索稿，并且名义上还带多了一些研究生（有一个班子为我讲课），所以实在捉襟见肘。现在生活全靠我的大女儿和大女婿（来信云侄女恐误）。大女儿毕业于浙大，有设计能力，在宁波乡下建了一所近 $300m^2$ 的别墅，假期常去小住，但家中电话与我身边一分机连通，所以凡是电话，我在宁波亦均可接到。我的二女儿也在杭，所以照顾我们二老甚好。内人由保姆陪同住院已二年。此间新住宅已建成，就在前杭大校内。装修内部完成后，秋后当可搬入，届时保姆可与内人住一间大室，不必再住院了。此处住室当 57 年搬入时，也是当时浙师院头等房子（$90m^2$ 三室一厅），已经住了逾 50 年，只是由于我藏书已逾万册，所以已缺乏空间了。我的老三、老四，两家早已定居北美，都是资深教授了，但现在交通方便，也常返国看看。

兄得了许多殊荣，能者多劳，亦能者多功，不胜钦羡。我的情况 2006 年 10 月 29 日《光明日报》有大版报道。[①]台湾一家书局（由于索稿），为我从网上复制送来多份，但因过重，寄递不便（此处邮筒，过重信件虽贴足邮票也往往失落），又《史学史研究》2006 年第 4 期有大篇《陈桥驿教授访谈录》，是该刊主编亲自赶来，后因情况不如此间人熟悉，由此间人署名，

---

① 指《陈桥驿：寻山问津治郦学》一文。

但二人虽都来舍下，实未经过“访谈”。此刊为一级期刊，尊处历史系必然订阅。如有兴趣，可到历史系看看他们的胡诌，抽印本我此处也有，但大块文章寄递也要超重，所以也不寄了。附上的是一份加拿大的华文报纸《中华导报》，是因为我孙子在高中之时就被三所美国名校录取（现已哈佛二年级），该报记载的一次家访。由于港、台朋友在网上看到，希我能寄报的复印件，所以我加了几句附言复制了几份。此报因为是外国报，兄也不易看到，所以寄上一份。

去年，中华为我出了《水经注校证》①，并赠书 40 册。但因此间新老研究生及助手等一哄而上，全数取走（我手头只留一册），中华已在重印，要花几个月时间，俟再寄我时请兄指正。中华毕竟老牌，80 万字的书，经我研究生们校核，毫无一个错字。今年年底，台湾尚要出我一书，俟他们送来时再说。中华在今年年底或明年初，还要出我一书，也只好到时再说了。关于我出书情况，06 年 10 月 29 日《光明》那篇报道甚详，网上很易查到。

我因有两家在国外，现在电脑上可以面对面说话。与香港及台湾朋友也均可如此，晓得的事甚多。但想想自己这一把年纪，所以一切也都不再计较。绍兴市委虽经我多次“抵抗”，但结果还是在去年发了文。成立一个专门机构，为我创立一座展览馆，事情正在进行，实在令人啼笑皆非也。我已经年老力衰，经不起这类折腾了。

兄毕竟比我年轻，还可作出较大贡献，但也宜保重身体。老年写信，错漏处必然很多，乞谅。

并祝

全家好！

向寒声先生问好！

弟 陈桥驿 顿首

2008. 元宵

---

① 《水经注校证》，由中华书局于 2007 年 7 月出版。

2

生禾兄：

久不通候，近况必佳。我因又老又衰，却因政府明文不退休，工作还较多，包括为研究生讲课，所以疏于写信，请谅。

请在便时告诉寒声老先生我的新地址，甚感。

祝

康泰！

陈桥驿 敬启

2008 年 11 月 29 日

3

生禾吾兄：

收到大函，不胜感慰。年来由于老伴病在医院，虽然我女儿、女婿贤勤，隔二三天晚上驱车前去看望，那边又雇了一位颇好保姆。但是我是又老朽又忙碌，晚上无力随同前去，为此心绪总感难安，忘了对许多老友写信。这次搬家，因为藏书万余册，全靠女、婿二人之力。但也让我精疲力尽。虽然浙大照顾，让我首先选择，女、婿尽力，两家在顶层隔壁，由于我的日常生活均由他们安排，总算勉安。虽然按政府文件（仅 1994 年全国搞过这样一次）不退休，浙大也仅让我每学期只对研究生讲二次课。但外来事务甚多，仍然捉襟见肘。吾兄之恙，虽非要症，但万请珍摄，目疾主要在于养目，所以切忌多写多阅，此老年人常有事，所以也不必多虑。家乡为我办此事，我实已婉谢年余，但结［果］还是按他们之意进行，那天开会，香港也来了多人，学校领导当然到会。只有我辞谢，让一辆宝马空车驶回。现在因房子已经建成，木已成舟，我不得已“配合”一下，真是无可奈何。特别除了附的

《浙报》[①]外，香港《文汇》、上海《新民》均已刊载，弄得日本与［国内］港台友人纷纷电话，使我既汗颜而又为难。

彼此好友，但都已有了年纪，我已 86［岁］，兄当亦逾古稀，保重实为首要。但我今年出差已有十多次，虽每次对方都派医护，毕竟老朽，难以为继。今日下午，因绍兴一座大公园开幕，碑记是我撰文并书，不得不去。

寒声先生及晋地诸老友，便时请兄代候。甚感。附上拙稿，是对方快邮寄来《南方日报》，并电促发表意见而写的，请指正。也请老友们指正。

匆匆恕草，敬祝

康泰

弟 桥驿 上

2008.12.26

---

① 所附《浙江日报》2008 年 7 月 25 日新闻复印件一份，题为《绍兴为在世学者树碑——陈桥驿史料陈列馆落户仓桥直街》，陈桥驿于空白处手写："这是绍兴市为我建馆在《浙江日报》发的新闻，经绍兴市放大，到处宣传，当年我是不同意这样小题大做的。"

二〇一二年 1通

生禾吾兄：

忽得大函，不胜欣慰。我因年迈力衰，只能简复，乞谅。

① 欣知兄又有实勘的贵省古战场著作问世。[①]嘱序，因是熟友，可行（浙大不准我为不熟者作序，当然为了保护我，因我为人作序已超过三百篇）。不过驾临时间，宜在白露以后，杭州不比太原，近日气温均在36℃—37℃，我年迈受不了。

② 尊著当已落实出版处。我是反对自费出书（买书号）行为的。前者，尊处王尚义先生嘱我为大著作序，因为是熟人，并不违背浙大所嘱，但至今未见其书。[②]我虽从不去浙大，但学校对我的一动一作均甚清楚（也是为了保护）。

③ 最近中华为我出了几本书（均非自费出书）。《八十逆旅》（去年出），已有长沙及洛阳人购得请我签名，太原不知［是］否已有？刚刚又出了《汇编》[③]，有上、中、下三册，也已有人从上海购到，请我签名（但售价每部400元，较高）。现将此书第三册书末《后记》寄上供阅。[④]此外，台湾方面也常来人索稿，并也已出了数种，上海、广州或可购到，但太原大概买不到。

---

① 指靳生禾、谢鸿喜《山西古战场野外考察与研究》，后由山西人民出版社于2013年11月出版。

② 指王尚义《历史流域学的理念与实践》，后由商务印书馆于2019年8月出版。

③ 指陈桥驿编著《〈水经注〉地名汇编》，由中华书局于2012年5月出版。

④ 随《后记》附纸云："因到最近一只邮筒，来回有一华里，而且太大的信封，邮筒里放不进。若要寄挂号，邮局有一公里，我走不动了。所以主要用电话。我定居国外的两家（老三、老四）也经常挂电话。故请您告我您的电话号码与手机（我没有手机）。"

④ 我因生性书呆子，除了写点书以外，别无所能，匆复恕草。

⑤ 由于家乡绍兴市为我建了一所“陈桥驿史料陈列馆”，故我的一切均已在该馆。最近，浙大也要为我建一馆，实在无法对付，奈何徒唤而已。

敬祝

撰祺

陈桥驿

2012.7.27

旧友均请代候！

二〇一三年 1通

生禾教授我兄：

尊著收到，确是一本好书，兄和谢兄真是功不可小视，是我国很难见到的一部杰作。

但有一点要求，因为家乡绍兴市在一条经联合国申遗通过的“古城老街”，为我兴建了一座“陈桥驿史料陈列馆”，开馆已有四年多，各地参观者甚多，包括外国和港台。此馆中收了我的全部著、译作和教学之类，凡我作序的书（有二百多种），也都能陈列。所以我作序的书，作者都纷纷竞相寄去陈列。为此，您只寄我一册显然是不够的。务请再寄几册，让我交该馆陈列一册。又因港、台也有此需要（我因多次去讲学，甚熟），所以请您和谢兄考虑一下。另外，那次凌虚兄与兄来后，我已经将拙著论文（有的是到绍兴“馆”中复制来的）印挂寄李广洁兄，但一直无回音，也请探问一下见示。

此祝

文祺

陈桥驿

2013.12.27

二〇一四年　2通

1

生禾教授我兄：

蒙赐稿酬，敬收到，谢谢。尊著确实十分出色，我已通过此间地理学会要敝处学习，但恐敝处没有兄和谢兄这样的高手。

不久前，李广洁兄带同一位编辑也驾到舍下，与我谈了颇久，告诉我拙稿已排出，正在校对。但主要的是谈论贵省还要出一部全省性的大书，自当一鸣惊人。兄是特等专家，必然要在这个大部头中显出超等身手。发展情况如何，便中当希示及。

敬祝

全家春节康泰

陈桥驿

2014.2.25

2

生禾教授吾兄：

来信敬悉。我稍前也有一本此间校方为我出版的什么纪念集，挂邮寄上，想必收到。

来信所嘱，对于提名尊著《山西古战场野外考察与研究》为一等奖，我当然完全同意。

我虽奉国家人事局文件（仅 1994 年发过一次这种文件）终身在职不退

休，但文件内容明确："继续研究，继续著作。"并无"继续教学"字样，所以从未去校，而且与全国地理学会亦已没有关系，《会讯》均未看到。

因舍下离邮局有一公里，而我家保姆又是彻底文盲，只能请她投邮箱的事做得了，平时有过去研究生来，我即随时请他们做（挂寄校编书，也是请以前研究生），所以从写信日到发信日，必有一段距离，乞谅。

祝

好并问候谢兄

陈桥驿

2014.3.28

陈桥驿致寒声手札

寒声（1918—2012），原名李经宽，山西昔阳人，新中国成立后主要从事戏剧创作与研究，历任山西省文工团团长、省文化局副局长、省剧协副主席等职。曾任中国《西厢记》研究会会长、中国戏曲音乐学会副会长、中国戏剧文学学会顾问等，并主编《黄河文化论坛》辑刊。1992 年，被山西省委、省人民政府授予“人民艺术家”称号。同年起，享受国务院政府特殊津贴待遇。

二〇〇四年　1通

寒声先生道席：

大函敬悉，两位耄耋老人通信，实在也算难得。承您关爱信任，要我担任贵刊顾问，愧不敢当也。由于往年靳生禾先生的介绍，加上我在晋地还有几位友好，所以对于您的情况主要是在山西的声誉素已知悉。但我的情况，您不一定了解，所以趁复信机会，互相通个声气也好。说起来惭愧。我无非是个只念过半年大学庸庸之辈，而且当年之所以断然离开大学，主要是为了不满意想望甚久的大学，进了大学，才知道大学原来如此！（其实我后来也公开发表过文章，当年我所进的这所国立大学，师资实在不差。）现在，在当了五十多年大学老师（而且由于国家人事部给我的一纸文件，我这个位置还要占下去，到死才算退休）以后，我仍然坚持己见，对大学不满意。

很高兴您专出一辑“创建世界一流大学”的专刊。[①]对于国外的大学，我也算是稍稍见过一点世面的。自从上世纪七十年代末以来，我曾经受聘到不少国外大学讲过课，足迹远到南美洲的巴西；我曾经担任过日本三所大学的客座教授，并在十多所大学讲过课；在北美，也曾在加拿大和美国的十多所大学讲过课。并且［在国内也］到了港、台大学（需要说明的是，虽然多次外出，但未曾花过国家一分钱的外汇）。但尽管他们的大学有些优点，但我也仍难满意。讲我的理由，不是几句话说得清楚。所以我特地把那年我为一位自学成才的学者奚柳芳君所出的论文集写的一篇序言复制寄上。[②]直到今

① “创办世界第一流大学”专刊后收入寒声主编《黄河文化论坛》第 13 辑，由山西人民出版社于 2005 年 10 月出版。

② 此序后作为陈桥驿《关于“创建世界第一流大学”》一文的附录，一同刊载于《黄河文化论坛》第 13 辑。奚柳芳（1947—　），生于上海，1980 年作为上海师范学院教师赴杭州大学进修，多得陈桥驿先生指点。其著《奚柳芳史地论丛》由河南大学出版社于 1996 年出版。

天，我还是坚持我在该《序》中的观点。

我在大学执教，始于上世纪 50 年代。我虽然经历过几次所谓“教育革命”，并且有幸在这类“革命”中成为“革”的重点，但我大概属于死不悔悟一类。我感到，我们的大学，革来革去，不仅与国外有差距，或许还不及过去。《学术界》2004 年第 4 期有一篇《中国人为什么不能得诺贝尔奖》的文章，文章中举了五位得此奖的外籍华人：杨振宁、李政道、丁肇中、李远哲、朱棣文。除了朱棣文是在美国出生长大，可以不论外，其余四位都是受的上世纪 50 年代以前的传统教育（有的是在台湾受的教育，但那年台湾“中央研究院”请我去讲学，我看了那边的大学甚至中学，仍与 50 年代以前基本一样）。当然，我并不认为国外的大学教学与［国内］台湾的大学教学完全“合理”。按我的看法，仍有许多（指本科生教育）让我失望的东西。《学术界》2004 年 1 月号有好几篇讨论大学的文章，其中有一篇《大学精神的失落与重塑》，与我的想法稍有相似，您不妨参阅一下。

其实，在国内，对于大学抱有我这种观点的人并不是没有，就说我附上的这篇拙《序》，据当年奚柳芳君告诉我，上海原来有一家颇有名的媒体想转载，但后来因媒体内部有人不同意（或许认为太“离经叛道”），所以没有转载。但是当年我还是接到好几封信和电话，表示同意我的意见。我写该序时还只有 69 岁，一晃十几年过去了。这十几年中，因为一直在职（当然只带几个研究生），所以仍然常常思考这个问题。我始终觉得：“大学”怎么办，是值得研究的。

所以我非常崇敬您出这样一期专辑，这是意义深远的。怎样的大学才算世界一流大学？英国的牛津、剑桥，大家早已熟知。美国则有所谓“长春藤盟校”（IVY）：哈佛、耶鲁、普林斯顿、哥伦比亚、布朗、Dartmouth、麻州理工、斯坦福。在这方面，也颇有不同意见。由于我的两个儿子都在北美大学当教授，现在在电脑上又可以面对面（看到形象）讲话。有时也常常谈及这个问题（他们也是为了子女即我的第三代的问题），也常有不同意见。所以您的这一期专辑，我希望您办得兼容并蓄，让大家有讨论的余地，能够起到改革我国（包括外国）大学教学的作用。

顺便附寄您两份复印件，一件是我的一位好友叶老师在《中华读书报》所发表的，我事前不知道。由于此报在高级知识界很流行，许多朋友（包括港、台）挂电话给我，我才知道。我只好加了一个“角注”。[①]有的在电话中告知，也［有］的电传给他们，我的“角注”实在是比较含蓄的。其实，叶老师称赞我的，算不上什么“好事”，与其表扬这类“好事”，还不如检讨和反省一下所以能发生这些“好事”的原因。因为您阅读甚广，唯恐您也看到了，所以也附上这个“角注”给您。另外一份是一位朋友发表在一种国际交流的刊物上的，在国内倒是不易看到。[②]这种印刷精美的刊物（《文化交流》），据说刊物要他写此文，目的是因为眼下有不少人对“洋鬼子”盲目崇拜，唯唯诺诺，所以要写出我在国外的点滴逸事。其实，我看是起不了作用的。因为我到国外，都是他们邀请去讲学的。既不需引进“外资”，也不要他们的技术“援助”。我在国外是随时随地都昂着头走路的。

最后还是十分钦佩您办这种刊物，特别是出这样一期特辑的精神和举措，希望您获得成功！

这里，我虽然不退休，而且把“户口”挂在理学院的地球科学系之中，但是除了几个研究生外，我与学校没有什么接触。浙江师范大学在金华，不在杭州。那里原来也有不少所熟悉的人，但与这里一样，所有熟人都早已退休，只剩下我这个八十多岁的老头了。所以您信上谈的事，我必须通过研究生才能查得到。

我还是很忙，还不完的文债。您在办这样一件大事，当然会比我更忙。

匆匆恕草，并祝

撰安

弟 陈桥驿 顿首

2004.5.19

---

① 指叶光庭《陈桥驿教授改变我的一生》。陈桥驿先生在刊载此文的报纸一角，手写一段说明：“此文发表于著名的《中华读书报》2004 年 2 月 18 日。叶光庭先生此文，对我来说，实在于心有愧，万不敢当。但因文中点出‘引蛇出洞’‘阳谋’等痛定思痛故事，又涉及张步天先生的苦难与成就，而吕以春先生的早逝，也与其所受折磨有关。故特复制留念。桥驿谨识，2004.3.2。”

② 指颜越虎《陈桥驿速写》，《文化交流》2004 年第 2 期。

二〇〇五年　2通

1

寒声先生：

对您的事业心和责任感实在钦佩，所以不得不应命写了一篇拙稿，请您审核。由于年老体衰，加上不退休，还有研究生不断登门谈话，所以迟迟才把此稿拼凑起来，誊写中还会有漏字或错字，请您包涵并改正。

《奚序》作为此文附录，因为其中有我对办大学的意见，这种意见，我至今不变。

匆匆恕草，并祝

撰安

陈桥驿

2005.3.25

（由于拙文中几次提到拙作《论学术腐败》，所以也把此文复印寄上，请指正为感。）

2

寒声先生：

稍前曾挂寄拙稿，想已收到。

我的研究生们看到了我写的文稿，特为我携来一项资料，是《杭州日报》转载《中国青年报》的文章。特复制寄上，供参考。

专此，并祝

编安

陈桥驿

2005.4.4

二〇〇六年 3通

1

寒声先生：

谢谢您的托付。抱歉的是我的“下笔不能自休”的坏习惯。您嘱我写千把字，我却大大超过您的叮嘱，我自己也很不满意。

拙稿还是寄上，您可以用两种办法处理：

一、不采用，就丢入字纸篓，不必退还给我；

二、删改，按您的意见删，删到您认为勉强可用为止，我毫无意见，也不必告诉我。

匆匆恕草，并祝

编安

陈桥驿 谨启

2006.3.14

2

寒声先生道席：

寄下《论坛》第14辑[①]敬收，谢谢。在先生的辛勤耕耘下，贵刊日益攀登高峰，不胜钦羡。但此辑中所载拙文《论学术腐败》，是我前年在《学术界》发表过的，贵刊刊载拙文，不知是否与《学术界》有过联系。因我深恐

① 即《黄河文化论坛》第14辑，由山西人民出版社于2005年12月出版。

该刊对我提出询问，而我实并未以拙文投寄贵刊也。以此相烦，甚歉。

随信附上加拿大渥太华华文《中华导报》。此文所报道者是鄙孙陈十方。因港、台有友人获悉此事，询我是否有此报。我不得已加上几句“角注”电传给他们。①其实他读书对正课并不用心，但哈佛、耶鲁、普林斯顿（均为“常春藤盟校”）三校都在他高二时录取了他。与我在贵刊发表《关于创建世界第一流大学》拙文或许有点牵连。先生关心高等教育，故顺便寄您看看。

专此，并祝

编安

陈桥驿　顿首

2006.4.24

3

寒声先生：

谢谢您的来信。但首先让我牵挂的是您信上所说的近来贵体欠佳，我们都是到了这种年纪的人了。您手上担了这样一种学术性高（是时下很难得的）、持论公正（也是时下极难编的）的刊物，更需要为人为己保重自己，希望您能早日恢复。我也常常这样，一个时期体质不豫，但加以注意后，就逐渐恢复。

我因为被全国政协组织的大运河保护申遗考察，强劝苦拉，不得已带了一位助手（早期研究生，现在也是教授、研究所长了），从杭州飞到北京，

① 陈桥驿先生在报纸上所写说明，内容如下：“陈十方后来又收到耶鲁大学和普林斯顿大学的录取通知。但毕竟已经高中二年级，这有什么了不起呢？回忆当年（1966），他爸爸因为受我这个‘牛鬼蛇神’的牵连，小学五年级就被迫辍学，不也就作了哥伦比亚大学的数学博士吗？爷爷和爸爸是在恐怖、残酷的环境中滚出来的，孙子生长在这种公正、公平、丰富的环境里，为华夏子孙稍稍争口气，无非是小事一桩，实在是不足道也。何况祖孙三代都并非聪明人，都只是一般的脑袋，没有什么值得学习的。而外国名牌大学到高中二年级去录取新生，这或许比我们一考定终身的方法要好，倒是值得学习的。陈桥驿附记，2006 年。”

然后循运河南下，花了半个月时间。我担任全国人大代表五年，省政协常委十年（二届）。现在还是政协之友社理事。每年收到的“考察”“参观”不知有多［少］次。但这二十多年中，我未曾参加过一次。这次实在属于不得已，但“考察”结束，满腹意见。庆幸这二十多年中没有作过同类的事，否则真是太“冤枉”了。

您寄回我《腐败》文。此事已经过去了，当时寄您此文，是因为此文发表后，港、台朋友纷纷用 E-mail 和电话“叫好”，也有人称“把一切都揭出来了”。由于佩服《论坛》是份好刊物，所以也寄您看看，并非要您发表。何况文章右上角有原发表刊物的刊名和卷期。当时我恐怕《学术界》有意见（因为《论坛》和它一样，也是一种站得正、坐得稳的刊物）。不过好在港、台好几个大学学报都以“转载”形式发表了此文，所以也并非什么了不起的事，您也不必为此介意。

因为我非常佩服您的为人为事，所以很愿意进一步沟通了解。这次附上的几份拙作，都是在港、台朋友中（学术界）发生了较大影响，并让他们转载过的。又，关于我虚度八十的那两纸，因为那次事件是香港几所大学的朋友加上家乡绍兴市和浙大联合举办的，在港、台报刊也都刊登了，所以也附上。您有时间随意翻翻，没有时间就丢弃好了。

我们舍下成员的特点就是不读“正书”，我是从内心讨厌大学教学，却不料命中注定要在大学教书，已经教了五十三年了，却因那年国家人事部一纸文书而不得退休，身边还缠着研究生，还得教下去。我的两个儿子（老三、老四）的事在《奚序》中谈过，您当然知道了。我的两个女儿（老大、老二）也都在美国学过，但还是都回国执教（老大与我同校），所以我这次颇耽心我在加拿大的孙子，高二就接到哈佛、耶鲁、普林斯顿的录取信，今年九月份就可入学（现在决定去哈佛，但此三校都是 IVY，即“常春藤盟校”）。我从沿运“考察”回杭时，他们一家三口（儿、媳、孙）已回国探亲（主要是因为我内人小中风住院已半年），我急于了解孙子的思想，原来他也是反对读“正书”的。他们回国探亲前，已应哈佛之邀，一家去访问过哈佛。据我儿子告诉我，他向学校提出的要求就是：读书自主，听课自由。

而领导即时首肯。颇让我放心。我们这一夥的思想，与当前向大学猛冲疾驰的大势，实在是反时代的，也只好听之了。因为感您的公正，所以向您沟通一下，花您时间，还请原谅。匆匆恕草，并祝

编安

陈桥驿 谨启

2006.6.20

二〇〇九年 1通

寒声先生：

生禾先生：

谢谢二位的赐示，我因刚搬了家，杂事尚未妥当，加上内人因病住院，情绪也不安定。而特别是，学校邮局竟与学校同时寒假，信件投发困难，所以迟复，而且把二位合在一信中，实在对不起，请原谅。寄上拙作二种（也合在一起），请指正。[①]《学风》文刚发表，《恐诺症》发表较早（均是约稿，我现在除了熟友约稿外，已不写文章），大陆上人多都看不到，但港、台二地友人已有数次电话，反映颇为强烈，故寄请二位指正。去年，中华书局曾为我出二版二书，一为《水经注校证》，另一为《中国运河开发史》，但因周围人索需，我手头都已仅留一册。二书篇幅都较大，笨重，故《校正》虽已重印，但手头亦仅一册，故不寄了，乞谅。今年，台湾要为我出版专著二种，届时如方便，当寄奉。因我虽不退休，身边还有几位研究生，但我素不请他（她）们为我做这类私事，邮局距离又远，甚为不便。近来因访客较多，故草草作书，也请谅鉴。我今年虚龄87岁了，因国家规定不退休，只好挺下去。专此，敬祝

康泰！

陈桥驿 谨上

元宵节下午（2009）

---

① 指陈桥驿《学问与学风》以及《“恐诺症”——兼论科研机构及高校的体制问题》二文，前者载《杭州师范大学学报（社会科学版）》2008年第6期，后者载《学术界》2008年第5期。

影陈桥驿手札

晚年的陈桥驿先生

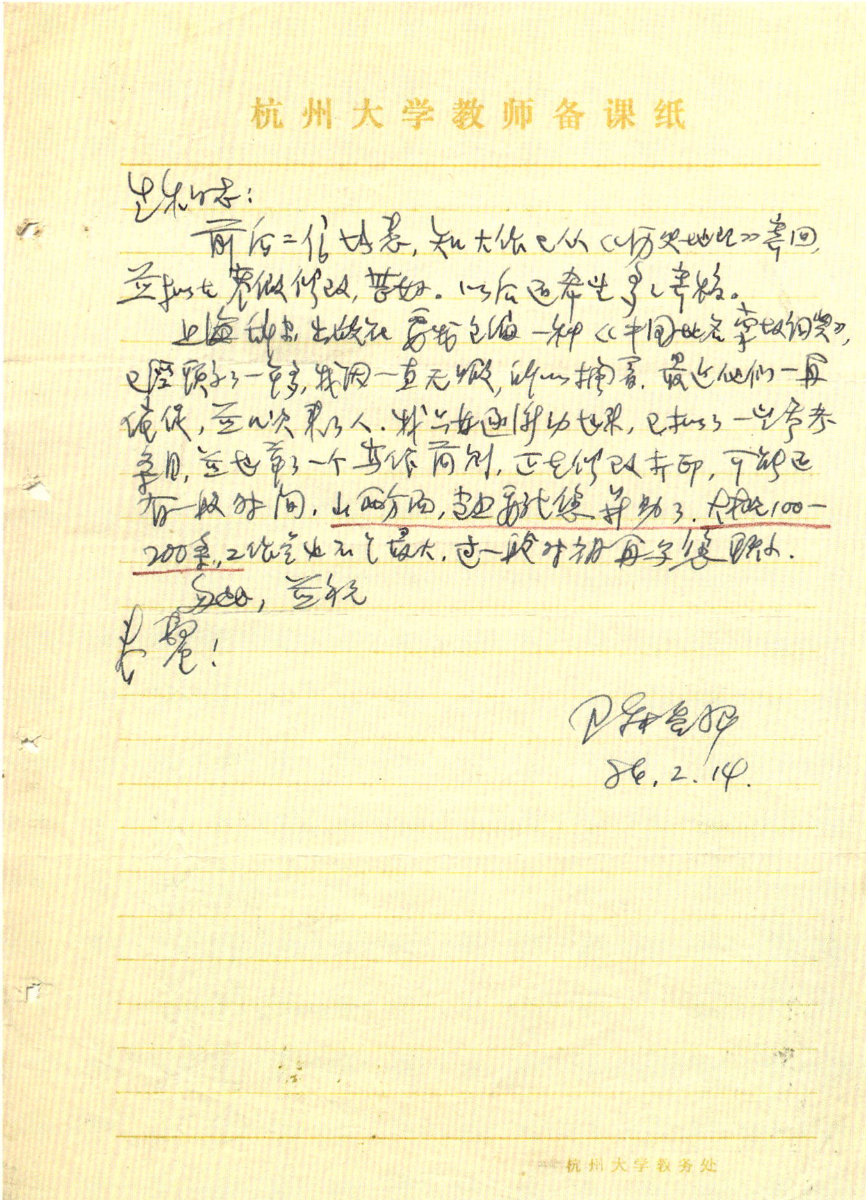
杭州大学教师备课纸

生禾同志：

前后二信均悉，知大作已从《历史地理》寄回，並拟去冬做修改，甚好。以后还希先生多多寄稿。

上海辞书出版社要我主编一种《中国地名掌故词典》，已经拖了一年多，我因一直无暇，所以搁着。最近他们一再催促，並且决定了人。我与安徽师大地理系，已拟了一些条目，並也草了一个写作简则，正在修改付印，可能还有一段时间。此书分两，每条字数并不多了，大概100—200字，工作量也不是很大，过一段时间再写信联系。

专此，並祝

春禧！

陈桥驿

84.2.14.

杭州大学教务处

一九八四年二月十四日陈桥驿致靳生禾函

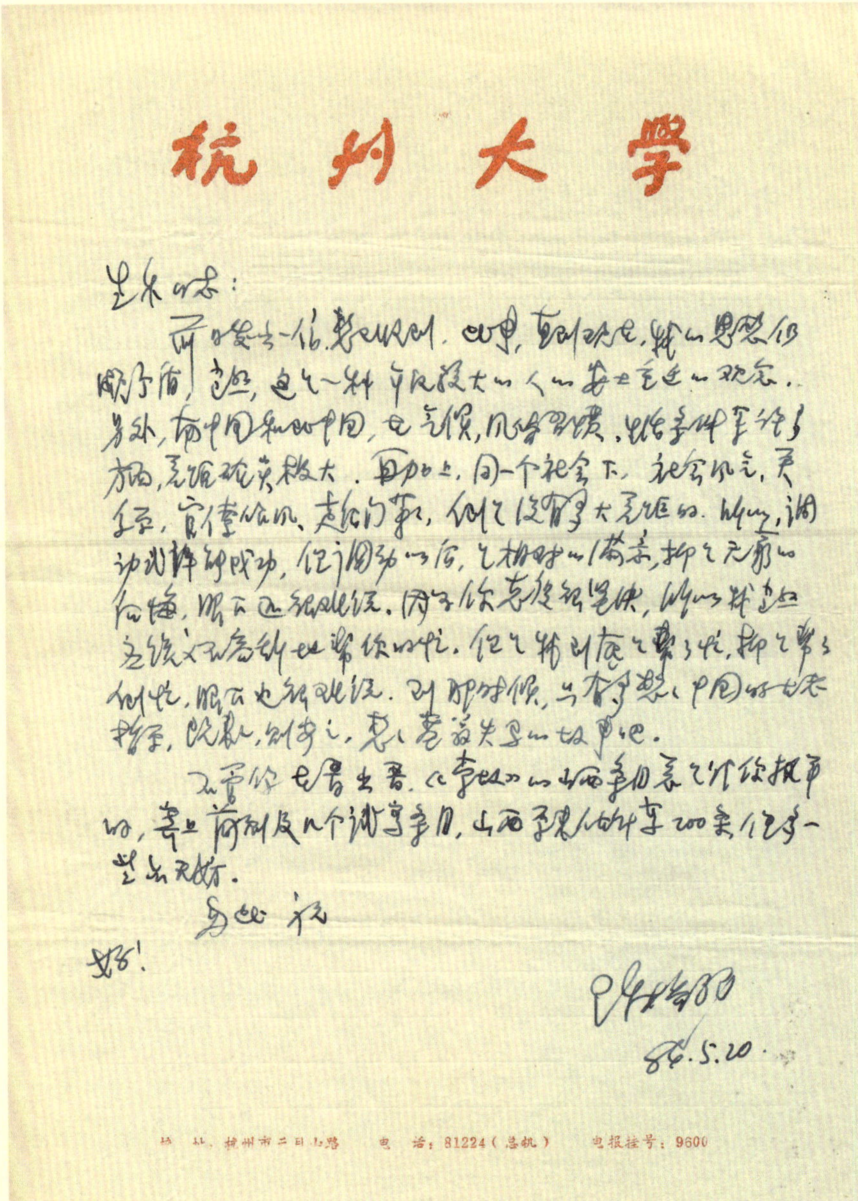

杭州大學

生禾同志：

[illegible]

匆此 祝

好！

陈桥驿

84.5.20.

地址：杭州市二目山路　电话：81224（总机）　电报挂号：9600

一九八四年五月二十日陈桥驿致靳生禾函

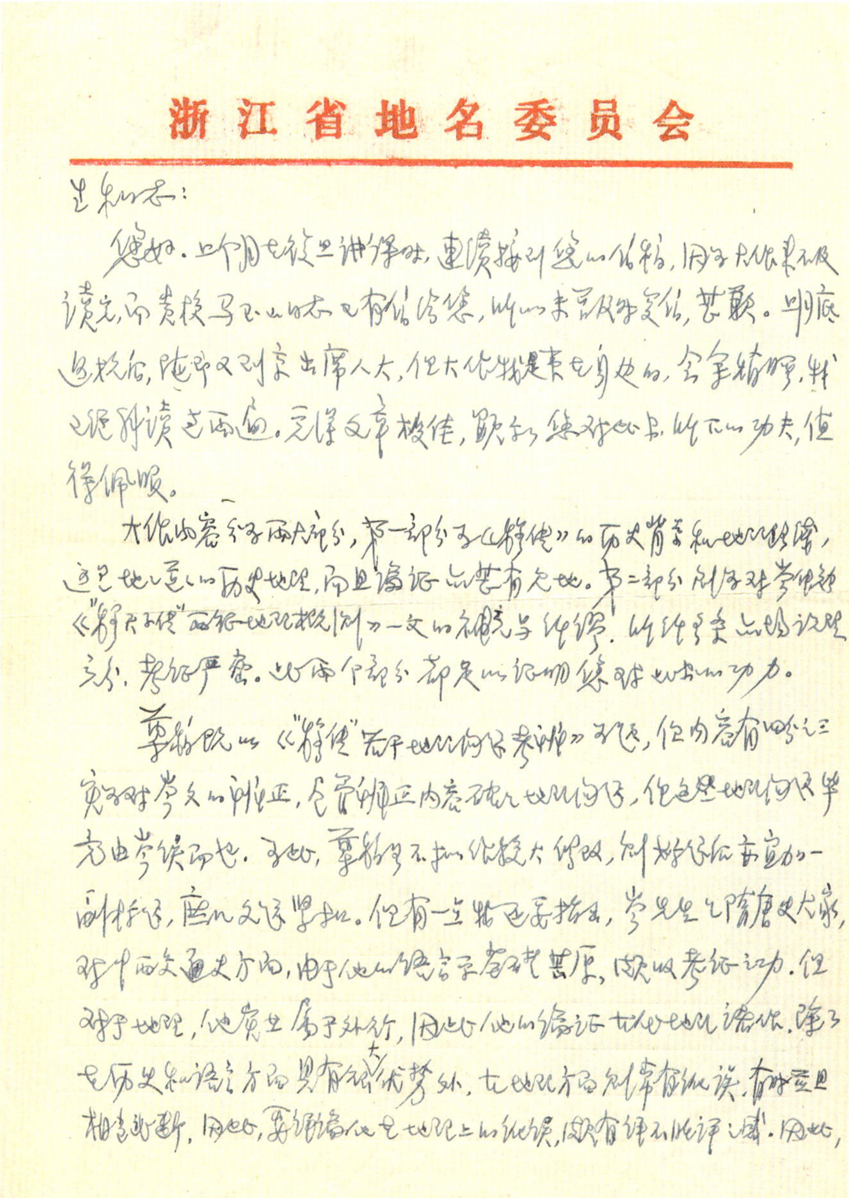

浙江省地名委员会

生禾同志：

您好。上个月在杭出讲学时，连续接到您的大稿，因当时大作未及读完，而贵校马正林同志又有信询您，所以未曾及早复信，甚歉。四月底返杭后，随即又到京出席人大，但大作我是带在身边的，会余稍暇，我已把拜读过两遍。觉得文章极佳，体现了您对此书所下的功夫，值得佩服。

大作内容分为两大部分，第一部分为《穆传》的历史背景和地理线路，这是地道的历史地理，而且论证亦甚有见地。第二部分则是对岑仲勉《"穆天子传"西征地理概测》一文的补充与修订，所论多是，亦极认理之分，考证严密。这两个部分都足以说明您对此书的功力。

尊稿既以《"穆传"若干地理问题考辨》为题，但内容有四分之三是对岑文的订正，尽管订正内容确是地理问题，但总觉地理问题毕竟由岑误而起。所以，尊稿若不拟作较大修改，则标题似宜加一副标题，庶几文题相符。但有一点我还要指出，岑先生是隋唐史大家，对中西交通史方面，由于他的语言学基础甚厚，故颇有考证之功。但对于地理，他实在属于外行，因此他的论证在地理上谬误。除了在历史和语言方面具有较大优势外，在地理方面则常有纰误，有时且相当武断，因此，尊稿指出他在地理上的纰误，故有独到的评议。因此，

一九八四年五月三十日陈桥驿致靳生禾函（一）

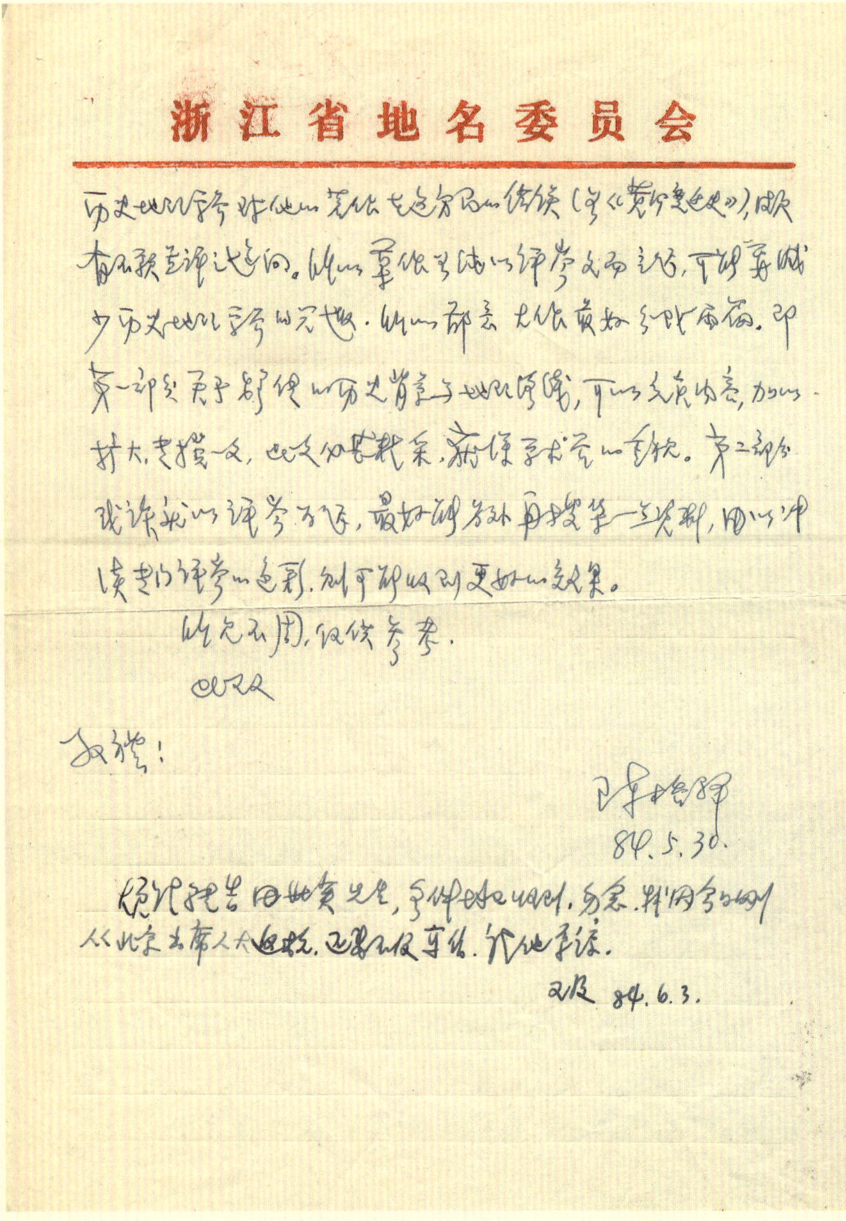

浙江省地名委员会

历史地理学等对他的著作是这方面的价值（如《黄河变迁史》），以及看不到至评论之方向。他的著作当然以评学文面之作，可谓等城少历史地理学的空缺。他的部分大作质料多此两篇。即第一部分关于前代的历史背景与地理情况，可以充实内容，加以扩大，专撰一文，此文如果精采，将使学术界的重视。第二部分我读我的评学方法，最好再多补再搜集一些资料，用以印证书内评学的意见，则可能收到更好的效果。

所见不周，仅供参考。

此致

敬礼！

陈桥驿

84.5.30.

烦代转告田世英先生，今年地理研讨，务急，特向你们从北京出席人大返杭，还来不及写信，代他奉读。

又及 84.6.3.

一九八四年五月三十日陈桥驿致靳生禾函（二）

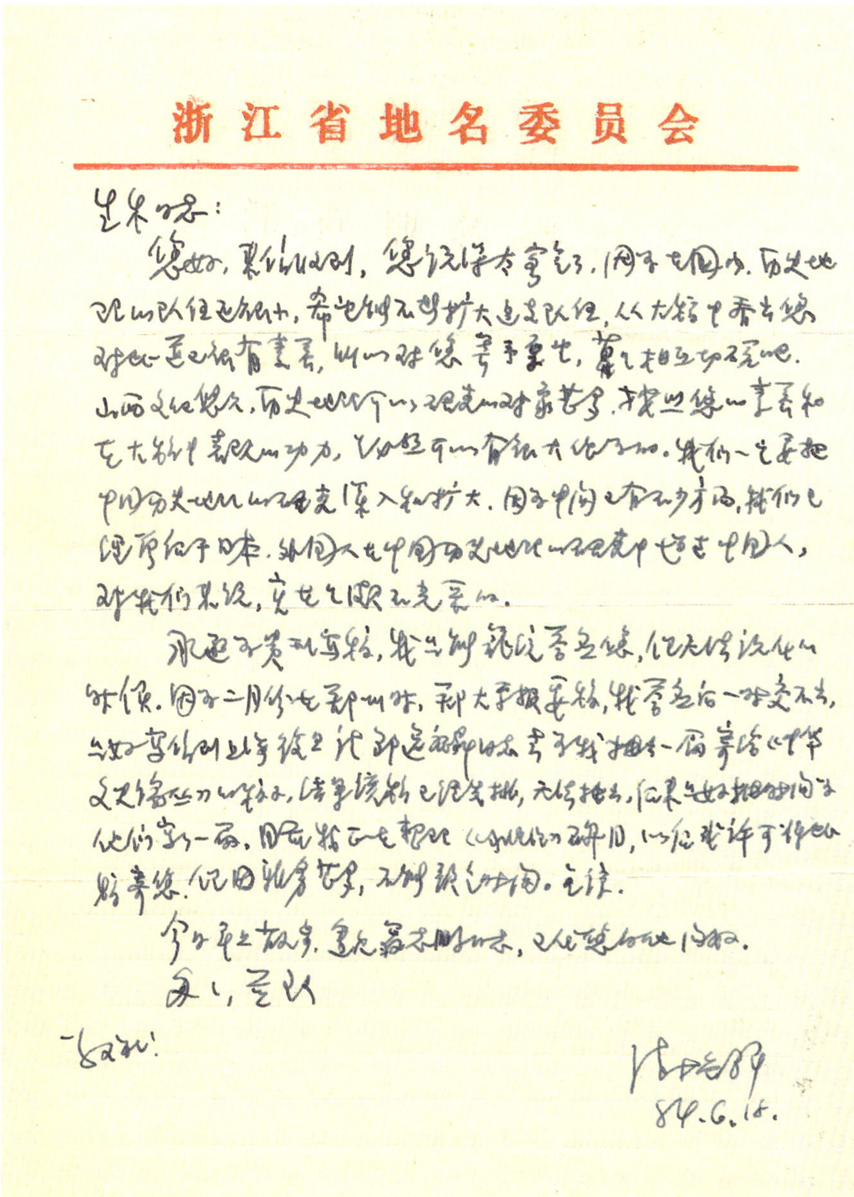

浙江省地名委员会

生禾同志：

您好，来信收到，您说得太客气了。国外也国内，历史地理的队伍已很壮大，希望他们不断扩大这支队伍，从大信中看出您对此一道已很有素养，所以对您寄予厚望，算是相互切磋吧。

山西文化悠久，历史地理方面的研究材料丰富，我觉得以您的素养和在大学中教学的功力，已经可以有很大作为的。我们一定要把中国历史地理的研究深入和扩大。国外中间已有不少方面，我们已经落后于日本。外国人在中国历史地理的研究中超过中国人，对我们来说，实在是太不光采的。

承邀为贵刊写稿，我当然很愿意答应，但[illegible]。因为二月份去郑州时，郑大学报要稿，我答应[illegible]，[illegible]一篇[illegible]，[illegible]，[illegible]，[illegible]。[illegible]，[illegible]，[illegible]。

今年[illegible]，[illegible]，[illegible]。

匆匆，草此

敬礼！

陈桥驿

84.6.18.

一九八四年六月十八日陈桥驿致靳生禾函

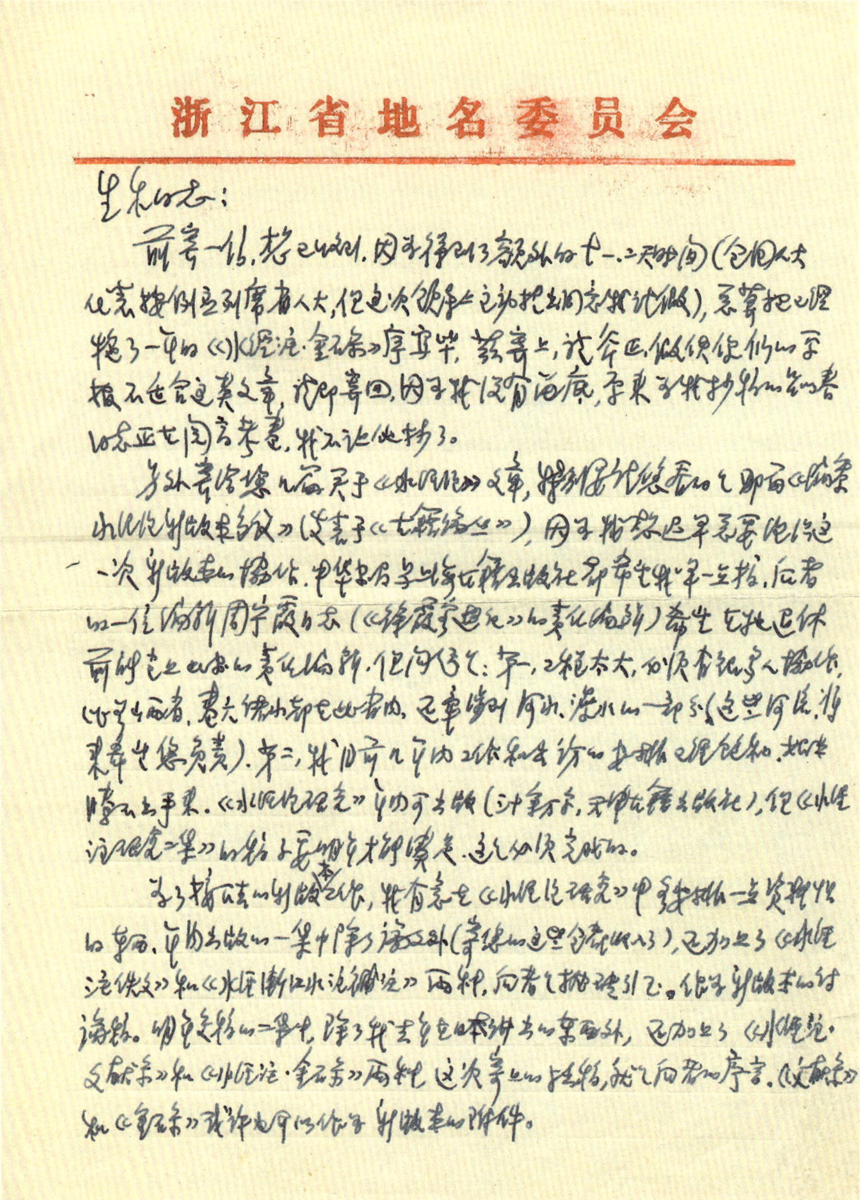

浙江省地名委员会

生禾同志：

前寄一信，想已收到。因为13号就外出七、八天时间（全国人大代表按例应列席省人大，但这次省里只让我把书留言就算请假），总算把《水经注·金石录》序写完，兹寄上，请斧正。假使你们的学报不适合这类文章，请即寄回，因为我没有留底，今后需要我抄稿给别的杂志也可以发表，我不让他抄了。

另外寄给您几篇关于《水经注》文章，特别是我给您看的那篇《论水经注的版本与版次》（发表于《古籍整理》），因为这是第一次新版本的操作。中华书局与上海古籍出版社都希望我第一个做，后者的一位编辑周宇薇同志（《徐霞客游记》的责任编辑）希望我退休前对它做新的责任编辑。但问题是：第一，工程太大，必须有几个人操作（我写的两本书内，还要涉及河流、湖泊的一部分，这些河流将来要由各地负责）。第二，我们前几年的工作和当前的杂事都已经够忙，也还没有腾出手来。《水经注研究》第一集可出版（计十二万字，天津古籍出版社），但《水经注研究二集》的稿子尚需修改才能出版，这也必须完成的。

为了预计未来的新版本之作，我首先在《水经注研究》中连续发表一些资料性的东西，在将出版的二集中除了论文外（第二集的这些文章都已写入了），还加上了《水经注佚文》和《水经注浙江水注疏证》两种，后者已经在写引了。作为新版本的附录。明年完稿的三集中，除了我去年在日本讲学的稿子以外，还加上了《水经注文献录》和《水经注·金石录》两种，这次寄上的是稿子，就是后者的序言。《文献录》和《金石录》我将来也可以作为新版本的附件。

一九八四年七月十二日陈桥驿致靳生禾函（一）

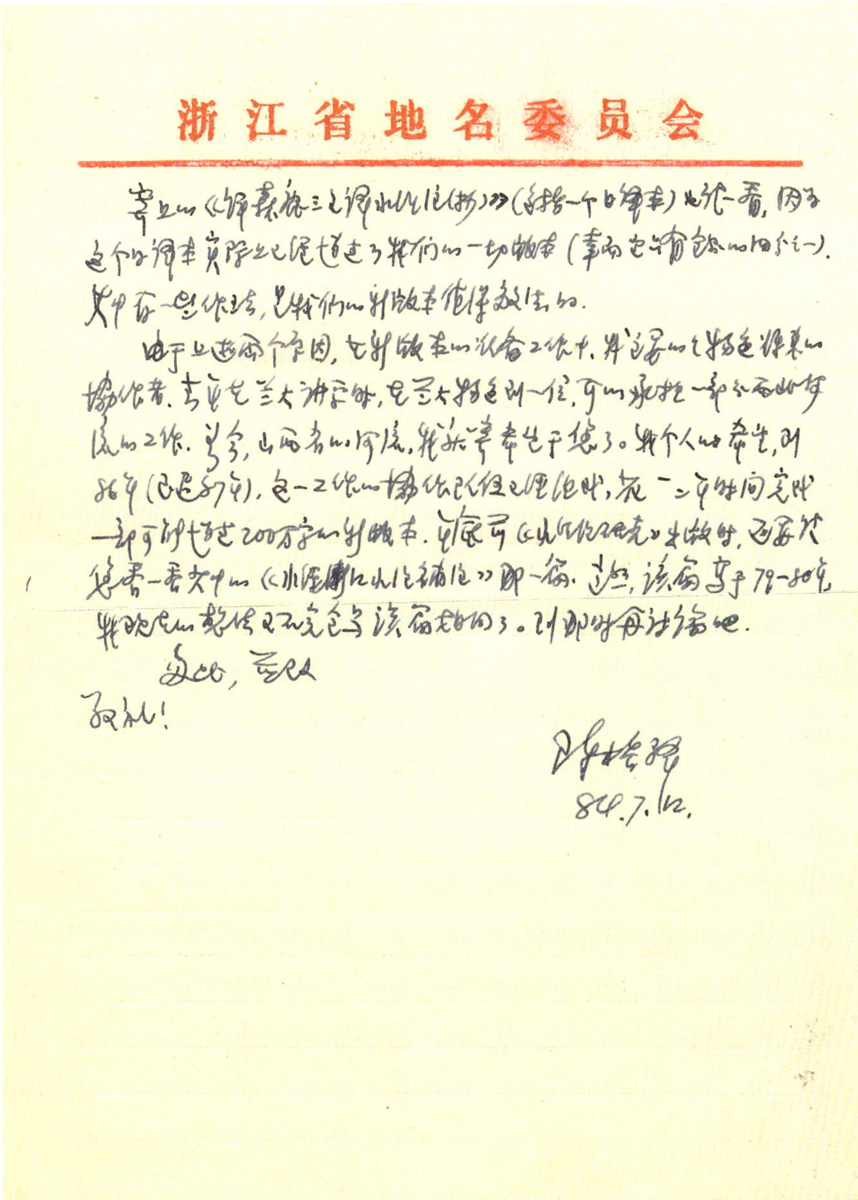

浙江省地名委员会

寄上的《绍兴县三江闸水利资料（抄）》（系另一个油印本）也请一看，因为这个油印本实际上已经超过了我们的一切版本（事前也许有错误的内容之一）。其中有一些资料，是我们的新版本值得参考的。

由于上述两个原因，在新版本的准备工作中，我主张的是特邀这个油印本的协作者，去年已在三大讲学时，已请人特邀到一位，可以承担一部分西北方面的工作。当然，此两者的事情，我就寄希望于您了。我个人的希望，到86年（已是两年），这一工作的协作队伍已经组成时，能一二年时间完成一部可以超过200万字的新版本。只要可《水经注研究》出版时，正要发表一篇文中的《水经注浙江水注补注》那一篇。当然，该篇写于79-80年，我现在的工作已完全与该篇不同了。到那时再补写吧。

匆此，草草

敬礼！

陈桥驿

84.7.12.

一九八四年七月十二日陈桥驿致靳生禾函（二）

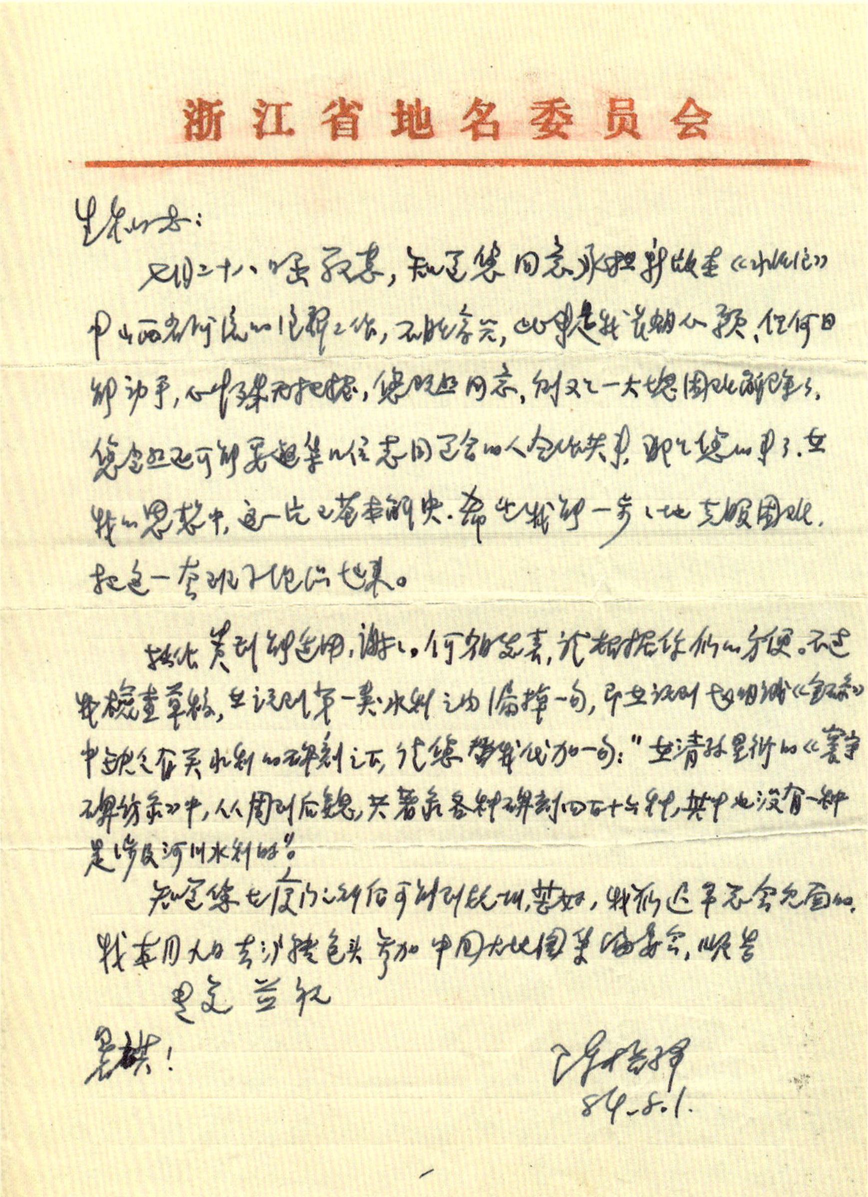

浙江省地名委员会

生禾同志：

七月二十八日信收悉，知道您同意承担新版《水经注》中山西省河流的注释工作，不胜高兴，此事是我最感头痛的，任何[illegible]都难办手，心中实在无把握，您既然同意，则又了一大块困难解除了。您今后还可约其他几位志同道合的人合作共事，那就更好了。在我的思想中，这一片已基本解决。希望我们一步一步地克服困难，把这一套[illegible]出来。

拙作[illegible]用，谢谢。何种刊物，完全根据你们的方便。不过我检查草稿，其中说到第一类水利工程[illegible]漏掉一句，即在说到[illegible]《郦注》中缺乏有关水利的碑刻记录后，请您代我加一句："在清孙星衍的《寰宇访碑录》中，人们可以看到，共著录各种碑刻四百十余种，其中也没有一种是涉及河川水利的。"

知道您也[illegible]之后可以到杭州，甚好，我们还是有希望见面的。我本月六日去[illegible]参加中国大地图集编委会，顺告。

专此 并祝

暑祺！

陈桥驿

84.8.1.

一九八四年八月一日陈桥驿致靳生禾函

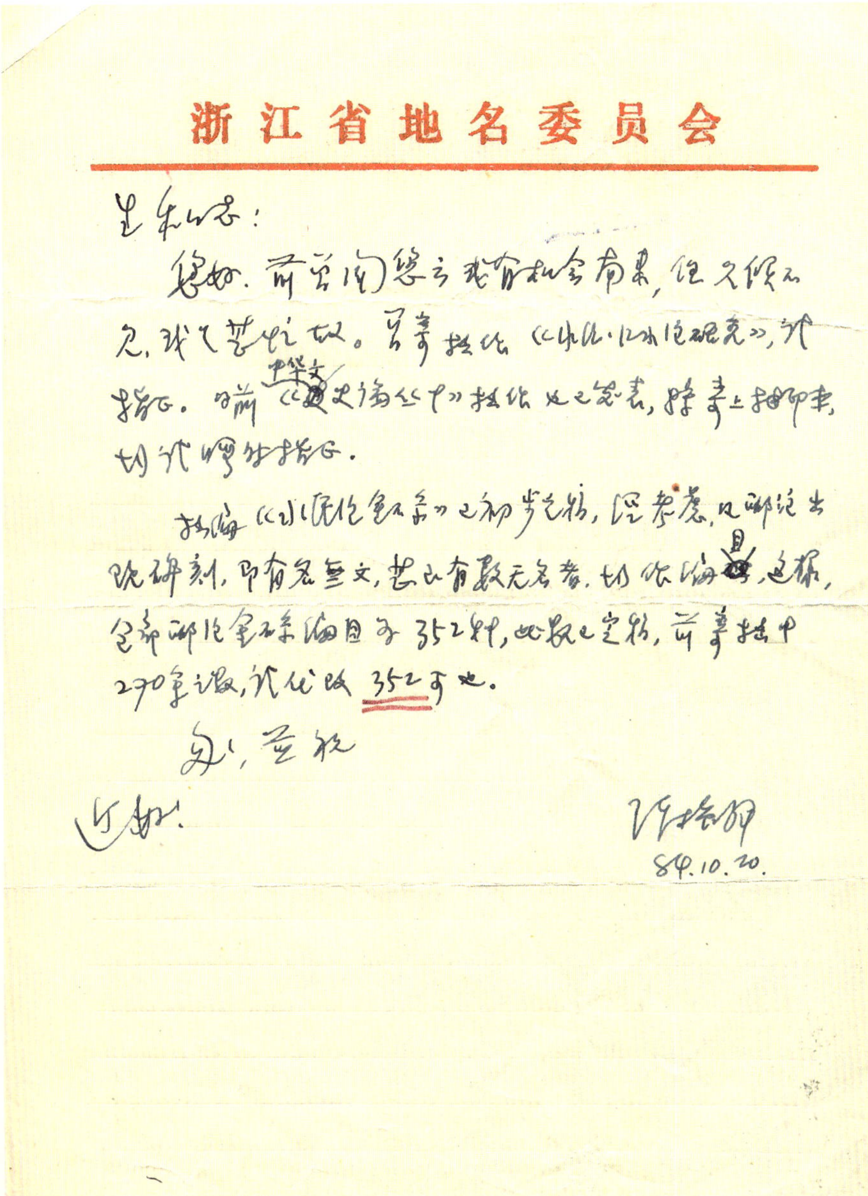

浙江省地名委员会

生禾同志：

您好。前些时间您云或有机会前来，但久候不见，我已甚惦念。另寄拙作《水经·江水注研究》，请指正。日前《中华文史论丛》拙作也已发表，俟寄上抽印本，均请惠予指正。

拙编《水经注金石录》之初步定稿，经考虑，又将郦注出现碑刻，即有名无文，甚至有题无名者，均作编目，这样，全部郦注金石录编目为352种，此数已定稿，前寄拙作中270条误，请代改352可也。

匆匆，并祝

近好！

陈桥驿

84.10.20.

一九八四年十月二十日陈桥驿致靳生禾函

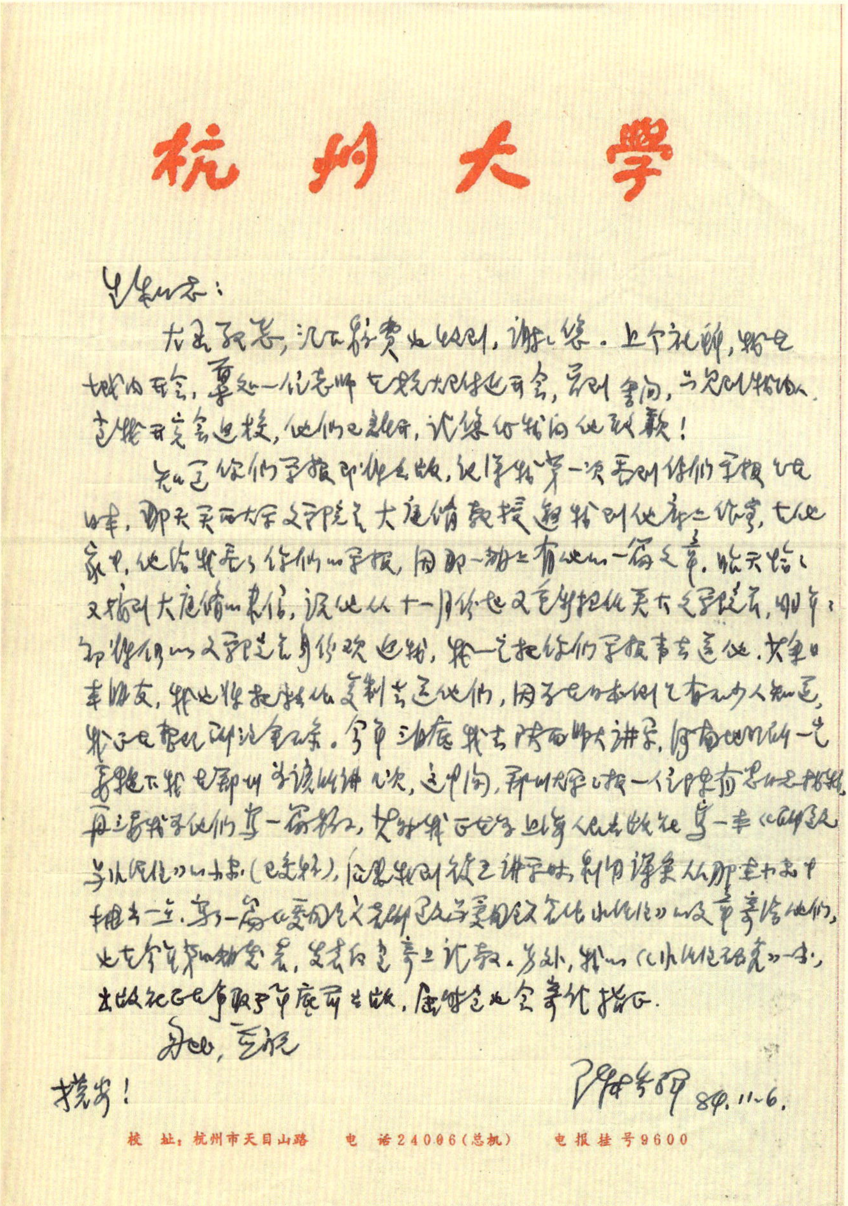

杭州大學

生禾同志：

大函敬悉，汇下稿费也收到，谢谢您。上个礼拜，我在城内开会，遇见一位老师也是杭大附近开会，谈到会间，亦见到我谈，主持开完会返校，他们已离开，请您代我向他致歉！

知道你们学报即将出版，记得我第一次看到你们学报是在日本，那天京都大学文学院的大庭脩教授邀我到他府上作客，在他家中，他给我看了你们的学报，因那一期上有他的一篇文章。昨天恰巧又接到大庭脩的来信，说他从十一月份起又兼任担任关西大学文学院院长，明年即将创办的文学院也需要你欢迎我，我一定把你们学报带去送他。其余日本朋友，我也将把我们的复制本送他们，因为他们那里也有不少人知道，我们已发起研讨会。今年三月底我去陕西师大讲学，陕西师大的一些青年教师要我在那里多讲几次，这中间，郑州大学的一位陈育宁先生找我，再三要我给他们写一篇稿子，此外我已经写好给上海人民出版社写一本《郦道元与水经注》的小书（已交稿），后来我到该校讲学时，就同该系人从那书中节抽出一章，写了一篇《[illegible]》的文章寄给他们，也在今年第四期发表，我打算寄上请教。另外，我的《水经注研究》一书，出版社已在今年取了草稿可出版，届时也会寄给指正。

耑此，并祝

撰安！

陈桥驿 84.11.6.

校　址：杭州市天目山路　　电　话24006（总机）　　电报挂号9600

一九八四年十一月六日陈桥驿致靳生禾函

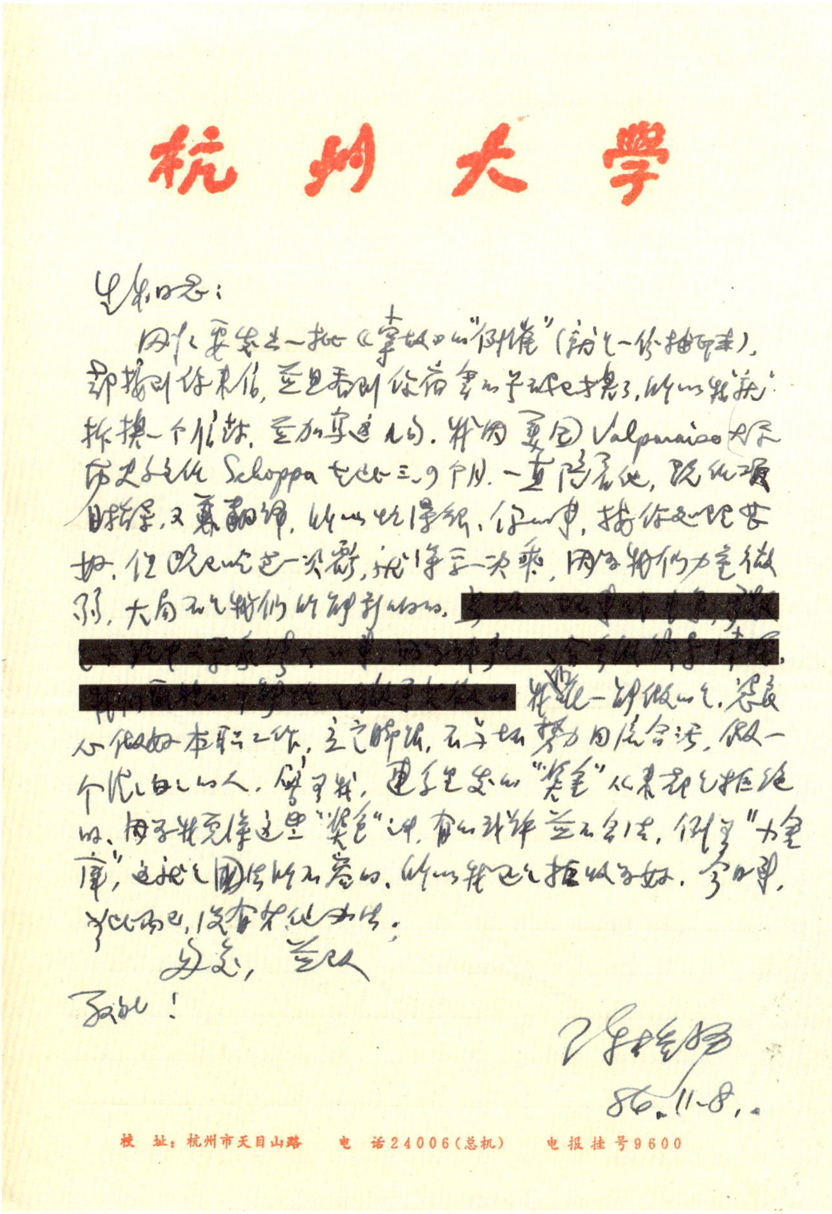

杭州大學

生禾同志：

[redacted]

致礼！

陈桥驿

86.11.8.

校址：杭州市天目山路　电话24006(总机)　电报挂号9600

一九八四年十一月八日陈桥驿致靳生禾函

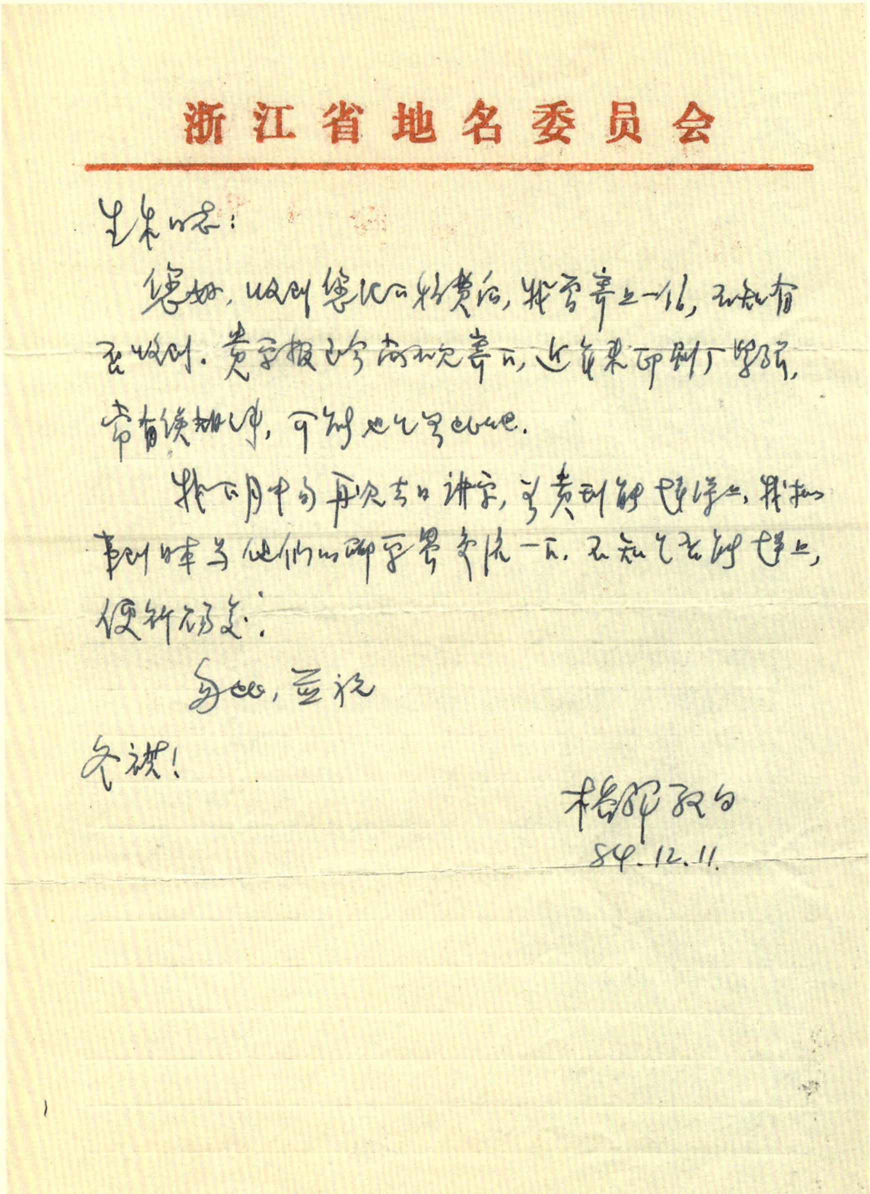

浙江省地名委员会

生禾同志：

您好，收到您的信和贵刊，我曾寄上一信，不知曾否收到。贵刊[illegible]尚未见寄下，近年来印刷厂紧张，常有脱期情事，可能也是如此。

我下月中旬再次去日讲学，与贵刊的[illegible]，我拟到时与他们的[illegible]交流一下，不知已否[illegible]手上，便祈示知。

匆此，并祝

冬祺！

桥驿敬白

84.12.11.

一九八四年十二月十一日陈桥驿致靳生禾函

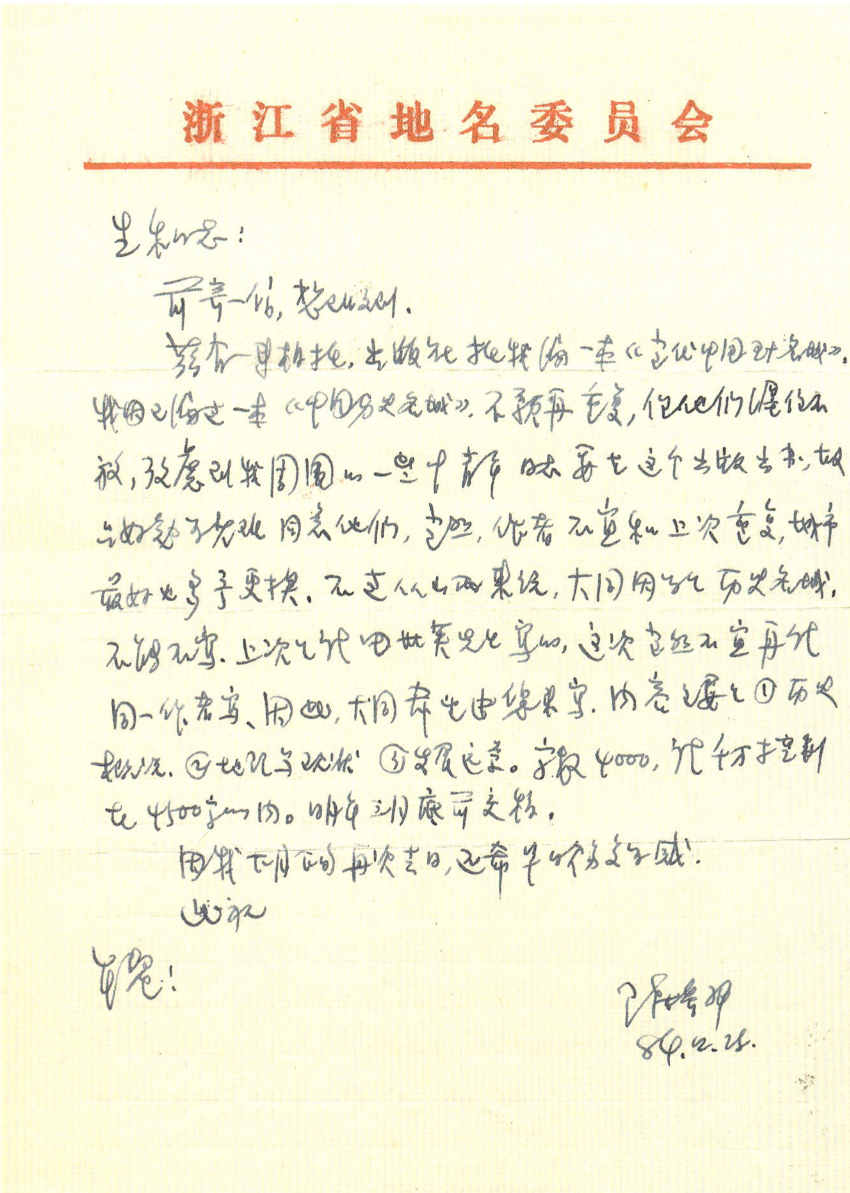

浙江省地名委员会

生禾同志：

前寄一信，想已收到。

现有一事相托，出版社拟找编一本《古代中国十大名城》，我们已编过一本《中国历史名城》，不愿再重复，但他们坚持不放，故考虑到我周围的一些中青年朋友来写这个出版书刊，已经推荐了先生同意他们，当然，作者不宜和上次重复，城市最好也多予更换。不过从以前来说，大同用作历史名城，不能不写。上次已经由世英先生写的，这次当然不宜再找同一作者写，因此，大同拟也由你来写。内容主要是①历史概况 ②地理与环境 ③古迹名胜。字数4000，估计可控制在4500字以内。明年三月底前交稿。

因我下月初将再次去日，还希望早些得到你的答复。

此致

敬礼！

陈桥驿

84.12.28.

一九八四年十二月二十八日陈桥驿致靳生禾函

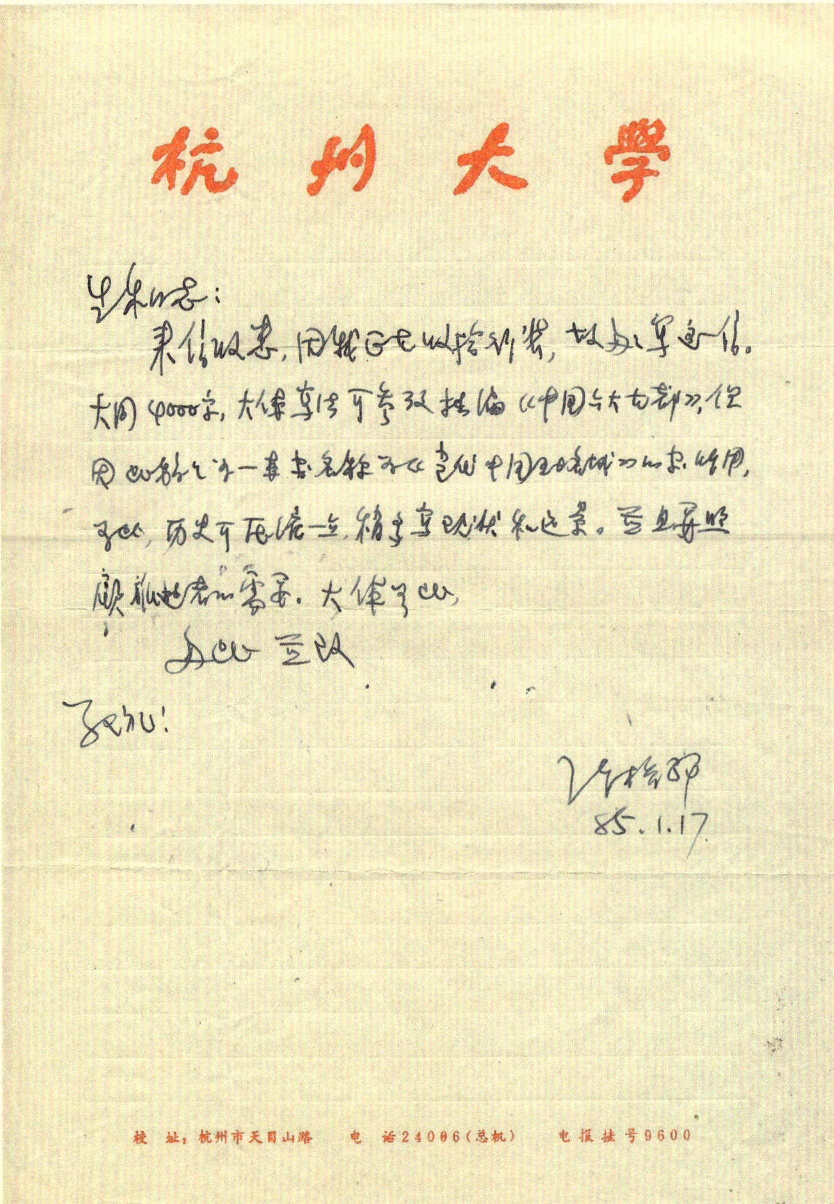

杭州大學

生禾同志：

来信收悉，因我已无以抽身者，故只草这信。大约4000字，大体事情可参考拙编《中国六大古都》，但因此条文字数要求较《当代中国的城市》为长，写时，历史可压缩一点，稍多写现状和远景。至于要照顾本地读者的需要，大体如此。

匆此 奉复

敬礼！

陈桥驿

85.1.17

校 址：杭州市天目山路 电 话24006（总机） 电报挂号9600

一九八五年一月十七日陈桥驿致靳生禾函

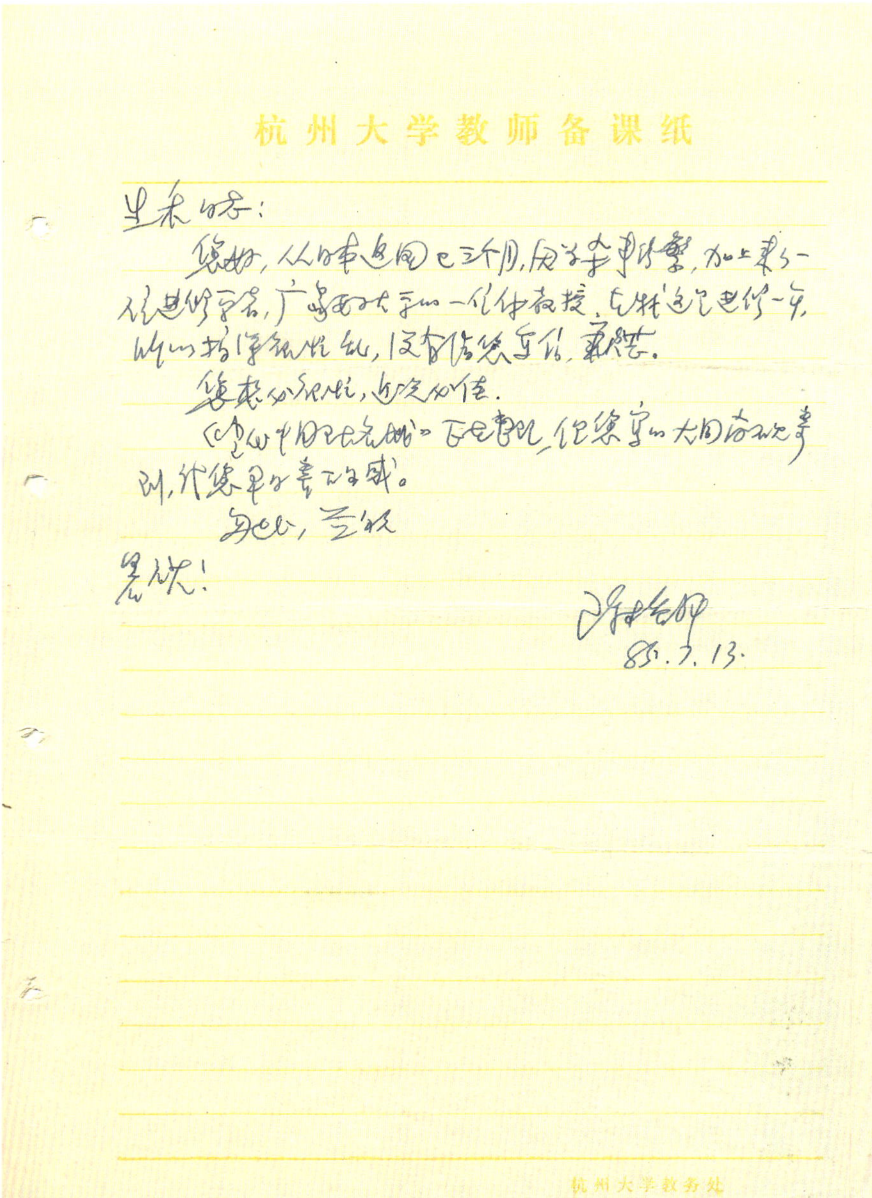

杭州大学教师备课纸

生禾同志：

您好，从日本返国已三个月，因为杂事纷繁，加上来了一位美国学者，广岛女子大学的一位外教授，[illegible]所以接待很忙乱，没有给您写信，歉甚。

您来函收悉，近况如佳。

《[illegible]》[illegible]，但您写的大同[illegible]，代您[illegible]。

匆此，并颂

暑祺！

陈桥驿

85.7.13.

杭州大学教务处

一九八五年七月十三日陈桥驿致靳生禾函

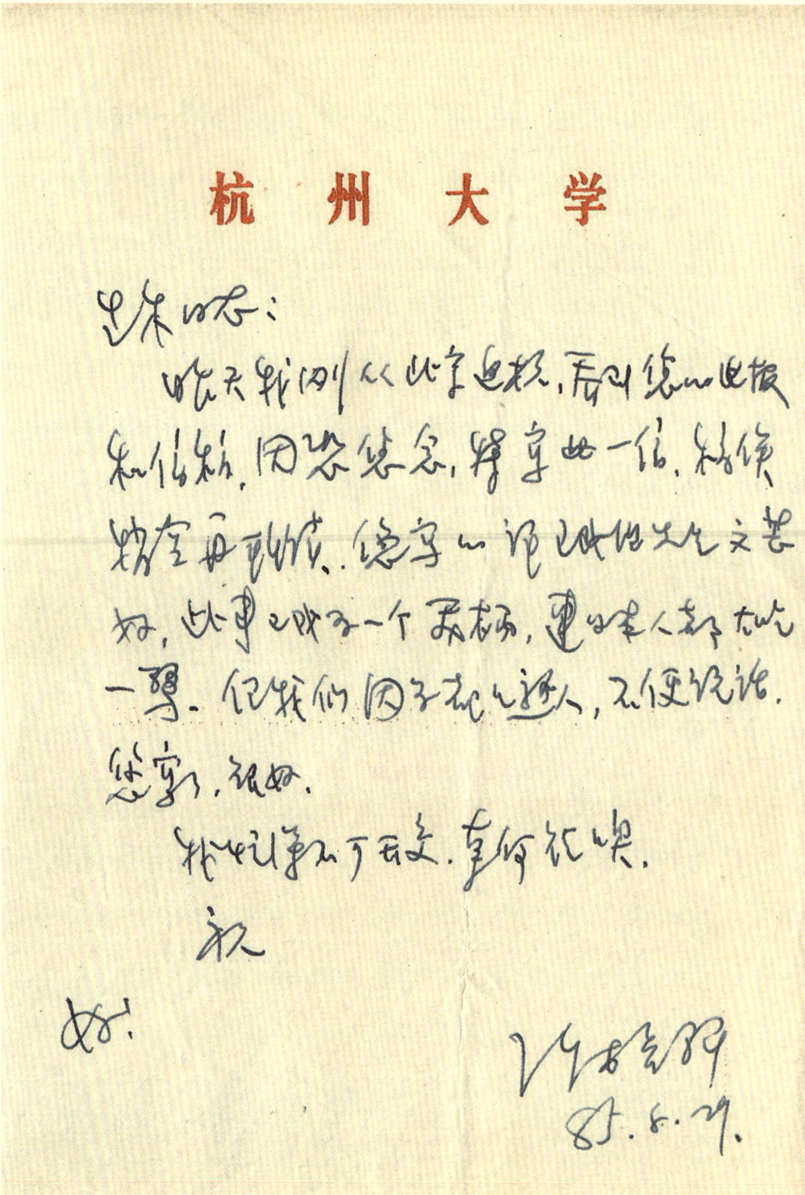

杭州大学

生禾同志：

昨天我刚从北京返校，看到您的照版和信稿，因公繁忙，特草此一信，稍候整理再联系。您写的记述往事之文甚好，此事已成了一个历史，连日本人都大吃一惊。但我们因为都是外人，不便说话。您写了，很好。

我心记笔不可云交，专此致候。

祝

好！

陈桥驿

85.8.29.

一九八五年八月二十九日陈桥驿致靳生禾函

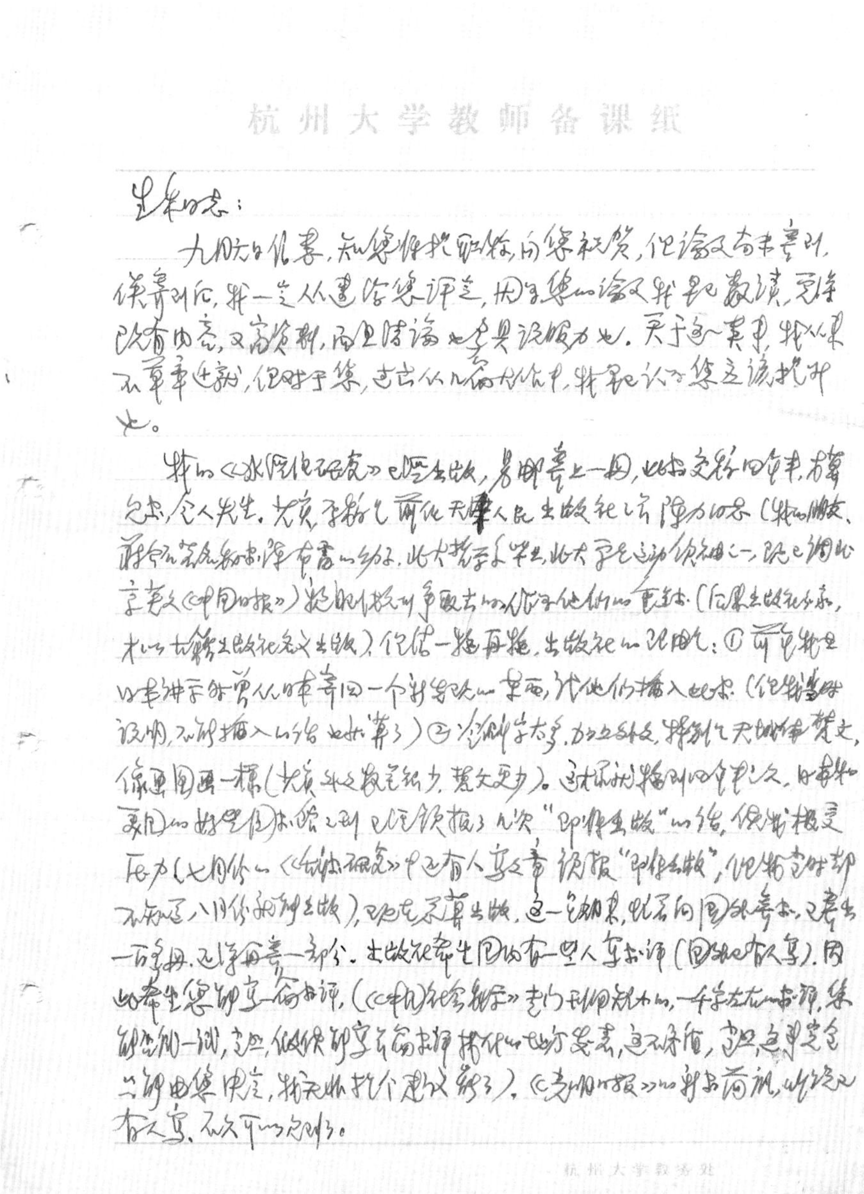

杭州大学教师备课纸

生禾同志：

九月六日信悉，知您将升职称，向您祝贺，但论文尚未寄到。俟寄到后，我一定认真给您评定，因为您的论文我已都读过，觉得既有内容，又富资料，而且结论也是具说服力的。关于这一类事，我从来不草率从事，但对于您，过去从几篇论文中，我已认为您是该提升的了。

我的《水经注研究》已经出版，另邮寄上一册，此书交稿四年来，方得[illegible]先生，尤其是[illegible]前任天津人民出版社社长[illegible]（[illegible]），此人[illegible]北大学生，北大学生运动领袖之一，现已调北京主编《中国日报》，[illegible]争取出版。（[illegible]出版社，本以古籍出版社名义出版），但仍一拖再拖，出版社的说明是：①前言我是以书讲字体写的，寄回一个新的版本，由他们插入此书（但我当时说明，不能插入的话也就算了）②[illegible]，加上各种[illegible]，特别是[illegible]，像画图一样（尤其[illegible]，费大工夫）。这样就推到四年多了，[illegible]已经接了几次"即将出版"的信，但我们抵受压力（七月份的《[illegible]研究》中已有人写文章说"即将出版"，但我当时都不知道八月份就能出版），也就总算出版。这一点好处，我是向国外寄书，已寄出一百多册，近得[illegible]一部分。出版社希望国内有一些人写书评（国外已有人写）。因此希望您能写一篇书评，（《中国[illegible]》专门[illegible]的，一千字左右的书评，您能写一篇，当然，假使能写几篇书评指出此书的缺点更好，这不仅我，[illegible]，[illegible]由您决定，我只是提个建议罢了）。《[illegible]日报》的新书简讯，也已有人写，不久可以见到。

杭州大学教务处

一九八五年九月十日陈桥驿致靳生禾函（一）

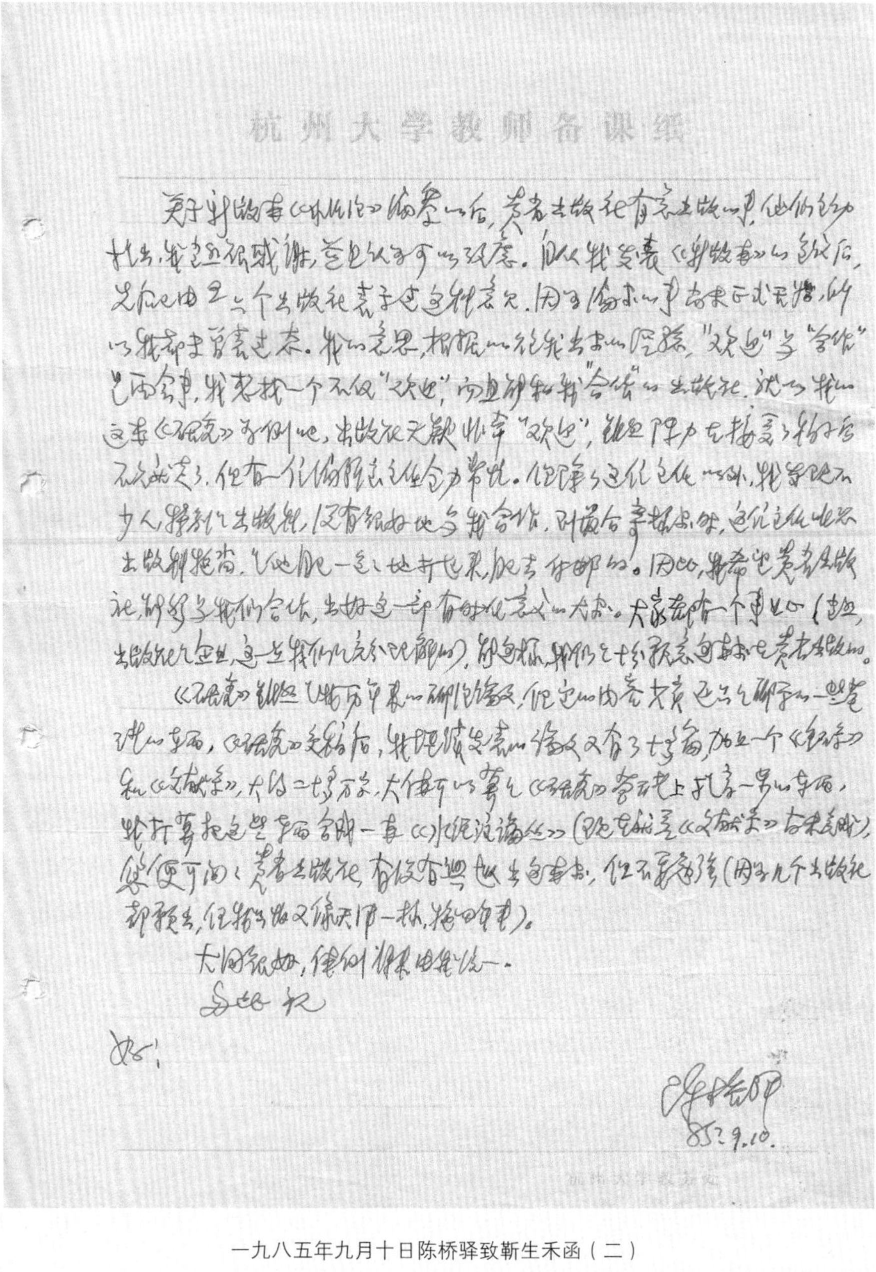

杭州大学教师备课纸

关于新版本《水经注》编纂的事，学者出版社有意出版此书，他们已约[illegible]，[illegible]谢，并已认可了[illegible]的设想。自从我发表《新版本》的意见后，先后已由三个出版社表示过这种意见。因为编书的事尚未正式开始，所以我都未曾表态。我的意思，根据以往我出书的经验，"欢迎"与"合作"是两会事，我要找一个不仅"欢迎"，而且能和我"合作"的出版社。就以我的这本《[illegible]》为例吧，出版社无疑非常"欢迎"，[illegible]接受了稿子后就不知道了。但有一位编辑[illegible]常忙。但除了这位编辑以外，我曾见不少人，特别是出版社，没有能够与我合作，[illegible]。这位编辑也不[illegible]出版社[illegible]，[illegible]一定[illegible]。因此，我希望学者出版社能够与我们合作，出好这一部有时代意义的大书。大家[illegible]一个[illegible]（[illegible]出版社[illegible]，这些我们[illegible]），[illegible]学者出版的。

《[illegible]》虽然[illegible]研究论文，但它的内容大部[illegible]一些[illegible]的专题，《[illegible]》定稿后，我陆续发表的论文又有了十多篇，加上一个《自序》和《文献录》，大约二十多万字，大体可以算是《[illegible]》[illegible]一半的专题，我打算把这些专题合成一本《水经注论丛》（[illegible]《文献录》[illegible]），[illegible]便可问问学者出版社，有没有兴趣出这本书，但不要勉强（因为几个出版社都[illegible]，[illegible]）。

大问题如此，[illegible]由我统一。

[illegible]祝

好！

陈桥驿

85.9.10.

杭州大学教务处

一九八五年九月十日陈桥驿致靳生禾函（二）

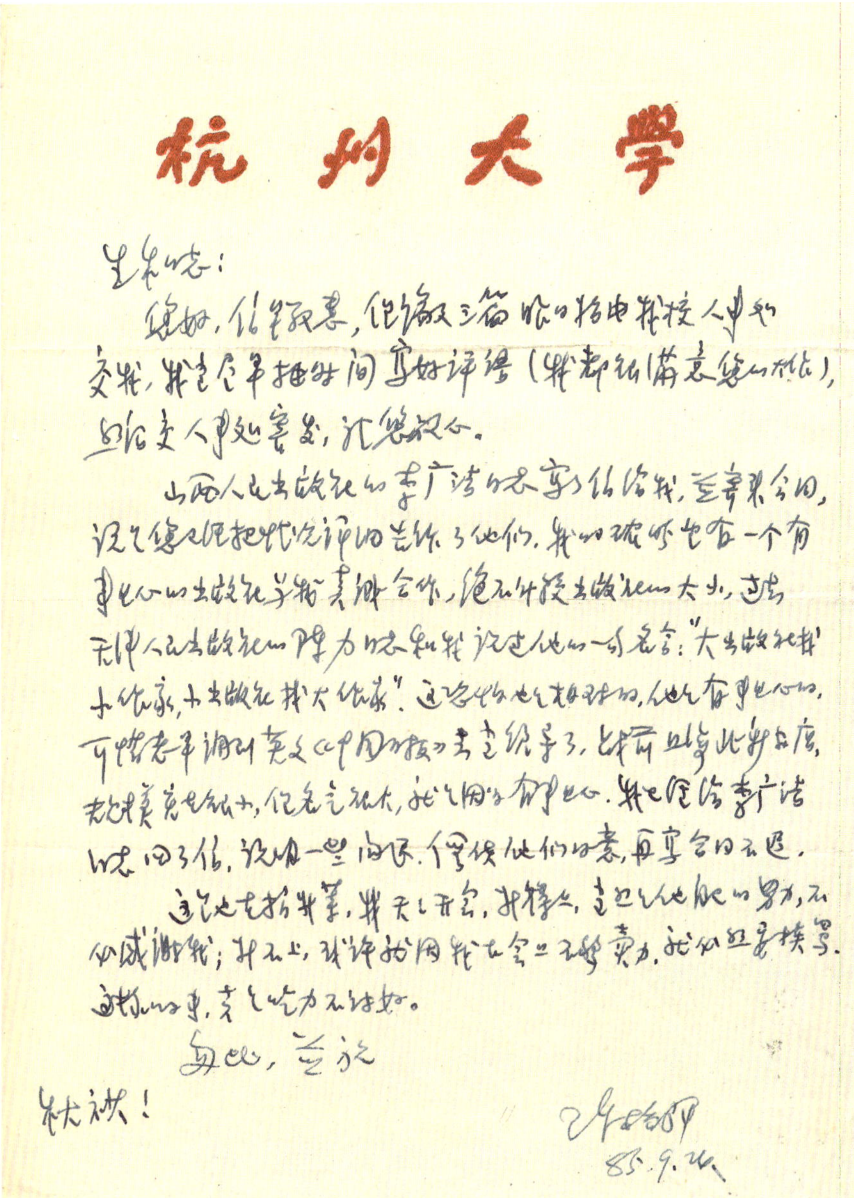

杭州大學

生禾吾兄：

您好，信早收悉，但拙文三篇昨日始由我校人事处交我，我当尽早抽时间写好评语（我都很满意您的大作），並给贵人事处寄出，请您放心。

山西人民出版社的李广洁同志写了信给我，並寄来合同，[illegible]把我的评语告诉了他们。我的观点也有一个，有事业心的出版社我都愿意合作，绝不计较出版社的大小。过去天津人民出版社的陈力同志和我谈过他的一句名言："大出版社出小作家，小出版社出大作家"。这话似乎也是相当对的，但也要有事业心的。可惜去年调到英文《中国日报》去当总编了，[illegible]出版社虽然很小，但名气很大，就是因为有事业心。我已经给李广洁同志回了信，说明一些问题。俟他们回意，再寄合同不迟。

[illegible]

顺此，並颂

秋祺！

陈桥驿

85.9.24

一九八五年九月二十四日陈桥驿致靳生禾函

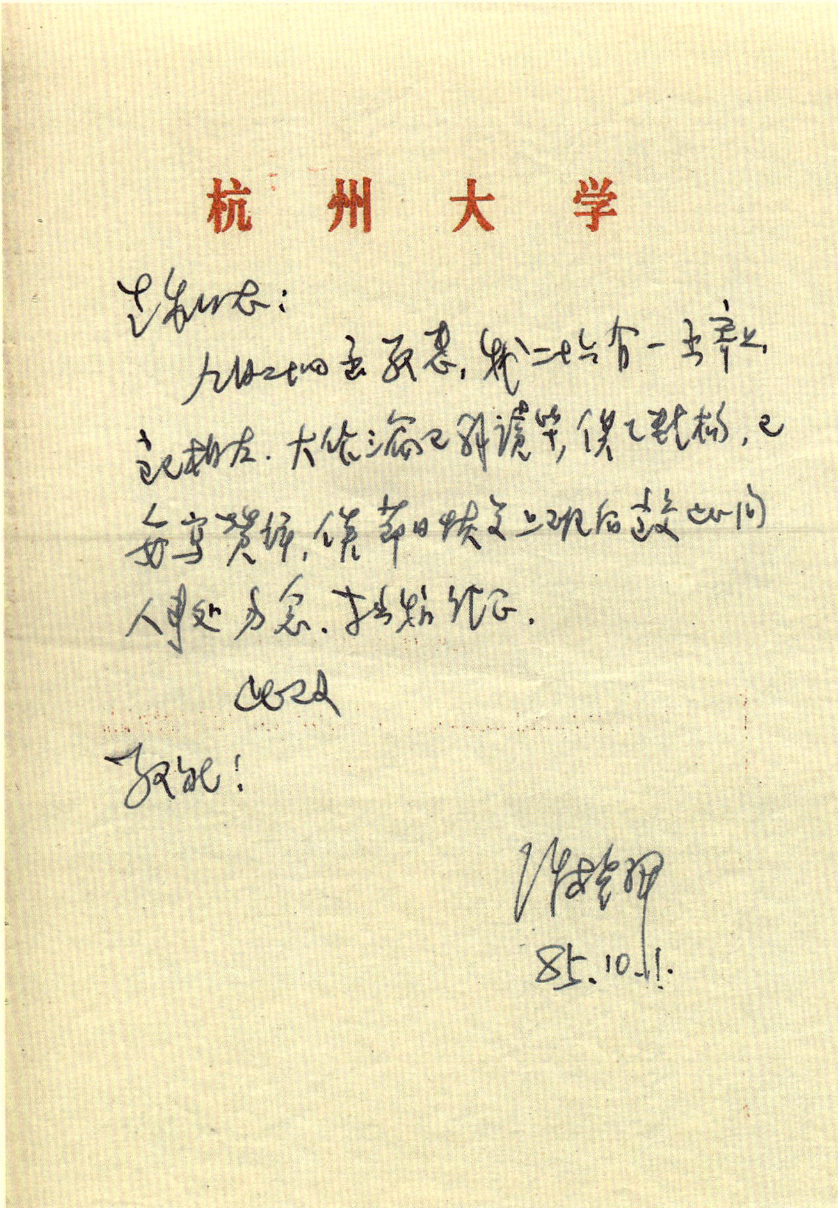
杭州大学

生禾仁兄：

此致

敬礼！

陈桥驿

85.10.1.

一九八五年十月一日陈桥驿致靳生禾函

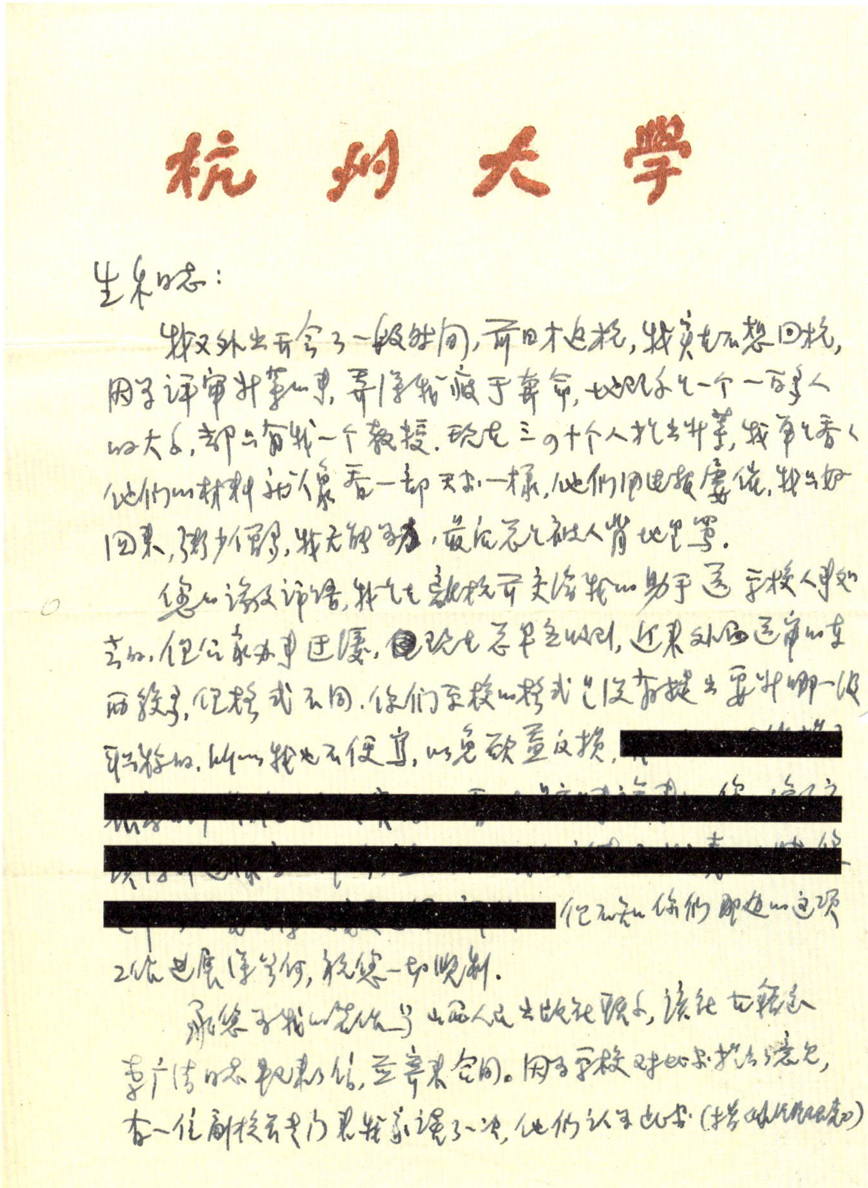

杭州大学

生禾同志：

我这次外出开会了一段时间，前日才返校，我实在不想回杭，因为评审职称之事，弄得我疲于奔命。我们系是一个一百多人的大系，却只有我一个教授。现在三四十个人提出升等，我都要看看他们的材料，好像看一部天书一样。他们因此极度紧张，我不如回来，说我少什么，我无能为力，最后总是被人背地里骂。

您的论文评语，我已送校方交给我的助手送学校人事处的，但公家办事迟缓，现在也不知是否已寄，近来外面还有的来函索两份了，但格式不同。你们学校的格式也没有提出要用哪一级职称的，所以我也不便写，以免欲益反损，[redacted] 但不知你们那边的这项工作进展得如何，祝您一切顺利。

承您寄我的笔记与山西人民出版社联系，该社已经由李广清同志和我来信，并寄来合同。因为学校对此书出版很重视，有一位副校长专门来我家谈了一次，他们认为此书（指[illegible]）

一九八五年十月十八日陈桥驿致靳生禾函（一）

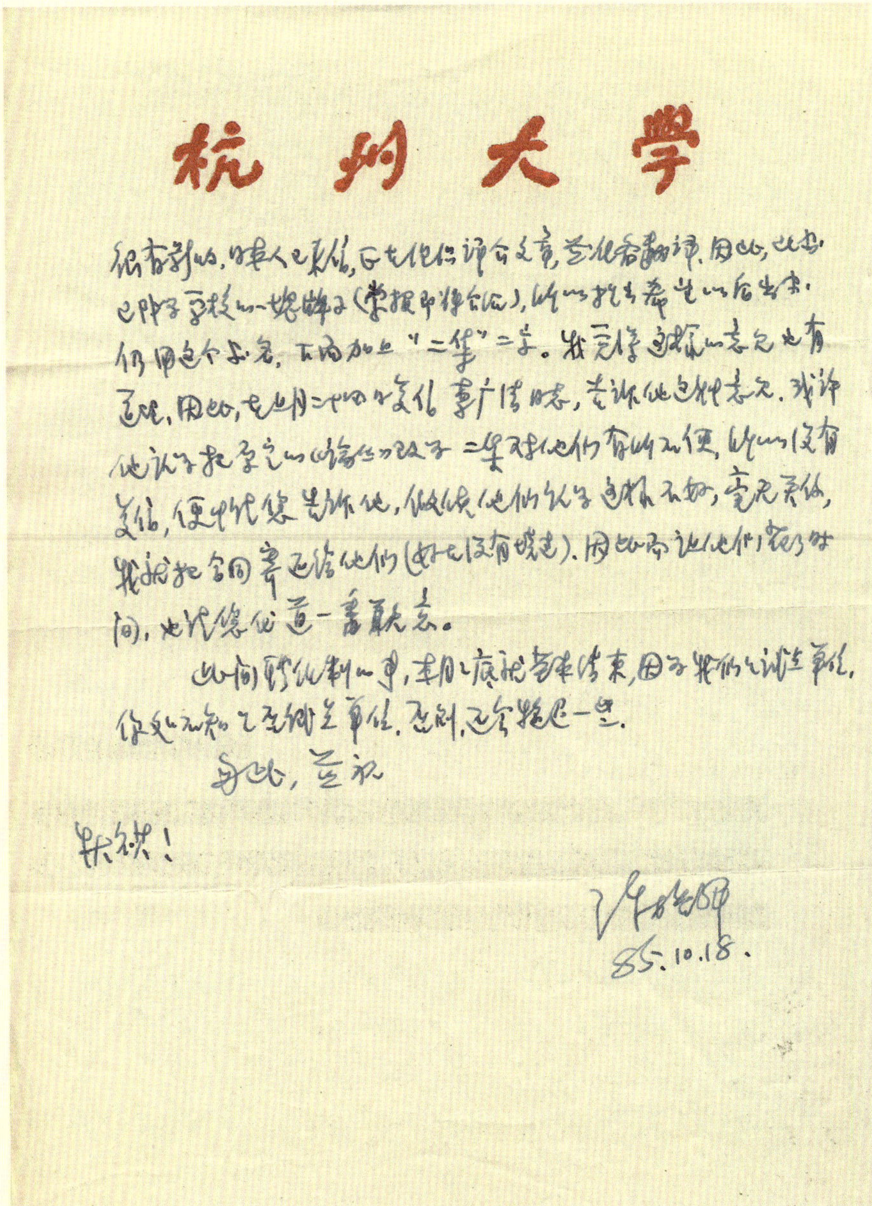
杭州大學

很高兴的，日本人已来信，正在作他们评介文章，并准备翻译。因此，也要[illegible]已附了学校的一张照片（学报中样合订），所以我先希望以后出来。仍用这个书名，下面加上"二集"二字。我觉得这样的意见也有道理，因此，已在月二十四日复信专广濑日本，告诉他这种意见。我请他认可，我写它的《论丛》改了"二集"对他们有所不便，所以没有复信，便由您代告诉他，假使他们认为这样不好，索无关系，我就把合同寄还给他们（好在没有盖章）。因此商请他们写了信同，也请您作这一番联系。

此间聘任制的事，本月已定议并未结束，因为我们是试点单位，你处不知已是否试点单位，否则，还会推迟一些。

再此，並祝

快祺！

陈桥驿

85.10.18.

一九八五年十月十八日陈桥驿致靳生禾函（二）

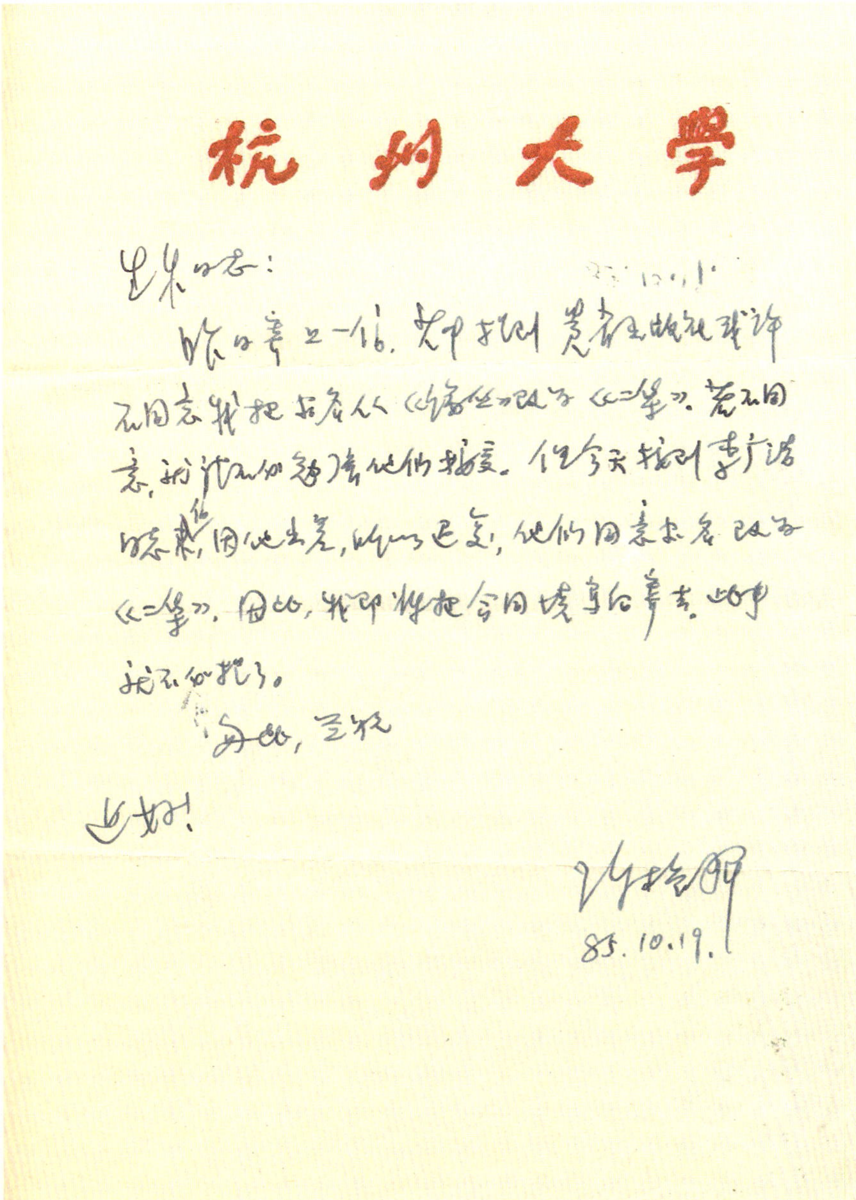

杭州大學

生禾同志：

昨日寄上一信，其中提到贵社出版社许不同意我把书名从《水经注》改为《二集》。若不同意，我们就不必等待他们批复。但今天接到李广浩同志信，因他出差，昨日已复，他们同意书名改为《二集》。因此，我即将把合同填写后寄去。此事就不必提了。

再此，并祝

近好！

陈桥驿

85.10.19.

一九八五年十月十九日陈桥驿致靳生禾函

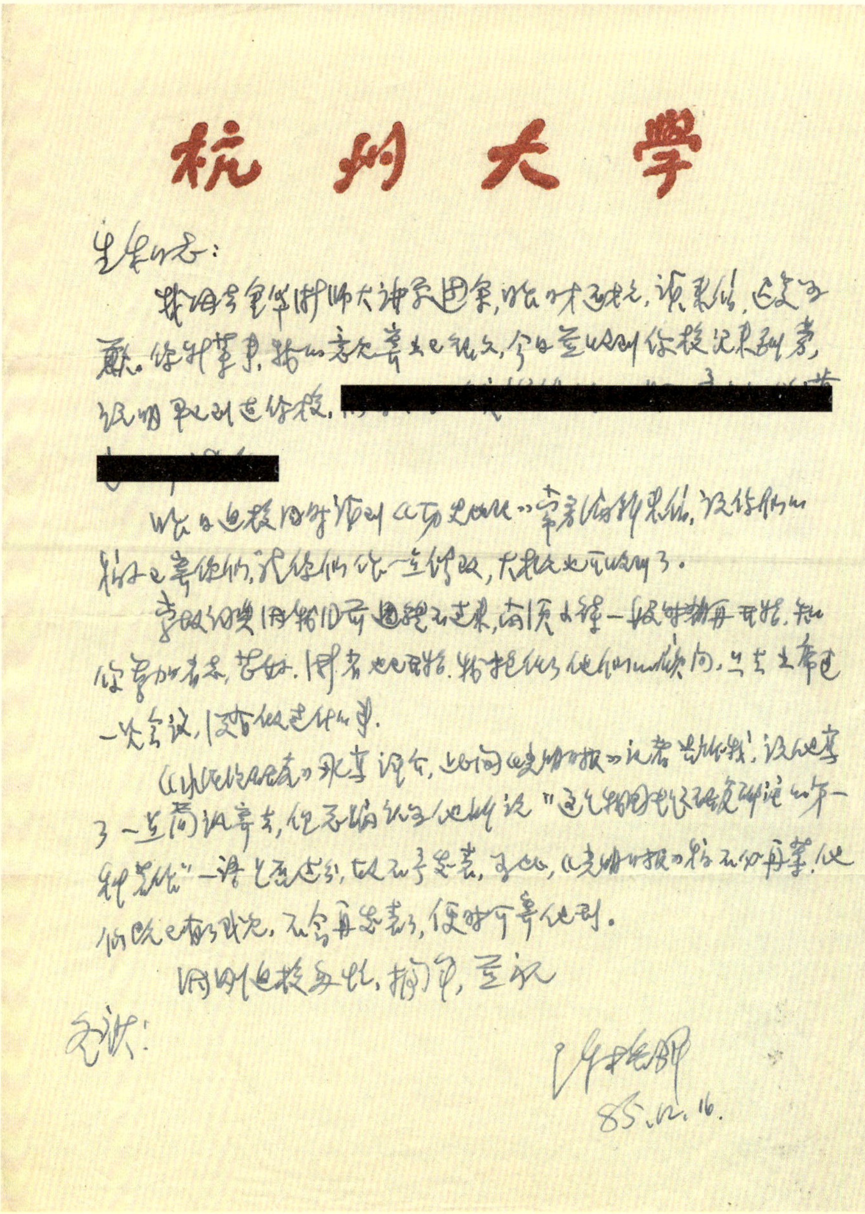

杭州大学

生禾同志：

我因为去金华浙师大讲学回来，昨日才返校，读来信，[illegible]

[illegible]。你们[illegible]，[illegible]，今日已收到你校[illegible]，

说明[illegible]到达你校，[redacted]

昨日由校图书馆转到《历史地理》常务编辑来信，说你们的

稿子已寄给他们，请你们作一些修改，大概也可以用了。

[illegible]

[illegible]

一次会议，[illegible]。

《[illegible]》[illegible]《光明日报》记者[illegible]，说他[illegible]

[illegible]"[illegible]"[illegible]

[illegible]"一语[illegible]，《光明日报》[illegible]。他

们[illegible]，不会再[illegible]。

[illegible]，[illegible]，並祝

文祺！

陈桥驿

85.12.16.

一九八五年十二月十六日陈桥驿致靳生禾函

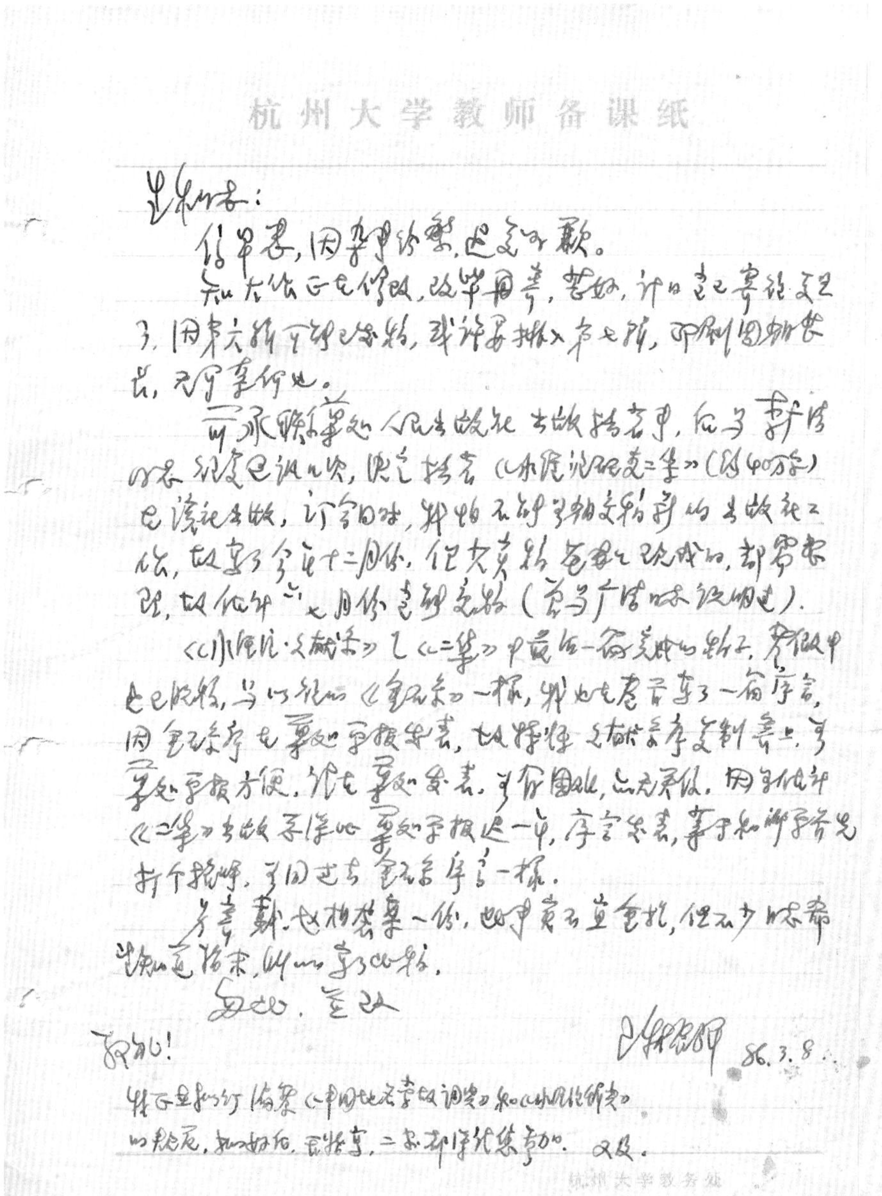

杭州大学教师备课纸

生禾兄：

信早悉，因事忙稽迟，复为歉。

知大作正在修改，改毕即寄，甚好。计日内已寄往[illegible]了，因本次[illegible]已[illegible]，我将安排入第七期，印刷周期甚长，无须等候也。

前承联系宁夏人民出版社出版拙著事，后与郭[illegible]同志联系已很久，决定将《水经注研究二集》（约40万字）已交该社出版，订合同时，我怕不能写[illegible]的出版社工作，故定于今年十二月份，但大部文稿早已改成，却需整理，故估计六七月份交稿（前与郭同志已说明过）。

《水经注·文献录》是《二集》中最长一篇文献的集子，[illegible]也已脱稿，与以往的《金石录》一样，我也考虑写了一篇序言，因金石录序已[illegible]学报发表，故将《文献录》序交[illegible]学报方便，如[illegible]发表，可[illegible]，亦无不可。因为我估计《二集》出版不像此[illegible]学报迟一点，序言发表，[illegible]打个招呼，与以前《金石录》序言一样。

[illegible]也相当集一份，[illegible]，但不[illegible]

[illegible]，我[illegible]写了此稿。

安好，并候

致礼！

陈桥驿 86.3.8

[illegible]《中国地名学[illegible]调查》和《[illegible]研究》[illegible]，[illegible]，二者都[illegible]。又及。

杭州大学教务处

一九八六年三月八日陈桥驿致靳生禾函

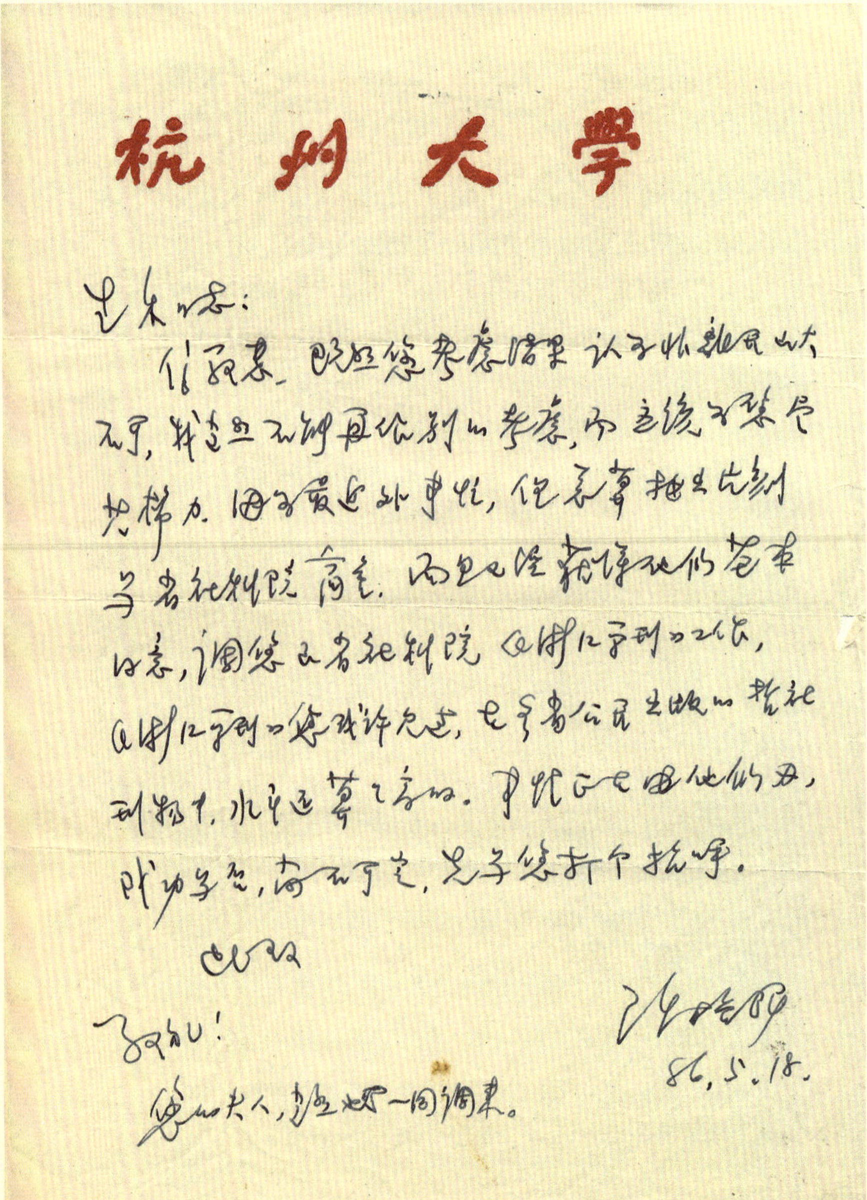

杭州大學

生禾同志：

信收悉。既然您考虑结果，认为此地离开似大不可，我当然不能再作别的考虑，而这边我只好尽力。因为最近外事忙，但我曾抽出片刻与省社科院商量，而且已经获得他们赞成同意，调您至省社科院《浙江学刊》工作，《浙江学刊》是我省公开出版的哲社刊物之一，水平还算是高的。事情已经由他们办，时间等忽，尚不可定，先与您打个招呼。

此致

敬礼！

陈桥驿

86.5.18.

您的夫人，请她一同调来。

一九八六年五月十八日陈桥驿致靳生禾函

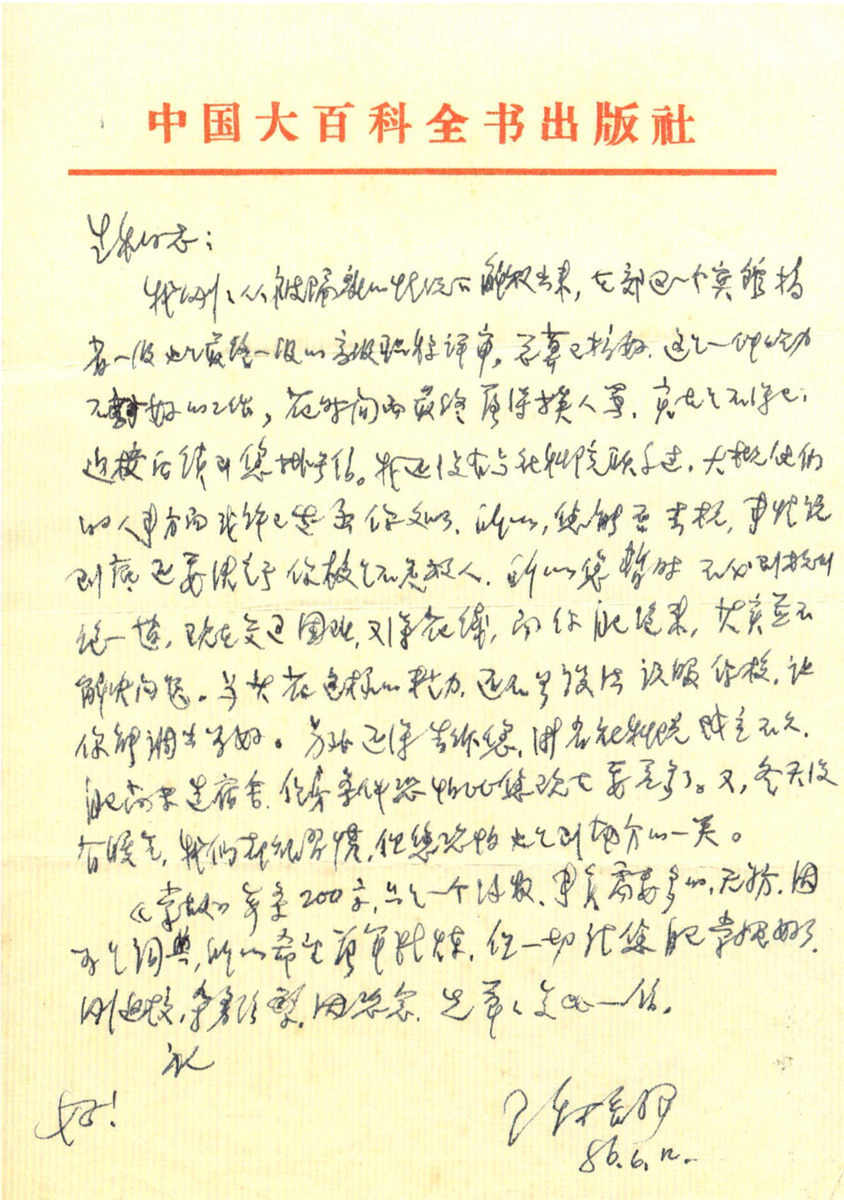

中国大百科全书出版社

生禾同志：

[illegible]

祝

好！

陈桥驿

86.6.12.

一九八六年六月十二日陈桥驿致靳生禾函

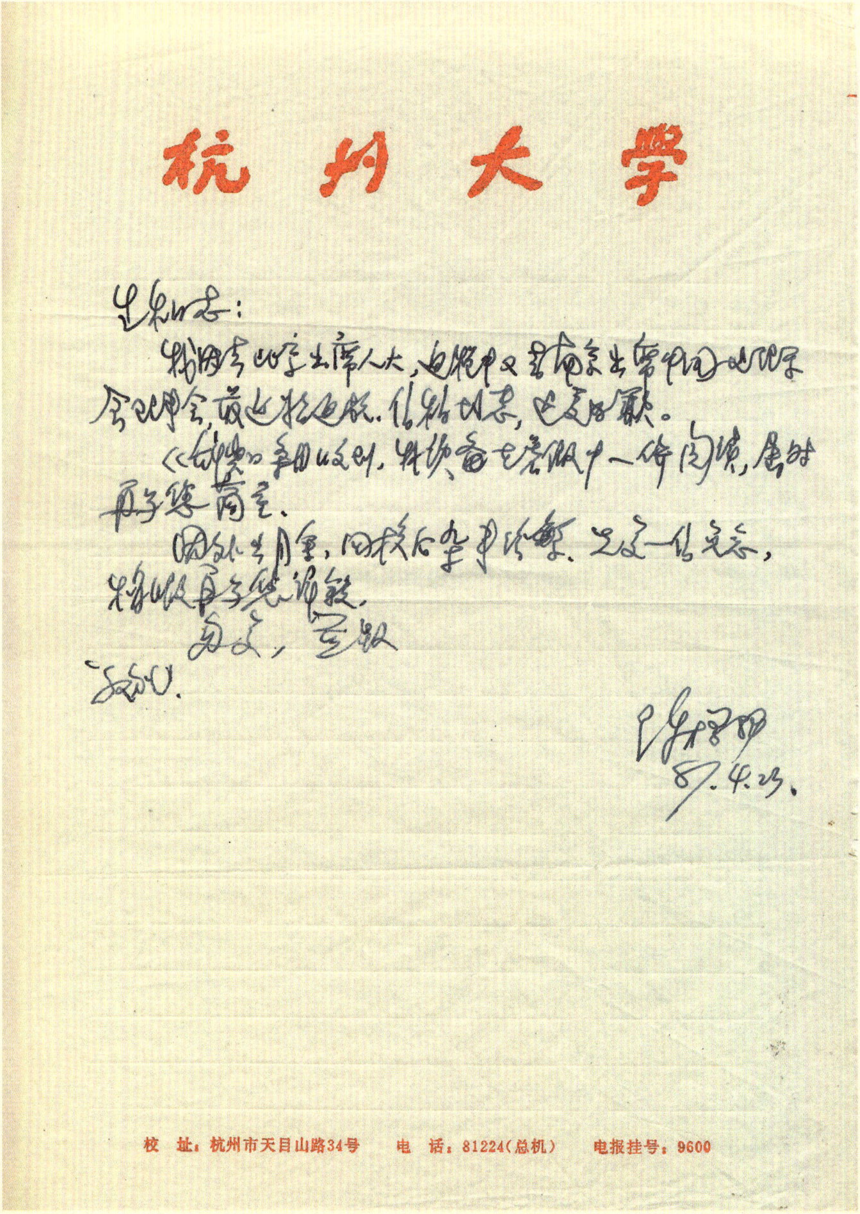
杭州大学

生禾同志：

我因去北京出席人大，也想和中文系老师出席中国比较文学会北京年会，最近才返杭。信稿收悉，迟复为歉。

《敦煌》手册收到，我须留在寒假中一併阅读，届时再写信商量。

因外出月余，回校后事务冗繁，先寄一信奉告，书稿收阅再写信详谈。

匆匆，并祝

近好。

陈桥驿

87.4.23.

校　址：杭州市天目山路34号　　电　话：81224（总机）　　电报挂号：9600

一九八七年四月二十三日陈桥驿致靳生禾函

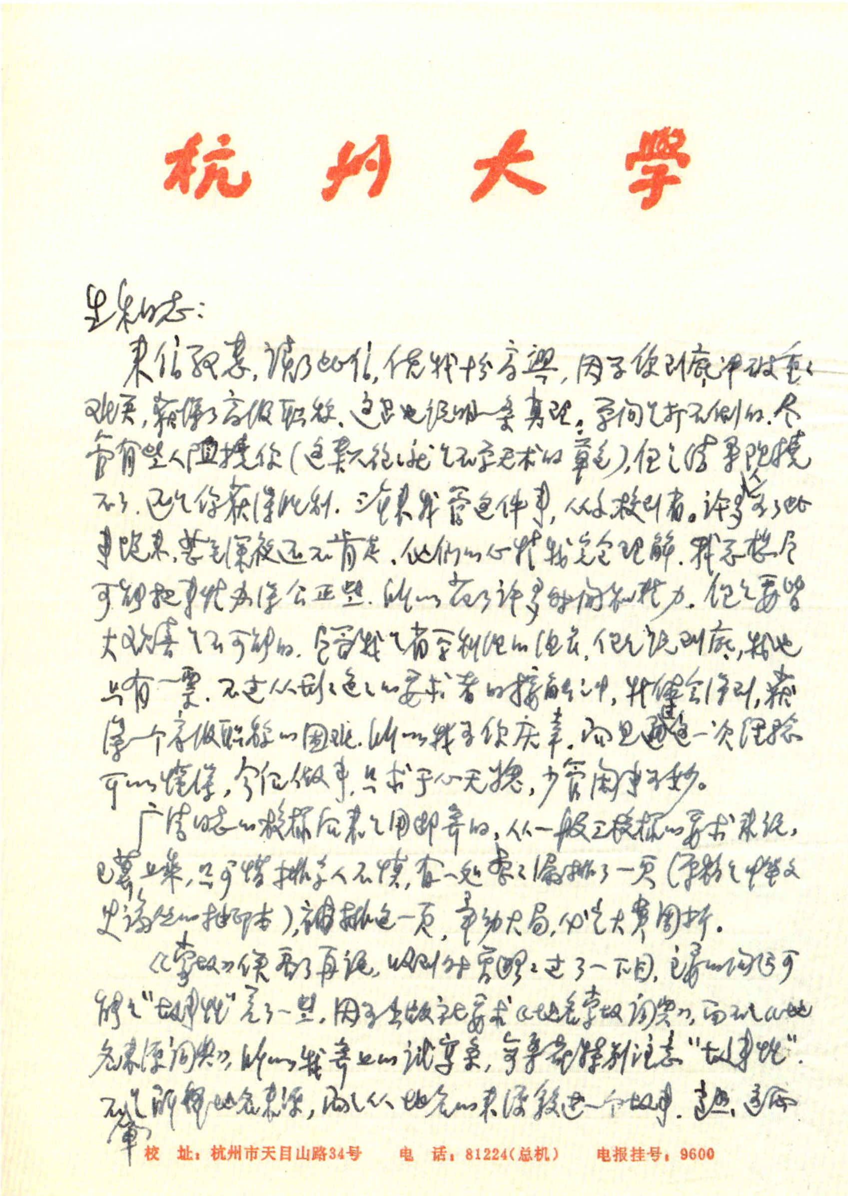
杭州大学

校　址：杭州市天目山路34号　　电　话：81224（总机）　　电报挂号：9600

一九八七年六月三十日陈桥驿致靳生禾函（一）

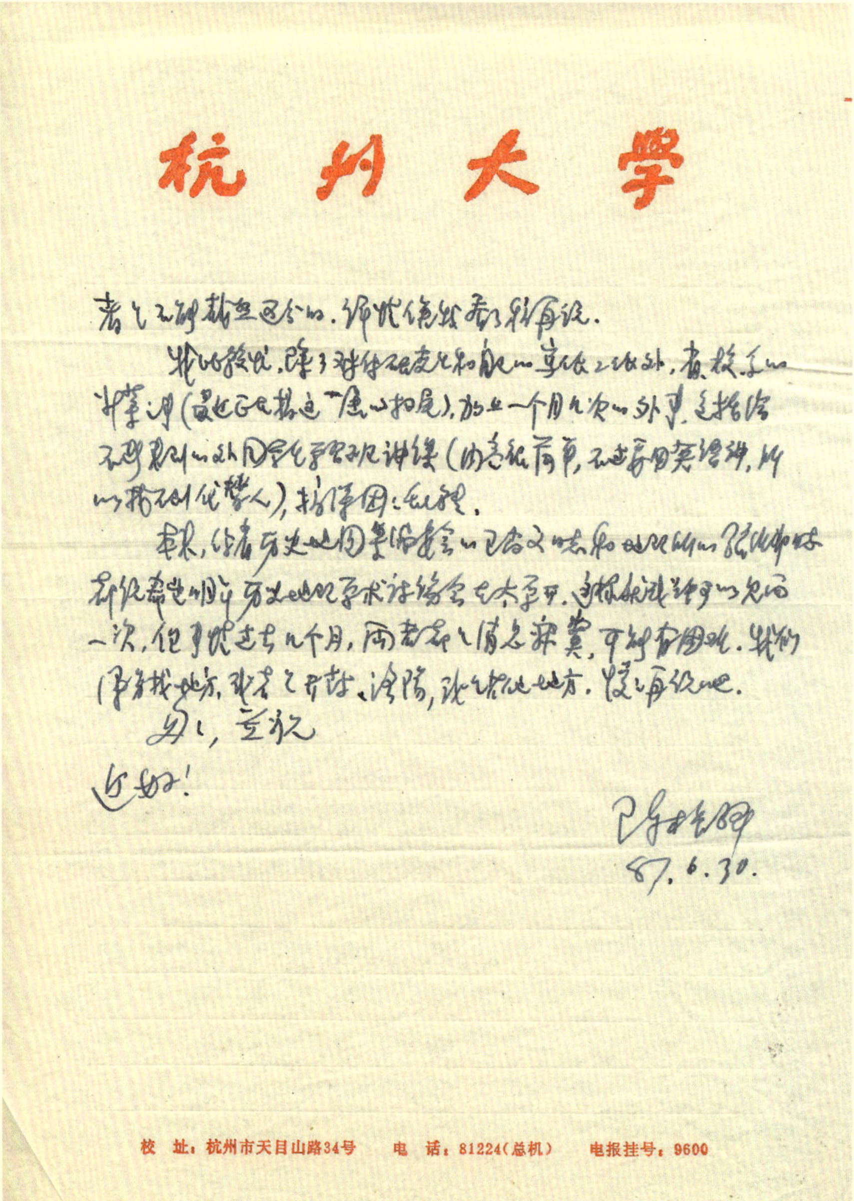

杭州大學

[illegible]。所以信就写得很简短。

我的情况，除了对付日常[illegible]的事务工作外，本校[illegible]的博士课程（最近已接近一百人的规模），加上一个月几次的外事，还有给不断来到的外国学者学生讲课（内容很简单，不过要用英语讲，所以特别使劲人），精神因之很疲。

本来，[illegible]学术讨论会在本大学开。[illegible]一次，但[illegible]几个月，[illegible]，可能有困难。我们[illegible]地方，[illegible]开封、洛阳，[illegible]地方。慢慢再谈吧。

匆匆，並祝

近好！

陈桥驿

87.6.30.

校　址：杭州市天目山路34号　　电　话：81224（总机）　　电报挂号：9600

一九八七年六月三十日陈桥驿致靳生禾函（二）

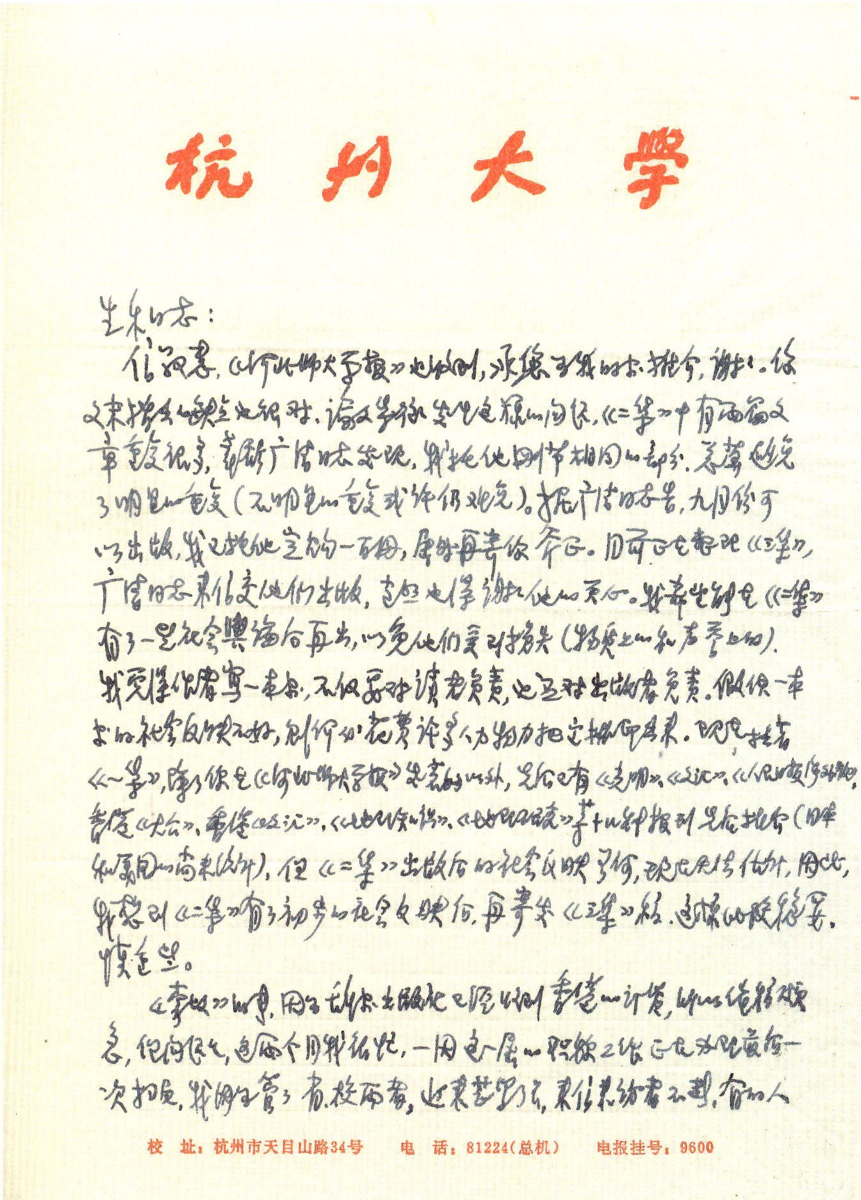

杭州大学

生禾同志：

信收悉，《河北师大学报》也收到，承您多年的关心推介，谢谢。您文末指出的缺点也很对。论文与郦学家陈先生观点相同的问题，《二集》中有两篇文章重复很多，都是广州日本写的，我都把他删节相同的部分，总算避免了明显的重复（不明显的重复或许仍难免）。据广州日本告，九月份可以出版，我已约他定购一百册，届时再寄您斧正。目前正在考虑《三集》，广州日本来信要他们出版，意思也得谢谢他们的关心。我希望能先在《二集》有了一些社会舆论后再出，以免他们受到损失（指经济上的和声誉上的）。我觉得作者写一本书，不仅要对读者负责，也应对出版者负责。假使一本书的社会反映不好，则何必花费许多人力物力把它排印出来。现在对于《一集》，除了您在《河北师大学报》发表的以外，先后已有《光明》、《文汇》、《人民日报海外版》、香港《大公》、香港《文汇》、《地理知识》、《地理研究》等十几种报刊先后推介（日本和美国的尚未统计）。但《二集》出版后的社会反映如何，现在尚待估计，因此，我想到《二集》有了初步的社会反映后，再考虑《三集》付梓，这样比较稳妥，慎重些。

《李白》的事，因为上海出版社已经收到香港的订货，所以他们很积极，但向您说，这两个月我很忙，一因此届的职称工作正在进行最后一次扫尾，我们学校有了青、校两考，近来甚忙了，来信来访者不断，有的人

校 址：杭州市天目山路34号　　电 话：81224（总机）　　电报挂号：9600

一九八七年七月十五日陈桥驿致靳生禾函（一）

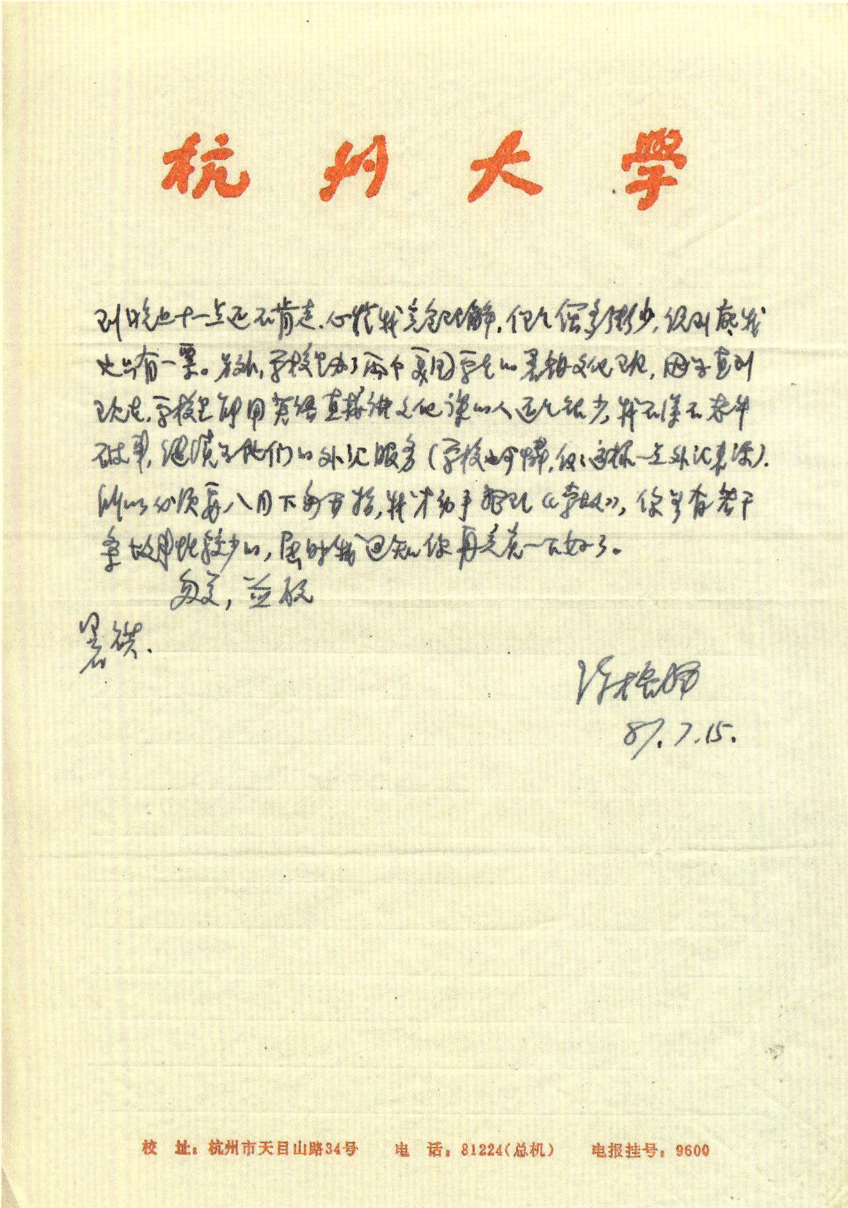

杭州大學

到晚上十一点还不肯走。心情我完全理解，但人信多则少，仍以历史当有一案。另外，学校已办了两个美国学生的暑期文化班，因学会刚决定，学校已聘用费城直接讲文化课的人选几位，将不得不参加班里，还负了他们的外汇服务（学校的小帐，仍以这样一点外汇来源）。所以必须要八月下旬才能，我才能着手整理《学报》，你所有者需要故用此段方式，届时我再通知你再来商一下好了。

匆复，并祝

暑祺。

陈桥驿

87.7.15.

校　址：杭州市天目山路34号　　电　话：81224（总机）　　电报挂号：9600

一九八七年七月十五日陈桥驿致靳生禾函（二）

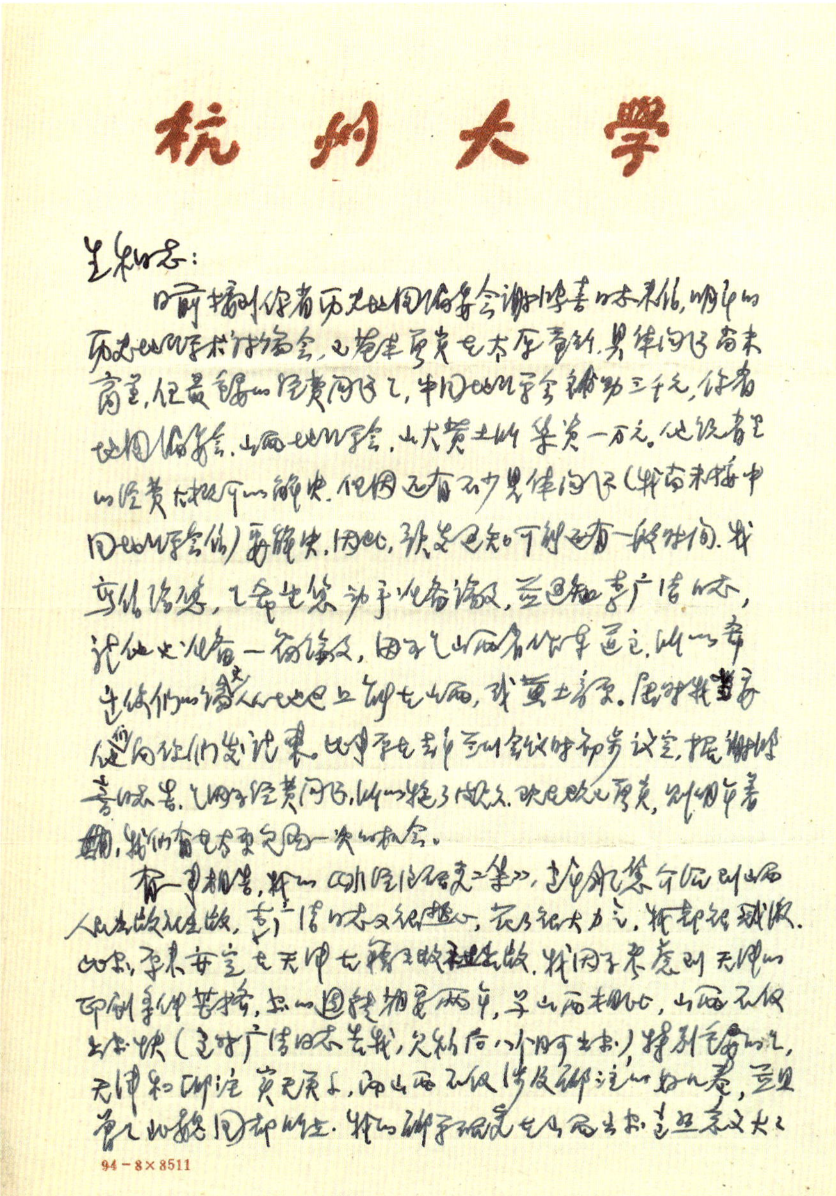

杭州大學

生禾同志：

94－8×8511

一九八七年九月二日陈桥驿致靳生禾函（一）

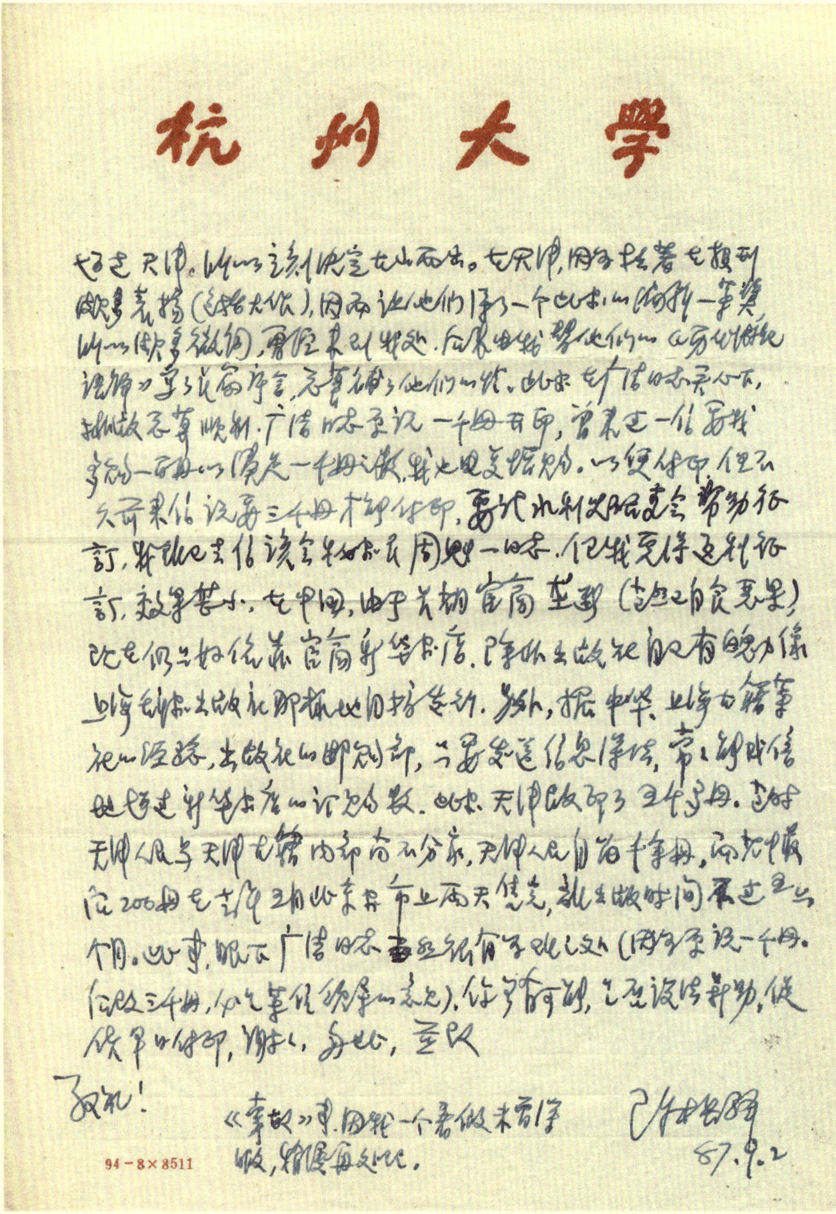

杭州大學

也可去天津。此行主要决定在山西出。在天津，因为拙著已被列
欧美名著（这部大作），因而让他们得了一个北方的编辑一等奖
此的欧美级别，曾经来到我处。后来由我帮他们的《水经注[illegible]》
[illegible]写了一篇序言，总算补了他们的缺。此后在广清日本[illegible]，
拙作总算顺利。广清日本要订一千册付印，曾来过一信要我
[illegible]一百册的须是一千册之数，我也只是照办。以便付印。但不
久前来信说要三千册才能付印，要我以[illegible]帮助征
订，我就已去信该会[illegible]一些。但我觉得这种征
订，数量甚小。在中国，由于书籍官商垄断（台湾是自由竞争）
现在仍然如往常官商新华书店。除非出版社自己有能力像
上海古籍出版社那样地自办发行。另外，据中华、上海古籍等
社的经验，出版社的邮购部，只要发送信息得法，常常能收
超过新华书店的订购数。此次天津只印了五千多册。这部
天津人民与天津古籍内部尚不分家，天津人民自留千余册，而我只
得200册，是去年3月北京书市上两天售完，就出版时间不过三、四
个月。此事，眼下广清日本[illegible]有学者议（因为要订一千册。
但要三千册，[illegible]）。你等看可能，也还设法帮助，使
能早日付印，谢谢。[illegible]

敬礼！

《[illegible]》事，因我一个[illegible]
[illegible]

陈桥驿
87.9.2

94－8×8511

一九八七年九月二日陈桥驿致靳生禾函（二）

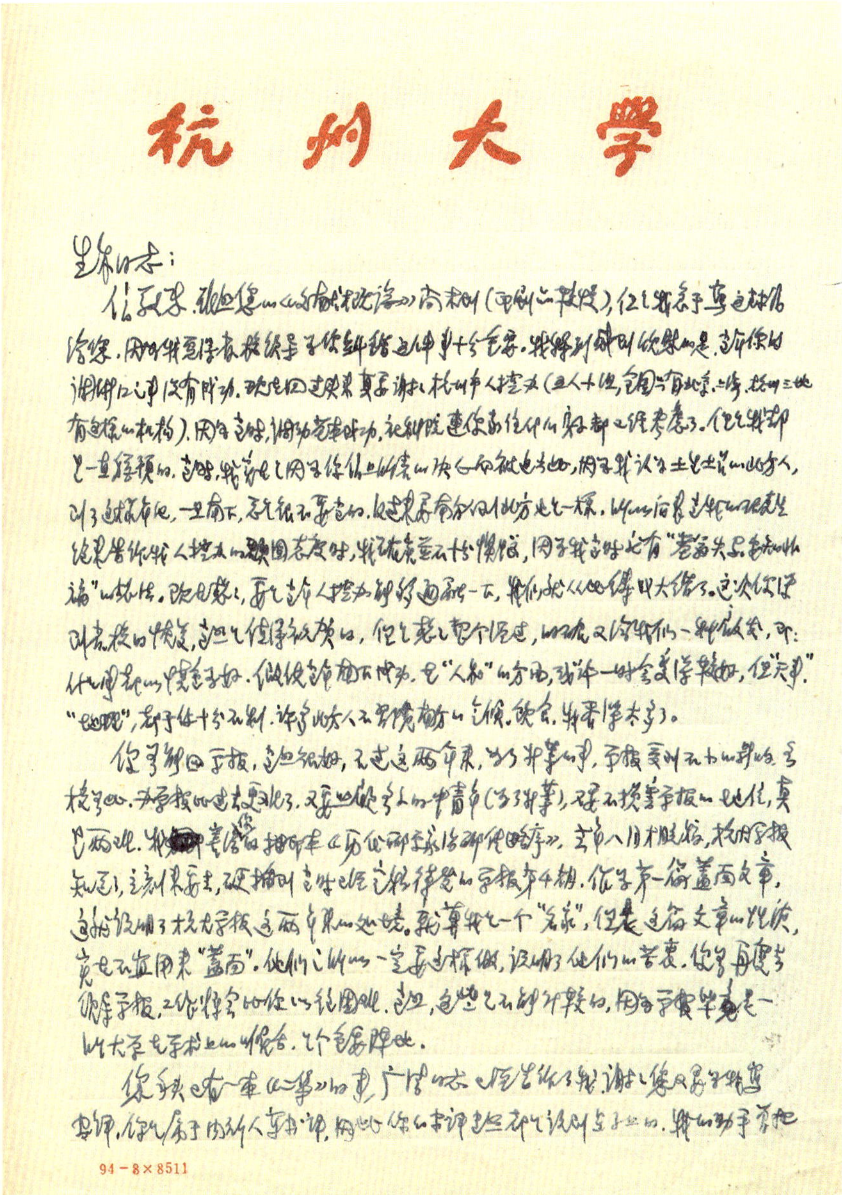
杭州大學

生禾同志：

94－8×8511

一九八八年一月二日陈桥驿致靳生禾函（一）

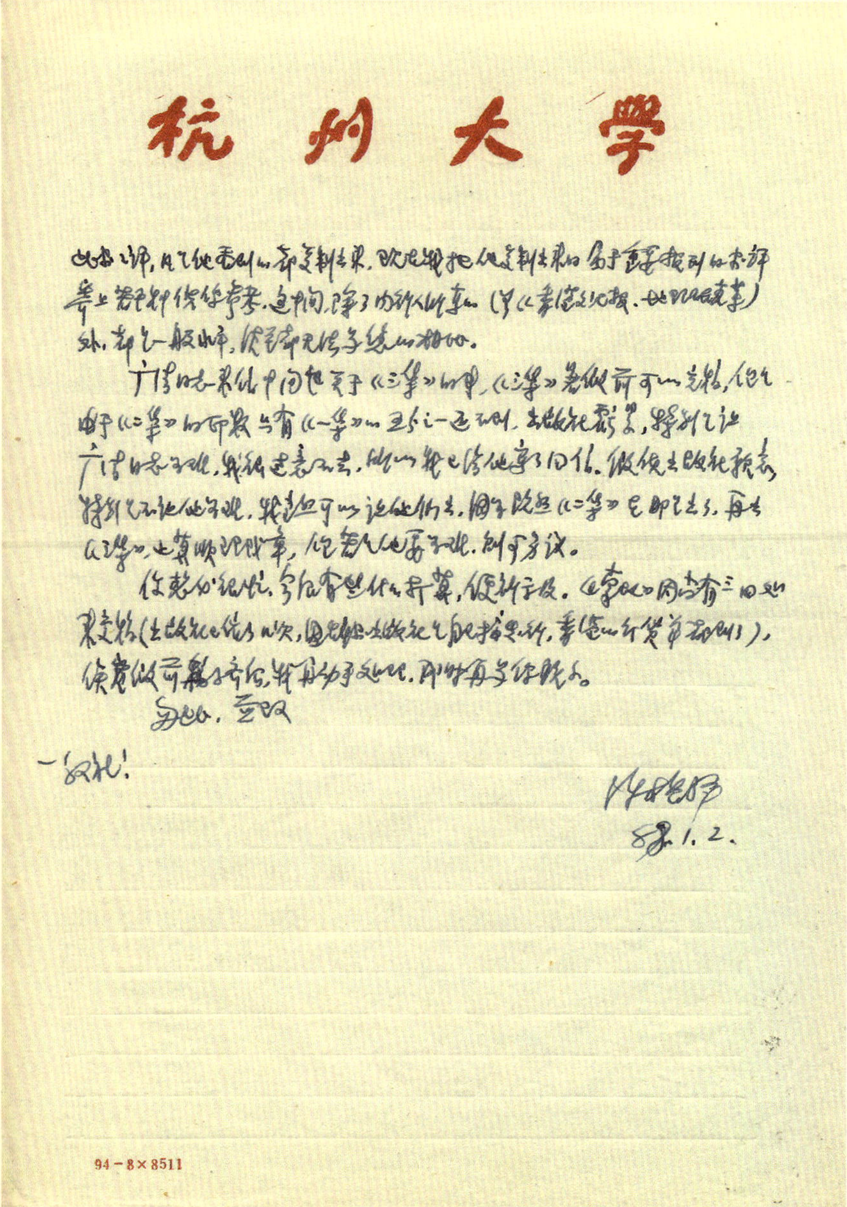
杭州大學

88.1.2.

94－8×8511

一九八八年一月二日陈桥驿致靳生禾函（二）

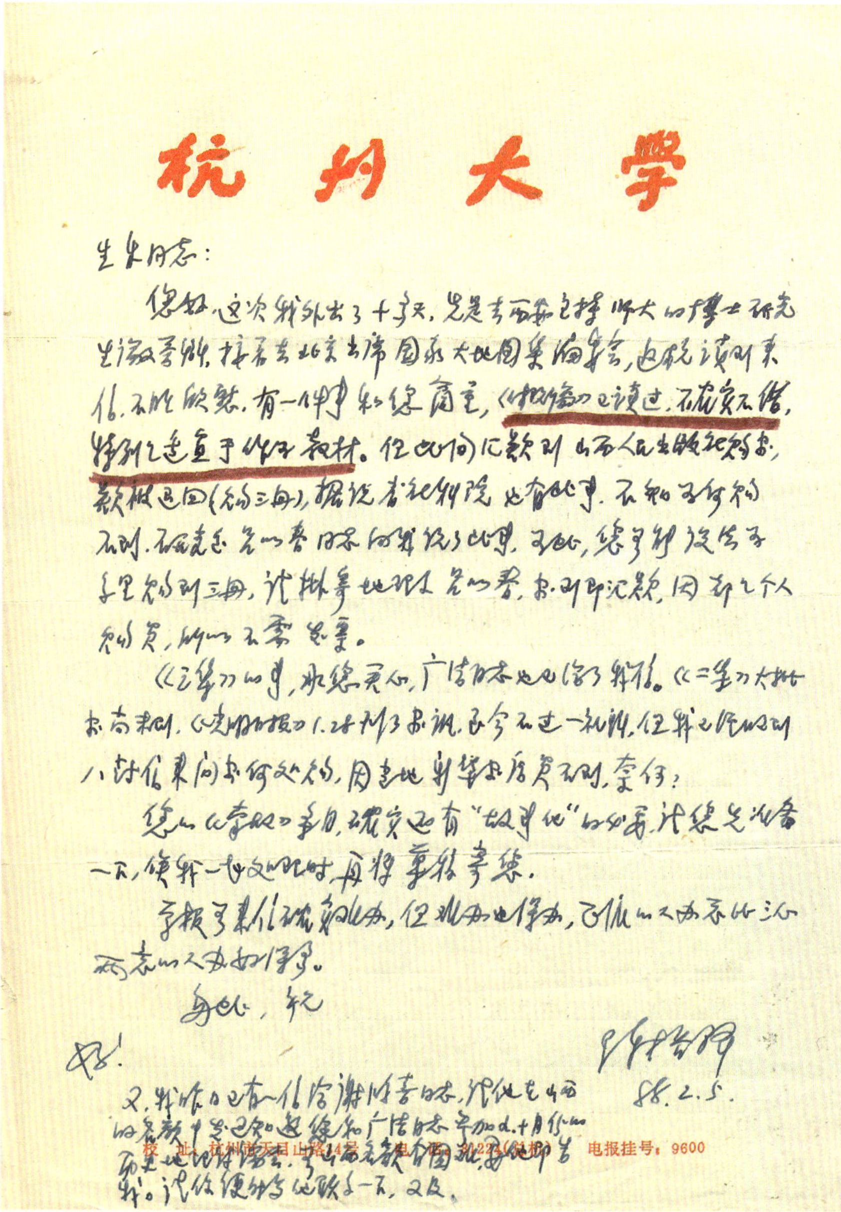

杭州大学

生禾同志：

您好！这次我外出了十多天，先是去西安主持师大的博士研究生论文答辩，接着去北京出席国家大地图集编委会，返杭读到来信，不胜欣然。有一件事和您商量，《[illegible]》已读过，[illegible]，特别适宜于作为教材。但此间汇款到山西人民出版社邮购部，款被退回（《名篇三册》），据说出版社说没有此书。不知是何原因？[illegible]

[illegible]

《[illegible]》的事，[illegible]，广州日本也已[illegible]。[illegible]

[illegible]

您的《[illegible]》[illegible]，还有“[illegible]”[illegible]，请您先准备一下，[illegible]再将[illegible]。

[illegible]

[illegible]

即此，致

敬！

陈桥驿

88.2.5.

又，[illegible]

校址：杭州市天目山路34号 电话：31224（总机） 电报挂号：9600

一九八八年二月五日陈桥驿致靳生禾函

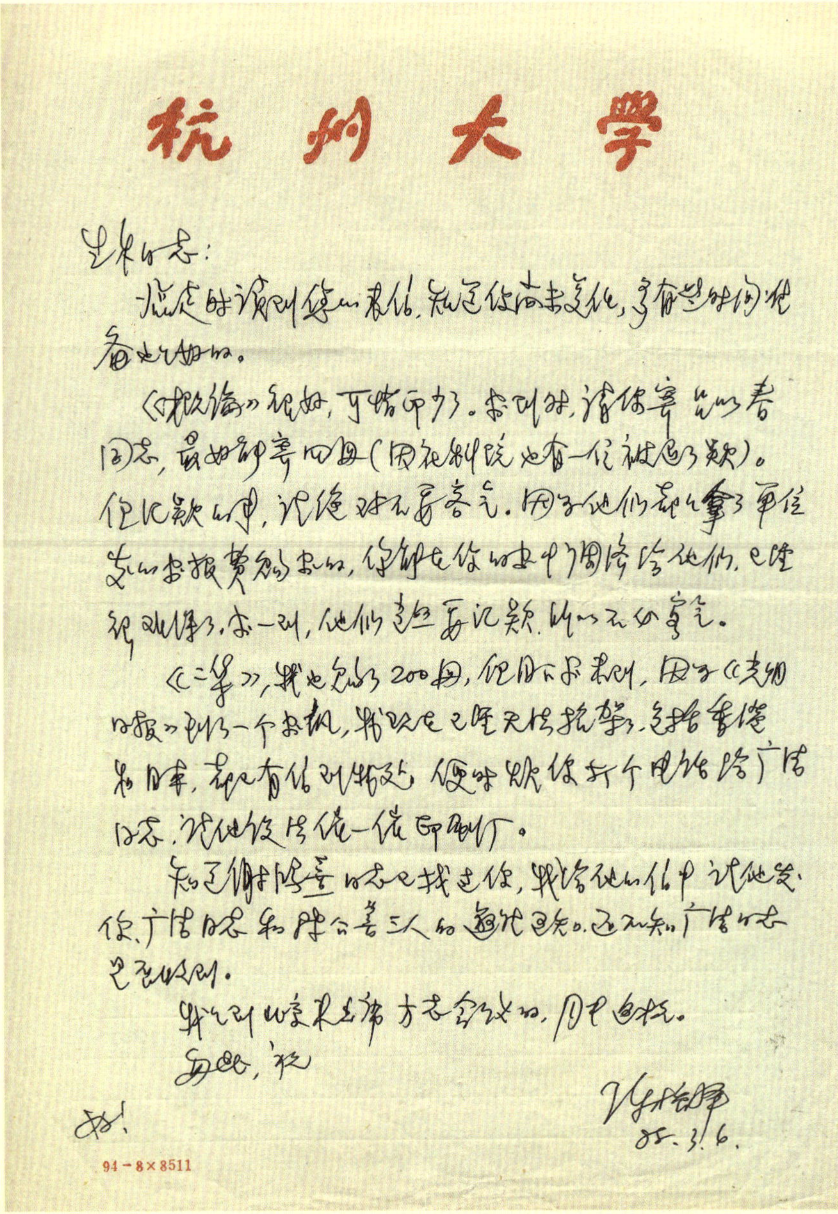

杭州大學

生禾同志：

　　临走时读到您的来信，知道您尚未变化，多有些时间准备也是好的。

　　《概论》很好，可惜印少了。书到时，请您寄吕以春同志，最好能寄四本（因他们院也有一位被他退了款）。但汇款的事，请您对他不要客气。因为他们都拿了单位支的书报费买书的，你能在你的书中分配给他们，已经很难得了。书一到，他们马上要汇款，你们不必客气。

　　《二集》，我也包了200册，但目下书未到。因为《光明日报》登了一个书讯，我收到已经有人来信预订了，包括香港和日本，都有信到我处。便中烦您打个电话给广图同志，请他设法催一催印刷厂。

　　知道傅璇琮同志已找过您，我给他的信中说他找您、广图同志和陈会善三人的通信已知。还不知广图同志是否收到。

　　我将到北京来出席方志会议的，月中返杭。

　　匆此，祝

好！

陈桥驿

88.3.6.

94－8×8511

一九八八年三月六日陈桥驿致靳生禾函

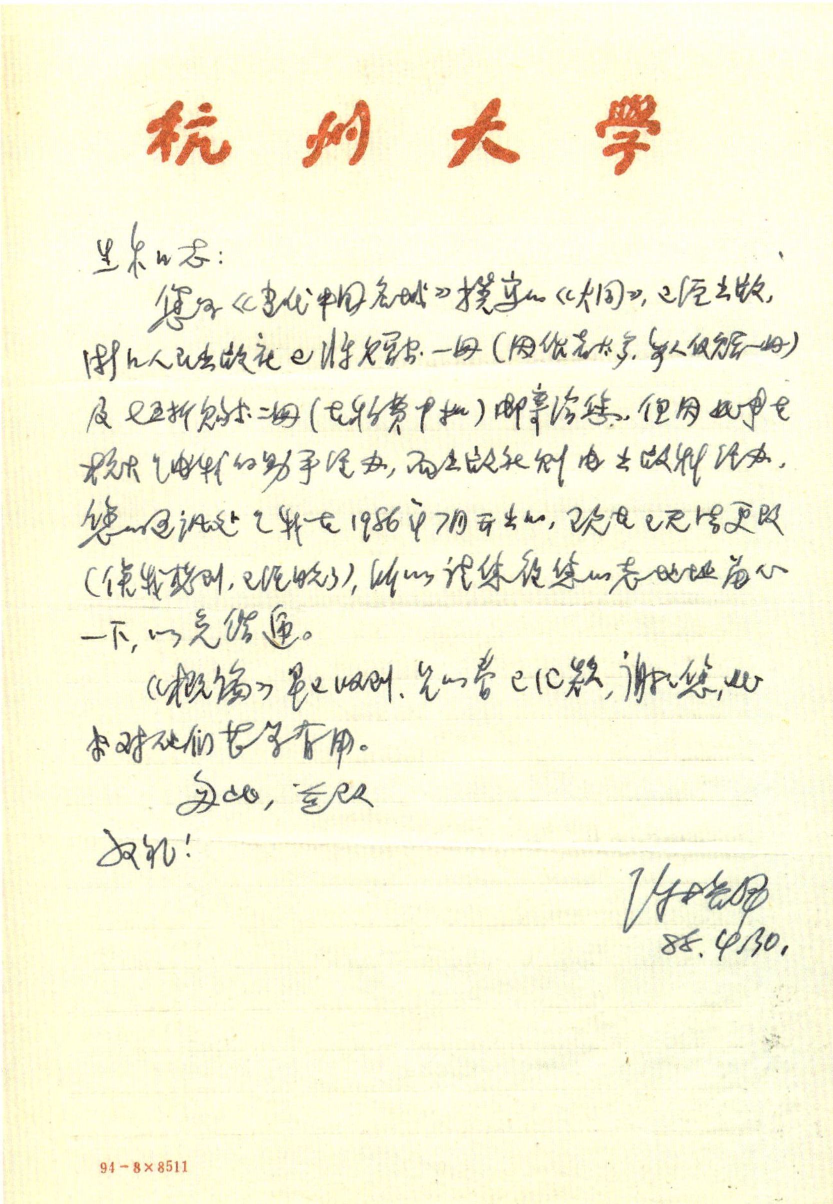

杭州大學

靳生禾同志：

您写《当代中国名城》撰写的《大同》，已经出版，浙江人民出版社已将稿费一册（因您是执笔，每人仅分配一册）及已通知寄上二册（包括稿费中扣）即寄给您。但因此事已拖久，他们负责此事的同志，而出版社则由出版科经办，您的通讯处已于1986年7月寄出的，现在已无法更改（他们找到的已经晚了），所以请您给您的寄出地址留心一下，以免错过。

《概论》兼已收到，您的书已收到，谢谢您，此书对我们甚有用。

专此，并颂

研祺！

陈桥驿
88.4.30.

94－8×8511

一九八八年四月三十日陈桥驿致靳生禾函

杭州大學

生禾同志：

　　来信收悉，大作拜读。我首先得承认你读书的本领，不仅高瞻远瞩，而且能深入细微。确实让我佩服。当然因为手头的材料之故，所以要让我可以说话。大作我已交给校大学报，让他们去审查，由他们讨论决定。因为我知道他们个个仔细人，此文必定有用处。所以这样不能依你的意思做了。

　　尊稿有一万多字，堂堂大文章，我认为，既然花了很大力气写出这样一篇大文章，你还可以以此文作基础，浓缩内容，另外再写一篇文章，例如《地理学报》（北京北沙滩917大楼）也收入千字以内的文章，但它是全国一级学报。你既已花了力气，为何不去即此试试。另外，水利史方面的刊物，也很需要这一类文章，但以五千字左右为宜。可寄给水电科学院水利史所周魁一教授收存。这并不是一样手段（因为篇幅、纲目都不同），而是这方面刊物的需要。而你花的精力，也可得到应有的报偿。周魁一教授处，我另备一信，以供你寄有需要时使用。

94－8×8511

一九八八年六月四日陈桥驿致靳生禾函（一）

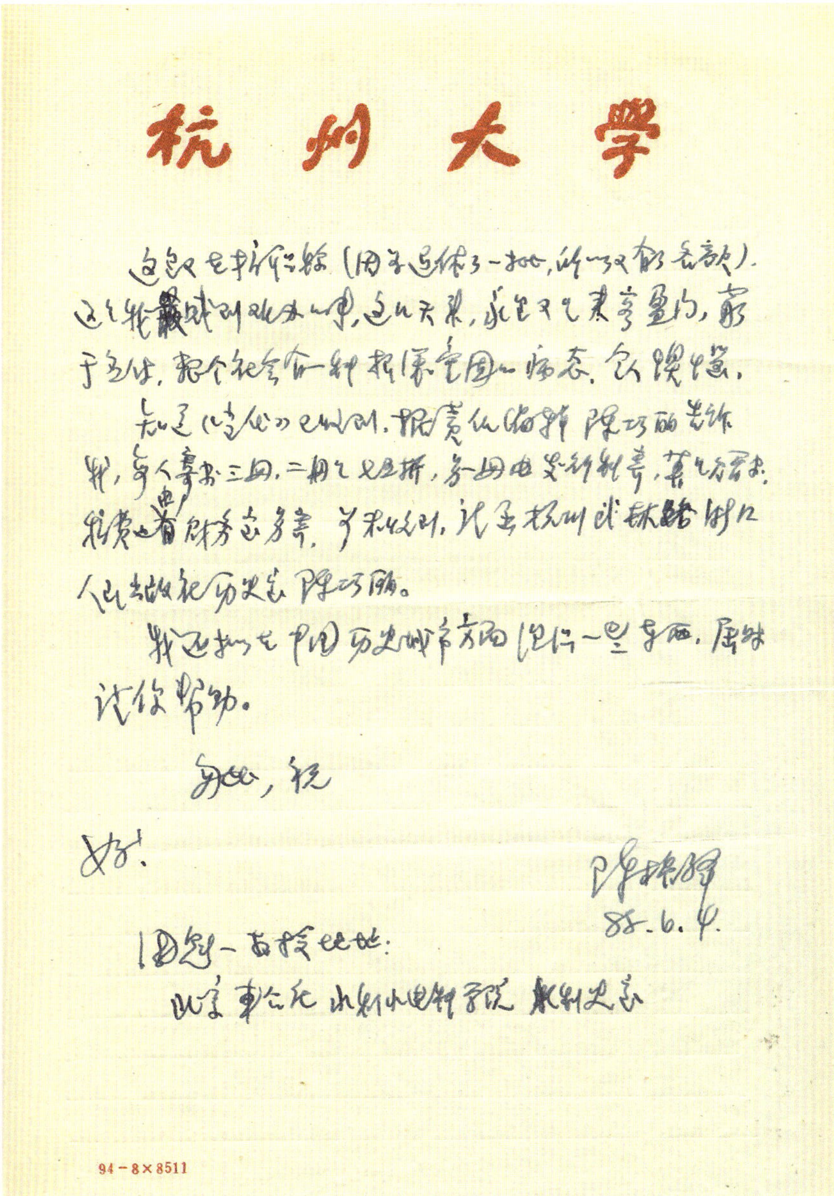

杭州大學

这份电报很好（[illegible]）。

这是我[illegible]，这几天来，[illegible]

于[illegible]，[illegible]。

知道[illegible]，据责任编辑陈巧丽告诉

我，每人寄书三册，[illegible]

[illegible]，可能收到，[illegible]杭州武林路浙江

人民出版社历史室陈巧丽。

我还拟在中国历史城市方面进行一些[illegible]，届时

请你帮助。

匆此，祝

好！

陈桥驿
88.6.4.

附[illegible]地址：

北京车公庄水利水电科学院水利史室

94－8×8511

一九八八年六月四日陈桥驿致靳生禾函（二）

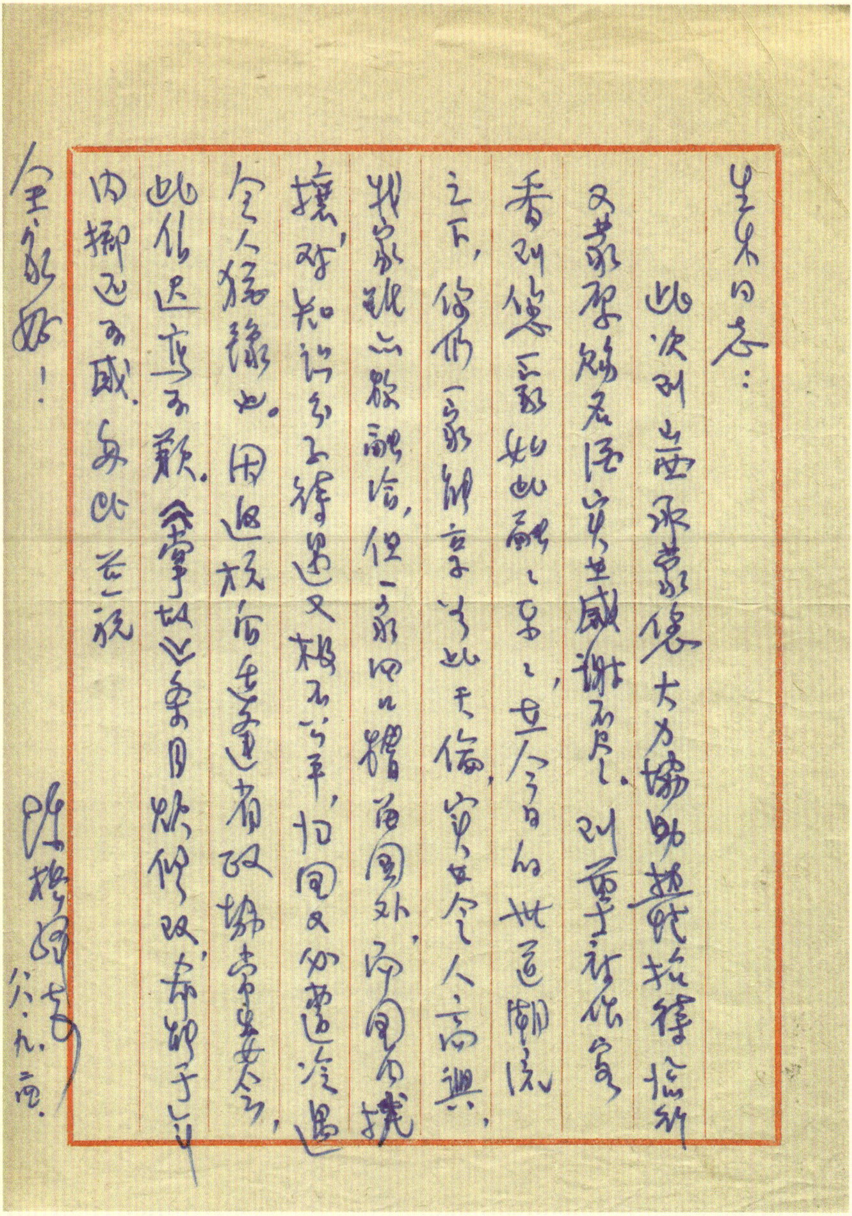

生禾同志：

此次到山西，承蒙您大力协助，并抽暇陪行，又蒙尽力照顾，实在感谢不尽。到尊府作客，看到您一家如此融融乐乐，在今日的世道潮流之下，你们一家能享有此天伦，实在令人高兴。我家虽亦较融洽，但一家四口，皆在国外，而国内[illegible]，对知识分子待遇又极不公平，[illegible]令人[illegible]也。因返杭后连遭[illegible]省政协常委会，此信迟迟才发，歉歉。《拳故》[illegible]，[illegible]于[illegible]内挪巡[illegible]成。专此并祝

全家好！

陈桥驿

八八．九．廿四．

一九八八年九月二十四日陈桥驿致靳生禾函

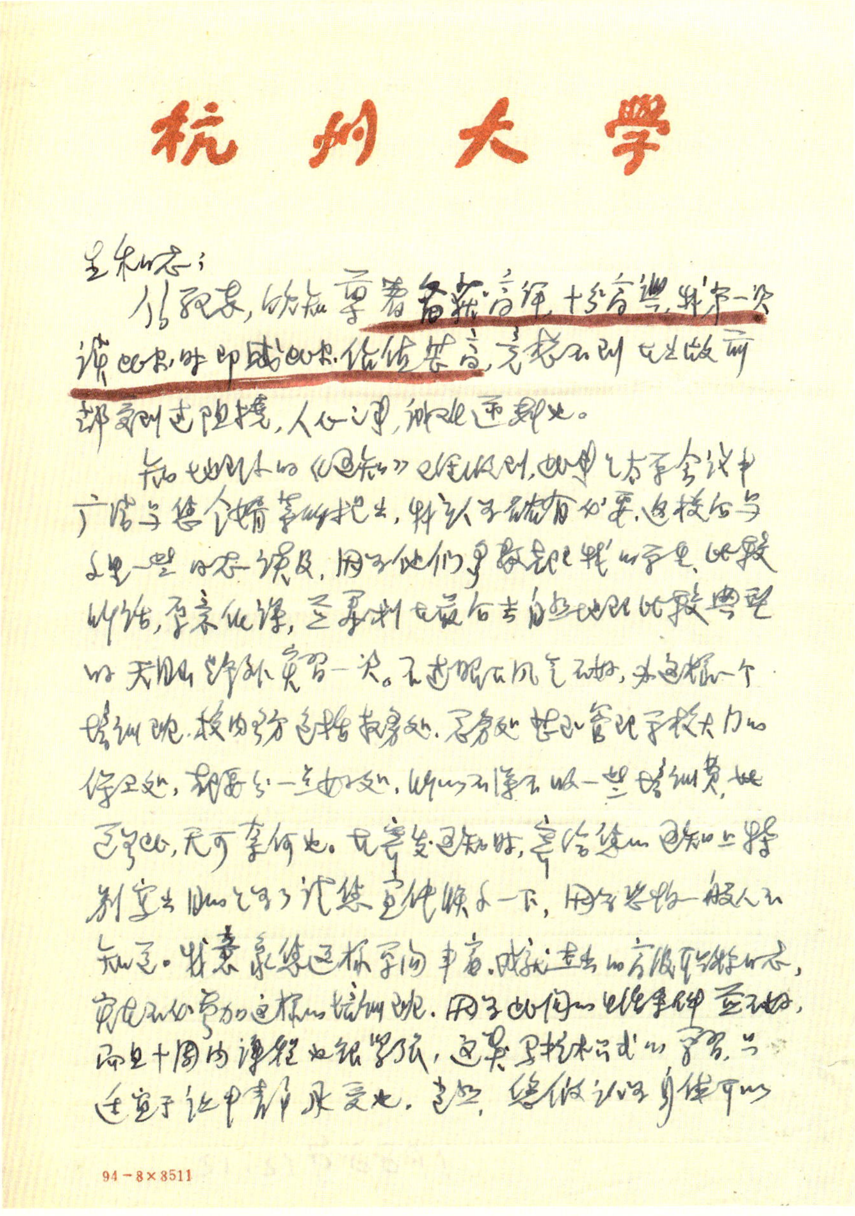

杭州大學

生禾同志：

信现奉，欣知尊著备获高评，十分高兴。我第一次读此书时，即赋此书给给答言，[illegible]不到[illegible]所部受到过阻挠，人心之谓，亦此之谓也。

你所说的《通知》已经收到，此事已在常务会议中广泛与会人员等所提出，我认为不能有所要。这校在这里一些[illegible]，因为他们事实上是我的学生，比较好说，后来他们[illegible]，至[illegible]最合者自然也比较典型的[illegible]实习一次。不过现在风气不好，要办一个培训班，校内部分包括教务处、总务处甚至会计学校大门的保卫处，都要分一点好处，所以不得不收一些培训费，也已如此，无可奈何也。我曾发通知时，曾给您的通知上特别写出[illegible]，但是一般人不知道。[illegible]

94－8×8511

一九八八年十二月十日陈桥驿致靳生禾函（一）

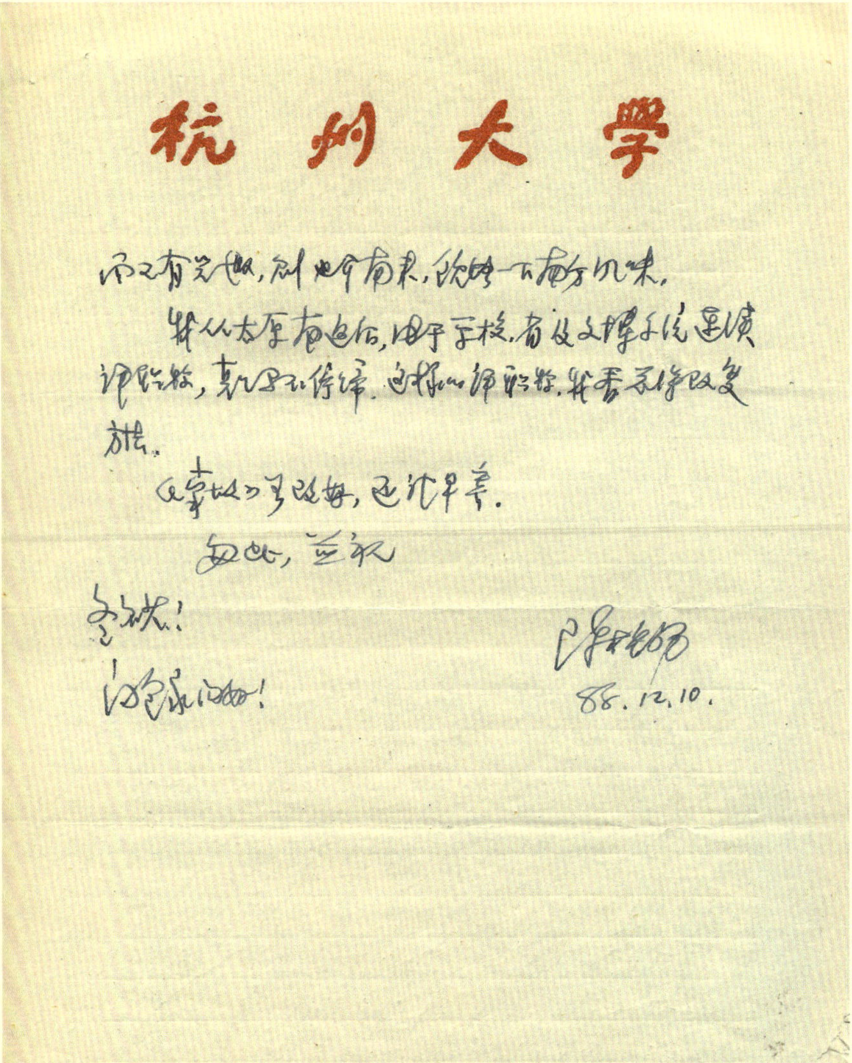

杭州大學

而又有兴趣，则也可前来，领略一下南方风味。

我从太原看过信，由于学校，有些文件[illegible]评点稿，真的不行停了。这样的编辑稿，我看采取改变方法。

《[illegible]》写改好，还请早寄。

匆此，并祝

冬祺！

问全家问好！

陈桥驿

88.12.10.

94－8×8511

一九八八年十二月十日陈桥驿致靳生禾函（二）

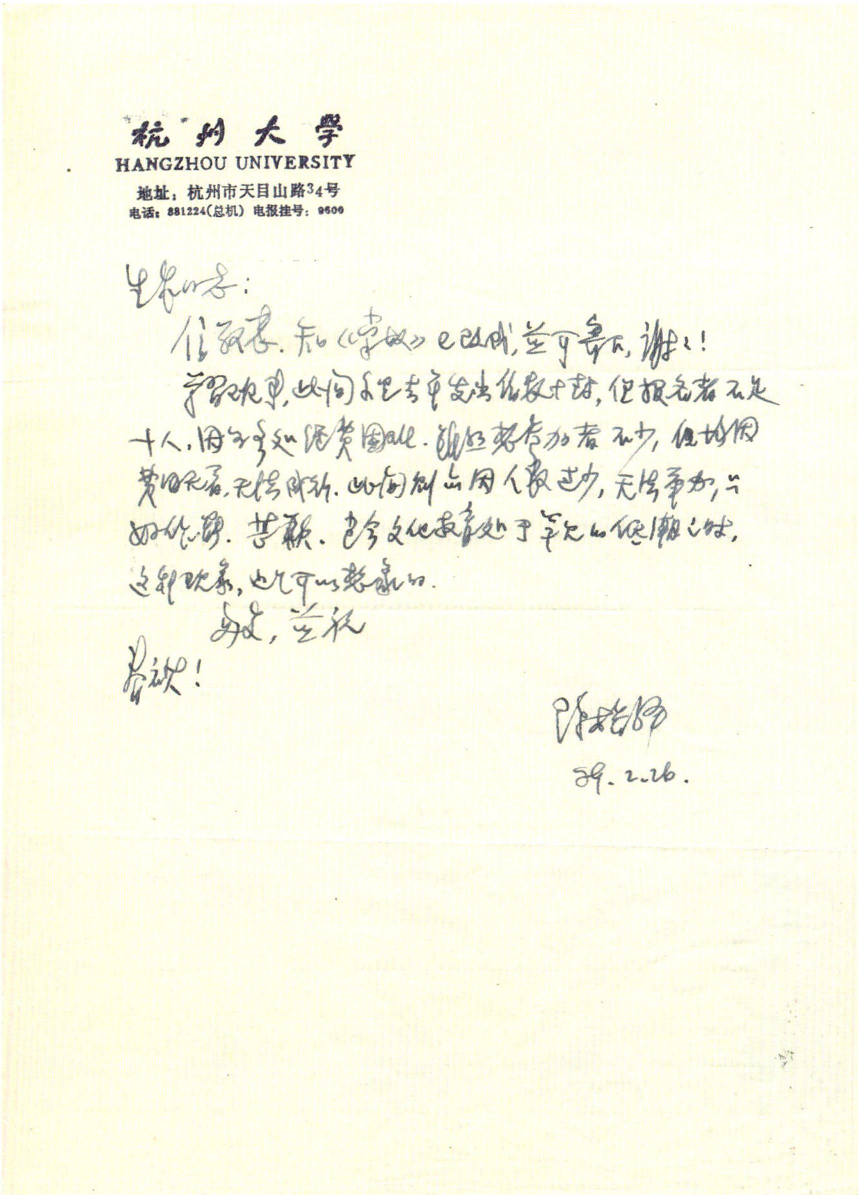

杭州大學
HANGZHOU UNIVERSITY
地址：杭州市天目山路34号
电话：881224（总机） 电报挂号：9600

生禾如晤：

信收到。知《宁波》已出版，并可寄下，谢谢！

学习班事，此间于去年年底发出信数十封，但报名者不足十人，因今年[illegible]须费用。报纸发[illegible]者不少，但他们费用不足，无法听讲。此间创办因人数过少，无法举办，只好作罢。其实，当今文化教育处于这样的低潮之时，这种现象，也是可以想象的。

匆此，并祝

春祺！

陈桥驿

89.2.26.

一九八九年二月二十六日陈桥驿致靳生禾函

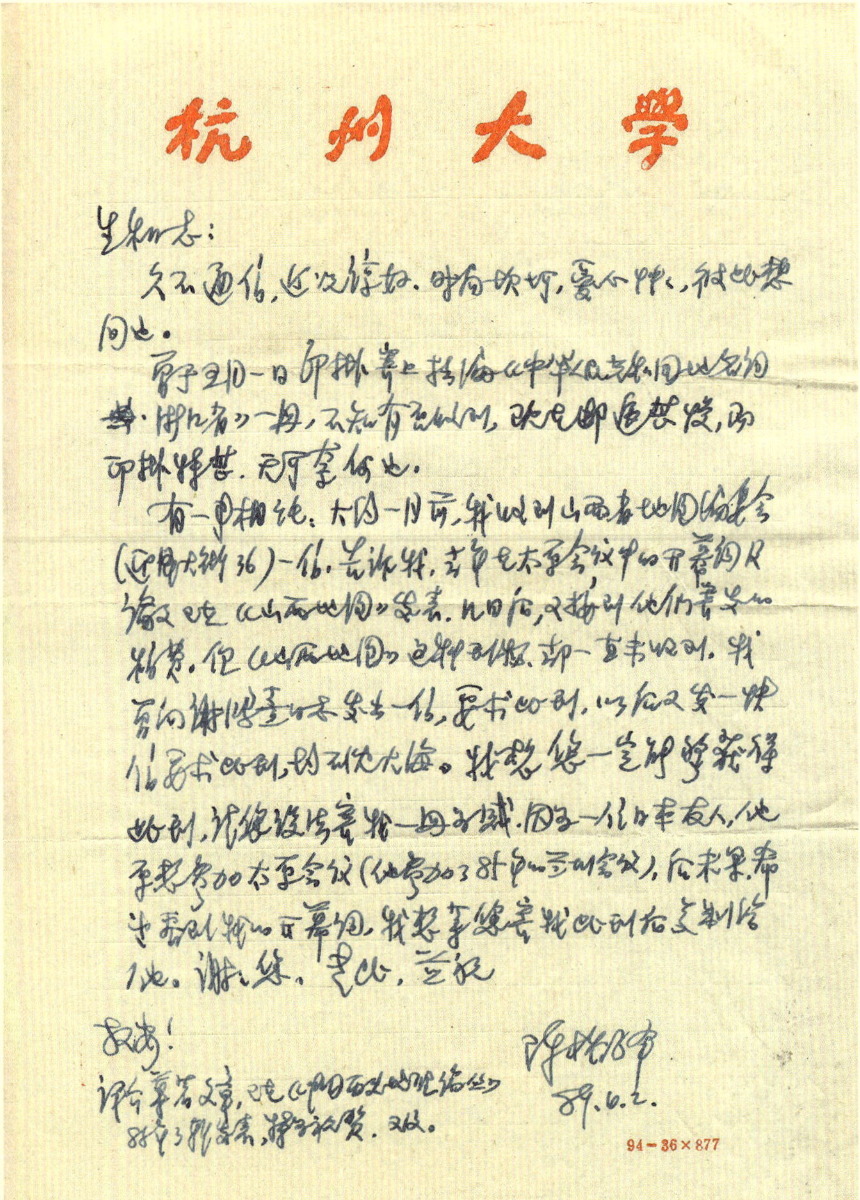

杭州大學

生禾同志：

久不通信，近况谅好。时局波折，忧心忡忡，想必也同此。

前于三月一日印挪寄上拙编《中华人民共和国地名词典·浙江省》一册，不知有否收到，现在邮递甚慢，而印挪特甚，无可奈何也。

有一事相烦：大约一月前，我收到山西省地图编纂委员会（太原大南门街36）一信，告诉我，在这次太原会议中所开幕的展览上编入了《山西地图》样书。几日后，又接到他们寄来的发票。但《山西地图》已寄出的，却一直未收到。我曾向谢[illegible]同志去一信，要求收到，以后又发一快信要求收到，均石沉大海。我想您一定熟悉[illegible]收到，请您设法寄我一册可否。因为一位日本友人，他未能参加太原会议（他参加了81年的三月会议），后来要求希望看到我的《山西地图》，我想等您寄我收到后复制给他。谢谢您。专此，并祝

教安！

陈桥驿

89.4.2.

评论[illegible]文章，已在《中国历史地理论丛》88年3期发表，请予批评。又及。

94－36×877

一九八九年四月二日陈桥驿致靳生禾函

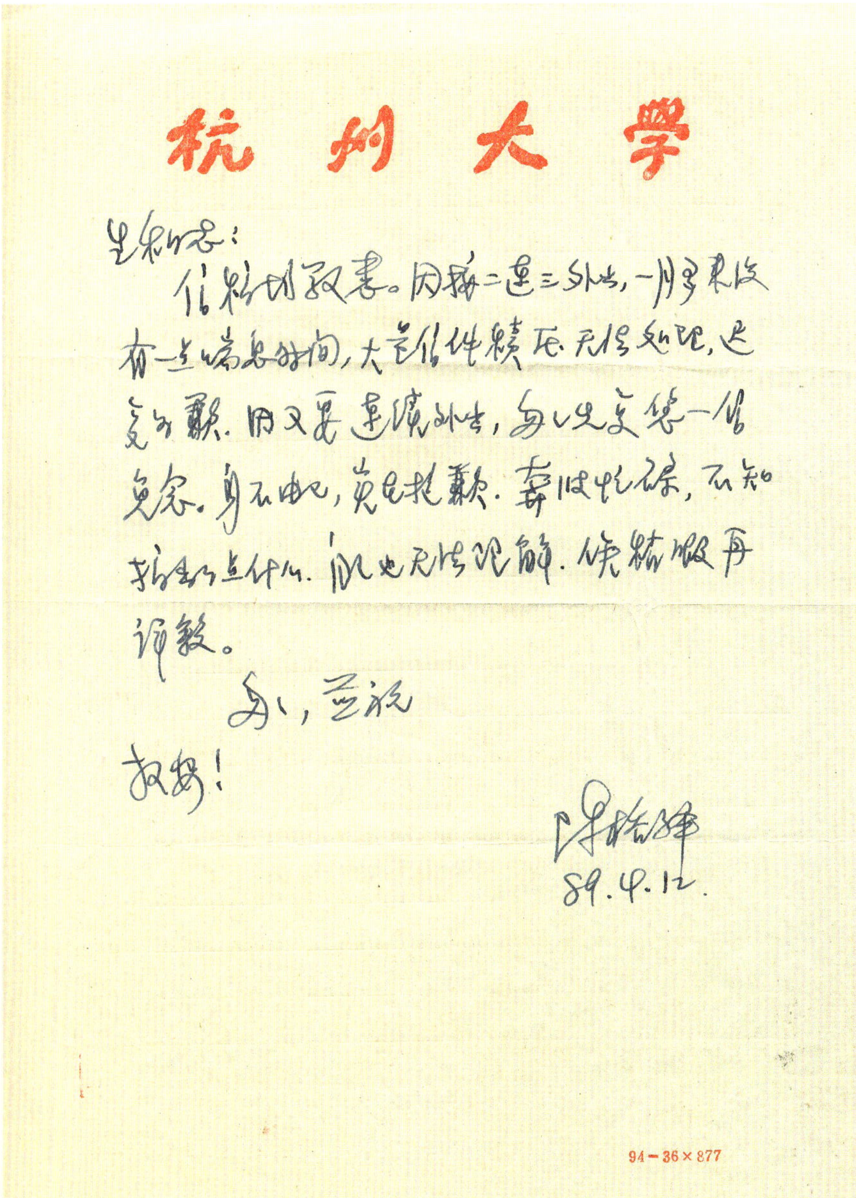

杭州大學

生禾仁兄：

信稿均收悉。因接二连三外出，一月多来没有一点喘息时间，大量信件积压无法处理，迟复为歉。明天又要连续外出，每次出去总要一个多月。身不由己，实足抱歉。尊嘱作序，不知该写点什么，我也无法理解。俟稍暇再请教。

匆匆，并祝

撰安！

陈桥驿

89.4.12.

94—36×877

一九八九年四月十二日陈桥驿致靳生禾函

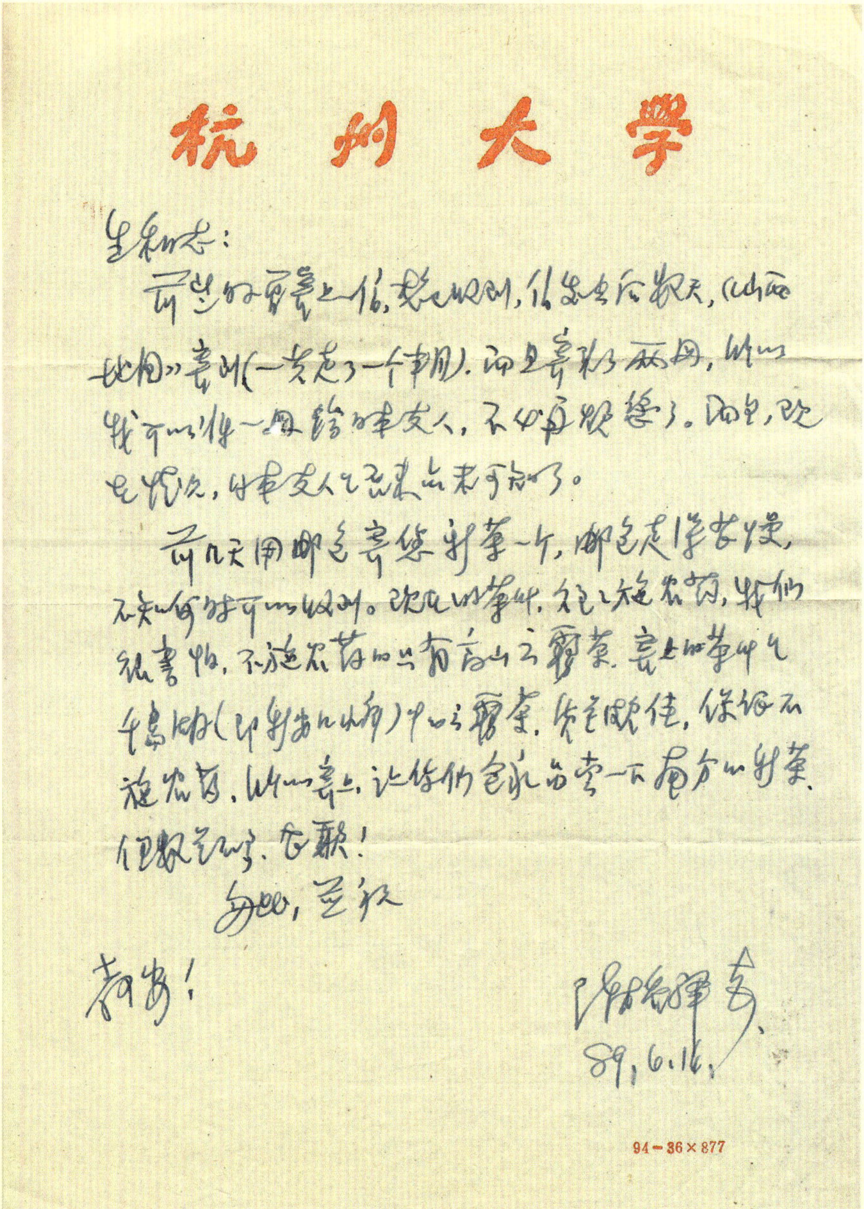

杭州大学

生禾同志：

前些时寄赠之信，我已收到，但出去了数天，所以延搁了复信（一共是了一个星期）。而且寄来两册，所以我可以将一册给日本友人，不必再复印了。谢谢，此已说过，日本友人已表示感谢了。

前几天用邮包寄您新茶一斤，邮包是挂号的，不知何时可以收到。现在的茶叶，多已施农药，我们很害怕，不施农药的只有高山云雾茶。寄上的茶叶是千岛湖（即新安江水库）中的云雾茶，质量欠佳，但保证不施农药，所以寄上，让你们全家品尝一下南方的新茶。但数量很少，乞谅！

匆此，并颂

暑安！

陈桥驿 上

89.6.14.

94－36×877

一九八九年六月十四日陈桥驿致靳生禾函

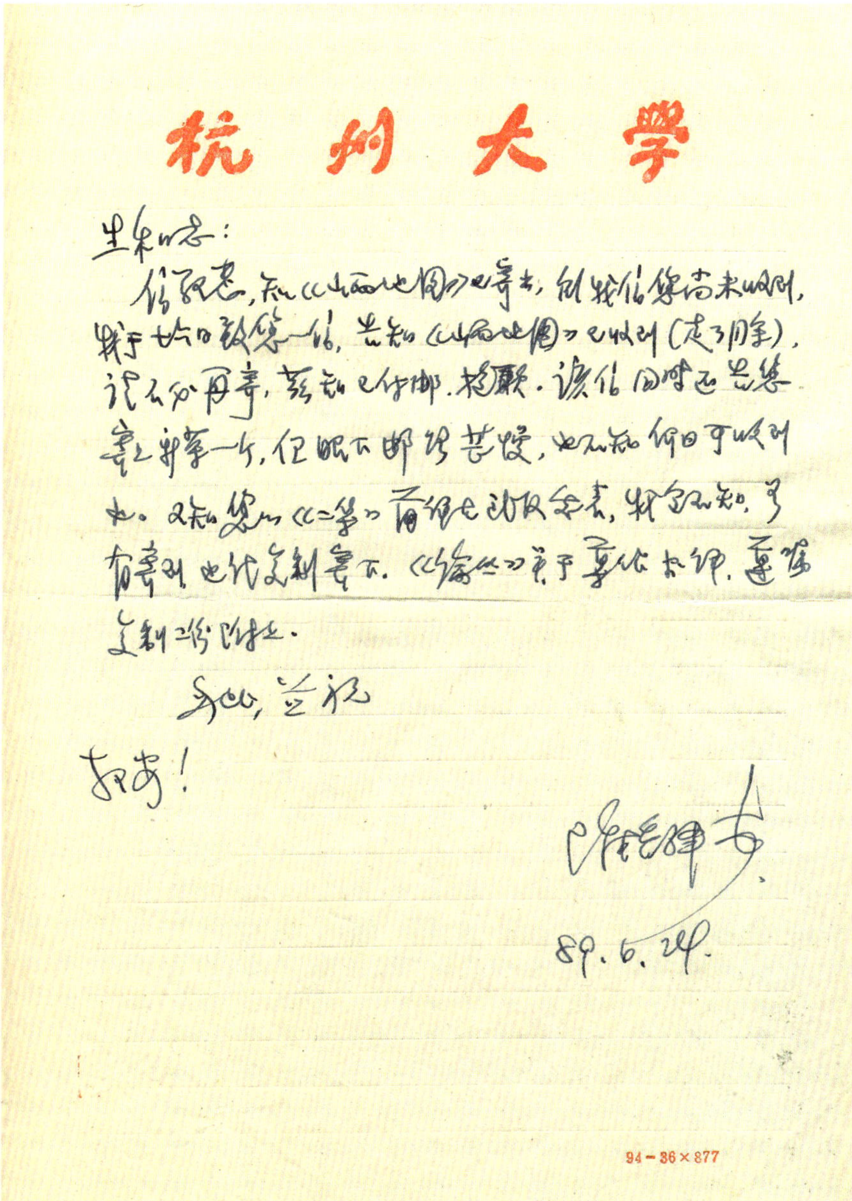

杭州大學

生禾同志：

信收悉，知《山海地图》已寄出，但我信您尚未收到，我于廿六日致您一信，告知《山海地图》已收到（走了12天），请不必再寄，薪金已付邮。抱歉。该信同时还告您寄上新著一本，但眼下邮路甚慢，也不知何日可收到也。又知您的《二集》首辑已动手会查，我全不知，可有意到也代文刻意下。《编后》兼了草作长编，遂将文刻二份附上。

此致，并祝

撰安！

陈桥驿

89.6.24.

94-36×877

一九八九年六月二十四日陈桥驿致靳生禾函

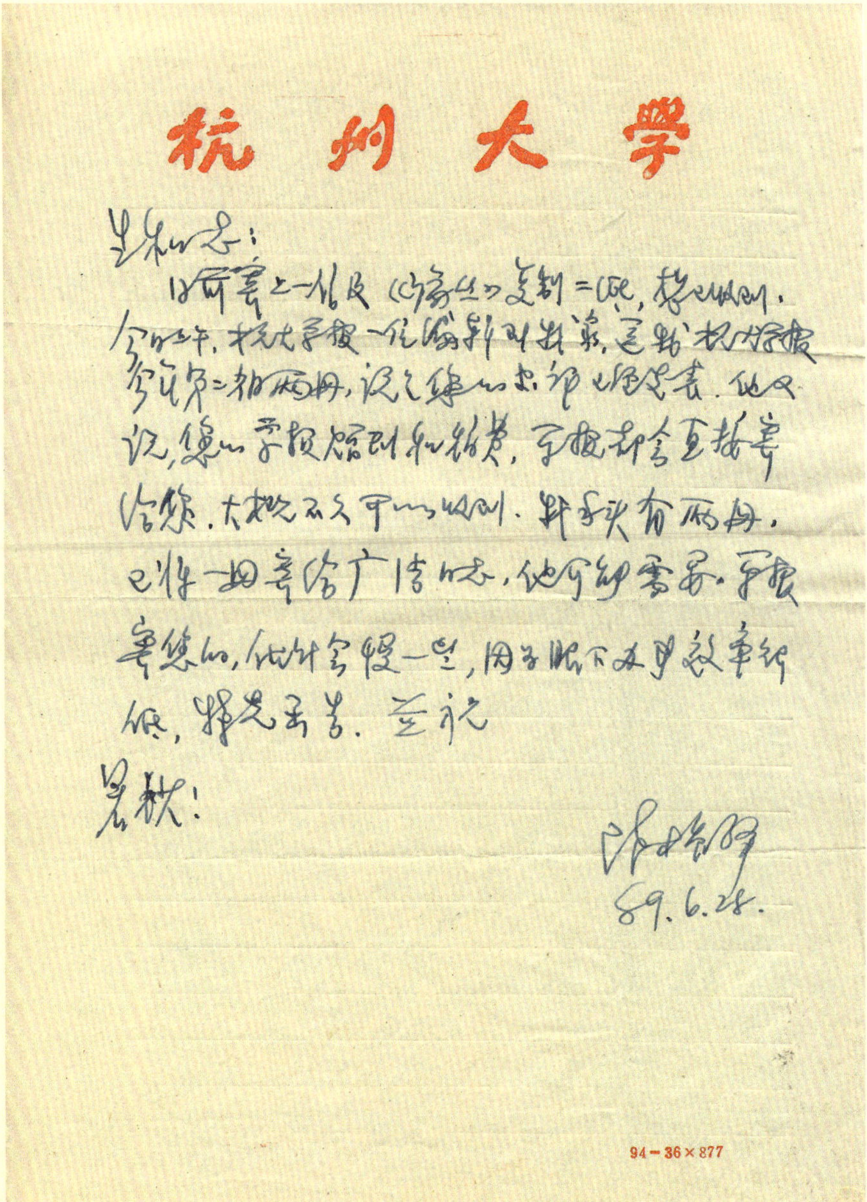

杭州大學

生禾同志：

日前寄上一信及《论金丝》复制二份，想已收到。今日上午，杭大学报一位编辑到我家，送我杭大学报今年第二期两册，说您的大作已经发表。他又说，您的学报赠刊和稿费，学报部会直接寄给您，大概不久可以收到。此书共有两册，已将一册寄给广信同志，他可能需要。学报寄您的，估计会慢一些，因为暑假下放[illegible]，特先奉告。並祝

暑祺！

陈桥驿

89.6.28.

94—36×877

一九八九年六月二十八日陈桥驿致靳生禾函

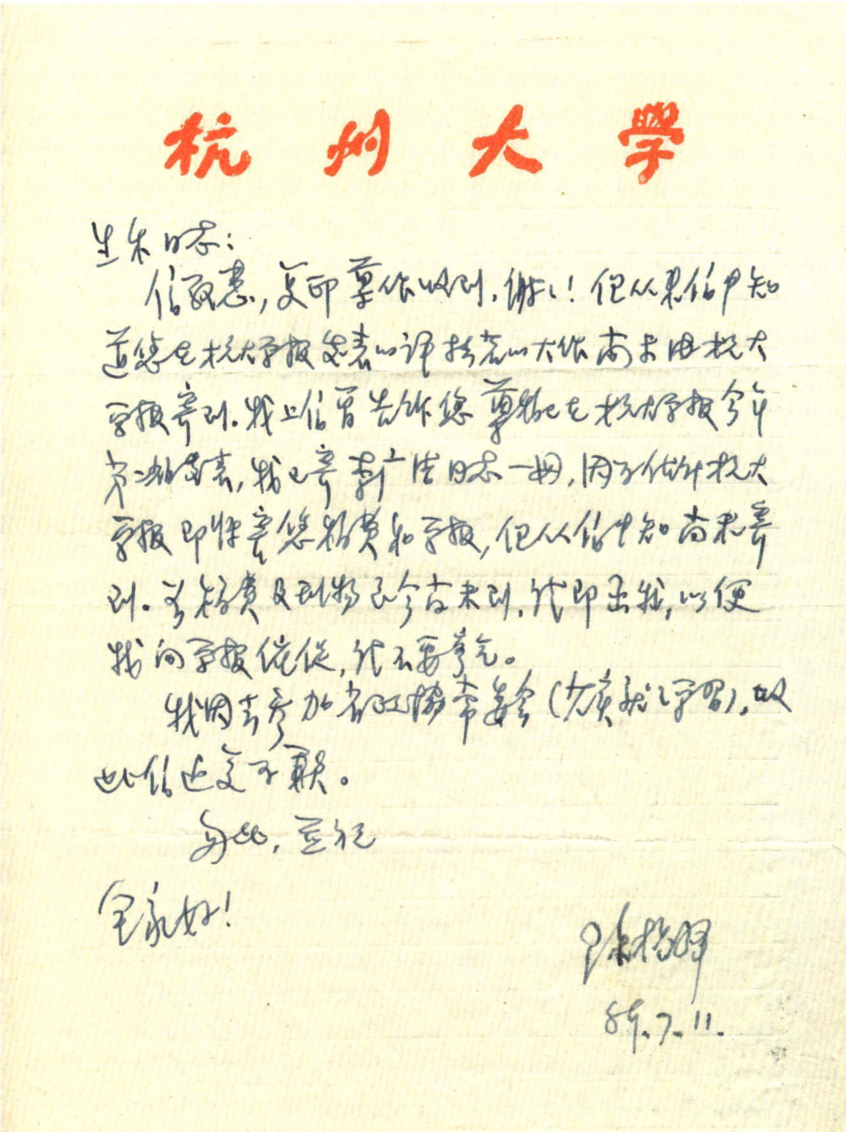

杭州大學

生禾同志：

信收悉，复印单位收到，谢谢！但从来信中知道您已在杭大学报发表之评拙著之大作尚未由杭大学报寄到。我上信曾告诉您，单独已在杭大学报今年第二期发表，我已寄新广告日本一册，用了他们杭大学报印件寄您稿费和学报，但从信中知尚未寄到。学报负责同志到杭已今去京了，待印出后，以便我向学报催促，就不要寄了。

我们去参加在江西南昌年会（大庆路江西宾馆），故此信迟复了，歉。

匆此，并祝

全家好！

陈桥驿

89.7.11.

94－36×877

一九八九年七月十一日陈桥驿致靳生禾函

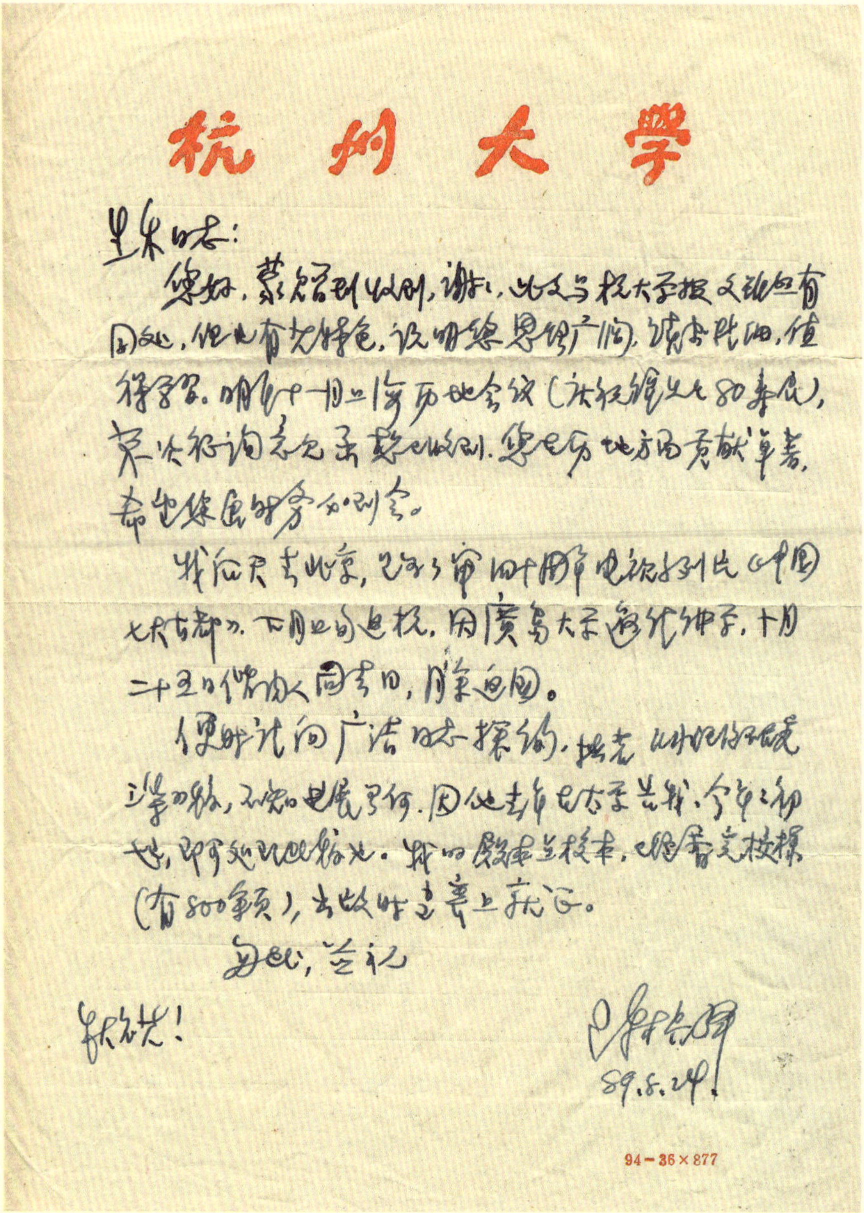

杭州大學

生禾同志：

您好，蒙寄到收到，谢谢。此文与杭大学报文虽然有同处，但也有其特色，说明您思路广阔，读者比的(?)，值得学习。明年十一月二日(?)历史地名会议（庆祝谭其骧先生80华诞），届时将请您光临，并寄请柬。您也为地方志贡献卓著，希望能届时务必到会。

我后天去北京，参加了第四十届电视剧评比《中国七大古都》。下月上旬回杭，因广岛大学邀我讲学，十月二十五日将与人同去日本，月底回国。

便时请向广洽法师探询，据悉[illegible]，不知近况如何。因他去年也来杭看我，今年之初去世(?)，即可知[illegible]。我的[illegible]校本，已经看完校样（有800多页），出版时立寄上求正。

匆此，并祝

秋安！

陈桥驿

89.8.24.

94－36×877

一九八九年八月二十四日陈桥驿致靳生禾函

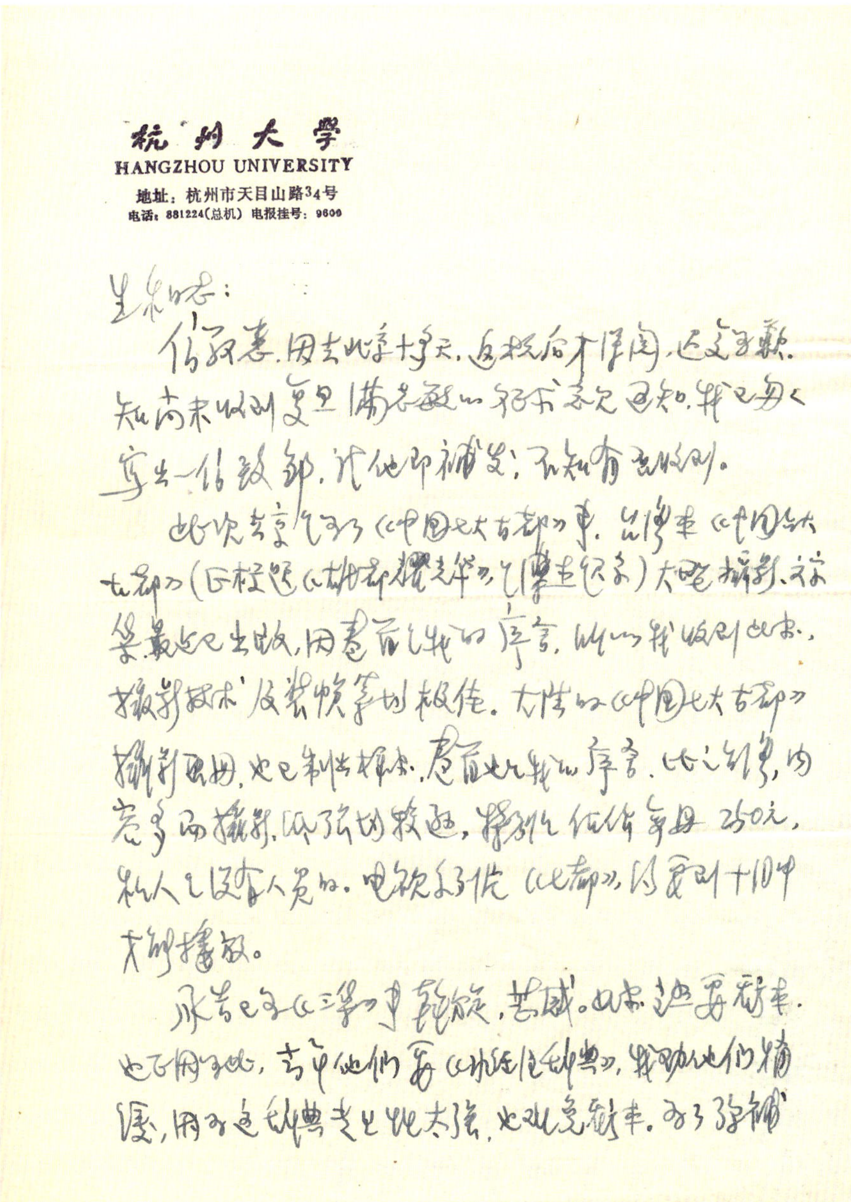

杭州大學
HANGZHOU UNIVERSITY
地址：杭州市天目山路34号
电话：881224(总机) 电报挂号：9600

生禾同志：

信收悉。因去北京十多天，返校后才得阅，迟复为歉。知尚未收到复旦《历史地理》纪念文集，已知，我已另写一信致邹，请他即补发，不知有否收到。

此次去京是为了《中国七大古都》事。先后集《中国六大古都》（正在校《杭州市[illegible]志》[illegible]）大批摄影，前集最近已出版，因为前面有我的序言，所以我收到此书。摄影技术及装帧等均极佳。今后的《中国七大古都》摄影画册，也已制成样本，书前也有我的序言。此书内容多为摄影，[illegible]较过，[illegible]价每册250元，私人是没有人买的。电视台为《七都》，将要到十个中大城市播放。

承告已写《三字》事[illegible]，甚感。此书还要翻来，也不用寄此，告诉他们要《水经注研究》，我[illegible]他们[illegible]，因为这研究专著[illegible]太强，也难免翻来。[illegible]

一九八九年九月十四日陈桥驿致靳生禾函（一）

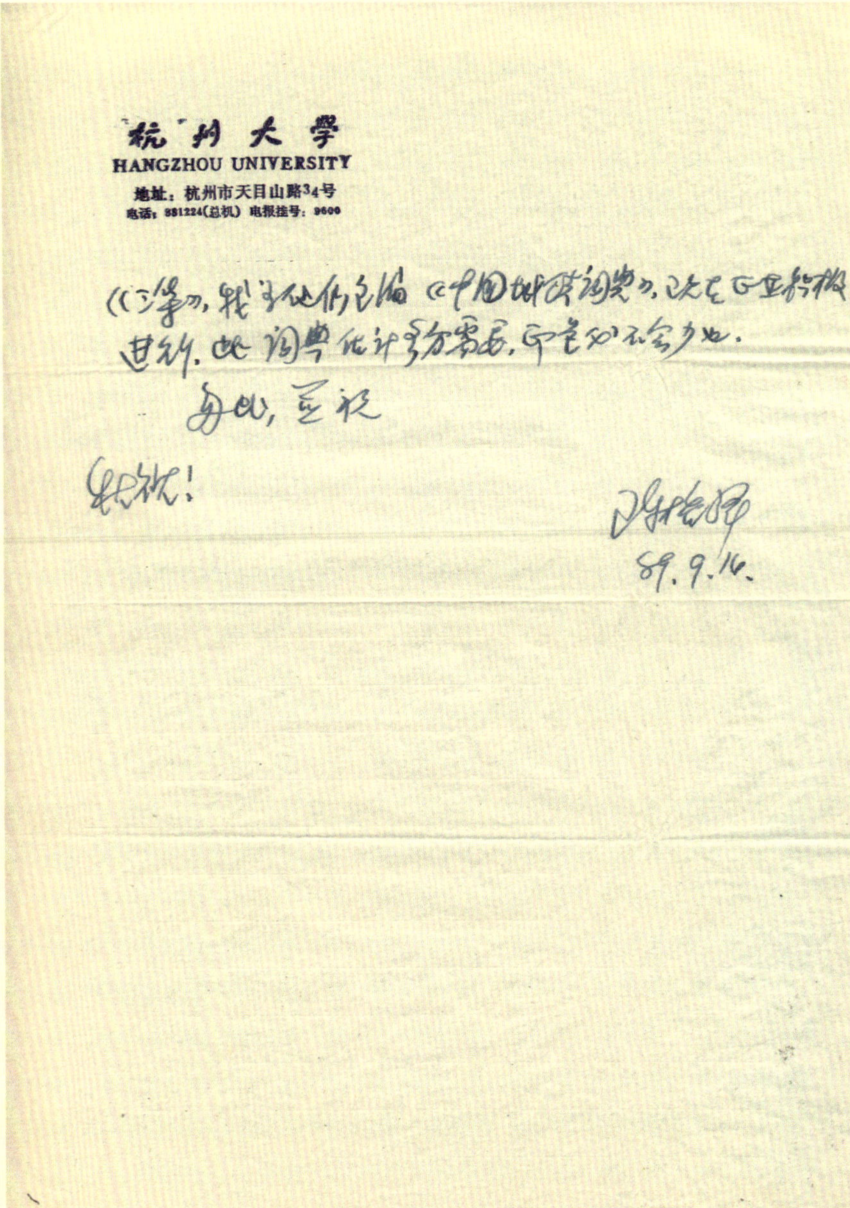
杭州大學
HANGZHOU UNIVERSITY
地址：杭州市天目山路34号
电话：881224(总机) 电报挂号：9600

《三峡》，我等也仍自编《中国地理词典》，决定下世纪初进行。此词典比计等方面需要，可望知不会少也。

匆此，并祝

秋祺！

陈桥驿
89.9.14.

一九八九年九月十四日陈桥驿致靳生禾函（二）

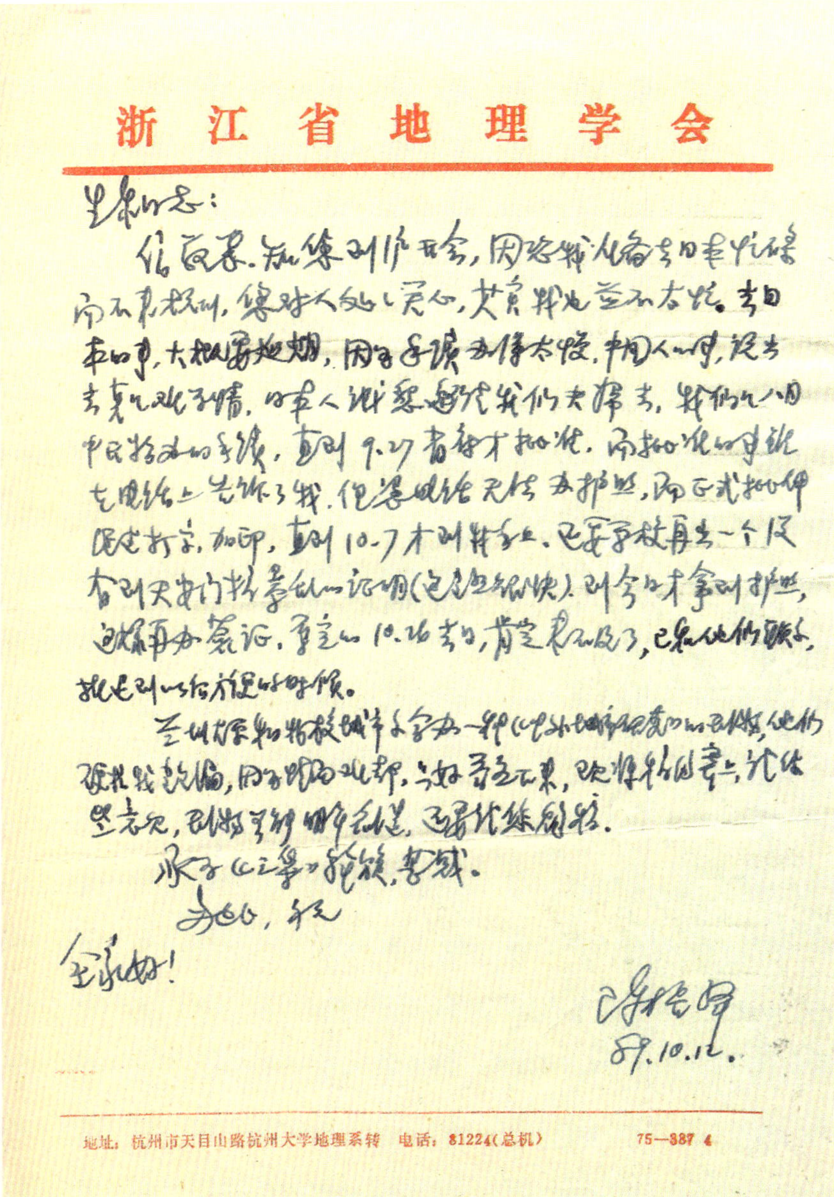

浙江省地理学会

生禾同志：

信已收。未能参加庐山会，因为准备去日本[illegible]而不克赴会，辜负人家的一片好心，也实在是有点可惜。去日本的事，大概要推迟了，因为手续办得太慢。中国人的事，说来[illegible]。日本人[illegible]我们去[illegible]，我们七八月中已将办好的手续，直到9.27省里才批准。而批准的事说已电话上告诉了我。但[illegible]去办护照，而正式批件还要打字、加印，直到10.7才到我手上。已要学校再去一个人到[illegible]的证明（已经很快），到今日才拿到护照，还得再办签证。会议是10.26开的，肯定来不及了，已和他们联系，就也到以后方便的时候。

兰州大学[illegible]一种[illegible]，他们硬拉我主编，同时明年还要去西北，只好答应下来，[illegible]。

承寄[illegible]稿费，谢谢。

专此，即颂

全家好！

陈桥驿

89.10.12.

地址：杭州市天目山路杭州大学地理系转　电话：81224（总机）　75—387 4

一九八九年十月十二日陈桥驿致靳生禾函

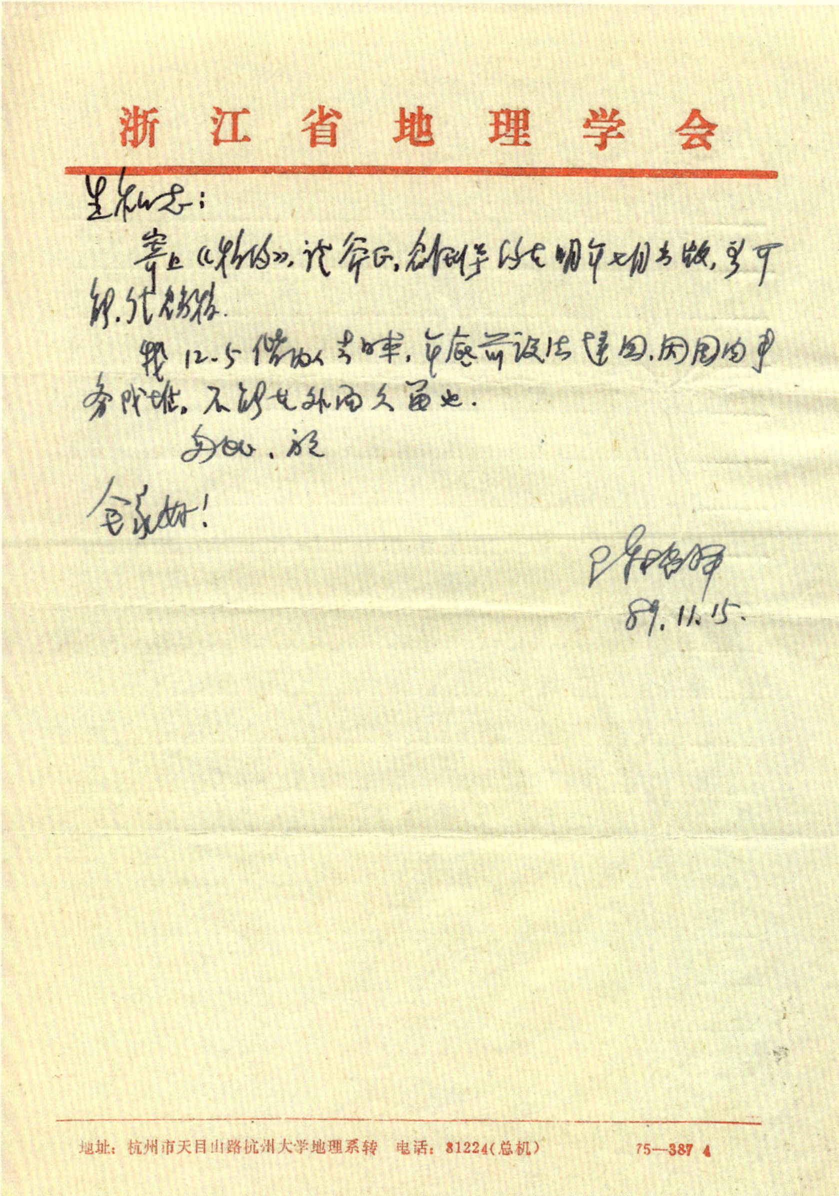

浙江省地理学会

生禾兄：

寄上《杭州》，请查收。台湾学生书局明年七月出版，当可即行寄奉。

我12.5偕内人去日本，年底前须返国，因国内事务所催，不能在外面久留也。

即此，顺颂

全家好！

陈桥驿

89.11.15.

地址：杭州市天目山路杭州大学地理系转 电话：81224（总机） 75—387 4

一九八九年十一月十五日陈桥驿致靳生禾函

杭州大學
HANGZHOU UNIVERSITY
地址：杭州市天目山路34号
电话：881224（总机）电报挂号：9600

生禾同志：

信敬悉，欣知二作即将问世，十分高兴，希望再次得到你的好消息。

我和内人从日本返国后，先是忙着过年，家里客人多，而后又还积欠，加上一直开会，挑灯夜战，至今仍有还喘不过气来。没有及时给你写信，实在抱歉。

在日本期间（这次是我三次去日本讲学期间最长的一次），到广岛大学、广岛女大、修道大学、九州大学等校讲课，又应邀到佐贺电视台发表了一些学术演说，此外的教学方面，但也算顶过来了。其实，日本教授都是这样忙，我们因为是在这个大锅饭环境中被惯了，所以一时适应不过来。

对于日本的印象，其实每次都一样，他们对知识分子，首先表现在对他们尊重知识，尊重知识分子已深深入人心（但报上从不宣传）。我有一天在广岛大学讲学，讲台边上放了一大堆书，是校方人员从各处搜集来的，都是我的专著和主编书，共三十多种，据他们说我所编的目录，他们的搜集只缺二三种（我能比他们缺得更多）。我的内人当时打趣说，他们真了解你啊。但我认为这就是他们尊重知识的表现。我到广岛大学讲学，绝不想与政治有关，但在这几天，学校的国际交流课长来找我，通知我广岛市长艺术文化基金会希望与我们夫妇会见的事。广岛的市

一九九〇年三月二十八日陈桥驿致靳生禾函（一）

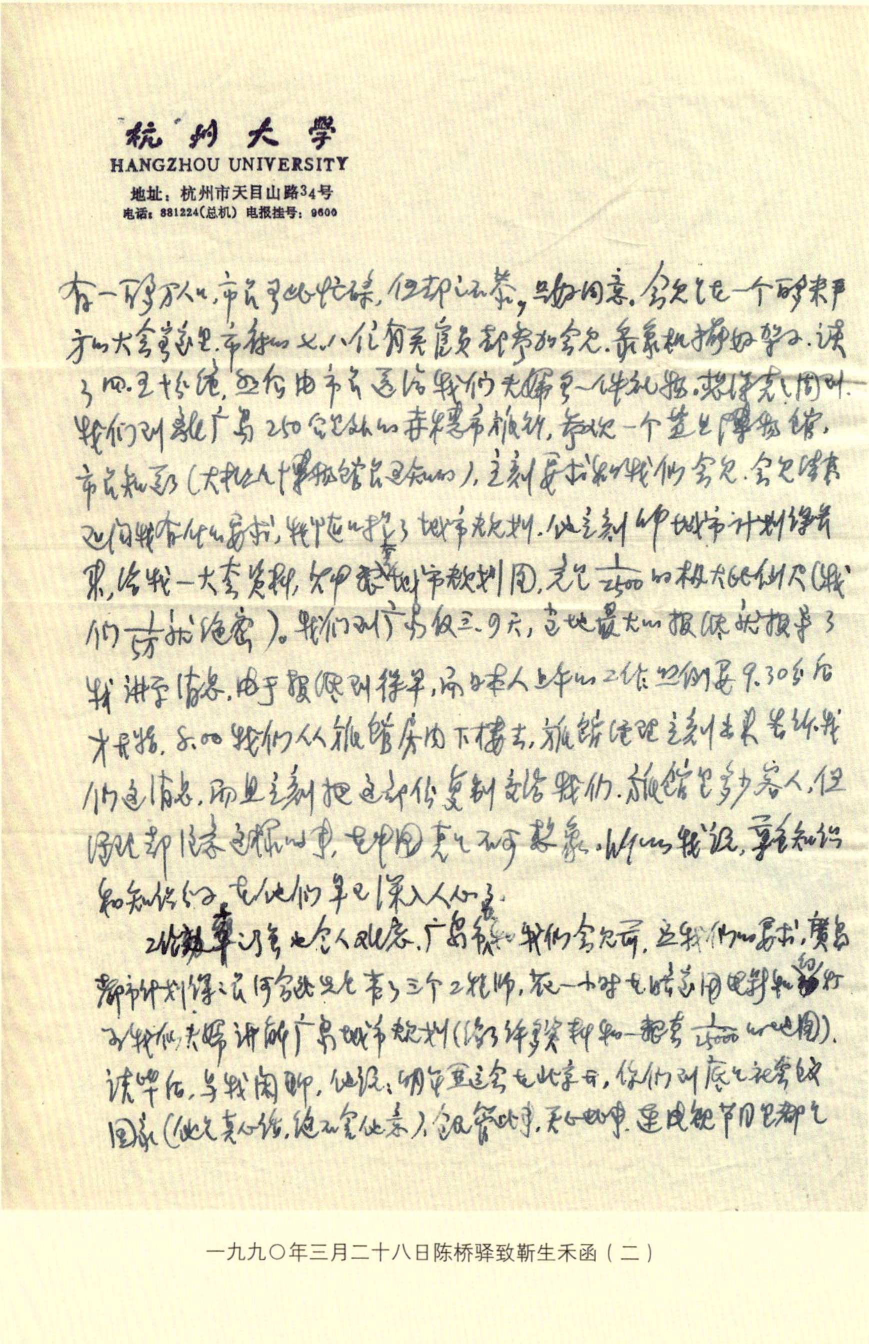

杭州大學
HANGZHOU UNIVERSITY
地址：杭州市天目山路34号
电话：881224（总机） 电报挂号：9600

有一百多万人口，市长年纪比较轻，但却很谦恭，亦颇同意。会议是在一个可容[illegible]的大会堂召开。市长以下七八位有关官员都参加会议。录像机摄影繁忙。读了四五十份论文，并会由市长送给我们大幅画一件礼物。据传[illegible]。我们到离广岛250公里的赤穗市旅行，参观一个盐田博物馆，市长和[illegible]（大概这个博物馆就是他管的），主动要求和我们会见。会见[illegible]问我有什么要求，我随口提了城市规划。他立刻叫城市计划课长来，给我一大套资料，其中包括城市规划图，是$\frac{1}{2500}$的极大比例尺（我们5万的绝密）。我们到广岛仅三四天，当地最大的报纸就报导了我讲学消息。由于报纸到得早，而日本人上午的工作照例要9.30才开始，8.00我们从旅馆房内下楼去，旅馆经理主动出来告诉我们这消息，而且主动把这部份复制交给我们。旅馆[illegible]多少客人，但[illegible]都[illegible]的事，在中国是[illegible]不可想象。所以我说，尊重知识和知识分子，在他们早已深入人心了。

工作效率之高也令人吃惊。广岛[illegible]我们会见前，应我们的要求，广岛都市计划课课长河合先生带了三个工程师，花一小时在会议用电影和幻灯为我们专门讲解广岛城市规划（给了许多资料和一张$\frac{1}{25000}$的地图）。读毕后，与我闲聊，他说：明年[illegible]在此举行，你们到底是社会主义国家（他是真心话，绝不含恶意），[illegible]此事，[illegible]。[illegible]都是

一九九〇年三月二十八日陈桥驿致靳生禾函（二）

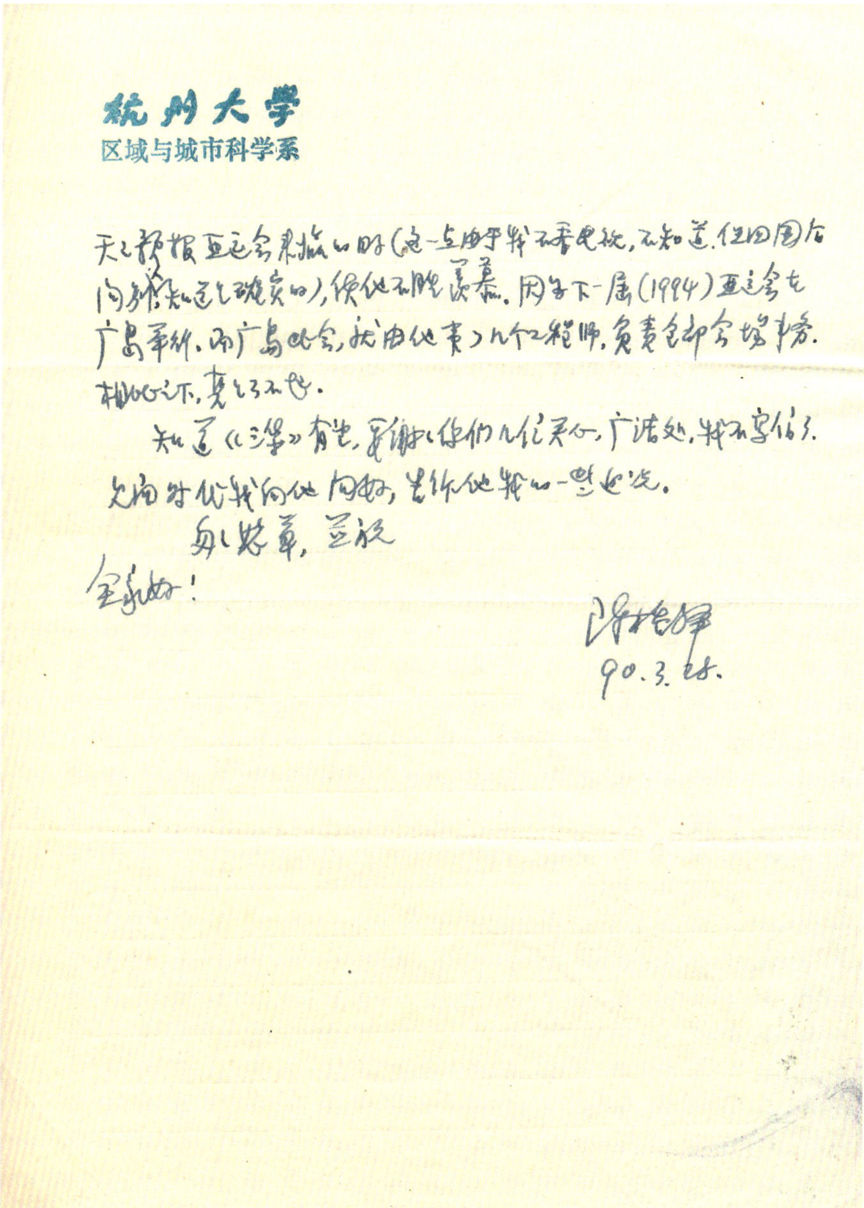

杭州大学
区域与城市科学系

天天都报亚运会来临的时(这一点由于我不看电视，不知道。但回国后向我们知道这是确实的)，使他不胜羡慕。因为下一届（1994）亚运会在广岛举行，而广岛此会，就由他带了几个工程师，负责全部会场事务。相比之下，真是了不起。

知道《三峰》有些，要谢谢你们几位关心，广洁处，我不写信了。见面时代我向他问好，告诉他我的一些近况。

身体好草，并祝

全家好！

陈桥驿

90.3.28.

一九九〇年三月二十八日陈桥驿致靳生禾函（三）

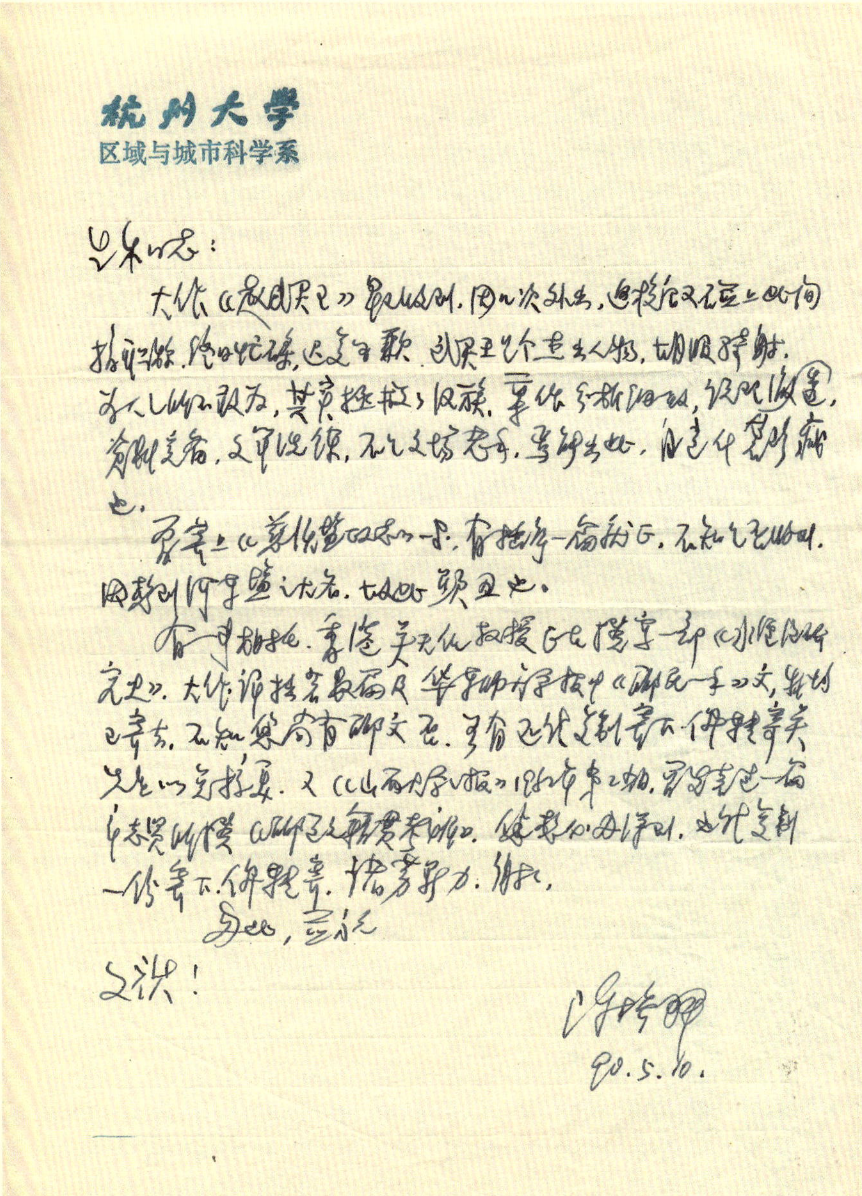

杭州大学
区域与城市科学系

生禾同志：

大作《越国史记》早已收到，因以次外出，返校后又在[illegible]此间指导[illegible]，[illegible]迟复为歉。[illegible]人物，[illegible]为人[illegible]，其实[illegible]民族，尊作[illegible]，资料完备，文笔流畅，不愧文坛老手，[illegible]出此，自是[illegible]也。

[illegible]寄上《[illegible]》一本，有拙序一篇，不知已收到否。[illegible]也。

今年[illegible]教授已撰写一部《水经注研究史》。大作评[illegible]《郦氏一家》文，[illegible]已寄去，不知尊处有郦文否。[illegible]又《山西大学学报》1990年第2期，[illegible]一篇[illegible]，[illegible]谢谢。

即此，并祝

文棋！

陈桥驿
90.5.10.

一九九〇年五月十日陈桥驿致靳生禾函

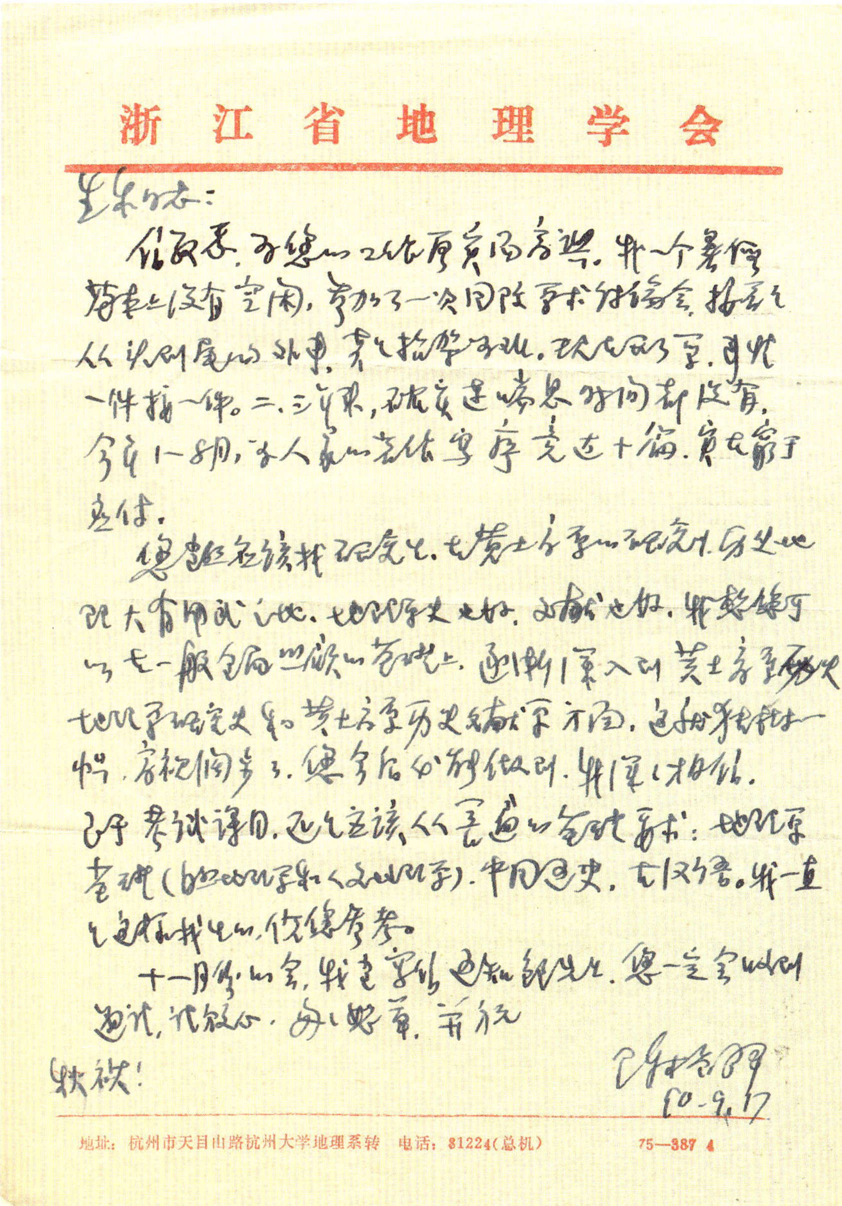

一九九〇年九月十七日陈桥驿致靳生禾函

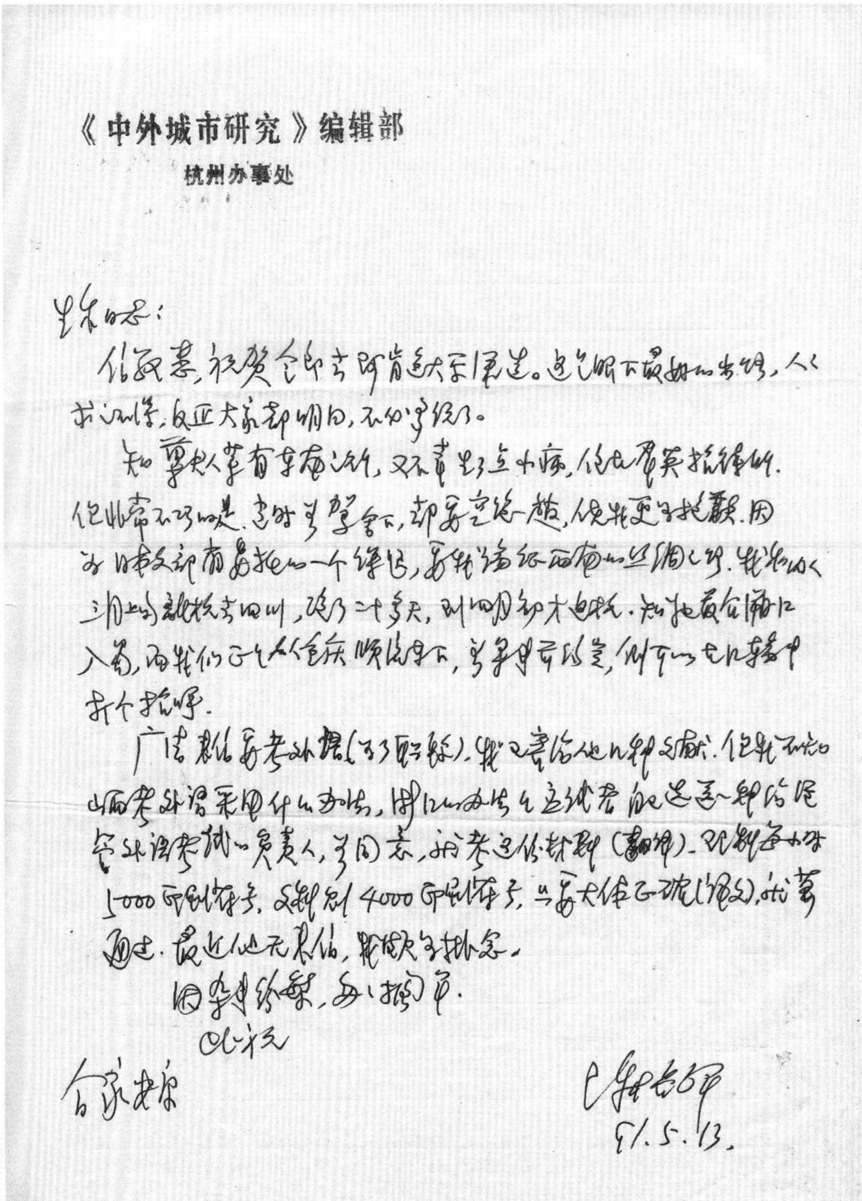

《中外城市研究》编辑部

杭州办事处

生禾同志：

信收悉，祝贺令郎考取宁波大学深造。这是眼下最好的出路，人人求之不得，反正大家都明白，不必多说了。

知尊夫人曾有来杭之行，又不幸生了点小病，但也算实现了所愿。但此番不巧的是，适我出差在外，却要空跑一趟，使我更觉抱歉。因为日本文部省要我的一个课题，要我编写西南的丝绸之路。我于今年三月上旬离杭去四川，跑了二十多天，到四月初才回杭。知尊夫人入蜀，而我们正在从重庆顺流而下，若早知有此行，则可以在成都打个招呼。

[illegible]（[illegible]），我已告诉他我的意见。但我不知道山西省外语采用什么办法，[illegible]外语考试的负责人，[illegible]同志，[illegible]（翻译）。[illegible]1000元的保证金，又规定4000元的保证金，[illegible]（[illegible]），[illegible]通过。最近他无来信，我也只好挂念。

因杂事纷繁，匆匆搁笔。

此祝

合家安康

陈桥驿

91.5.13.

一九九一年五月十三日陈桥驿致靳生禾函

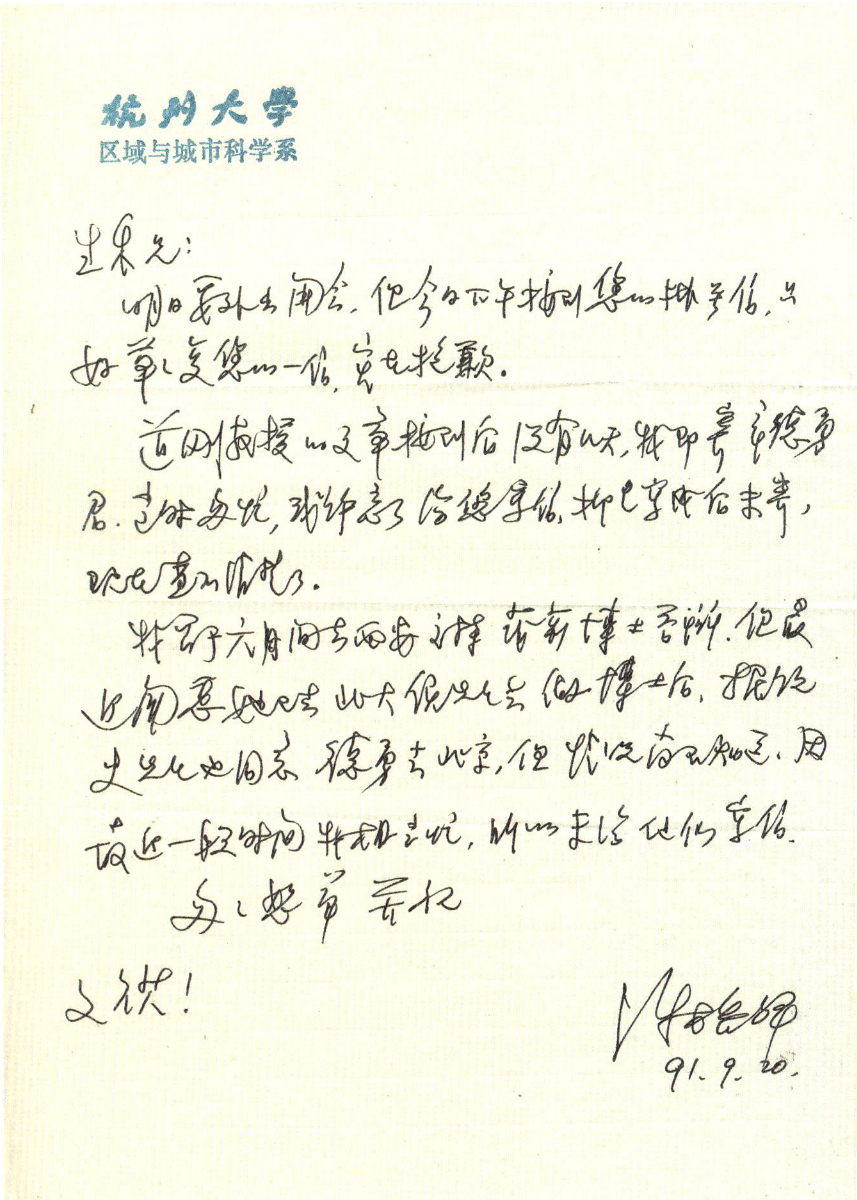

杭州大学
区域与城市科学系

生禾兄：

明日要到上海开会，但今日下午接到您的挂号信，只好草草复您一信，实在抱歉。

[illegible]教授的文章接到后，已寄[illegible]，我即寄交辛德勇君。这件事，我却忘了给您写信，抑已写信后未寄，现在查不清楚了。

我于六月间去西安主持[illegible]博士答辩，但最近[illegible]去北大做博士后，据说史先生也同意德勇去北京，但我没有[illegible]知道，因我最近一段时间特别忙碌，所以未给他们写信。

匆匆[illegible]奉复

文祺！

陈桥驿
91.9.20.

一九九一年九月二十日陈桥驿致靳生禾函

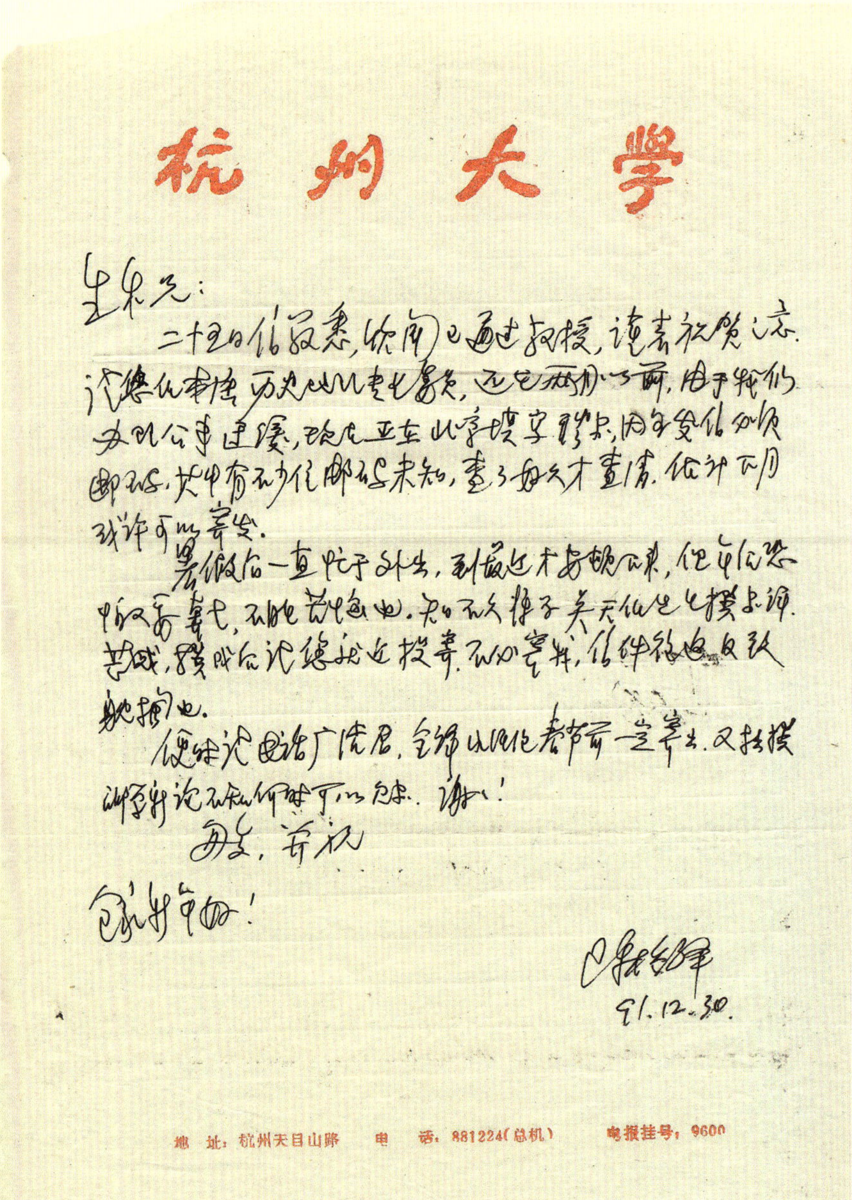

杭州大学

生禾兄：

二十三日信敬悉，您开已通过教授，谨表祝贺之忱。[illegible]历史地理书也多矣，还[illegible]。由于我们办理公事过[illegible]，现尚正在此写贺卡，因年贺信多须邮寄，其中有不少信邮码未知，查了好久才查清。估计下月或许可以寄出。

寒假后一直忙于外出，到最近才安顿下来，但年终[illegible]，不能尽[illegible]也。[illegible]关于[illegible]撰写评述，[illegible]论[illegible]近拨来不少资料，[illegible]也。

便请代告诸广清居，全编[illegible]春节前一定寄出。又拙撰[illegible]论不知何时可以见来。谢谢！

安好，并祝

合家新年好！

陈桥驿

91.12.30.

地　址：杭州天目山路　　电　话：881224(总机)　　电报挂号：9600

一九九一年十二月三十日陈桥驿致靳生禾函

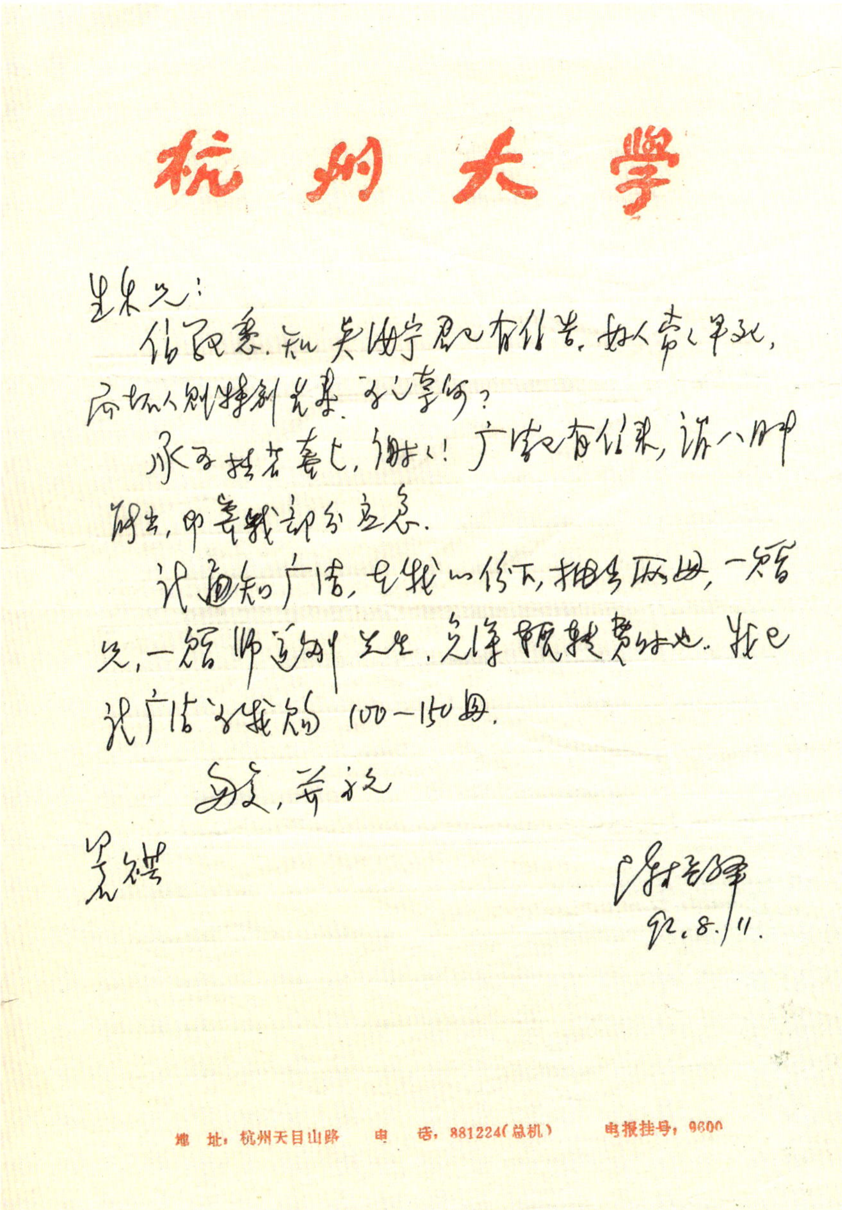

杭州大學

生禾兄：

信已悉，知吴海宁君已有信告，故人常常半死，应找人别样制名来，可以享何？

承寄控茶叁包，谢谢！广州已有信来，请八卅开出，中餐我部分应急。

我通知广州，在我们会下，拍出两册，一册给兄，一册给游剑先生，免得领钱费事也。我已请广州可发给 100—150 册。

敬，并祝

安禧

陈桥驿
92.8.11.

地 址：杭州天目山路　电 话：881224(总机)　电报挂号：9600

一九九二年八月十一日陈桥驿致靳生禾函

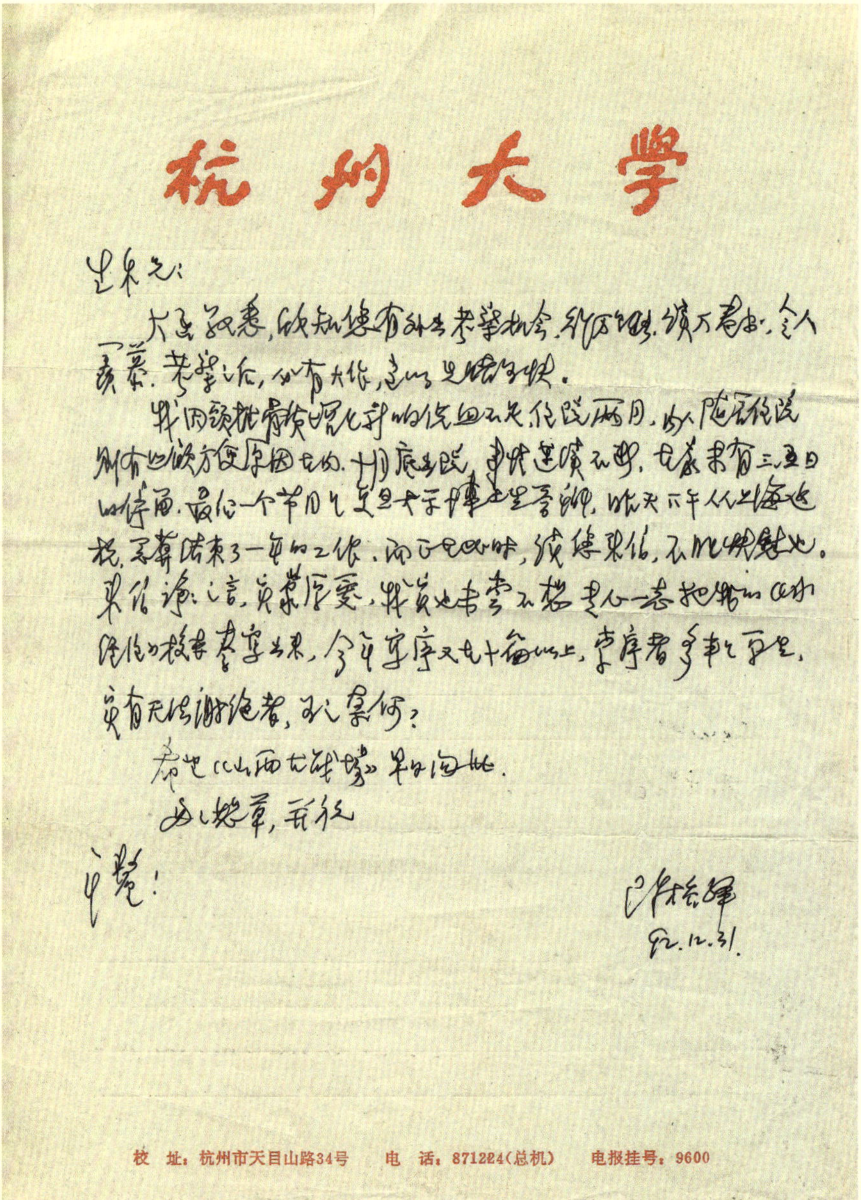

杭州大学

生禾兄：

大函敬悉，欣知缘有外出考察机会，行万里路，读万卷书，令人羡慕。考察之后，必有大作，望以先睹为快。

我因颈椎骨质增生引起的供血不足，住院两月，以后随时住院则有些欠方便原因出的。十一月底出院，身体逐渐恢复，也总算有三五日的停留。最后一个节目是复旦大学博士生答辩，昨天下午从上海返杭，总算结束了一年的工作，而正在此时，读缘来信，不胜快慰之。来信谆谆之言，实感厚爱，我自也考虑不搞老人一套，把我们的作经按年整理出来，今年写序又七十篇以上，索序者多事之可呈，实有天涯谢绝者，可奈何？

寄赠《山西古戏场》早日面世。

匆匆草，并祝

年禧！

陈桥驿

92.12.31.

校　址：杭州市天目山路34号　　电　话：871224(总机)　　电报挂号：9600

一九九二年十二月三十一日陈桥驿致靳生禾函

生禾我兄：

手示敬悉，别后未曾有来，回忆这期间，兄继续出访，作出了许多成绩，令人钦羡。说明做历史地理研究，野外工作确实重要。当然，由于兄的功底之深，学识独具，可以事半功倍，但无论如何，若不出门考察，就是聪明的人也无法闭门造车也。谢谢兄先后给我来函，此信中所述种种，如郦注、如山西史志，均大有贡献。说明贵方支持这些项目，完全必要，而且根据您作出的成绩，贵方实在应该重新检讨此事，予以更多的支持也。

长沙别后，我的身体当然显著好转，颈椎肥大之老毛病，根治当不可能，在长沙时，兄对我关爱备至，十分感谢，但实是因为机器已经用旧，加上年事较

中国 花家山賓館 杭州
HUA JIA SHAN GUEST HOUSE
电话 771224 电传 三五〇六三 HJSGH CN
传真 0571－773980

一九九四年一月二十五日陈桥驿致靳生禾函（一）

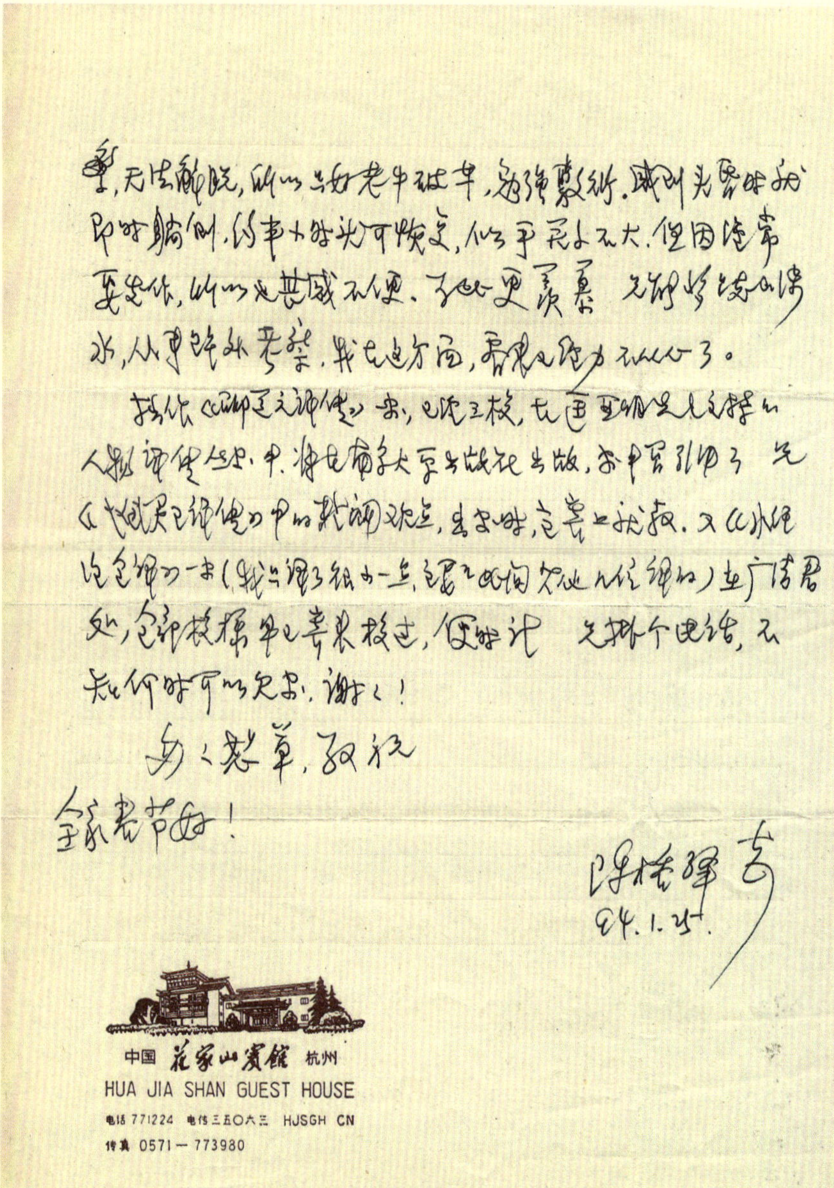

重，无法翻阅，所以只好老牛破车，勉强敷衍。眼科大夫嘱我即时躺倒，待事情或许可恢复，但手足亦不大，但因经常要出行，所以也甚感不便。多此更需要 兄们好好经心得水，从事饮水思源。我在这方面，看来已经力不从心了。

拙作《郦道元评传》一书，已经三校，由匡亚明先生主持的人物评传丛书中，将由南京大学出版社出版，书中曾引用了 兄《[illegible]评传》中的某些论点，出书时，定当奉赠。又《水经注全译》一书（我只译了很少一点，全书是由我的几位研究生译的）在广信君处，全部校样早已寄来校过，但始终没有个电话，不知何时可以见书。谢谢！

匆匆草草，敬祝

全家春节好！

陈桥驿 上

94.1.25.

中国 花家山賓館 杭州

HUA JIA SHAN GUEST HOUSE

电话 771224 电传 三五〇六三 HJSGH CN

传真 0571－773980

一九九四年一月二十五日陈桥驿致靳生禾函（二）

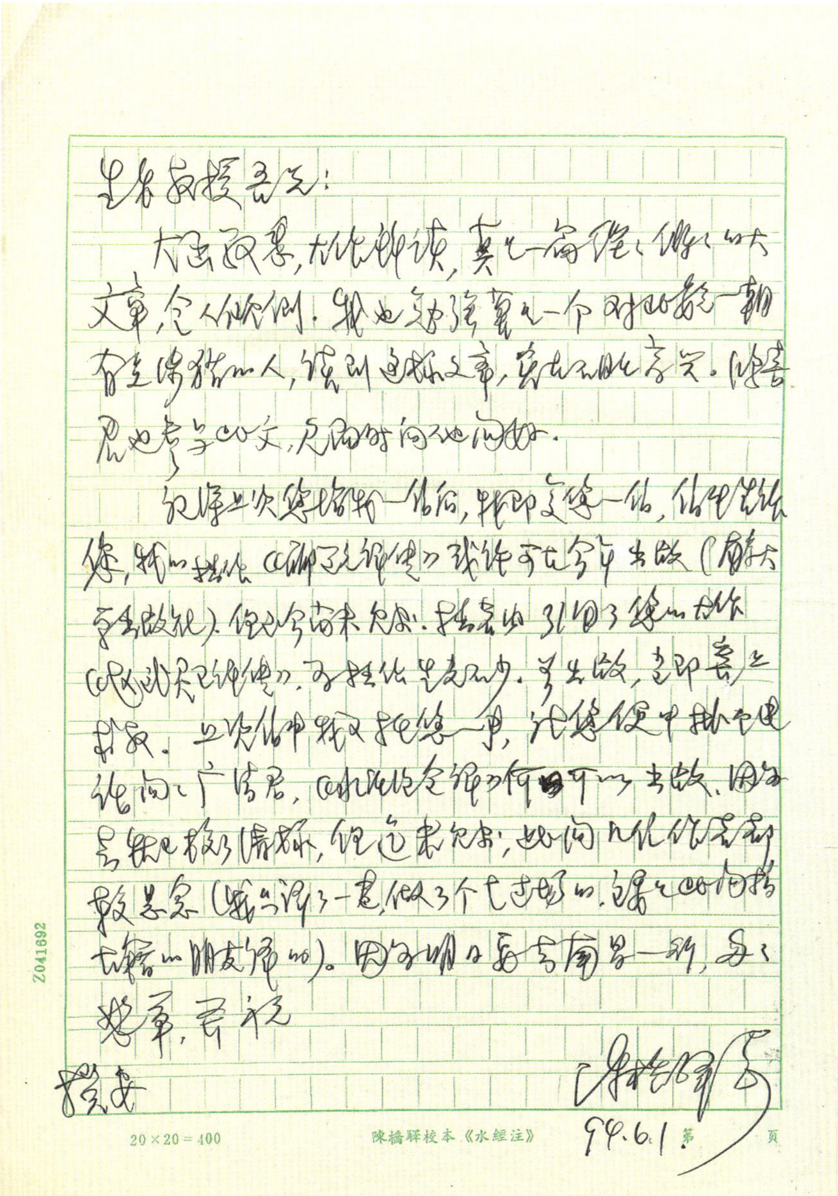

生禾教授吾兄：

大函敬悉，大作拜读，真是一篇雅俗共赏的大文章，令人钦佩。我也勉强算是一个对此稍有一知半解的人，读到这样文章，实在不胜高兴。陈香君也专学此文，定随时向他问好。

记得上次[illegible]转一信后，我即复一信，估计当能收悉。我的拙作《郦道元评传》或能于今年出版（南京大学出版社），但至今尚未见书。据说此书引用了[illegible]拙作《[illegible]评传》，可惜[illegible]。等出版，立即奉上指教。上次信中我又提到一事，[illegible]能问问广告君，《水经注全译》何时可以出版，因为是我的校注底本，但迄未见书，此间几位先生都较关心（我只译了一卷，[illegible]）。因为明日要去[illegible]一行，匆匆草此，并祝

撰安

陈桥驿
94.6.1

Z041692

20×20=400　陳橋驛校本《水經注》　第　頁

一九九四年六月一日陈桥驿致靳生禾函

LOUISIANA STATE UNIVERSITY
AND AGRICULTURAL AND MECHANICAL COLLEGE
Department of Physics & Astronomy

生禾我兄：

寄下大札及剪报大作均收悉，拜读承函转吹嘘，实不敢当，拜读大作，实不登大雅之堂，竟不断同时在七、八种报纸、香港文汇、又泰国三种报纸，又闻名日（佳作均尚未获见）也已宣扬，实在惭愧之至。兄诗作果丰著，从速付梓，使我倍感企慕。我两大儿子一家在加拿大，小儿子一家在美国，均在大学执教，恰逢两国均有大学及学术团体相邀，遂偕令私夏联，于七月初偕内人出访北美，原拟九底十初返国，却因加国几处邀访，原加赴美已在十月初，到美后又奔波于多大学之间讲演，一拖再拖，直到12.3才返抵上海，学校11时接回实已12.4凌晨了。从此大家已交了款。我自从去年中央人事部批定的"终身教授"后，压力甚重，老牛破车，奈何徒唤。天从所愿，只好"鞠躬尽瘁"了。

在加时正值该国红叶季节，红枫乃加国之最与国旗，四方越过之集，不识美国多州，有这同澳洲越客。我大儿子特别驱车至红叶最著名的魁北克森林作驾车之游，采得红叶若干，特随函附上四叶，二叶赠兄，另二叶赠广浩，以共享自北国远方，聊供案头玻璃板下留念也。穿回国，行件据助手过秤，超重达20余公斤。明日又须去外地开会，趁得空暇，草此奉达也。

草草乞谅 并祝

撰安

陈桥驿上
95.12.10.

Baton Rouge · Louisiana · 70803-4001 · 504/388-2261 · Telex 559184 · FAX 504/388-5855

一九九五年十二月十日陈桥驿致靳生禾函

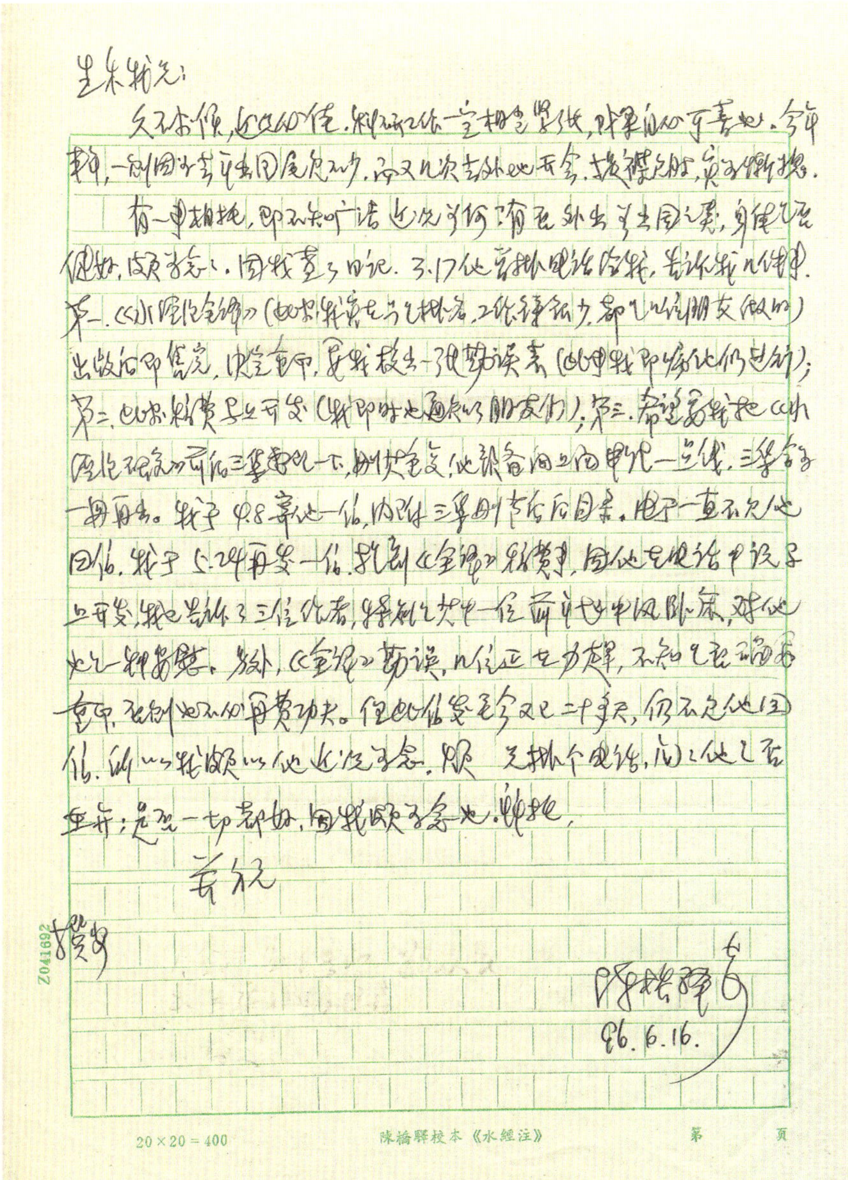

生禾我兄：

久未奉候，近况如何？我们工作一定相当紧张，成果自必可喜也。今年事忙，一则国内学术活动[illegible]，而又几次去外地开会，校核之职，实在惭愧。

有一事相托，即不知广诸近况如何？前年外出，先去[illegible]，身体仍健好，这次方念之。查我查了日记，3.17他曾挂电话给我，告诉我几件事。第一，《水经注全译》（此书我曾为之写了序言，工作繁重[illegible]，都是他的朋友做的）出版后即售完，决定重印，要我校出一张勘误表（此事我即嘱他们进行）；第二，此书稿费马上可发（我即嘱他通知[illegible]朋友们）；第三，希望我把《水经注[illegible]》前后三集审阅一下，删其重复，他准备[illegible]出一套，三集合一册再出。我于4.8寄他一信，内附三集删节后目录。但于[illegible]一直不见他回信。我于5.24再发一信，说到《全译》稿费事，因他在电话中说马上可发，我也告诉了三位作者，得知其中一位前年已中风卧床，对他也是一种安慰。另外，《全译》勘误，几位正在出力，不知是否还要重印，否则也不必再费功夫。但此信发至今又已二十多天，仍不见他回信，所以我很以他近况为念。烦兄挂个电话，问问他是否无恙；是否一切都好，因我很为之系念也。费神了。

并祝

撰安

陈桥驿

96.6.16.

20×20＝400 陈桥驿校本《水經注》 第 页

Z041692

一九九六年六月十六日陈桥驿致靳生禾函

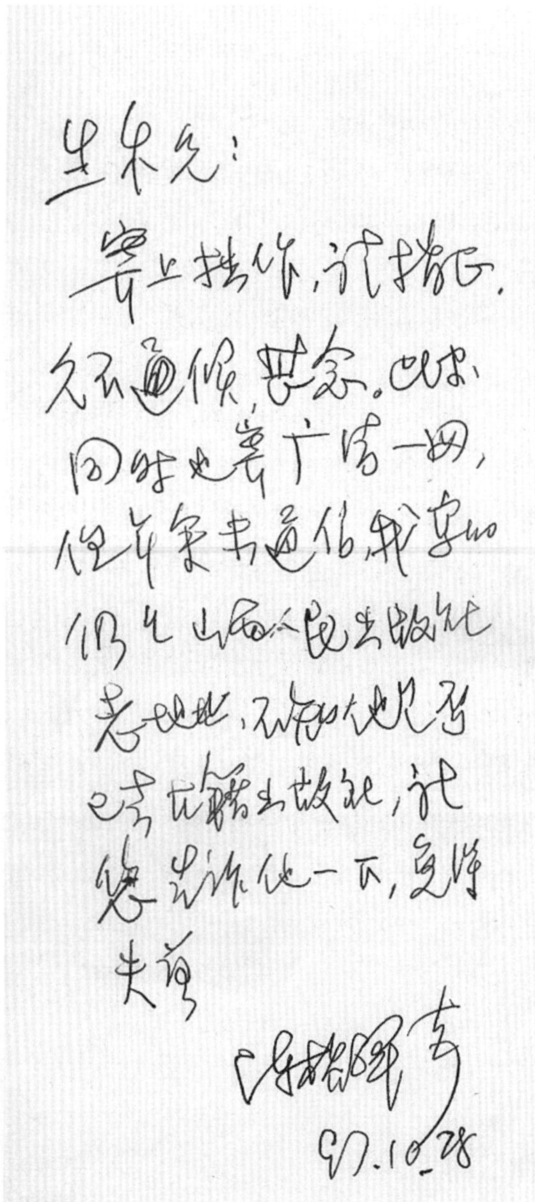
生禾兄：

寄上拙作，请指正。
久不通候，甚念。此外，
同时也寄广[illegible]一册，
但年来书通信我家的
仍是山西人民出版社
老地址，不知他是否
已去古籍出版社，请
您告诉他一下，免得
失落。

陈桥驿 上
97.10.28

一九九七年十月二十八日陈桥驿致靳生禾函

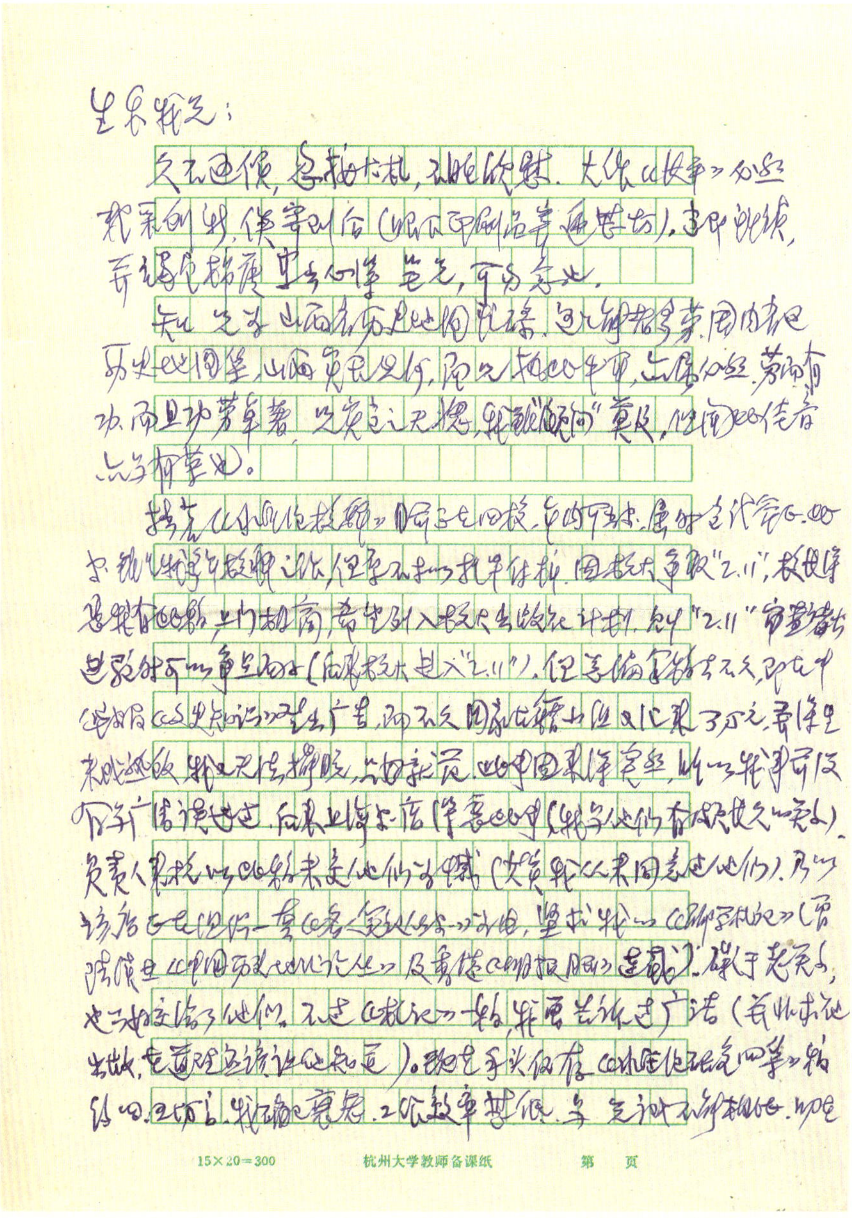

生禾教授：

久未通候，忽接大札，不胜欣慰。

15×20=300　杭州大学教师备课纸　第　页

一九九八年七月二日陈桥驿致靳生禾函（一）

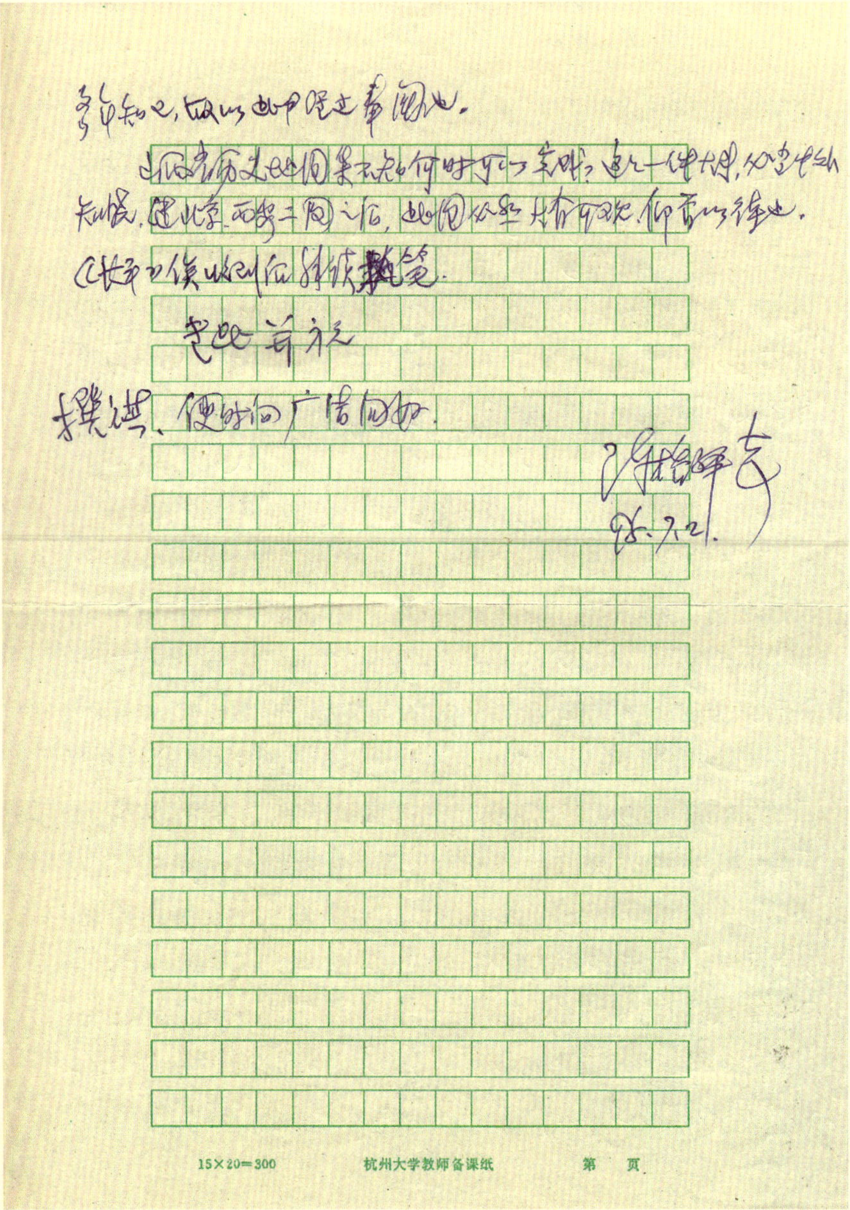

一九九八年七月二日陈桥驿致靳生禾函（二）

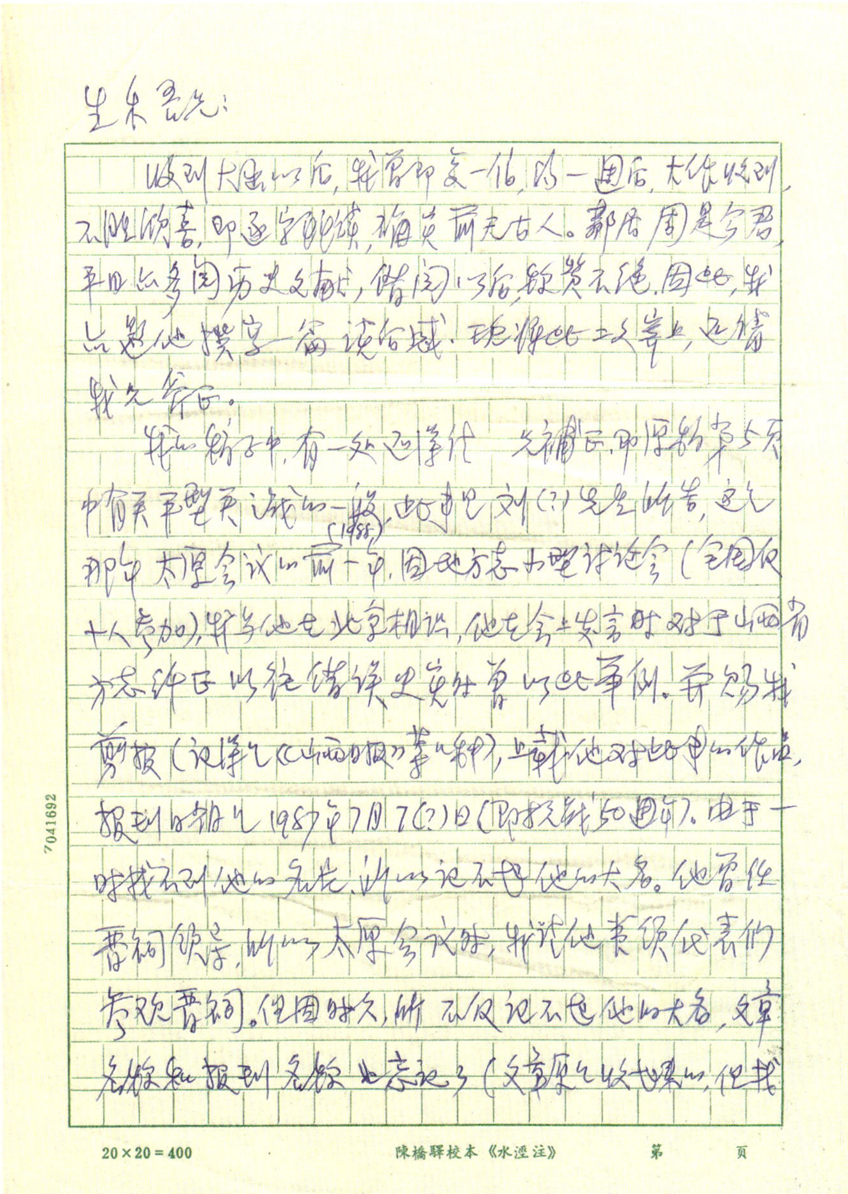

生禾先生：

收到大函以后，我曾即复一信，约一周后，大作收到，不胜欣喜，即通宵拜读，确是前无古人。郦学同道宁君平日亦多阅方史文献，借阅以后，赞赏不绝。因此，我亦想他撰写一篇读后感，现将此文寄上，也请我兄参考。

我的稿子中，有一处这样说……兄补正，即原稿第5页中有关平型关战役的一段，此事是刘(?)先生所告，这是那年太原会议的前一年(1988)，因地方志工作讨论会（全国仅十人参加），我与他在北京相识，他在会上发言时对于山西省方志编写以往错误史实作为此事例。并给我剪报（记得是《山西日报》第4版），上载他对此事的论述，报刊日期是1987年7月7(?)日（即抗战50周年）。由于一时找不到他的名片，所以记不起他的大名。他曾任晋祠馆长，所以太原会议时，我托他带领代表们参观晋祠。但因时久，所以记不起他的大名，文章名称和报刊名称也忘记了（文章原已收在集的，但我

7041692

20×20＝400　陳橋驛校本《水經注》　第　頁

一九九八年八月三日陈桥驿致靳生禾函（一）

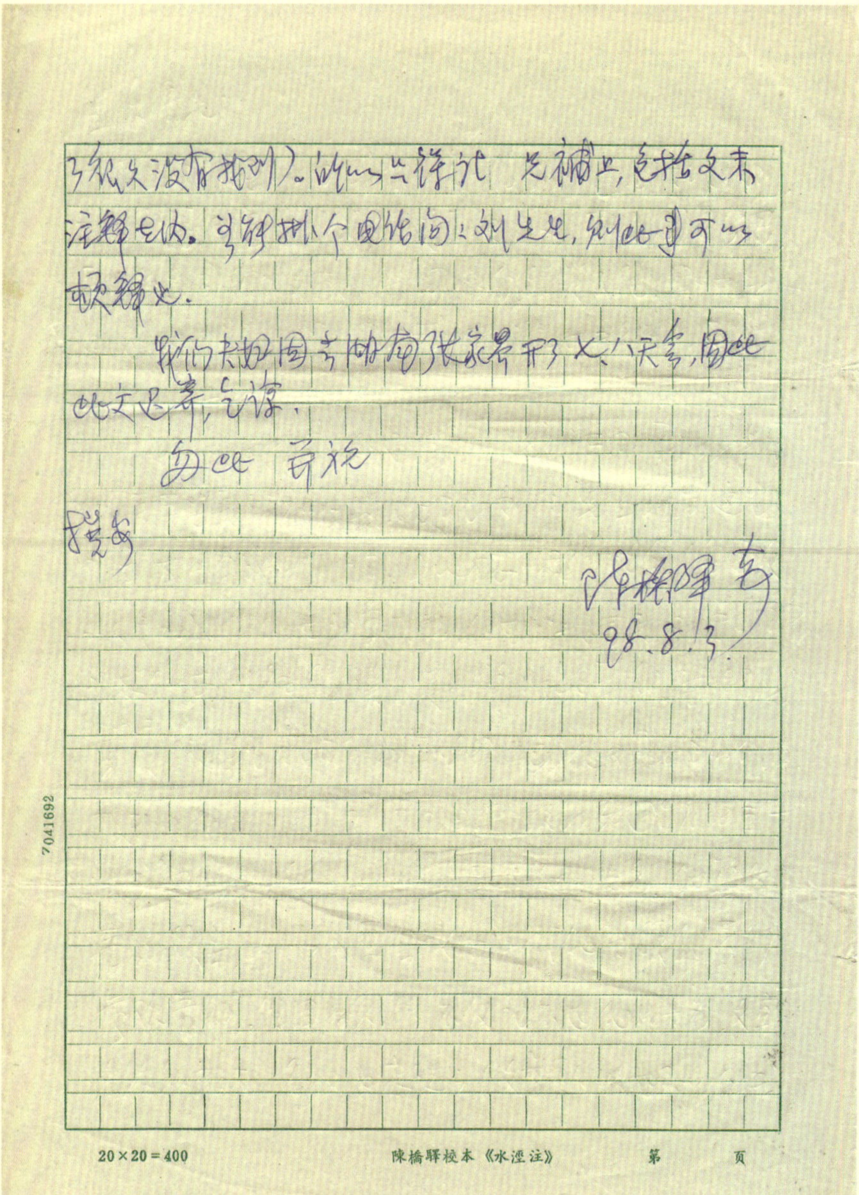
了很久没有找到）。故此次排印先補上，包括文末注释之内。当时如果能问问刘先生，则此书可以缺録也。
我们夫妇因去湖南了张家界开了七、八天会，因此此文迟寄，乞谅。
匆此 并祝
撰安
陈桥驿 上
98.8.3
7041692
20×20＝400 陳橋驛校本《水經注》 第 頁

一九九八年八月三日陈桥驿致靳生禾函（二）

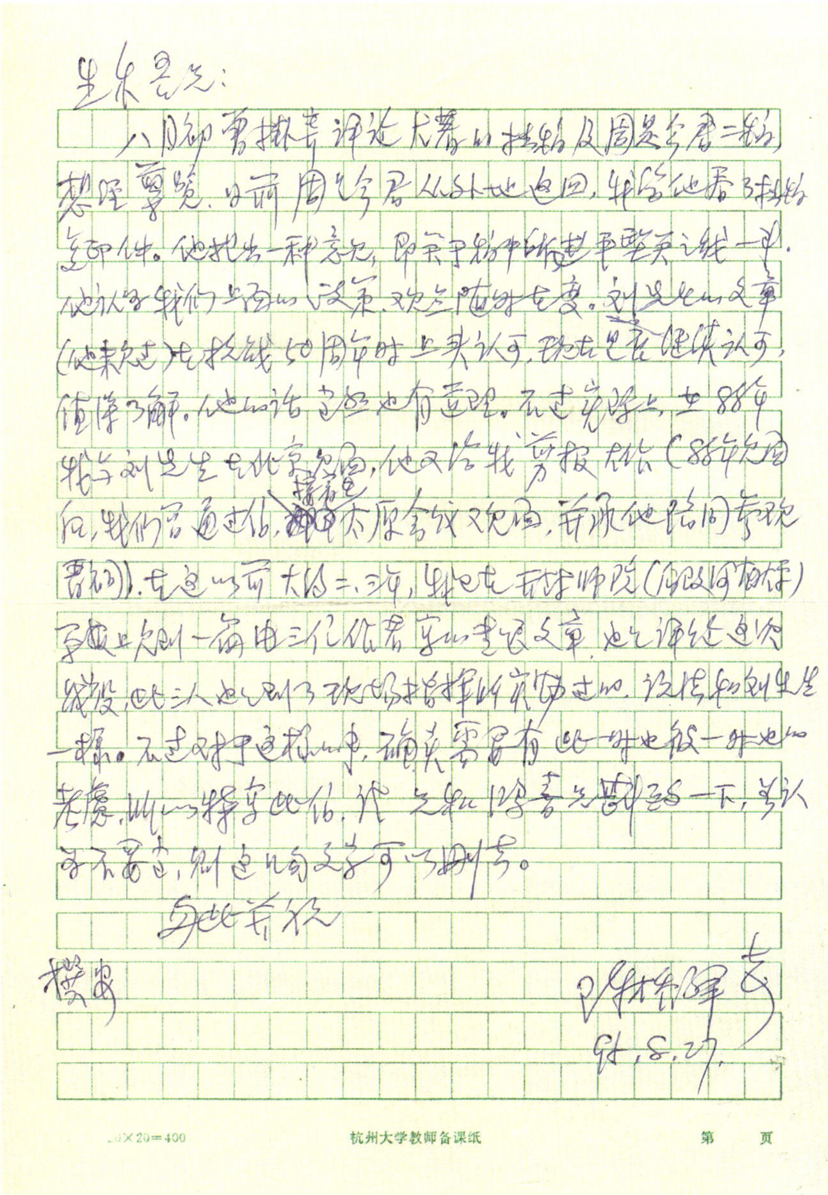
生禾吾兄：

八月印曹操等评述大著的校样及周恩来等二稿，都经拜览。日前周之珍君从外地返回，我将他寄了校样复印件。他提出一种意见，即宋子杨事件此事要求统一些。他认为我们上面的说法、欢迎陈的态度。刘先生的文章（他来信过）在抗战50周年时上头认可，现在也应继续认可，值得了解。他的话当然也有道理。不过实际上，在88年我与刘先生在北京见面，他又给我剪报材料（88年见面后，我们曾通过信，他寄来原拿往文史函，并承他陪同参观曹宅）。在这以前大约二、三年，我也在杭州师院（现改浙大）学报上见到一篇由三位作者写的书评文章，也主评这些资料，此三人也见到了陈的那些材料的东西。说法和刘先生一样。不过对于这样的事，确实需要有些另外的一种考虑，所以将这些信代为转给周之珍君去斟酌一下，若认为不需要，则这几句文字可以删去。

专此奉复

撰安

陈桥驿 上
98.8.27

20×20＝400 杭州大学教师备课纸 第 页

一九九八年八月二十七日陈桥驿致靳生禾函

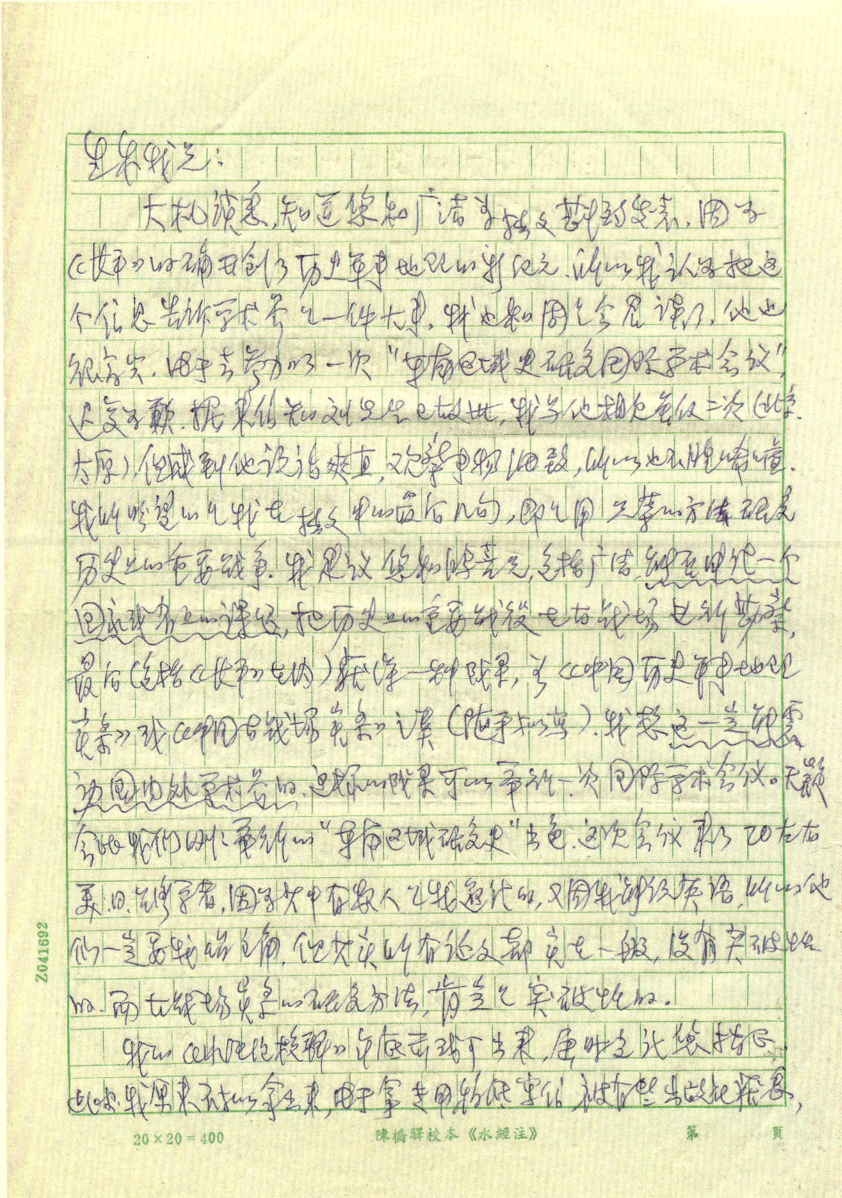

一九九八年九月二十三日陈桥驿致靳生禾函（一）

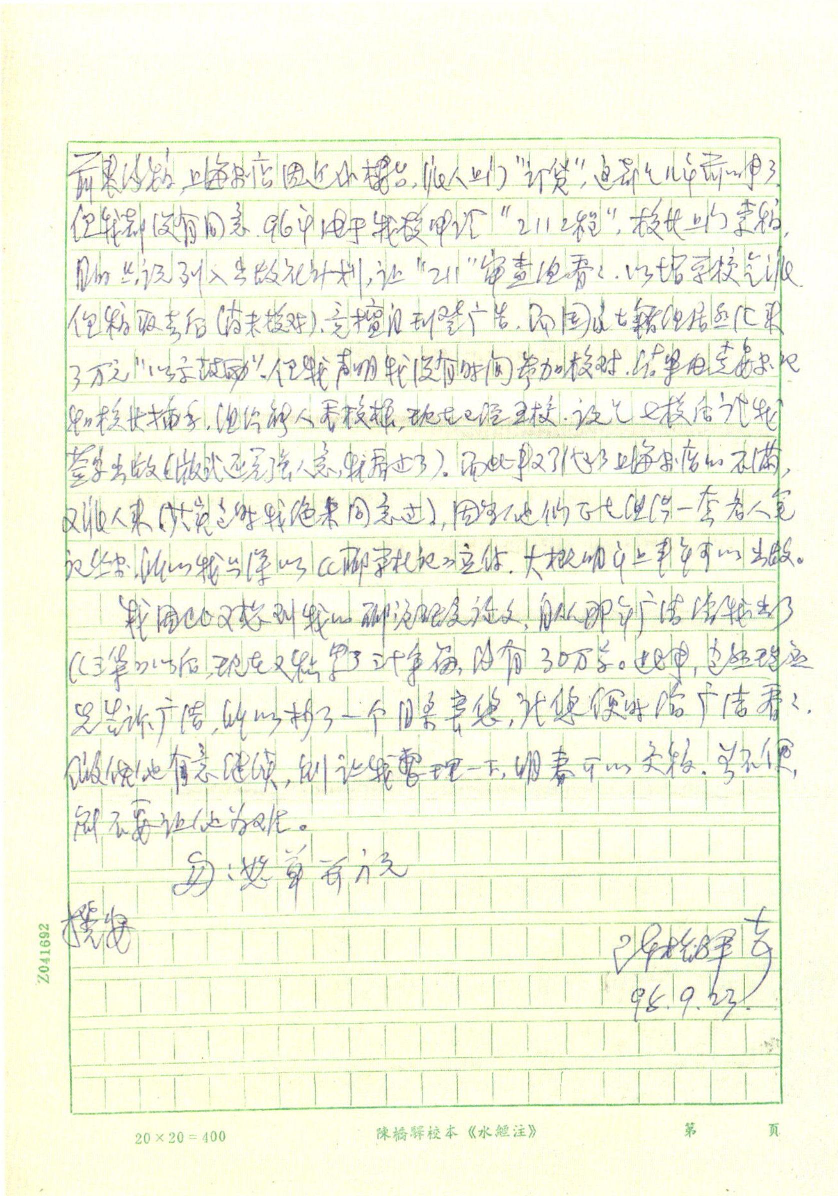

前几年的，上海书店因此书畅销，很多人叫了"行货"，追到几个书店买了，
但我却没有同意。96年由于我校申请"211工程"，校长要我出版
一些说到入出版社计划，让"211"审查他看看。以后学校党派
但我就去书店（尚未校对），竟擅自刊登广告。而国家七辖他给汇来
了万元"以资鼓励"。但我声明我没有时间参加校对。结果由远安出吧
和校长插手，他的私人来校稿，现在已经出版。说是已校后才代我
签字出版（此书还是经人家，我看过了）。而此事又引起了上海书店的不满，
又很大家（其实这事我绝未同意过），因为他们了也但得一套老人生
此出书。所以我只得以那家机构之名，大概明年上半年可以出版。

我用CD文本到我的那说明该论文，自从那个广告信给我出了
以三集以后，现在又编了二十多篇，约有30万字。此事，这些都是
只告诉广信，所以拟了一个目录去给，只想使他们看看。
假使他有意继续，则让我整理一下，明春可以交稿。若不便，
则不要让他为难。

匆匆草此布复

撰安

陈桥驿 上
98.9.23.

Z041692

20×20=400　陈桥驿校本《水经注》　第　页

一九九八年九月二十三日陈桥驿致靳生禾函（二）

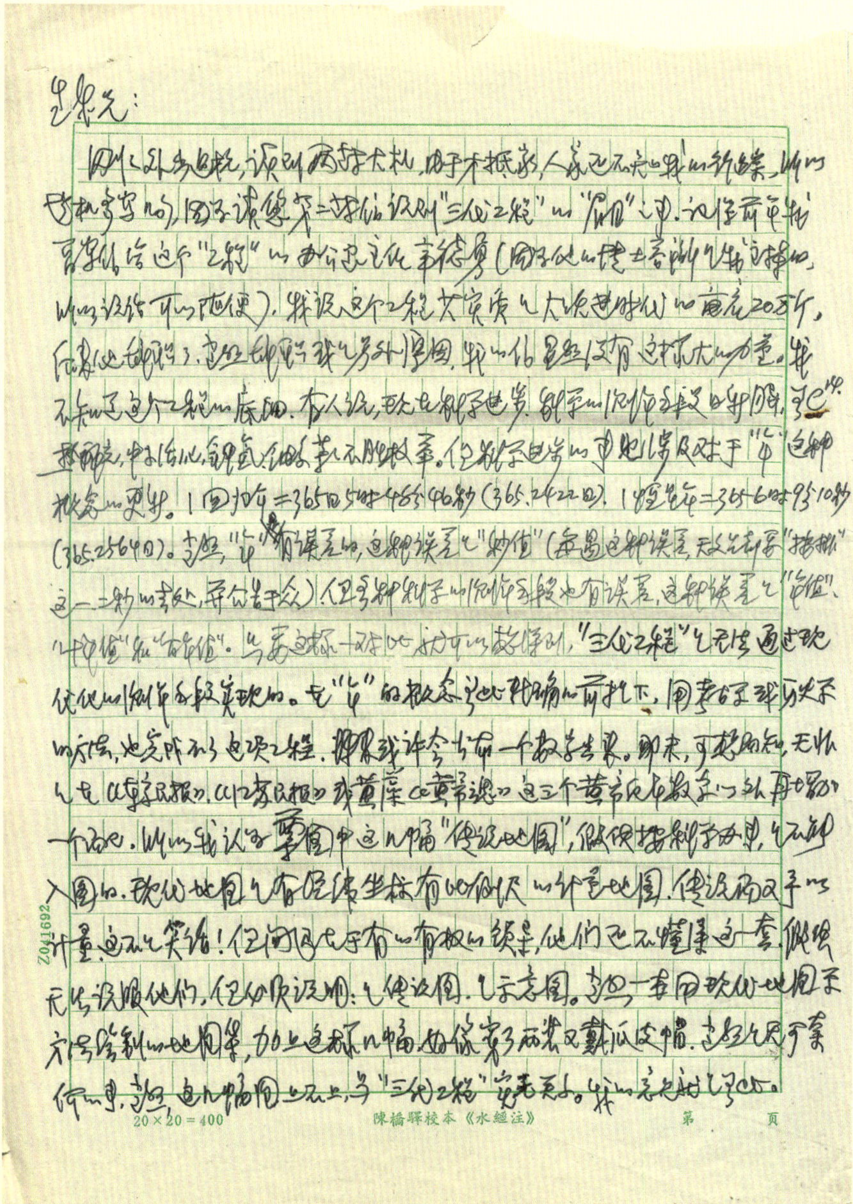
生禾兄：

图片之外尚有长信，谈到两件大事，由于未抵家，人家也不知道我的行踪，所以给我写信的，因为读了第二封信谈到“三代工程”的“夏商”之事。记得前年报上宣传这个“工程”的首席科学家（因为他的博士去香港作“年代”讲学的，所以说得可以随便）。我说这个工程共需资金大概是那时候的预定208万。所以他觉得了，这么说明我是另外一种意思，我的估算是没有这样大的力量。我不知道这个工程的底细。有人说，现在是科学世界，科学的测算手段日新月异，可以进行解决，中国历史的年代问题当然不能放弃。但科学也有它的局限性，例如对于“年”这种概念的理解。1回归年=365日5时48分46秒（365.2422日），1恒星年=365日6时9分10秒（365.2564日）。当然，“年”有误差的，这种误差是“秒值”（在遇这种误差，天文学家有“指标”这一上千的差别，并不公开于众）。但是科学的测算手段也有误差，这种误差是“分值”、“小时值”和“日值”。所以要通过一个比较好的数据，“三代工程”是无法通过现代化的测算手段实现的。在“年”的概念还在比较明确的前提下，用考古学和历史学的方法，也完成不了这项工程。如果我许会有一个数字结果。那末，可想而知，无非是在《人民日报》、《光明日报》或黄帝《黄帝陵》这三个黄帝后来数字以外再增加一个而已。所以我认为，尊函中这几幅“传说地图”，假使按制图要求，是不能入图的。现代地图是有经纬坐标有比例尺的计量地图。传说而又予以计量，这不是笑话！但你们也有他们的领导，他们也不懂这一套。假使无法说服他们，但你可以说明：是传说图，是示意图。当然，一套用现代地图系统绘制的地图集，加上这样几幅，好像穿了西装又戴瓜皮帽。当然是尊重了你们的，当然，这几幅图上不上，与“三代工程”完全无关。我的意见就是这些。

Z041692

20×20=400 陳橋驛校本《水經注》 第 頁

一九九八年十二月七日陈桥驿致靳生禾函（一）

欣知山西省领导能重视你的张家译注，这是很有眼光的。把它推广从一省推广到全国。最后写出一部《中国历史年表地图》。这将对历史地理学领域中将是有革命意义的。希望先努力做好，责无旁贷做这件大事。而且我相信这也只能由你们来做。因为你们已有经验，做出了不同凡响的成果。我们只好拭目以待而已。

拙著《水经注校释》校了七次校样，可算已经定稿。这是出版社校对部与我说过，此书由他们校不必我操心。但我看了六校样后，实在觉得必须让我再校一次，才能最后放心。于是又要出版社把七校样拿来。最后由我看了七校样之后，才可付印。拙作《天下水经注校释》已经发表。博物馆最后一校，也能分项提请，特定制寄出，代替拙作。此书由于出版社经费困难，所以出版社都……过。我绝未对他作过承诺。最后由于学校申报"211"而由校长出面协助。由于主创者到处登了广告，使出版社措手不及。这个出版社很苦……以后出书得提早。尽管我对他们未作过承诺，但还是把《郦学札记》作为"补偿"（明年出版）。另外一个出版社也代为承接，我也答应了他们另一部稿子。在这种情况下，我必须把《四集》的事告诉广告，因为他出了《二集》、《三集》。现在《四集》也在准备出版，我不能对他隐瞒。但另一方面，上次信中我说陈先生……不要让他知道。

我已七十七，由于不能退休，什么事都压到我，今年出差七次，……问，也代表出版人"拜贺"。但花费了许多时间，……我已不能……希望《水经注》……切切。

安好草，致祝

全家好，便中请代问候。

桥驿

98.12.7

Z041692

20×20=400 陳橋驛校本《水經注》 頁

一九九八年十二月七日陈桥驿致靳生禾函（二）

临末，我还得提起此间《山西省历史地图集》是全国第一种省级历史地图集，这当然引进一位草创者的报导，你们开会时，省领导也到会，以示全国都看着你们，实在意义重大。自从谭图以后，有了北京图和西安图，我都写了书评，谭图是奉胡乔木之命，我在日本写的。侯图是遵侯先生之嘱，西安图因当年开了审订会，我被命作总结。草图出来后，我也翻了一下。西安图中有四幅没有比例尺，我也在书评中（《历史地理》9？3）与解决说："在一部以现代技术绘制的图集中，出现这几幅不标计算的'彩色示意图'，看来并不适合"。由于涉及史念海先生，我的话很含蓄，而且把责任加于西安地图出版社。另外，草图的几幅地理战争图，实在应该从此考虑。我当然不便表示意见，临笔不尽。又及。

Z041692

20×20=400　　陳橋驛校本《水經注》　　第　　頁

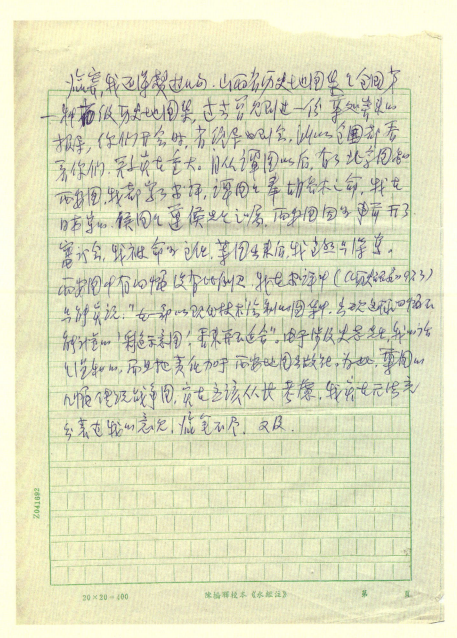

一九九八年十二月七日陈桥驿致靳生禾函（三）

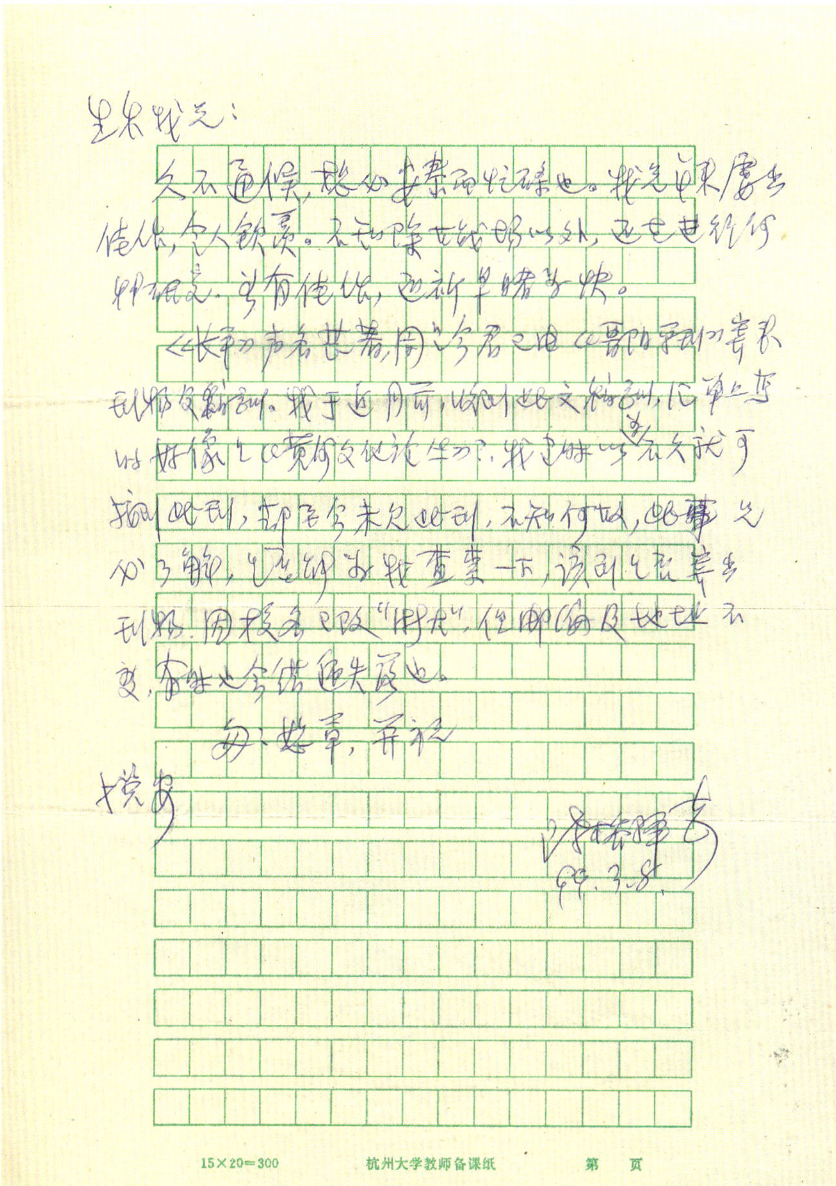

生禾我兄：

久不通候，想必安泰而忙碌也。我兄连年屡出佳作，令人钦羡。不知除长城明以外，还想进行何种研究。如有佳作，还祈早睹为快。

《长河》声名甚著，周汝昌之[illegible]《[illegible]》寄我到杭州复制。我于近月前，收到此文复制，以前[illegible]好像已《黄河文化论坛》？我当时以为不久就可接到此刊，却至今未见此刊，不知何故，此事交给了谁，也还请给我查查一下，该刊是否寄出到杭州。因校名已改"浙大"，但邮编及地址不变，寄此也会错过失落也。

匆匆些草，并祝

撰安

陈桥驿 上

99.3.8.

15×20=300　杭州大学教师备课纸　第　页

一九九九年三月八日陈桥驿致靳生禾函

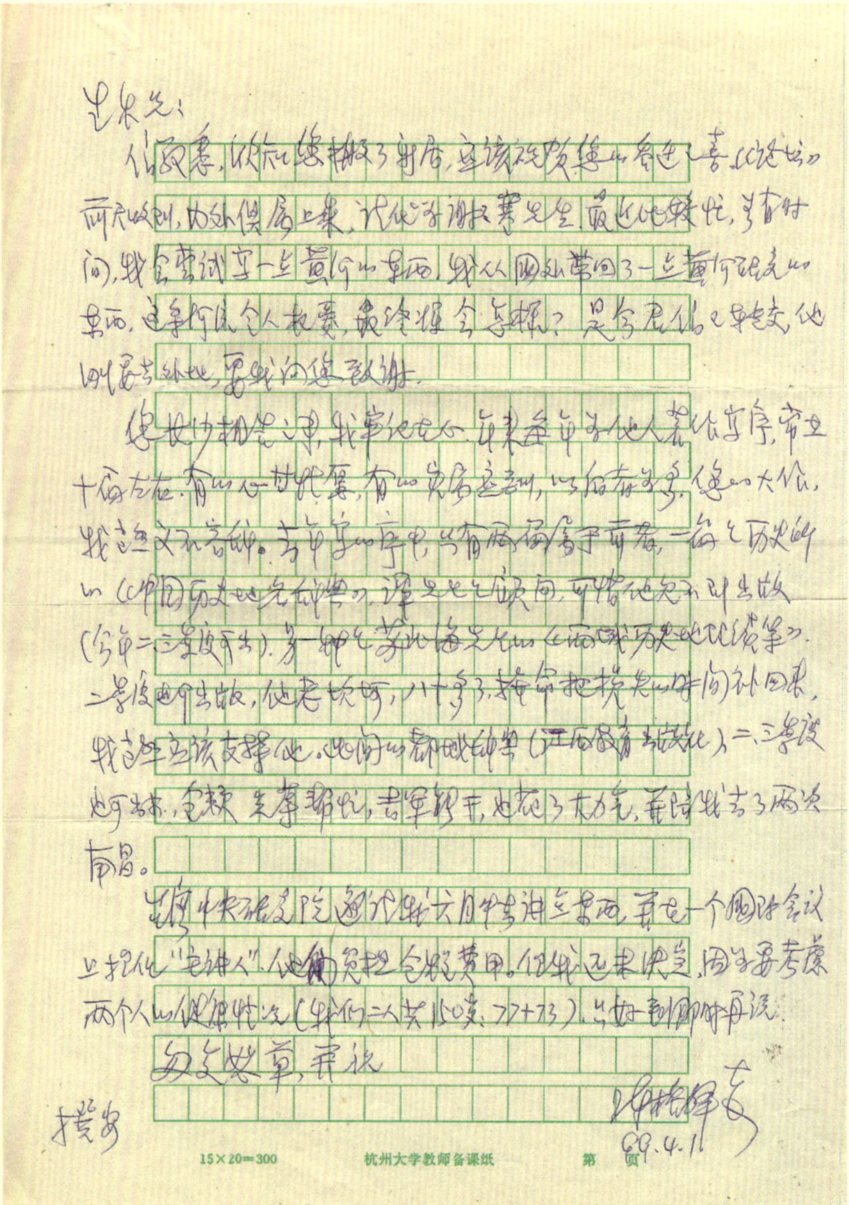

生禾兄：

信收悉，欣知您搬了新居，应该祝贺。您的《逢甲之喜》《说坛》所发收到，内外俱属上乘，代我问候寒先生。最近比较忙，等有时间，我会尝试写一点黄河的东西，我以前也带回了一点黄河流域的东西，这事何须令人敬要，最终谁会写呢？是否君偶之转交他的家乡纪地，要我向您致谢。

您提出的翻译之事，我实记不得。近来每年为他人著作写序，常在十篇左右。有的是论文集，有的是专著之类，以后告知我。您的大作，我当然义不容辞。写序写的序中，只有两篇属于前者，一篇是历史所的《中国历史地名辞典》，深恐它缺陷，可惜他先不能出版（今年二三季度可出）。另一种是茅以升编写的《两晋南北朝历史地理论集》，二季度也可出版，他是老好，八十多了，拼命把损失的时间补回来，我当然应该支持他。此间的《郦学研究》（江西教育出版社）二、三季度也可出书，全靠朱军帮忙，去年秋天也花了大力气，并陪我去了两次南昌。

北京中央社会学院邀我和我夫人六月中去讲点东西，并在一个国际会议上报告"名著人"，他们负担全部费用。但我还未决定，因为要考虑两个人的健康情况（我们二人共北岐，77+73），只好到那时再说。

匆匆数草，并祝

撰安

陈桥驿 上

99.4.1

15×20=300 杭州大学教师备课纸 第 页

一九九九年四月一日陈桥驿致靳生禾函

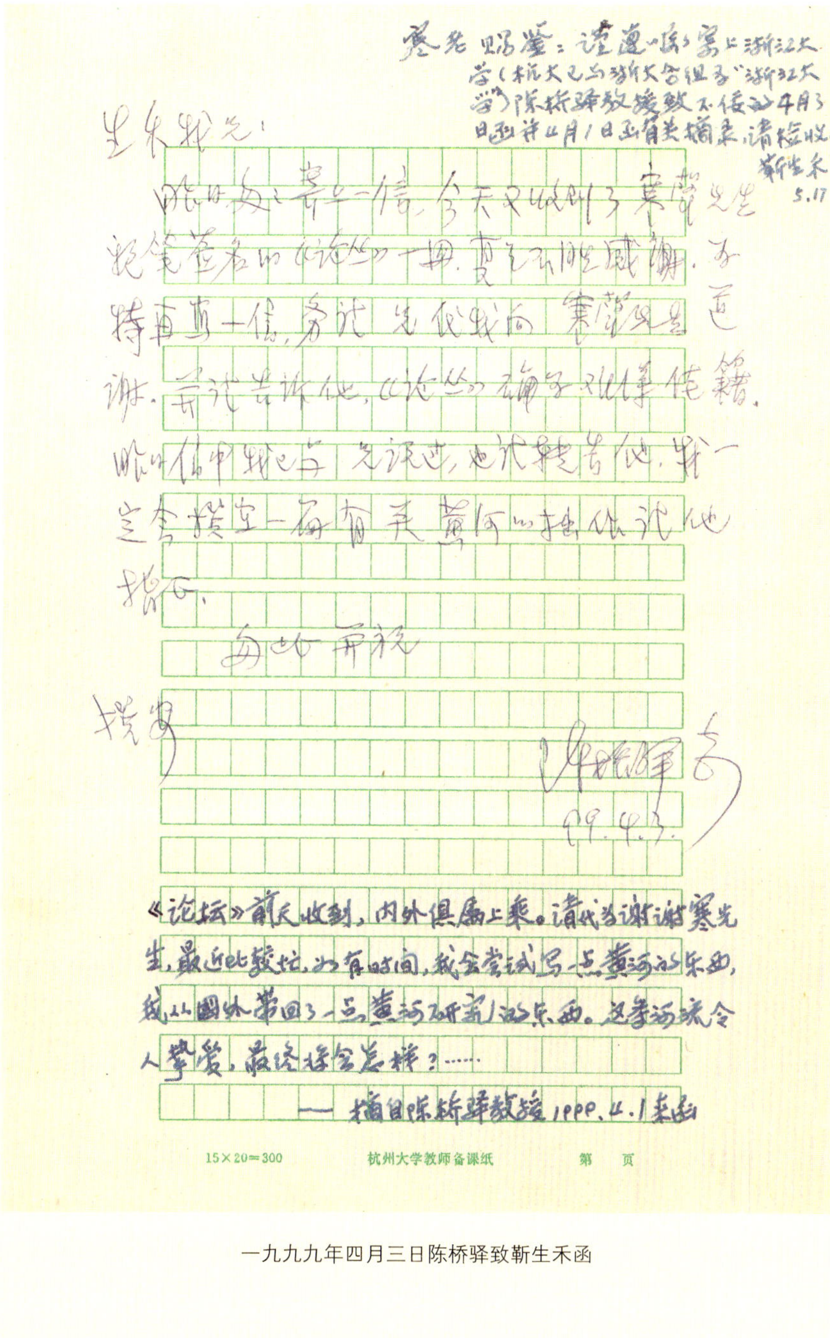

寒光贤鉴：谨遵嘱寄上浙江大学（杭大已与浙大合组为"浙江大学"）陈桥驿教授致不佞以4月3日函并4月1日函有关摘录，请检收。
靳生禾
5.17

生禾教授：

昨日匆匆寄上一信，今天又收到了寒光先生亲笔签名的《论坛》一册，真是不胜感谢。为特再写一信，务请先代我向寒光先生道谢。并请告诉他，《论坛》编得非常精辟。昨日信中我所说的各点您记着，也请转告他，我一定会撰写一篇有关黄河的拙作请他指正。

匆此 并祝

撰安

陈桥驿 上
99.4.3.

《论坛》前天收到，内外俱属上乘。请代为谢谢寒光先生，最近比较忙，如有时间，我会尝试写一点黄河的东西，我从国外带回了一点黄河研究的东西。这条河流令人挚爱，最终将会怎样？……

——摘自陈桥驿教授1999.4.1来函

15×20＝300　杭州大学教师备课纸　第　页

一九九九年四月三日陈桥驿致靳生禾函

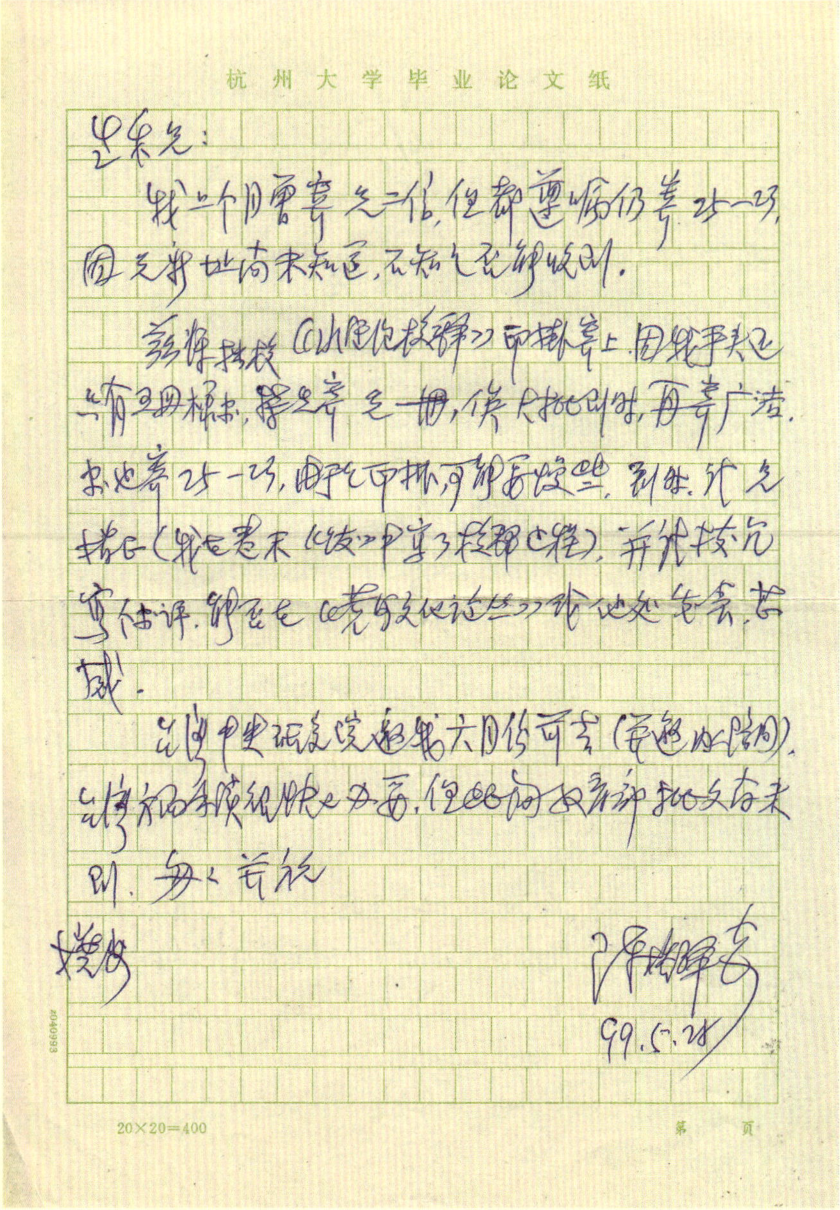

一九九九年五月二十八日陈桥驿致靳生禾函

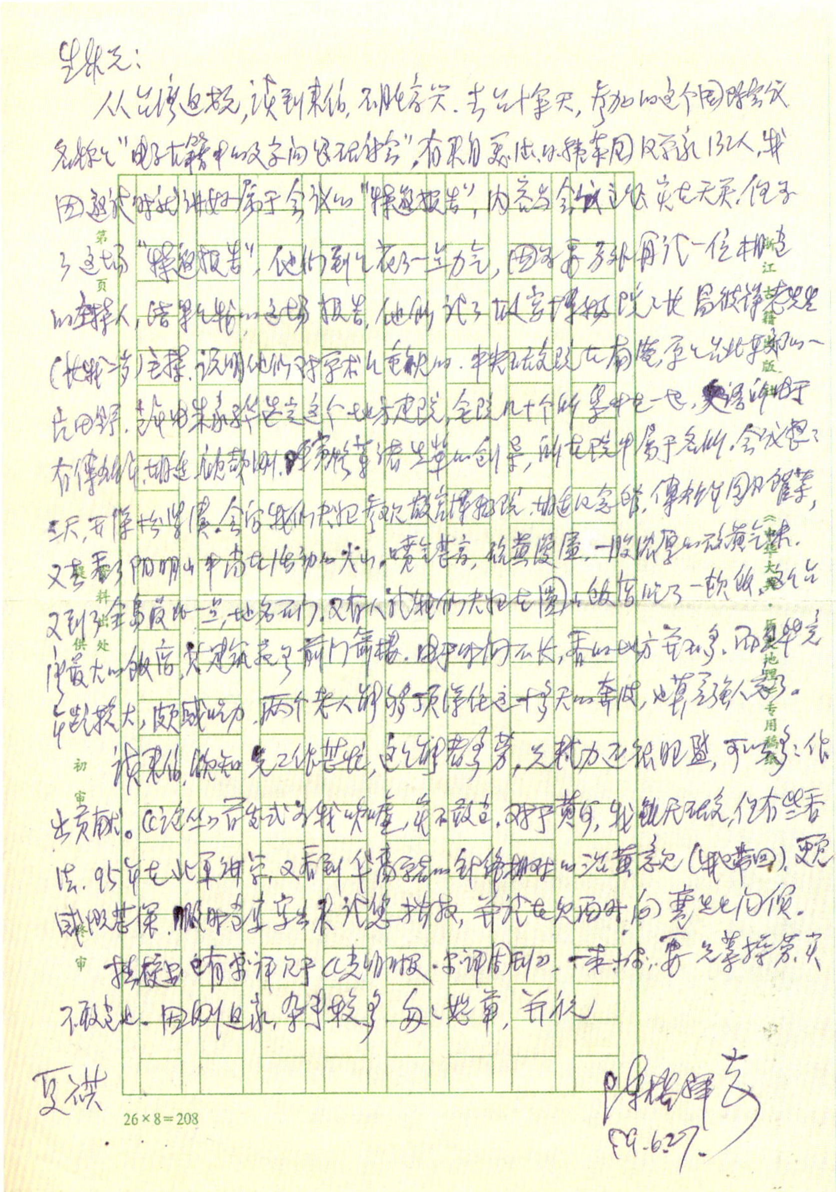

生禾兄：

从北京返杭，读到来信，不胜高兴。去北京十多天，参加的这个国际会议名称是"地图古籍中的汉字问题研讨会"，有来自[illegible]国及我国学者1[illegible]2人，我国[illegible]"主题报告"，[illegible]

[illegible]

[illegible]

夏祺

陈桥驿[illegible]

99.6.27.

26×8=208

一九九九年六月二十七日陈桥驿致靳生禾函

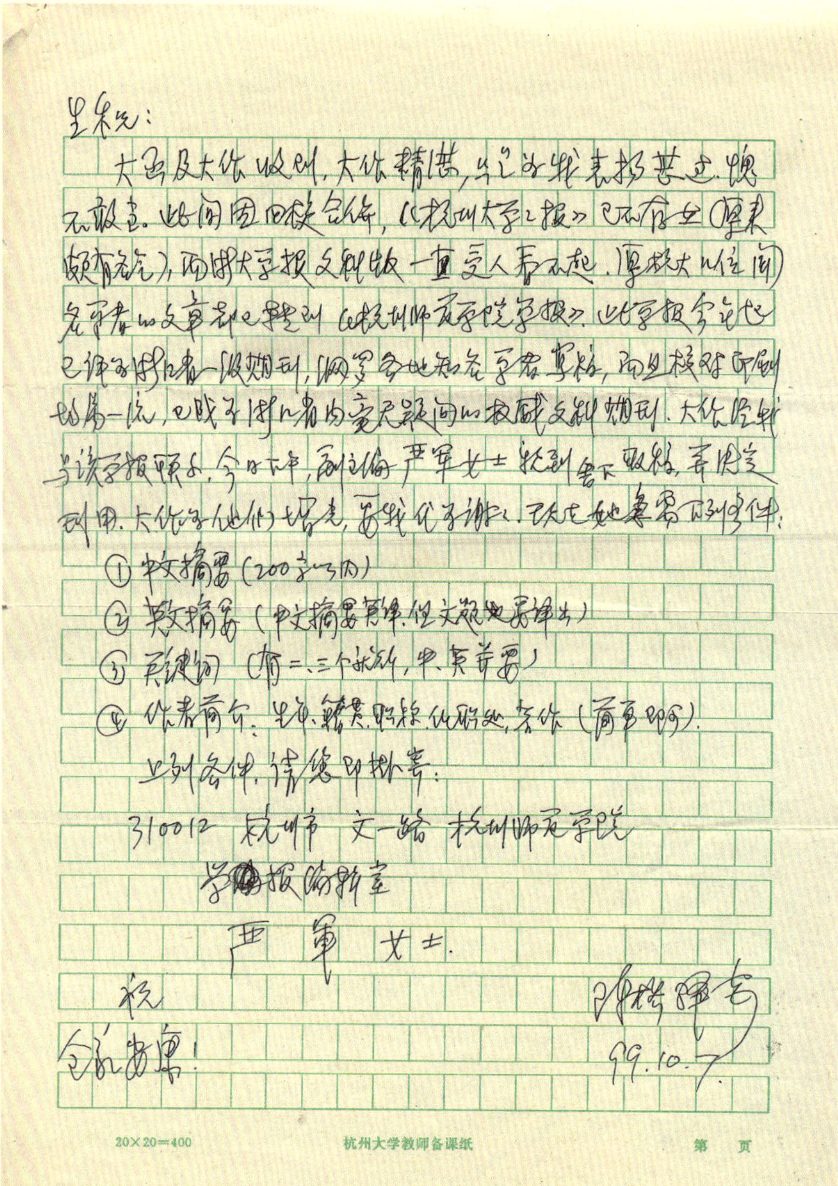

生禾兄：

大函及大作收到，大作精湛，您之对我表扬甚过，愧不敢当。此间因四校合併，《杭州大学学报》已不存在（原来颇有名气），而浙大学报文科版一直受人看不起。原杭大以往同名学者的文章都已转到《杭州师范学院学报》。此学报今年也已评为浙江省一级期刊，网罗各地知名学者写稿，而且校对印刷也属一流，已成为浙江省内无疑问的权威文科期刊。大作经我与该学报联系，今日下午，副主编严军女士找到舍下取稿，并决定刊用。大作学报（他们）也看过，要我代为谢谢。现在她要求写下列各件：

① 中文摘要（200字以内）

② 英文摘要（中文摘要英译，但文题也要译出）

③ 关键词（有二、三个就行，中、英并要）

④ 作者简介：生年、籍贯、职称、任职处、著作（简单即可）。

上列各件，请您即掛寄：

310012　杭州市　文一路　杭州师范学院

学报编辑室

严　军　女士。

祝

全家安康！

陈桥驿 上

99.10.7.

20×20＝400　　杭州大学教师备课纸　　第　页

一九九九年十月七日陈桥驿致靳生禾函

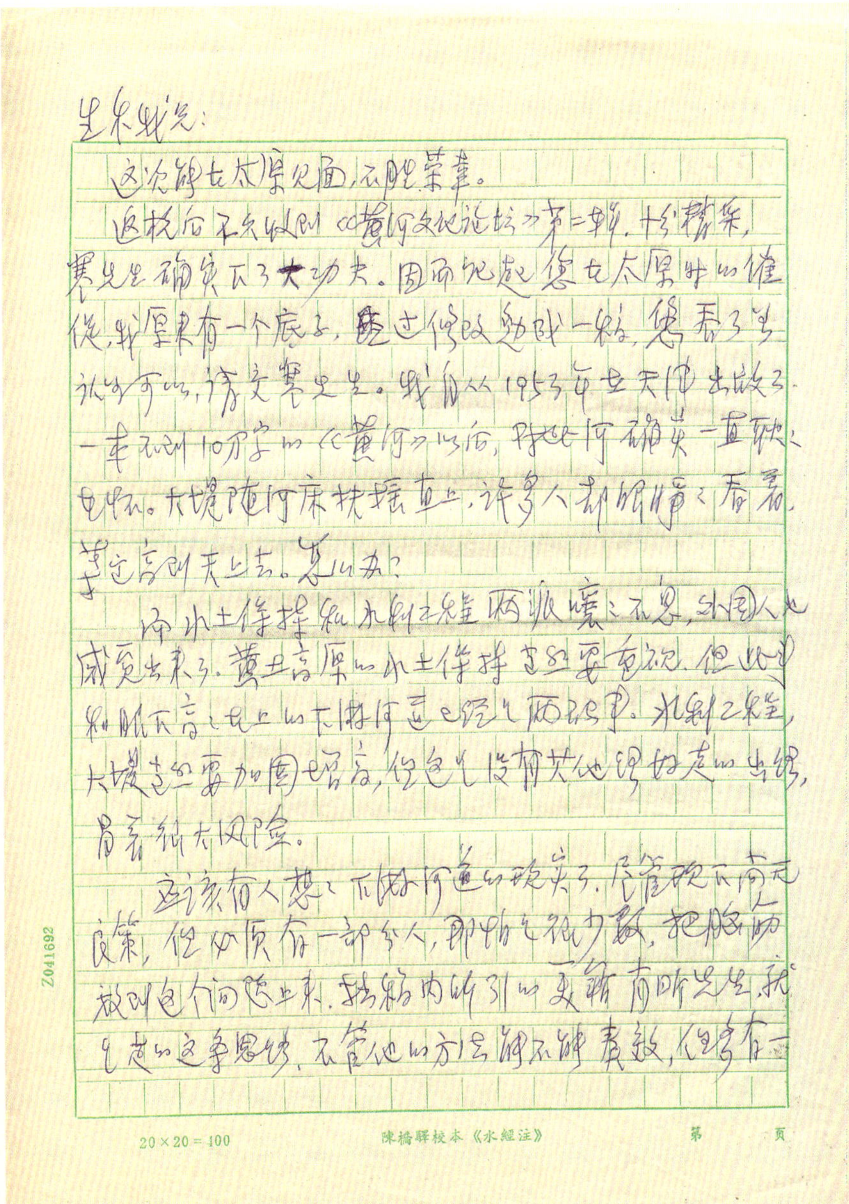
生禾我兄：

这次能在太原见面，不胜荣幸。

返杭后不久收到《黄河文化论坛》第二辑，十分精采，莫先生确实下了大功夫。因而记起您在太原时的催促，我原来有一个底子，经过修改就成一篇，您看了若认为可以，请交莫先生。我自从1953年在天津出版了一本不到10万字的《黄河》以后，对此河确实一直耿耿在怀。大堤随河床抬高而上，许多人都眼睁睁看着它高到天上去。怎么办？

搞水土保持和水利工程两派嚷嚷不息，外国人也感觉出来了。黄土高原的水土保持当然要重视，但此事和眼下高高在上的下游河道已经是两码事。水利工程，大堤当然要加固也要高，但是也没有其他很好的出路，有着很大风险。

应该有人想想下游河道的现实了。尽管现下尚无良策，但必须有一部分人，那怕是很少数，把脑筋放到这个问题上来。拙稿内所引的史籍有些先生，我也走的这条思路，不管他的方法能不能奏效，但总有一

一九九九年十二月二十三日陈桥驿致靳生禾函（一）

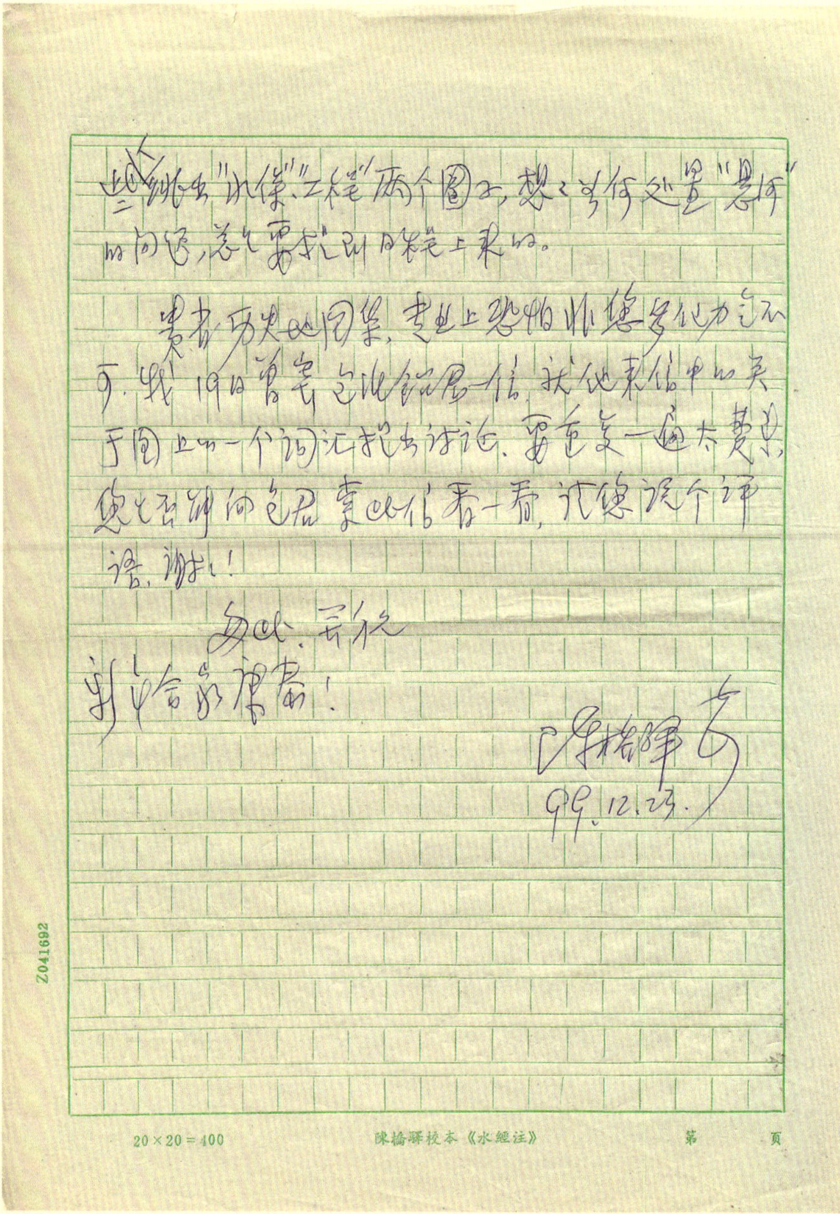

些人绘出"水系"、"工程"两个图子，想之可何处置"界河"的问题，总之要找到图纸上来的。

贵书"历史地图集"，专业上恐怕非您多化力气不可。我19日曾寄台北郑君一信，就他来信中的关于图上的一个词汇提出讨论。要重复一遍太费事，您是否能向郑君索此信看一看，让您说个评语。谢谢！

顺此，并祝

新千年的幸福！

陈桥驿 上

99.12.23.

一九九九年十二月二十三日陈桥驿致靳生禾函（二）

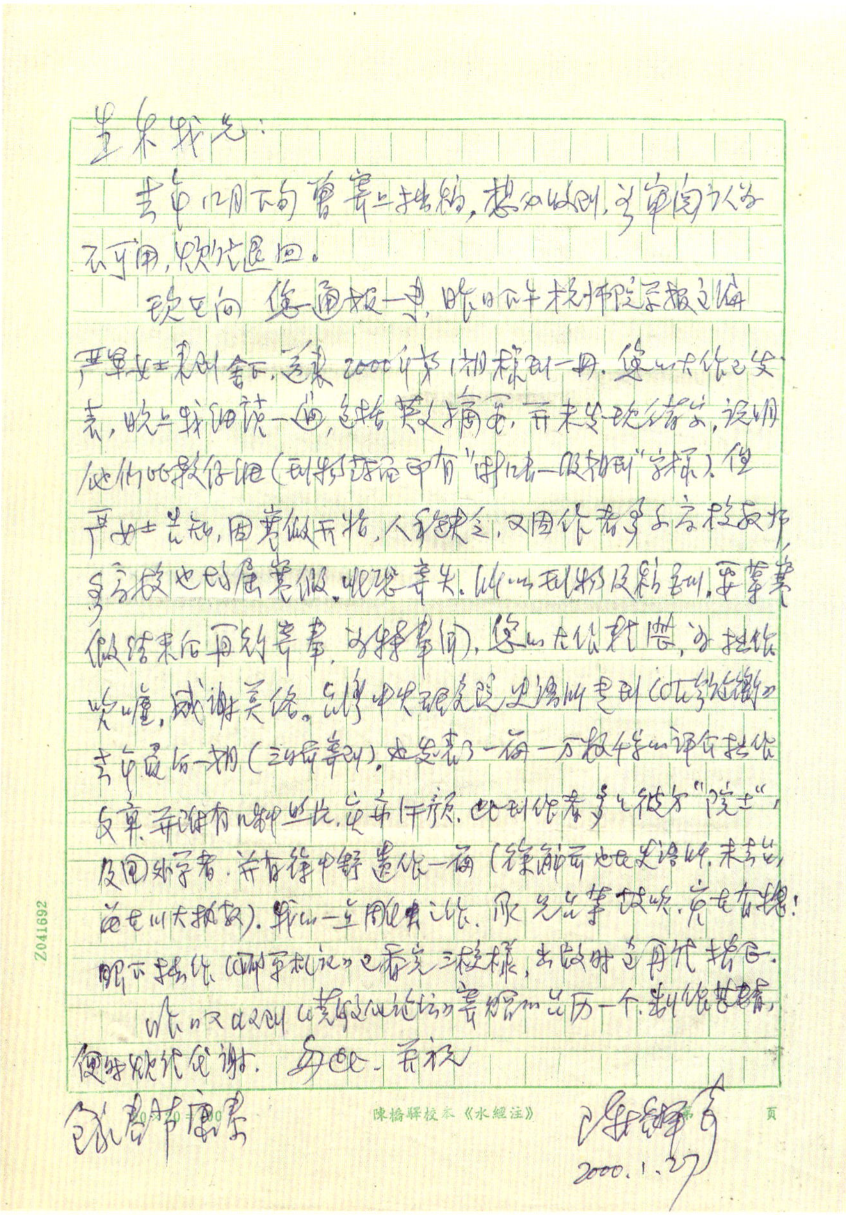

生禾我兄：

去年12月下旬曾寄上拙稿，想必收到，如审阅后认为不可用，烦即退回。

现在向您通报一事，昨日杭州师院学报主编严[illegible]女士来到舍下，送来2000年第1期样刊一册，您的大作已发表，晚上我细读一遍，包括英文摘要，并未发现错字，说明他们比较仔细（刊物封面印有"[illegible]"字样）。但严女士告知，因寒假开始，人手缺乏，又因作者多系各校教师，各校也均属寒假，无法寄发，所以刊物及稿费，要等寒假结束后再行寄奉，特此奉闻。您的大作拜读，对拙作吹嘘，感谢莫名。台湾中央研究院史语所出刊《古今论衡》去年最后一期（[illegible]），也发表了一篇一万数千字的评介拙作文章，并附有几种照片，全部作者多系彼方"院士"及国外学者，并有徐中舒遗作一篇（徐解放前也在史语所，未去台，是当时大教授）。我的一篇刊出之作，承兄在笔下吹嘘，实在不敢当！明年拙作《郦学札记》已看完三校样，出版时当再寄奉。

你以后收到《古今论衡》寄赠[illegible]一个刊物甚好，便乞代致谢。专此，并祝

合家春节康乐

陈桥驿

2000.1.27

陳橋驛校本《水經注》 第 頁

20×20=400

Z041692

二〇〇〇年一月二十七日陈桥驿致靳生禾函

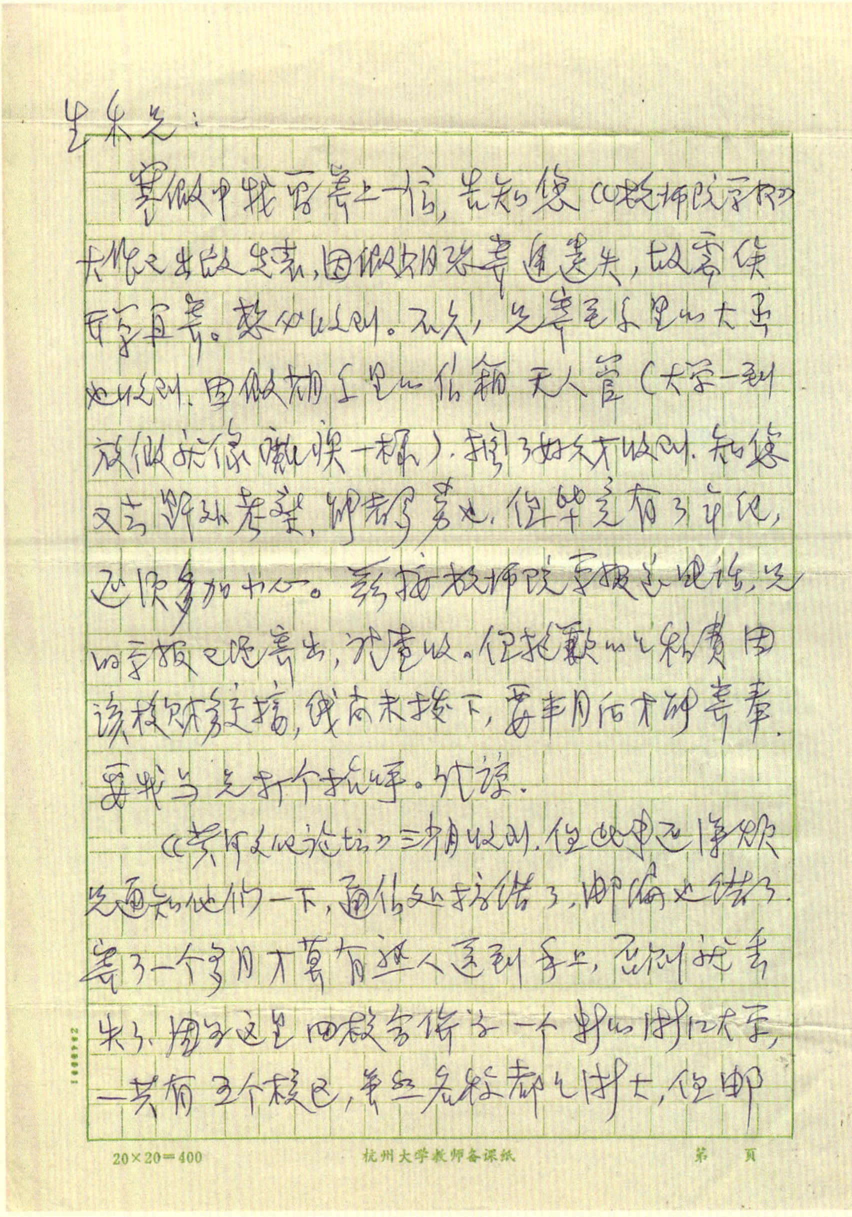

生禾兄：

寒假中我写寄上一信，告知您《绍兴师院学报》大作之出版安排，因假期邮寄速度慢，故要使您早日知道。想必收到。不久，兄寄至我这里的大函也收到，因假期我这里的信箱无人管（大学一到放假就像散伙一样），拖了好久才收到。知您又去野外考察，辛苦得多也，但毕竟有了收获，还须多加小心。前接绍兴师院学报主编电话，兄的学报已经寄出，请查收。但稿费的事须由该校财务处经办，钱尚未拨下，要本月后才能寄来。要我与兄打个招呼。就这样。

《吴越文化论坛》三期收到，但此事还须烦兄通知他们一下，通信处搞错了，邮编也错了，寄了一个多月才算有人送到手上，否则就丢失了。因为这里四校合併为一个新的浙江大学，一共有五个校区，每一各校都是浙大，但邮

20×20=400　杭州大学教师备课纸　第　页

二〇〇〇年二月二十八日陈桥驿致靳生禾函（一）

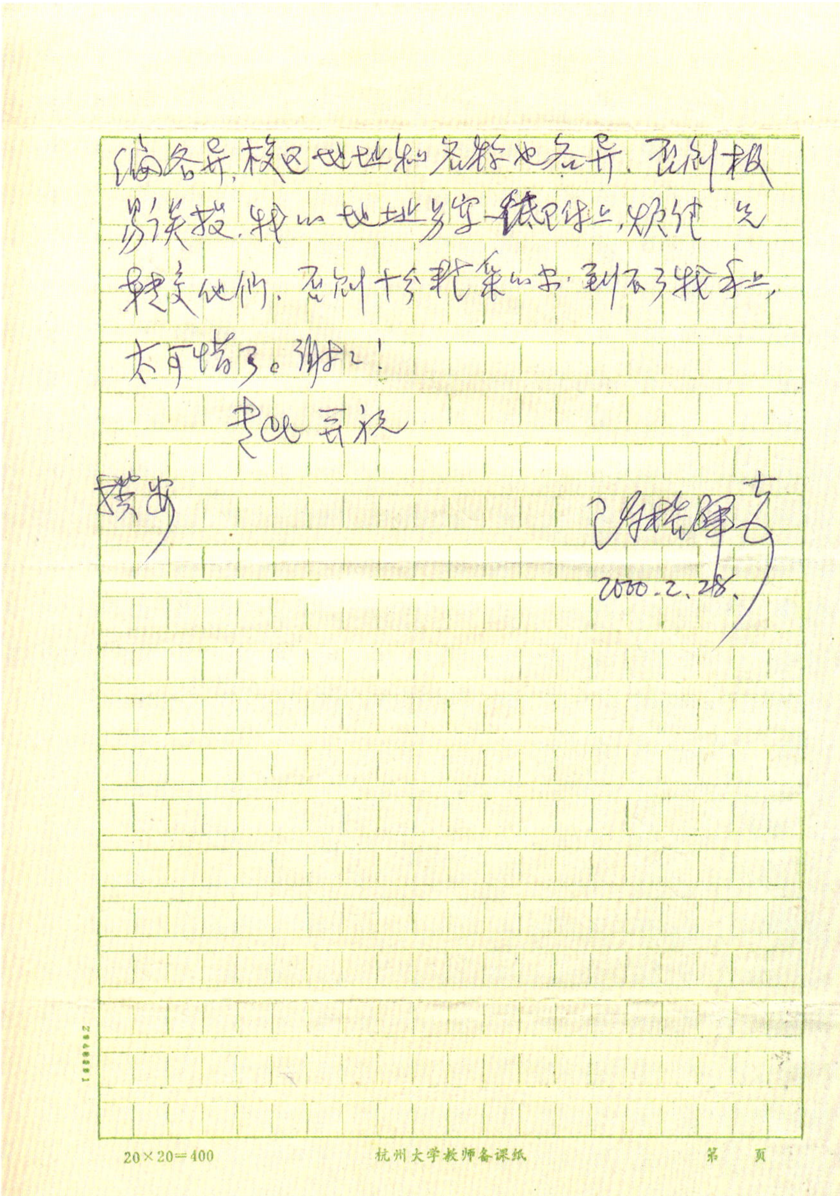

编各异，校区地址和名称也各异，恐怕极易误投，我的地址另写一纸附上，烦代为转交他们。恐怕十分粗糙的书，到你手上，太可惜了。谢谢！

专此 即颂

撰安

陈桥驿

2000.2.28.

20×20=400 杭州大学教师备课纸 第 页

二〇〇〇年二月二十八日陈桥驿致靳生禾函（二）

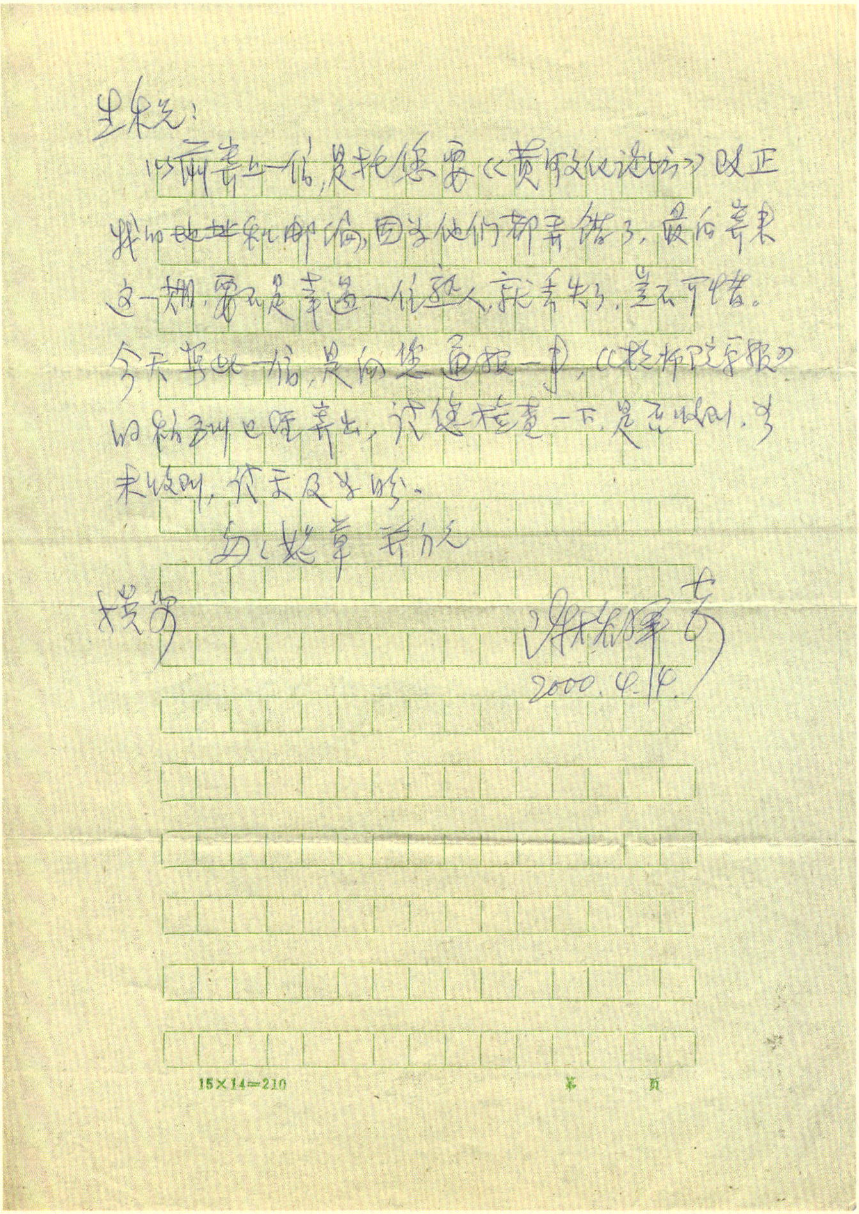

生禾兄：

以前寄上一信，是托您要《黄河文化论坛》改正我的地址和邮编，因为他们都弄错了，最后寄来这一期，要不是幸遇一位熟人，就弄失了，岂不可惜。今天寄此一信，是向您通报一事，《桂林学院学报》的稿子也已经寄出，请您检查一下，是否收到，如未收到，请及早告我。

匆匆草 祈谅

撰安

陈桥驿 上

2000.4.4.

二〇〇〇年四月四日陈桥驿致靳生禾函

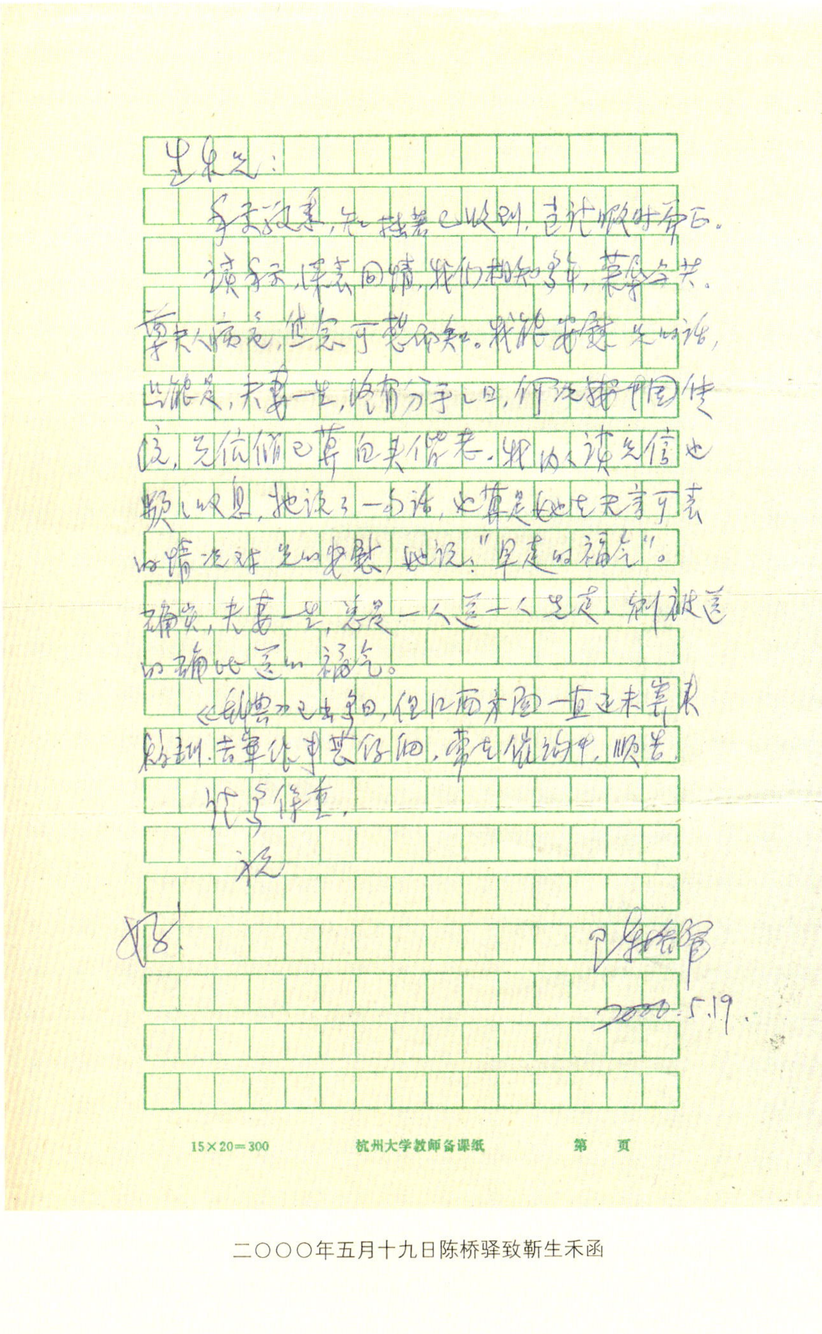
生禾兄：

手书敬悉，先后拙著已收到，[illegible]。

读手示，怀念回忆，我们相知多年，甘苦与共。尊夫人病逝，悲[illegible]可想而知。我能安慰兄的话，也只能是，夫妻一生，总有分手之日，何况我们[illegible]偕，兄伉俪已[illegible]白头偕老。我内人读兄信也颇以叹息，她说了一句话，也算是她[illegible]可表的情况对兄的安慰，她说："早走的福气"。确实，夫妻一生，总是一人送一人先走，则被送的确比送的福气。

《[illegible]》已去[illegible]，但江南方面一直还未寄来[illegible]，[illegible]，顺告。

多多保重，

祝

好。

桥驿

2000.5.19.

二〇〇〇年五月十九日陈桥驿致靳生禾函

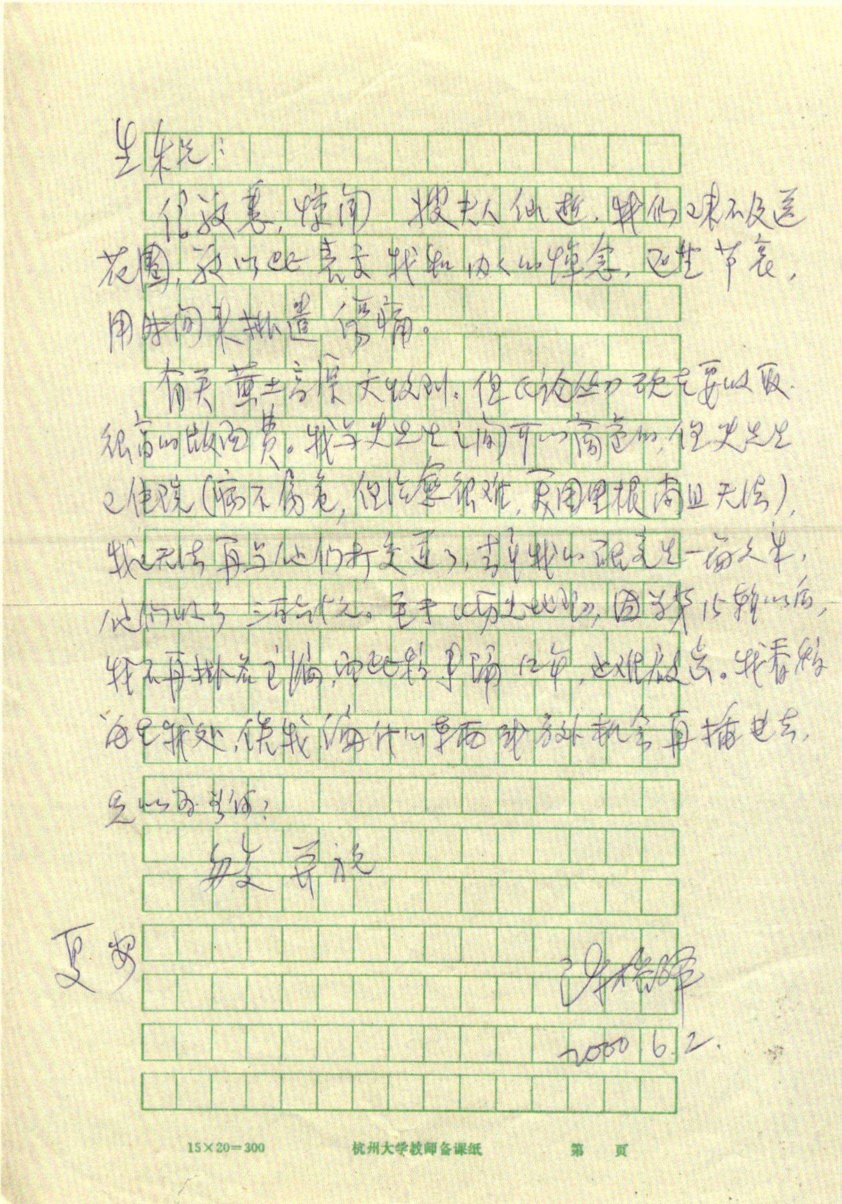

生禾兄：

信收悉，惊闻 嫂夫人仙逝，我们已来不及送花圈，敬以此表示我和内人的悼念，也望节哀，用时间来排遣伤痛。

有关黄土高原文献辑刊，但此论丛乃史先生要以我组织的出版的书。我与史先生之间可以商量的，但史先生已住院（病不易危，但治疗很难，要用四根肉丝天治），我已无法再与他们打交道了，当年我的跟史先生一面之半，他们似乎三番两次。至于以后出此刊物，因为我不能以后，我不再挂名主编，此书能否编印，也难放心。我看给再见我处，使我得知什么事而[illegible]执笔再插进去，是否可以？

敬颂

夏安

陈桥驿

2000.6.2.

15×20=300　杭州大学教师备课纸　第　页

二〇〇〇年六月二日陈桥驿致靳生禾函

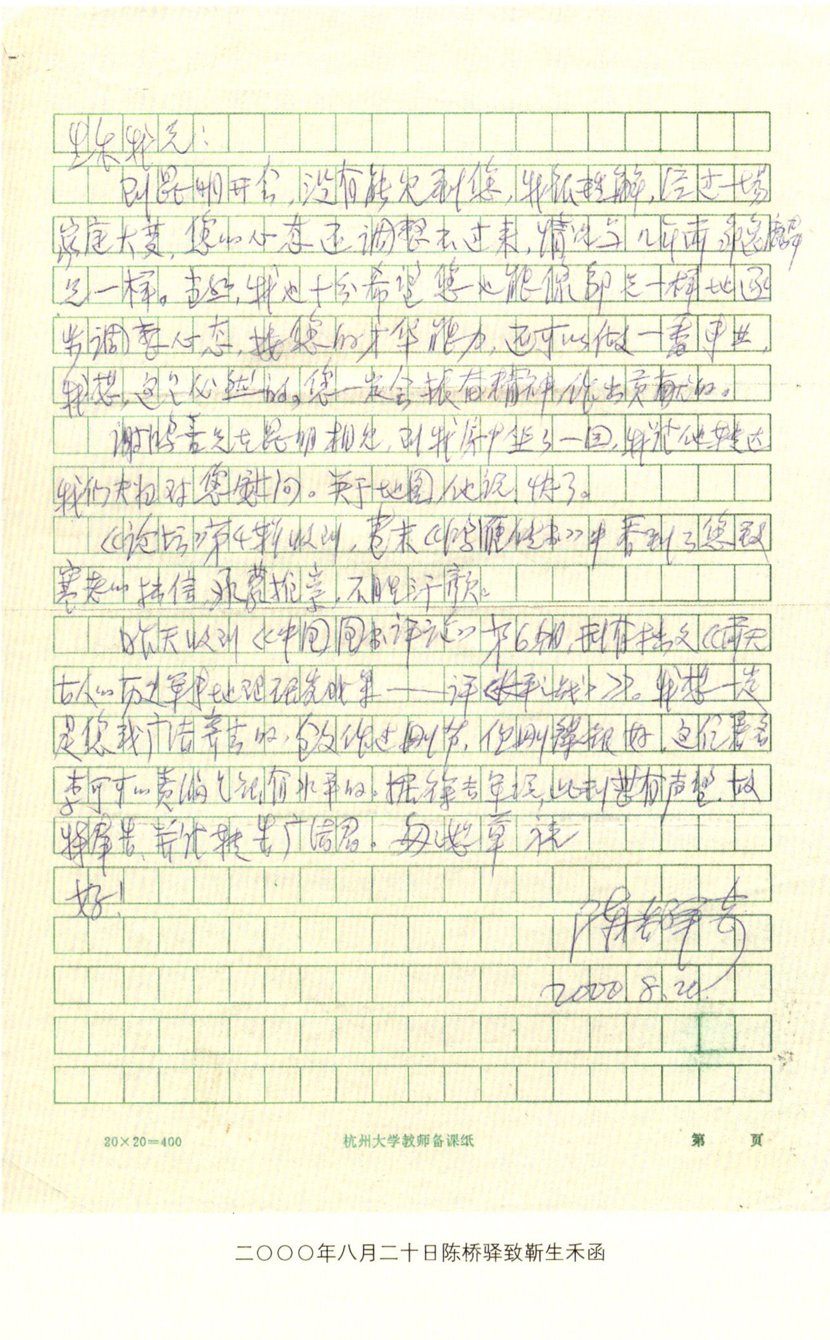

生禾我兄：

到昆明开会，没有能见到您，我很理解。经过一场家庭大变，您的心态还调整不过来，情况与几年前我总感之一样。当然，我也十分希望您也能像郎先一样地逐步调整心态，按您的才华能力，还可以做一番事业。我想，这是必然的，您一定会振奋精神，作出贡献的。

谢谢您善意在昆明相见，到我房中坐了一回，我代他转达我们夫妇对您慰问。关于地图作品，快了。

《论坛》第4辑收到，书末《编后絮语》中看到了您致寒老的拙信，承赞拙稿，不胜汗颜。

昨天收到《中国图书评论》第6期，其中有拙文《清天古人的历史学中地理研究成果——评〈水利志〉》。我想一定是您我广结善缘的，文字作过删节，但删得很好，这位署名李可可的责编是很有水平的。据编者单据，此刊颇有声望，故特奉告，并以转告广结。匆此草祝

好！

陈桥驿 寄

2000.8.20

20×20=400　杭州大学教师备课纸　第　页

二〇〇〇年八月二十日陈桥驿致靳生禾函

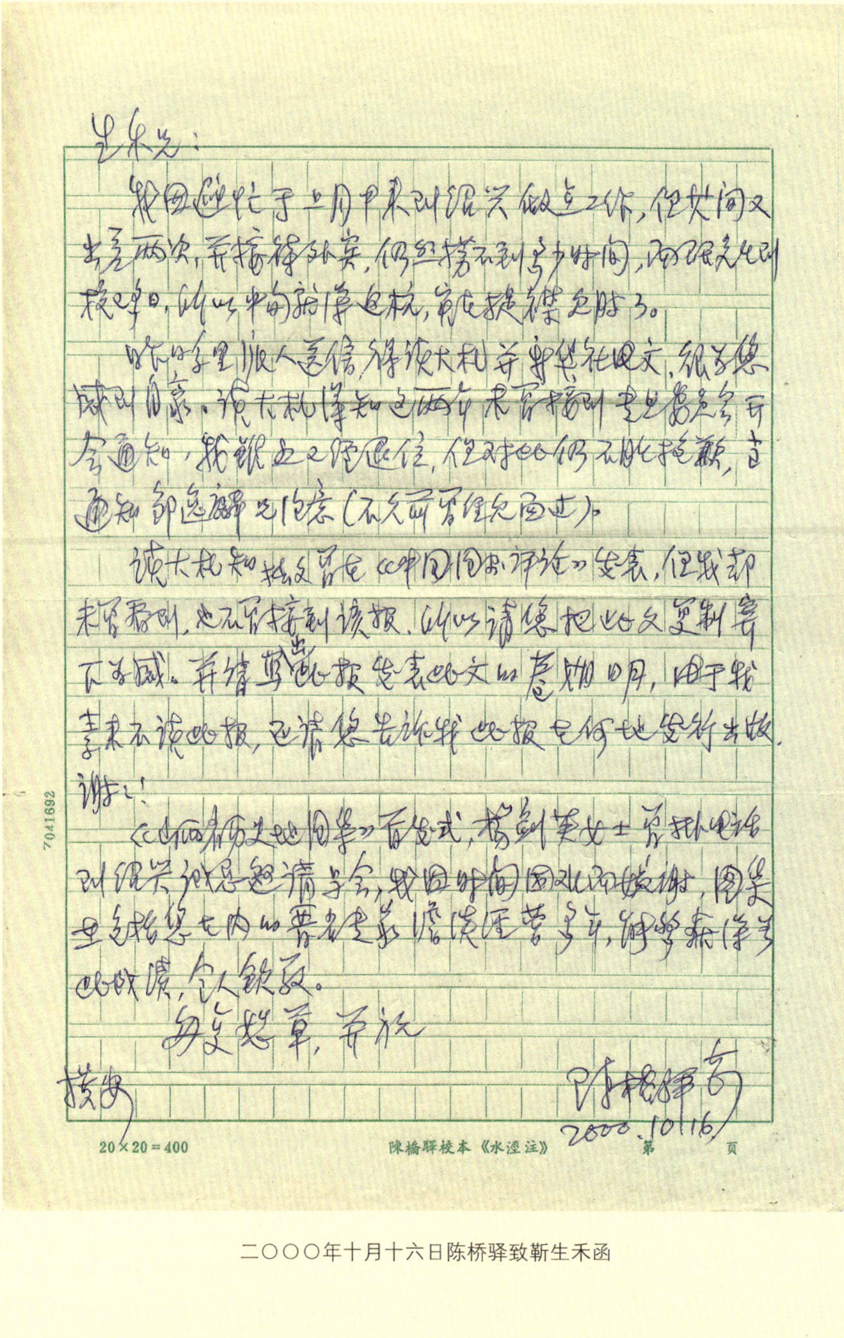
生禾兄：

我因迩忙于上月中来到绍兴做些工作，但其间又出差两次，并接待外宾，仍然挤不到多少时间，而现在已到校上半日，所以中间就停过校，真是捉襟见肘了。

昨日学里派人送信，将读大札并嘉兴社论文，现已转到自家。读大札得知这两年来可能到曹先生处会开会通知，我虽然已经退休，但对此仍不能推辞，并通知邹逸麟先生注意（不久前曾经见面过）。

读大札知拙文曾在《中国图书评论》发表，但我却未曾看到，也不曾接到该报，所以请您把此文复制寄下为感。并请寄出此报发表此文的具体日期，由于我素来不读此报，也请您告诉我此报在何地发行出版。谢谢！

《山西省历史地图集》首发式，杨剑英女士曾打电话到绍兴邀我赴会，我因时间困难而婉谢，图集出了，据您电内的介绍，这是您们多年辛勤经营多年，谢谢您们的此成绩，令人钦敬。

匆复数草，并祝

撰安

陈桥驿上

2000.10.16

20×20=400　陳橋驛校本《水經注》　第　頁

7041692

二〇〇〇年十月十六日陈桥驿致靳生禾函

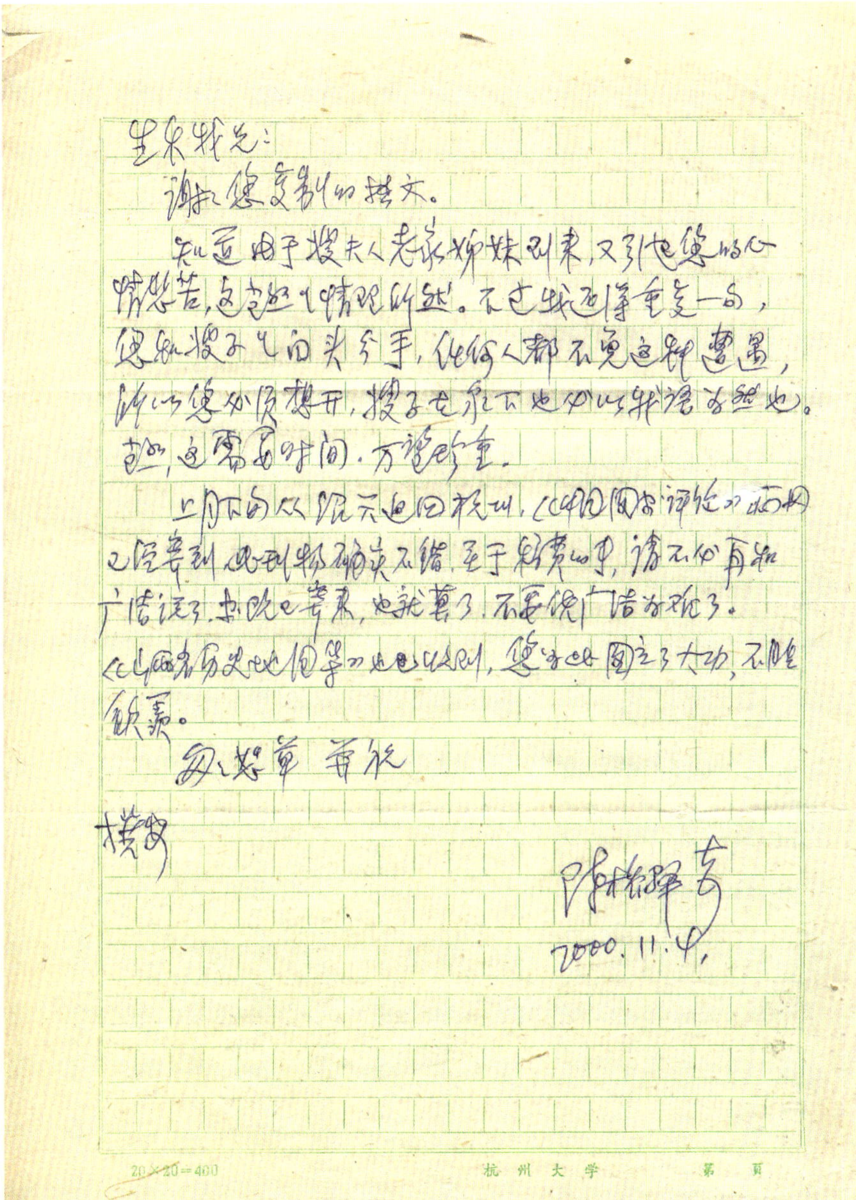
生禾我兄：
谢谢您寄到的拙文。
知道由于嫂夫人老家姊妹到来，又引起您的心情悲苦，这当然是情理所然。不过我还得重复一句，您和嫂子是白头分手，任何人都不免这种遭遇，所以您必须想开，嫂子在泉下也必以我语为然也。当然，这需要时间，还请珍重。
上月下旬从绍兴返回杭州，《中国图书评论》的样刊已经寄到，此刊物确实不错。至于稿费的事，请不必再和广告说了，出版社已寄来，也就算了，不要说广告就行了。
《山西省历史地图集》已经出版，您对此图立了大功，不胜钦羡。
匆匆草此 并祝
撰安
陈桥驿 上
2000.11.4.
20×20=400 杭州大学 第 页

二〇〇〇年十一月四日陈桥驿致靳生禾函

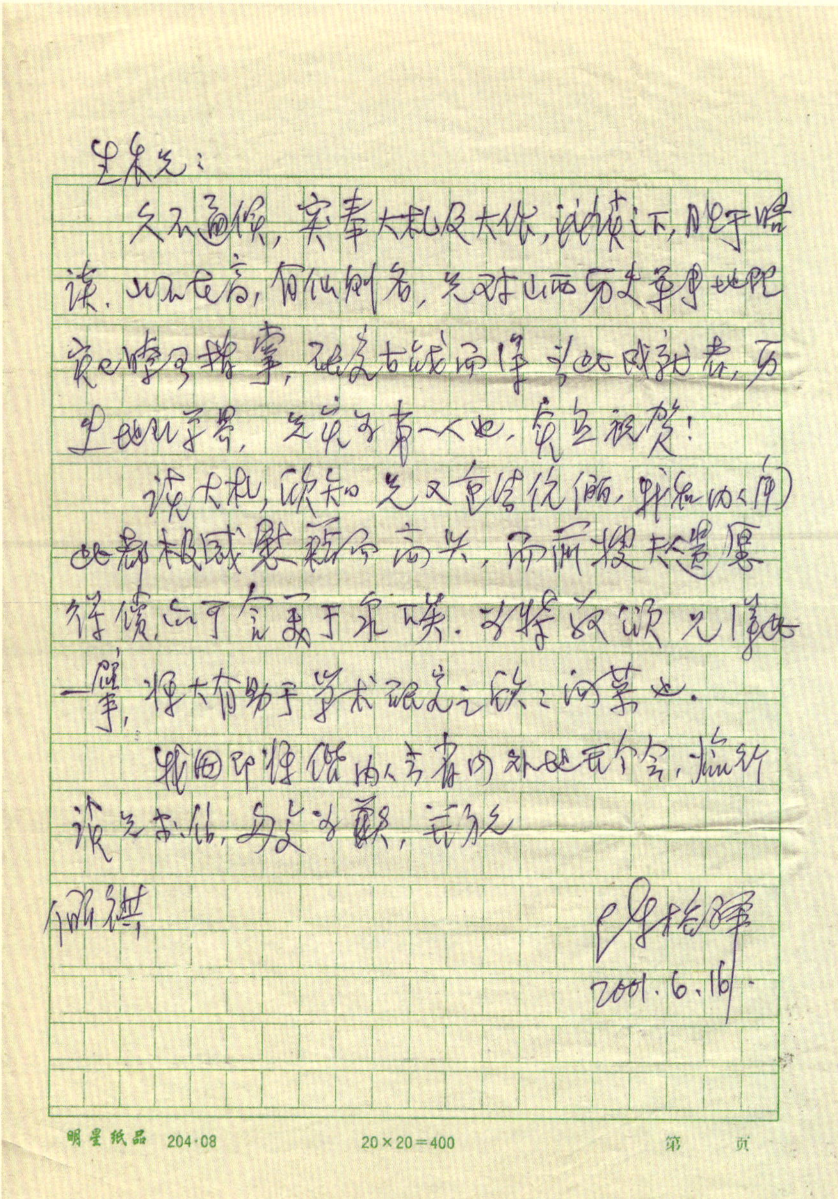
生禾兄：

久不通候，突奉大札及大作，[illegible]之下，即予[illegible]读。山西古道，首次刊者，兄对山西历史军事地理实已臻于精审，[illegible]古战场[illegible]成就者，历史地理学界，兄实当第一人也，可喜可贺！

读大札，欣知兄又[illegible]，[illegible]也都极感[illegible]而高兴，[illegible]详[illegible]，亦可[illegible]。[illegible]兄[illegible]一掌，[illegible]大有助于学术研究之[illegible]也。

[illegible]，[illegible]读兄书信，匆匆[illegible]，[illegible]

俪祺

陈桥驿

2001.6.16.

二〇〇一年六月十六日陈桥驿致靳生禾函

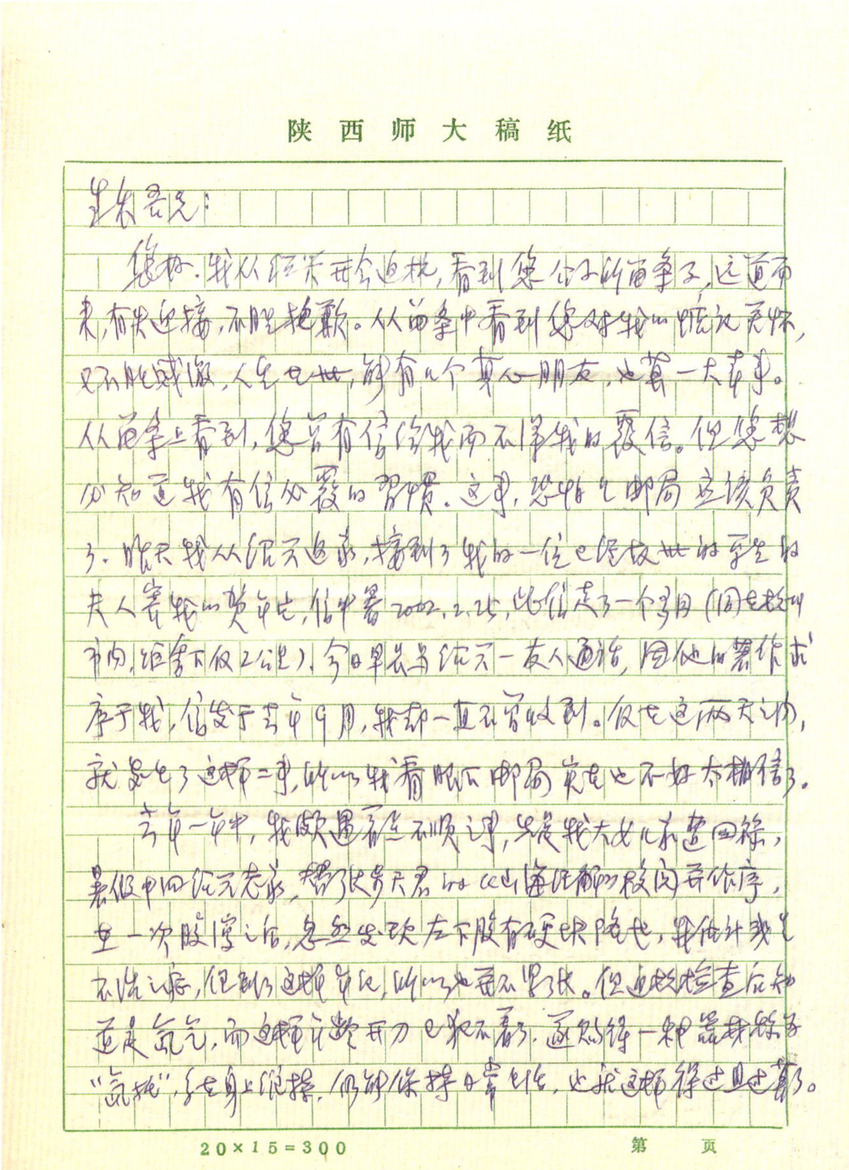

陕西师大稿纸

生禾吾兄：

您好。我从绍兴开会返校，看到您分别所留条子，这道前来，有失迎接，不胜抱歉。从留条中看到您对我的眷念关怀，更不胜感激。人生在世，能有几个真心朋友，也算一大幸事。从留条上看到，您曾有信给我而不得我的覆信。但您想必知道我有信必覆的习惯。这事，恐怕是邮局应该负责了。昨天我从绍兴返来，接到了我的一位已经故世的学生的夫人寄我的贺年片，信中署2002.2.25，此信走了一个多月（同在杭州市内，距离不仅2公里）。今日早晨与绍兴一友人通话，因他的著作求序于我，信发于去年9月，我却一直不曾收到。仅在这两天之内，就发生了这样二事，所以我看现在邮局实在也不好太相信了。

去年一年中，我的遭遇颇不顺利，先是我大女儿在美国回杭，暑假中回绍兴老家，摔了跤，为大君的以出医院而在校内另作序，其一次腰复诊后，忽然发现左下腹有硬块隆起，我估计或是不治之症，但到了这样年纪，所以也并不思了很。但通过检查后知道是疝气，而这样年龄开刀已很不易。医院给一种器械叫做“疝带”，缠在身上很难受，仍须保持终生，也就这样得过且过了。

20×15=300　第　页

二〇〇二年三月三十日陈桥驿致靳生禾函（一）

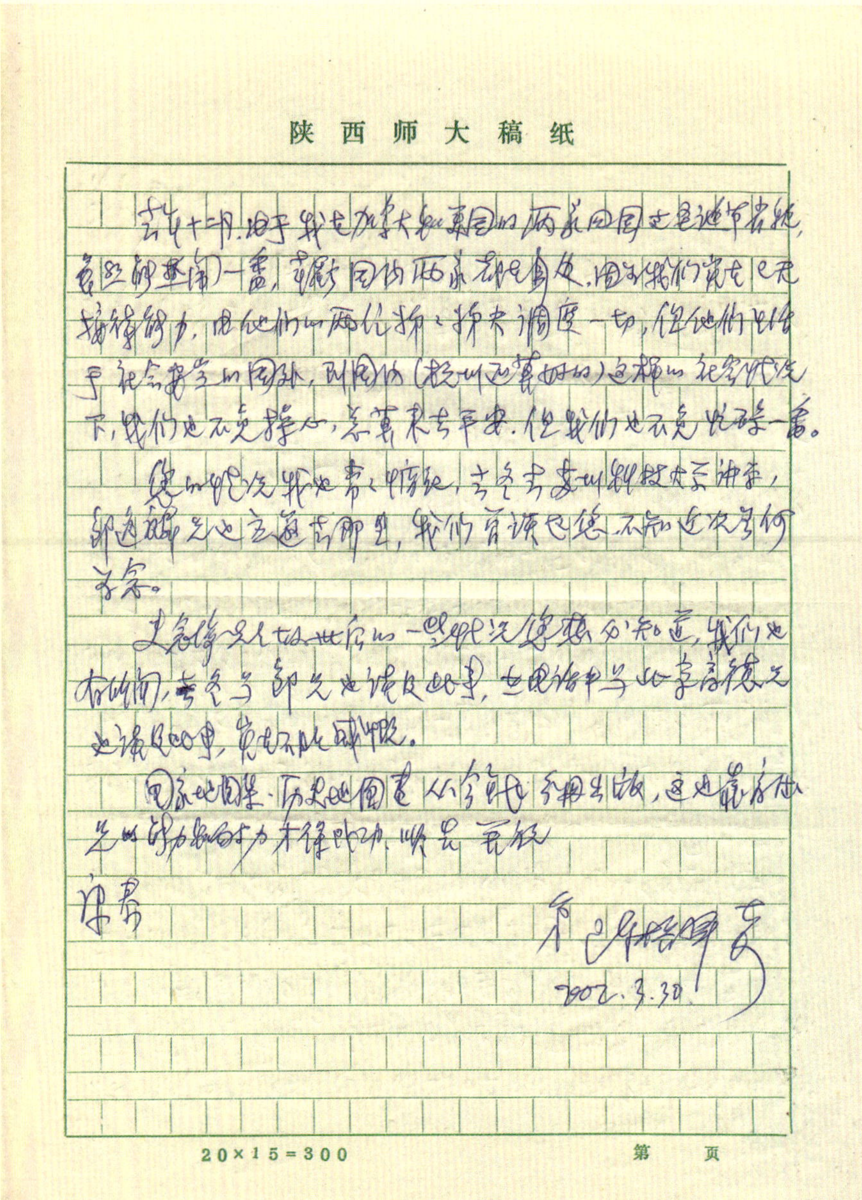

陕西师大稿纸

去年十二月，由于我去加拿大和东园的两家团圆过圣诞节前后，意欲顺便周游一番，再则同时两家都已有了孩子，因此我们竟已无接待能力，由他们的两位轮流抽来调度一切，但他们也忙于[illegible]的周年，到周[illegible]（杭州还算好的）这样的纪念性活动下，我们也不免操心，[illegible]平安。但我们也不免牵挂一番。

您的健康我也常常惦记，去年去安州[illegible]，都通报了您也在医院的事，我们皆祷祝您。不知近况如何为念。

史念海先生去世后的一些情况您想必知道，我们也在此间，寄去了[illegible]，也[illegible]，觉得不胜感慨。

国家地图集·历史地图卷[illegible]出版，这也[illegible]。顺颂 冬祺

撰安

弟 陈桥驿 上
2002.3.30.

20×15=300　　第　页

二〇〇二年三月三十日陈桥驿致靳生禾函（二）

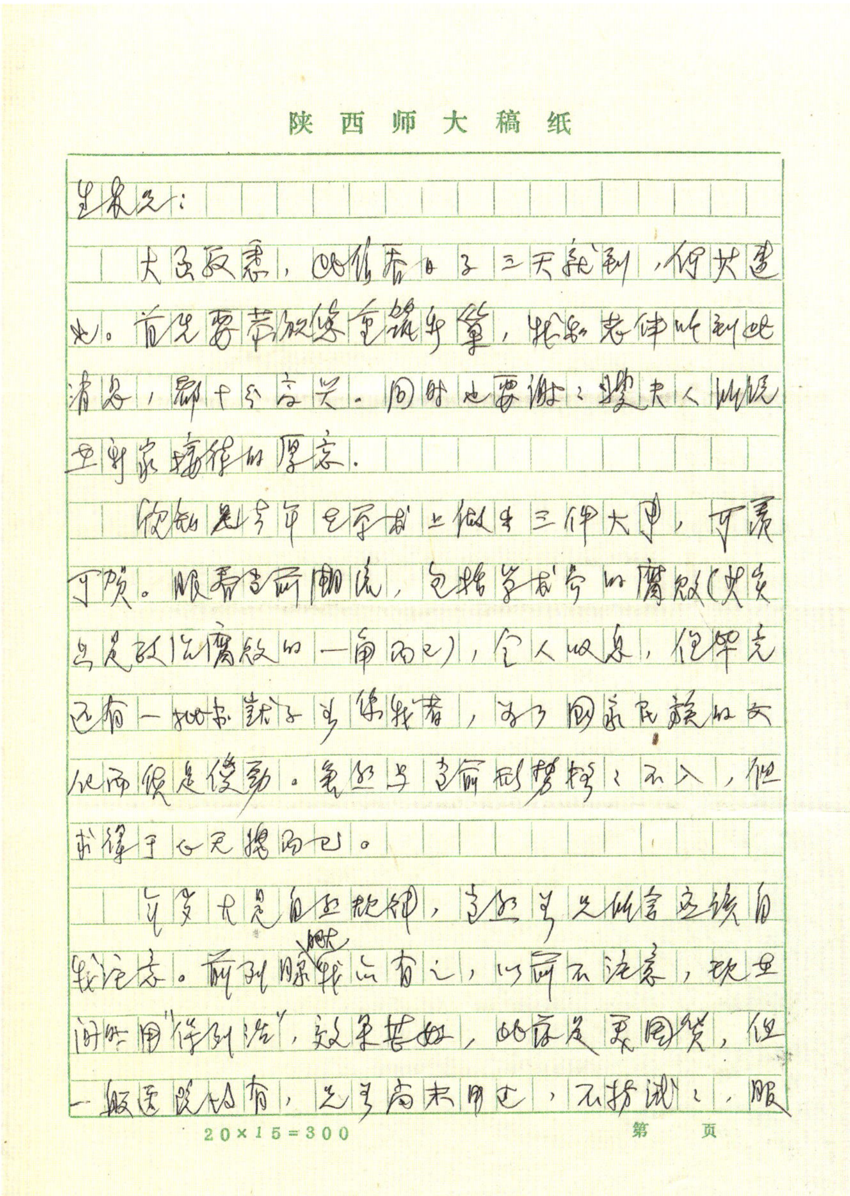
陕西师大稿纸

生禾兄：

大函敬悉，此信寄了三天就到，何其速也。首先要恭贺您金婚新肇，我和老伴听到此消息，都十分高兴。同时也要谢谢嫂夫人以往对我家接待的厚意。

您能在今年在学术上做出三件大事，可喜可贺。眼看当前潮流，包括学术界的腐败（史实只是该值腐败的一角而已），令人叹息，但毕竟还有一批书呆子为学术者，为了国家民族的文化而很是像动。虽然与当前形势格格不入，但求得了心灵满足而已。

今年尤其是自我批评，当然与兄从事的这种自我论述。前列腺我也有之，以前不注意，现在偶然用"保列治"，效果甚好，此后更要用好，但一般还是忽有，只是尚未用过，不妨试试，眼

20×15=300 第 页

二〇〇二年四月十五日陈桥驿致靳生禾函（一）

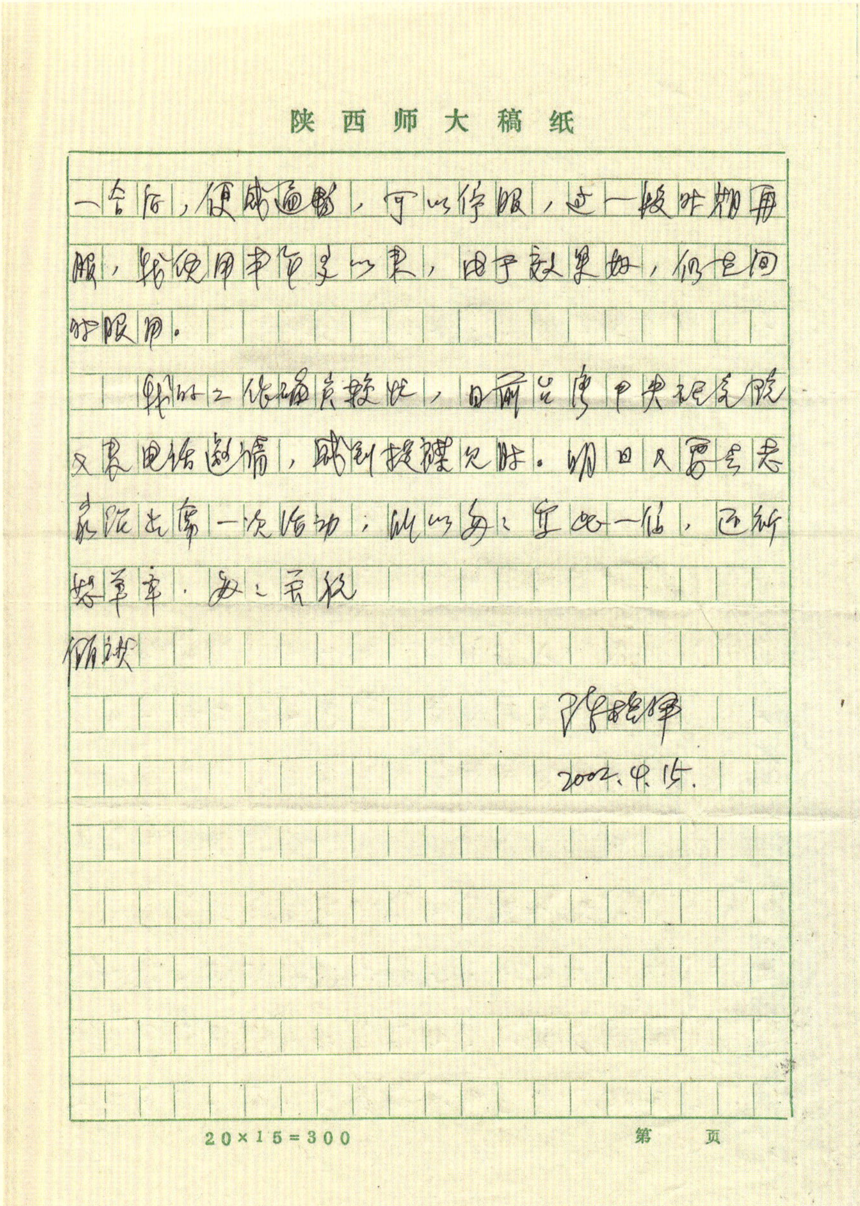

陕西师大稿纸

一会后，便感通畅，可以停服，过一段时期再服，我使用半年多以来，由于效果好，仍也间断服用。

我的工作确实较忙，目前正值中央文史馆又来电话邀请，感到提携之情。明日又要去书院出席一次活动；所以匆匆写此一信，匆忙潦草。匆匆再祝

顺祺

陈桥驿

2002.4.15.

20×15=300　　　第　　页

二〇〇二年四月十五日陈桥驿致靳生禾函（二）

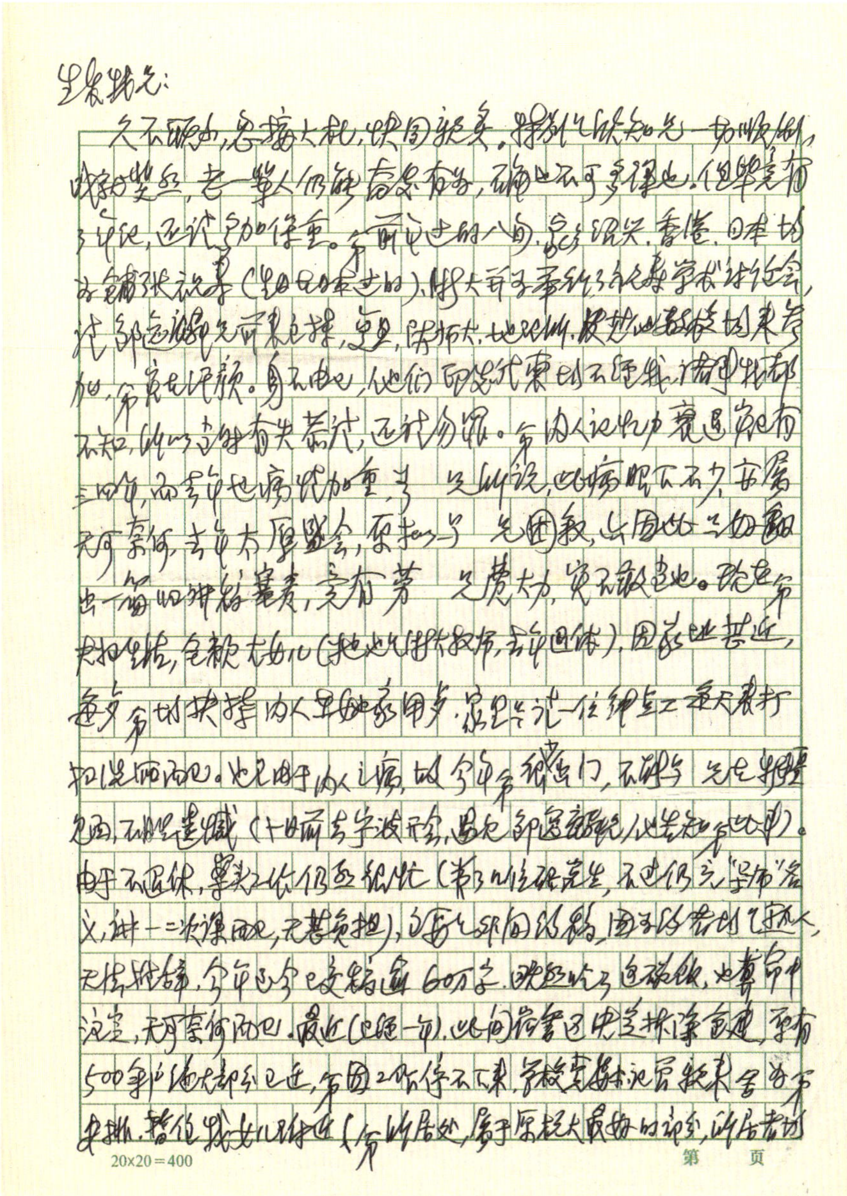

生禾兄：

久不联系，忽接大札，快同觌面。特别从此获知兄一切顺利，[illegible]，老一辈人仍能奋发有为，确也不可多得也。但毕竟有了年纪，还请多加保重。弟前年过的八旬，应邀赴台、香港、日本等各地讲学张罗（皆由日本安排的），北大等多家学术讨论会，他们邀请弟先前来主持，主要，除此之外，也邀请了，校友也都来参加，弟实在很忙。身不由己，他们印制代表证也不经我，请帖都不知，此次主要有关著作，还请多关照。弟内人记忆力衰退已有三四年，而去年也病情加重，弟 兄所说，此病服药不力，实属无可奈何，去年本厦门盛会，原打算与 兄团聚，后因此之故未能出席。旧地重游，实属可惜，劳 兄费大力，实不敢当也。现在弟夫妇生活，全赖大女儿（她也是浙大教师，去年退休），因家住甚近，每天为弟料理内人日常生活用事，家里尚有一位保姆，每天来打扫洗衣而已。也是由于内人之病，故今年弟很少出门，不能与 兄见面，不胜遗憾（十月前去宁波开会，当天即返家，也是知弟此事）。由于不退休，学校工作仍然繁忙（带了几位研究生，不过仍以“导师”名义，每年一二次讲课而已，无甚负担），自己的研究课题，[illegible]，无法推辞，今年已交出稿件逾60万字。[illegible]，也尽可能完成，无可奈何而已。最近（已经一年），此间居舍因要道拓宽而建，原有500余户住户大部分已迁，弟因工作停不下来，学校安排[illegible]来搬，暂住我女儿那里（弟的居处，属于原校大楼的部分，所居者均

20×20=400 第 页

二〇〇四年九月八日陈桥驿致靳生禾函（一）

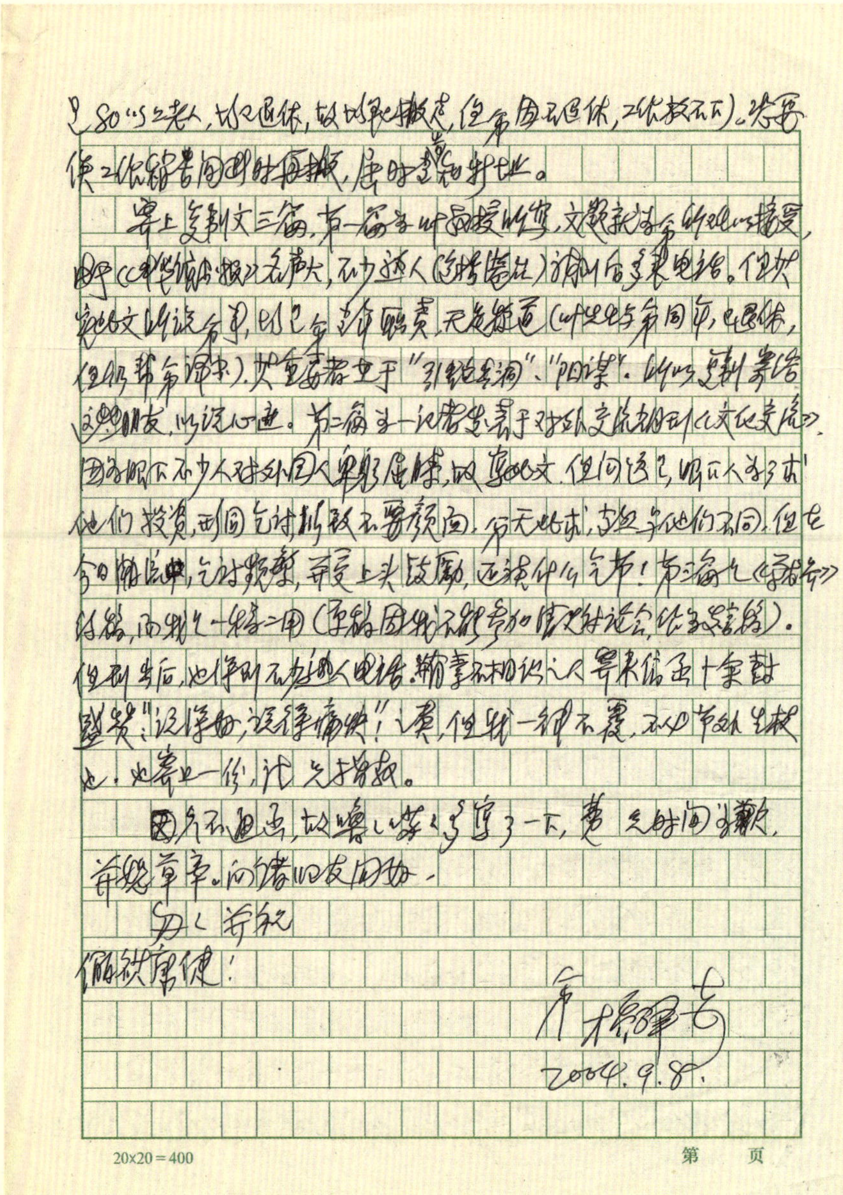

是80以上之老人，均已退休，故均能搬迁，但弟因未退休，工作放不下）。只要使工作能告间断时再搬，届时当奉告新址。

寄上复制文三篇，第一篇是叶嘉莹教授所写，文题就是弟所说的"接受"，由于《中华读书报》名声大，不少友人（包括学生）都打来电话。但其实此文所说之事，仍只是弟之辞职责，无意经营（此点是弟所同意，也早做，但仍帮弟评定）。其重要者在于"引蛇出洞"、"阳谋"。所以复制寄给这些朋友，以说心迹。第二篇是一记者发表于对外交流杂志刊《文化交流》。因为眼下不少人对外国人崇拜屈膝，故写此文。但问这些，眼下人多了是他们投资，再同他讨论就不需顾面。弟天性如此，立场与他们不同。但在今日潮流中，还讨赞美，并受上头鼓励，还讲什么气节！第三篇是《学者会》任务，而我是一稿二用（原稿因我不能参加宪法讨论会，给与会者的）。但刊出后，也得到不少友人电话。断有素不相识之人寄来信函十余封赞赏"说得好，说得痛快！"之类，但我一概不覆，不想节外生枝也。也寄上一份，试看如何指教。

因久不通函，故唠唠叨叨写了一下，费了时间，当歉，并恕草率。向诸旧友问好。

匆匆 并祝

俪祺康健！

弟 桥驿 上

2004.9.8.

20×20＝400　　第　页

二〇〇四年九月八日陈桥驿致靳生禾函（二）

浙江大學

ZHEJIANG UNIVERSITY

生禾我兄：接读大函，快慰莫似。我今年已八十六，但因不退休，加上手头书稿（《我的学术生涯》）写稿，并且各文还索了一些研究生（有一个班子对我讲课），所以负担极重。现在生活全靠我的大女儿和大女婿（来信云侄婿说误）。大女儿毕业于哈大，有设计能力，在宁波乡下建了一所近300m²的别墅，假期常去小住，但家中电话与我身处一分机连通，所以凡有电话，我在宁波亦能接到。我的二女儿也在杭，所以照顾我们二老甚好。内人由女婿陪同住院已二年。此间新住宅已建成，就在前校大校内。装修内部完成后，我们即可搬入，届时女婿可与内人住一间大室，不必再住院了。此处住宅是5年搬入的，以前曾住过坎坷院头等房子（80m²三室一厅），已经住了近50年。先后购我藏书已近万册。所以已缺乏空间了。我的老三、老四，两家早已定居日本，都已资深教授了。但现在交通方便，也常回国看。

先后得了许多殊荣，能者多劳，亦能者多功。不胜钦羡。我的情况2006.10.29《光明日报》有大版报道，台湾一家书局（由于学术），对我从网上复制过来多份，但因过重，邮递不便（此处邮局，过重信件要贴足邮票也往往失落），又《史学史研究》2006年第4期有大篇《陈桥驿教授访谈录》，是该刊主编亲自起草来，应因情况不详，此两人远来，由此两人署名，但二人当都来舍下，并未经过"访谈"。此刊是一级期刊，算处历史学的正式刊物。虽有些夸大，可判为史学界之他们的胡说。抽印本寄我

中国·杭州 HANGZHOU CHINA

二〇〇八年二月二十一日陈桥驿致靳生禾函（一）

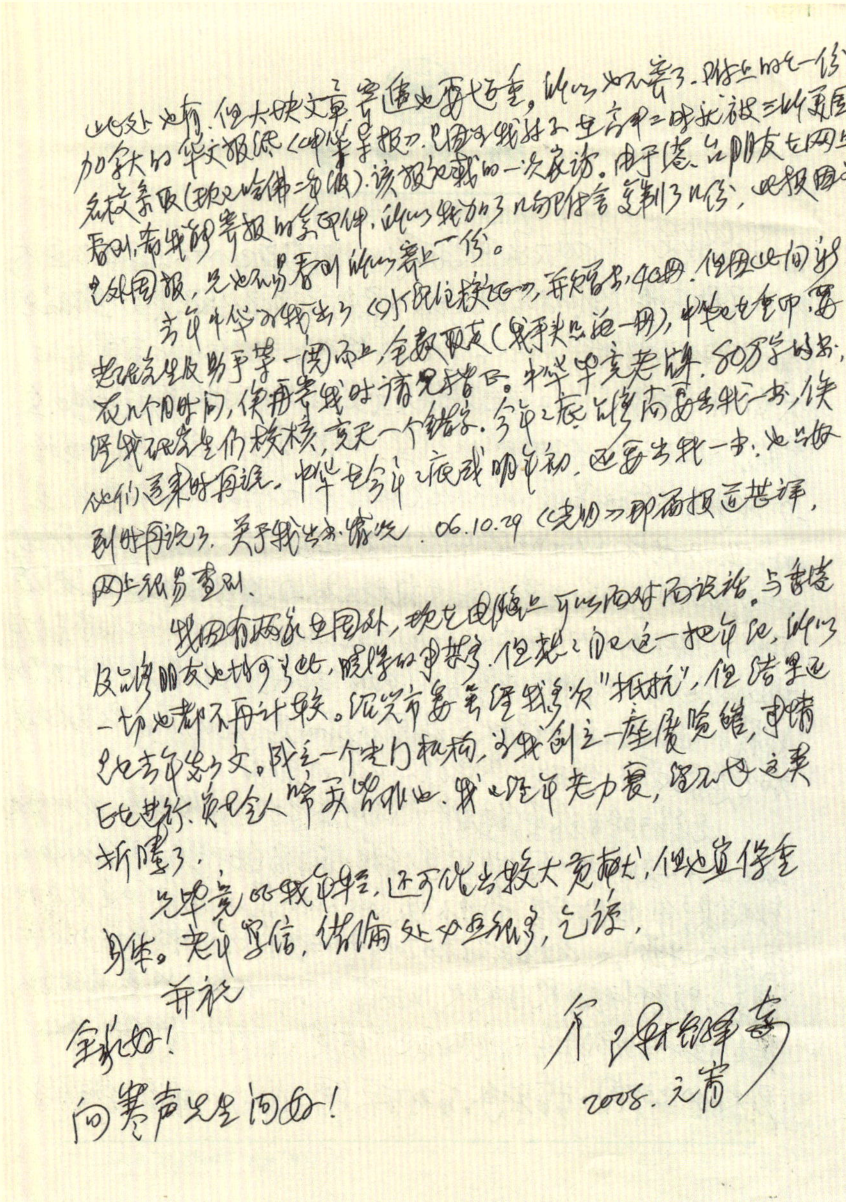

此处也有。但大块文章，字迹也要大要重，所以也不寄了。附上的是一份加拿大的华文报纸《中华导报》。它因为我好不容易有二十篇被三所美国名校录取（耶鲁、哈佛二者在内）。该报记载我的一次家访。由于港、台朋友在网上看到，希望能寄报纸的复印件，所以我加了几句附言复制了几份，此报因为是外国报，兄也不易看到，所以寄上一份。

今年中华为我出了《水经注校证》，共约百书，40册。但因此间到影赵戴全杨及易等第一流学者之上，全数取齐（我手头只有一册），中华也在重印。这部80万字的书，花几个月时间，但我当时请几个学者。中华毕竟老牌，80万字的书，经我研究生们校核，竟无一个错字。今年之底台湾商务要出我一书，依他们意来时再说。中华在今年之底或明年初，还要出我一书，也只好到时再说了。关于我出书情况，06.10.29《光明》已都有报道甚详，网上很易查到。

我因有两家在国外，现在电脑上可以面对面说话。与香港及台湾朋友也都可如此，晚辈的事甚多。但我已自知这一把年纪，所以一切也都不再计较。绍兴市委曾经我多次"抵抗"，但结果还是在去年发了文。成立一个专门机构，为我创立一座展览馆，申请已在进行，资金全部由政府出。我以这年老力衰，管不了这类折腾了。

兄毕竟比我年轻，还可作出较大贡献，但也宜保重身体。先此写信，错漏处必然很多，乞谅。

并祝

全家好！

向寒声先生问好！

弟 陈桥驿 敬

2008.元宵

二〇〇八年二月二十一日陈桥驿致靳生禾函（二）

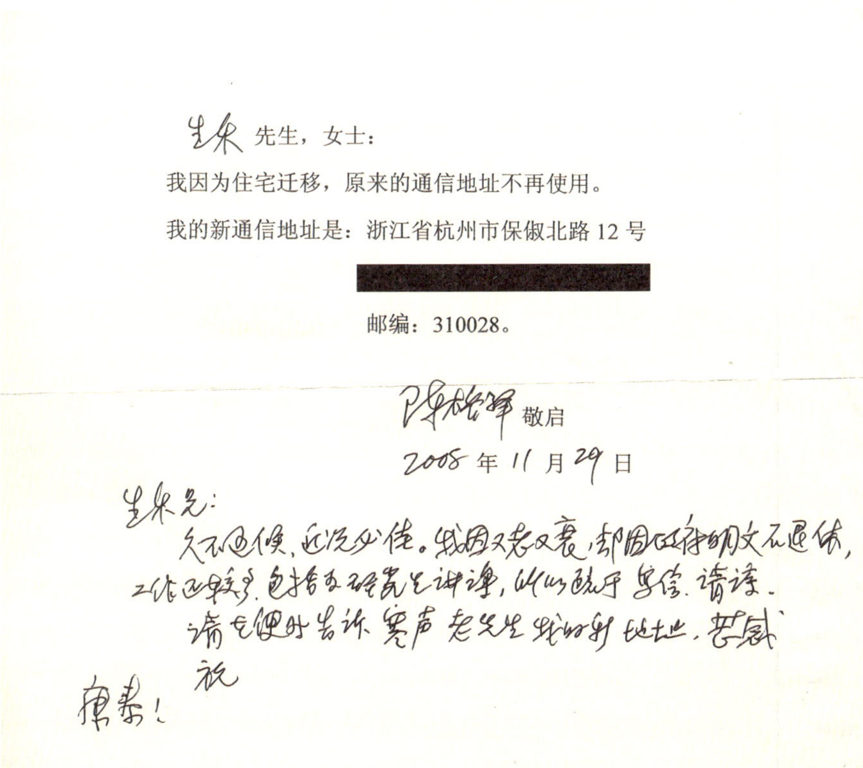

生禾先生，女士：

我因为住宅迁移，原来的通信地址不再使用。

我的新通信地址是：浙江省杭州市保俶北路12号

[redacted]

邮编：310028。

陈桥驿 敬启

2008年11月29日

生禾兄：

久不通候，近况必佳。我因又老又衰，却因以往的明文不退休，工作还较多，包括去研究生讲课，所以疏于写信，请谅。

请您便时告诉寒声老先生我的新地址，甚感。

祝

康泰！

二○○八年十一月二十九日陈桥驿致靳生禾函

浙江大學
ZHEJIANG UNIVERSITY

生禾吾兄：

收到大函，不胜感谢。年来由于老伴病在医院，要靠我女儿女婿贤勤，隔二三天晚上驱车前去看望，那边又托了一位陪护保姆。但是我总又老朽又忙碌，晚上无力随同前去，为此心绪总感难安，忘了对许多老友写信。这次搬家，因为藏书万余册，全靠女、婿二人之力，但也让我精疲力尽。虽然浙大照顾，让我首先选择，女、婿尽力，两家在顶层隔壁，由于我的日常生活均由他们安排，总算安妥。按照文件（仅1994年全国搞过这样一次）不退休，浙大也仅让我每学期只对研究生讲二次课。但外来事务甚多，仍然忙碌不堪。 吾兄之著，当然要读，但万请珍摄，目疾主要在于养目，所以切忌多写多阅，此老年人常有事，所以也不必多虑。家乡为我办此事，我实在婉谢多年，但结果还是按他们意见办，那天开会，香港也来了多人，学校领导当然到会。只有我的谢辞，让一辆宝马空车驶来驶回，确在因房子已经建成，木已成舟，我不得不"配合"一下，真是无可奈何。特别除了附的几份报外，香港文汇、上海新民晚报也刊载，再得日本与港台友人纷纷电话，使我既汗颜而又为难。

中国·杭州 HANGZHOU CHINA

二〇〇八年十二月二十六日陈桥驿致靳生禾函（一）

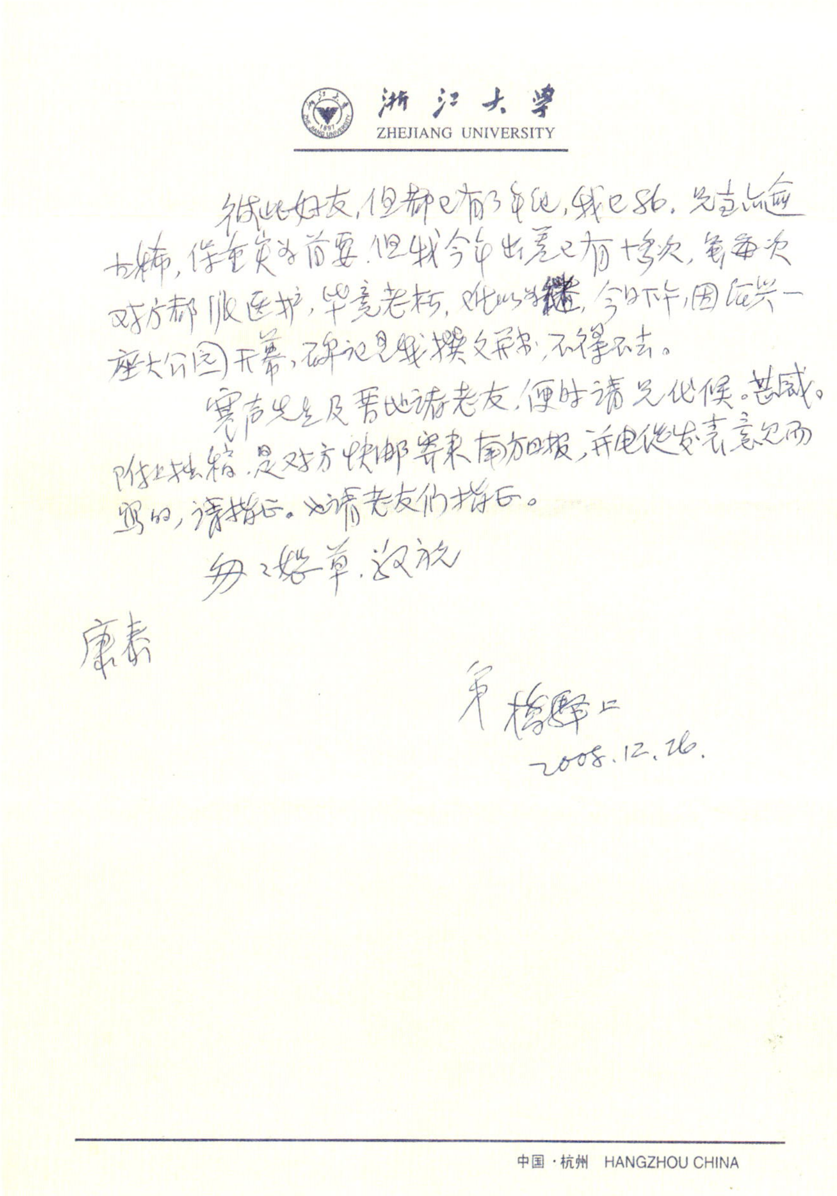

浙江大學
ZHEJIANG UNIVERSITY

彼此好友，但都已有了年纪，我已86，兄当亦逾古稀，保重实为首要。但我今年出差已有十多次，幸每次对方都派医护，毕竟老朽，此后当注意，今日下午，因绍兴一座大公园开幕，碑记是我撰文并书，不得不去。

寄言先生及其他诸老友，便时请兄代候。甚感。

附上拙稿，是对方快邮寄来南方日报，并电话发表意见而写的，请指正。也请老友们指正。

匆匆草此，敬祝

康泰

弟 桥驿上
2008.12.26.

中国·杭州 HANGZHOU CHINA

二〇〇八年十二月二十六日陈桥驿致靳生禾函（二）

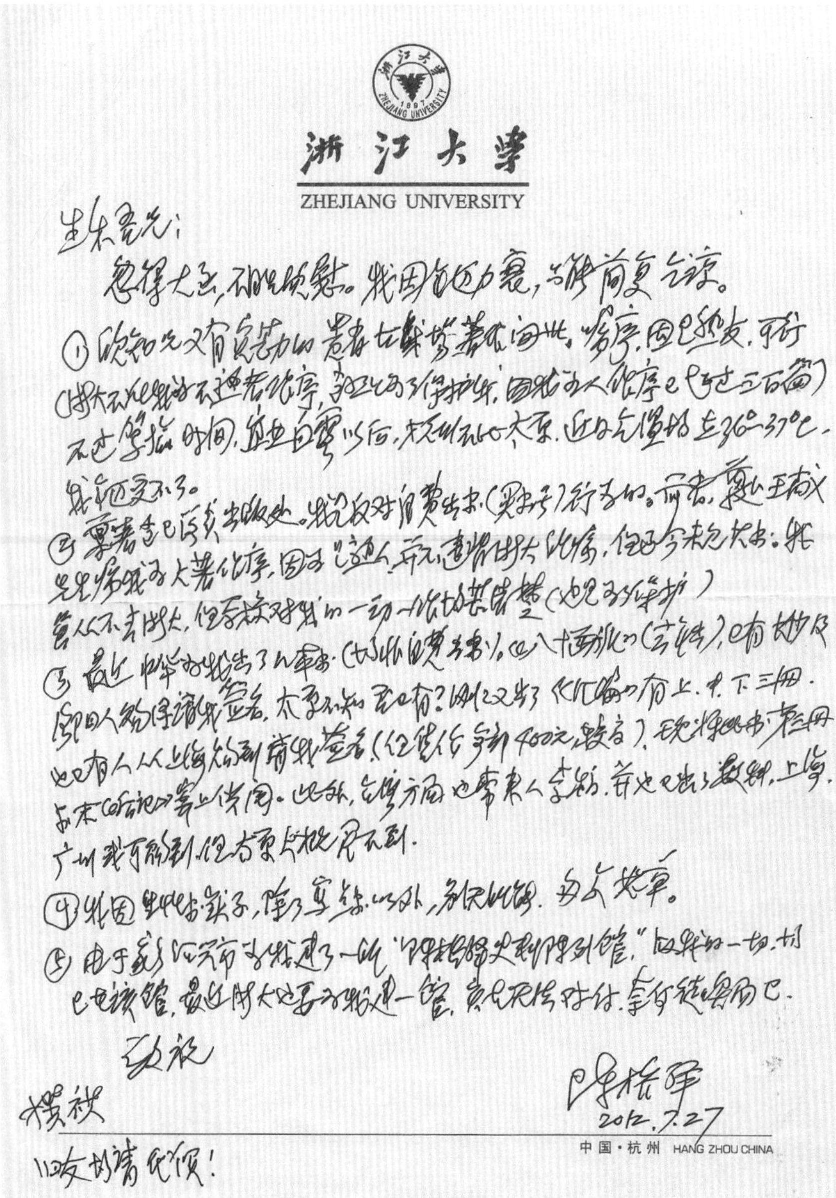

浙江大學
ZHEJIANG UNIVERSITY

生禾吾兄：

忽得大函，不胜欣慰。我因年迈力衰，只能简复几句。

① 欣知兄又有[illegible]著作问世。嘱序，因已熟友，可行（[illegible]，[illegible]，因我写人作序已逾三百篇）不过需较长时间，原因自[illegible]以后，杭州气候太热，近日气温均在36—37℃，我实在受不了。

② [illegible]已在[illegible]出版社出版。[illegible]（[illegible]）[illegible]。[illegible]先生嘱我写大著作序，因[illegible]，但至今未见大书。[illegible]（[illegible]）

③ 最近中华书局出了几本书（[illegible]），[illegible]（[illegible]），已有好些[illegible]人[illegible]请我签名。太多不知[illegible]？[illegible]上、中、下三册。也已有人从上海[illegible]请我签名（[illegible]400元[illegible]），[illegible]。此外，台湾方面也常来人[illegible]。[illegible]上海、广州我可能到，但[illegible]。

④ 我因[illegible]，除了[illegible]以外，[illegible]。

⑤ 由于[illegible]市[illegible]建了一所"陈桥驿史料陈列馆"，[illegible]我的一切[illegible]已也[illegible]馆，最近[illegible]一馆，[illegible]。

致礼

撰祺

陈桥驿
2012.7.27

中国·杭州 HANG ZHOU CHINA

[illegible]

二〇一二年七月二十七日陈桥驿致靳生禾函

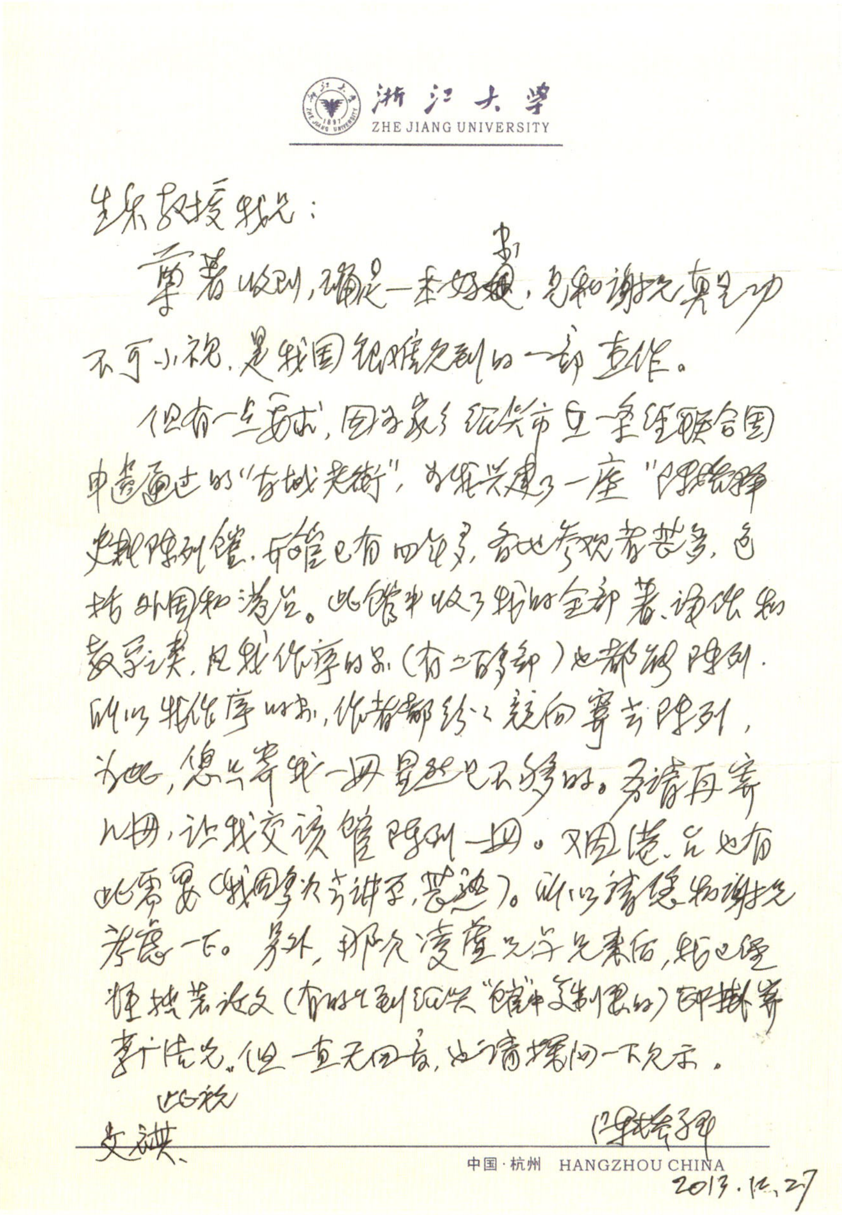

二〇一三年十二月二十七日陈桥驿致靳生禾函

浙江大學
ZHE JIANG UNIVERSITY

生禾教授我兄：

蒙赐编刊敬收到谢谢。尊著确实十分出色，我已通知此间地理学会要敝处学习，但是敝处没有先生这样的高手。

不久前李广清先生带同一位编辑也驾到舍下，与我谈了颇久，告诉我拙稿已排版正在校对。但主要的是谈论贵省还要出一部全省性的大书，自宜一鸣惊人。兄是特号专家，必然要在这个大部头中显出过人身手。发展情况如何，便中尚希示及。

敬祝

全家春节康泰

陈桥驿

2014.2.25.

中国·杭州　HANGZHOU CHINA

二〇一四年二月二十五日陈桥驿致靳生禾函

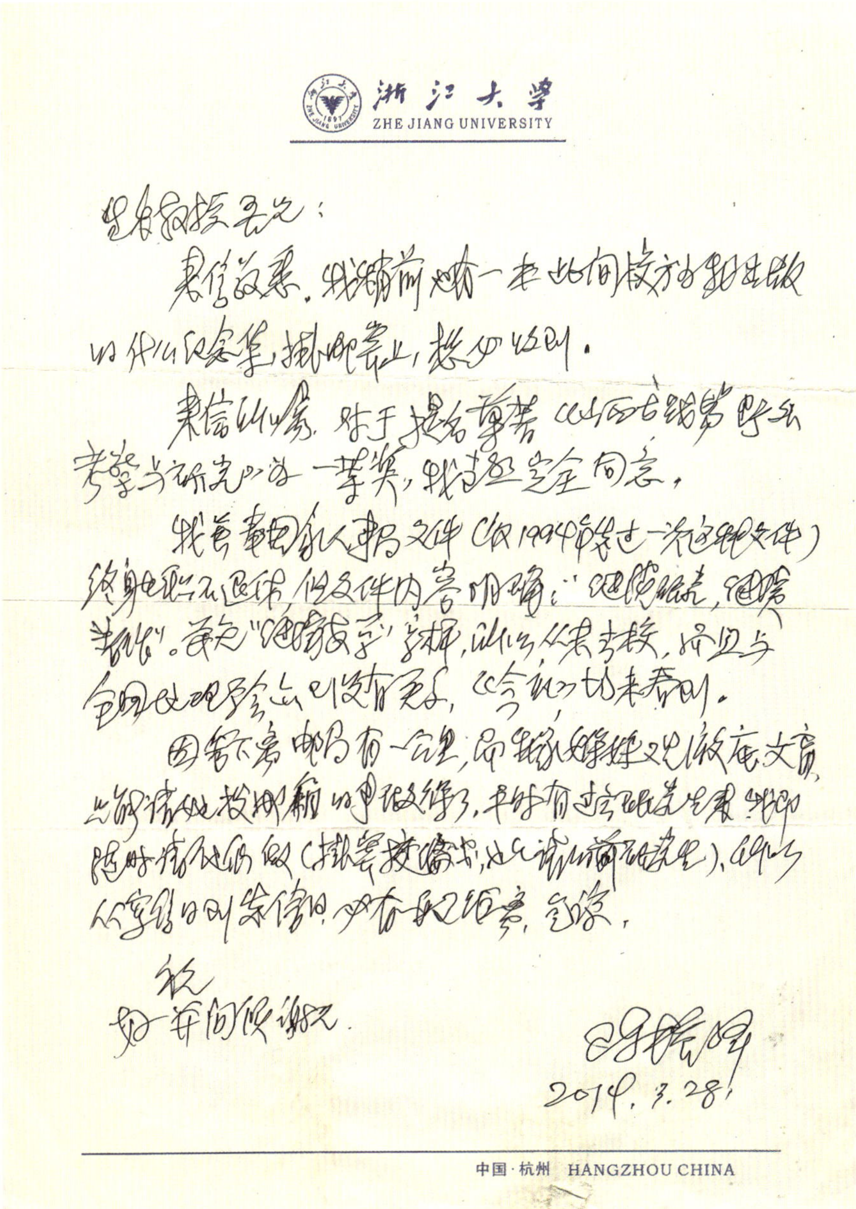
浙江大學
ZHE JIANG UNIVERSITY

生禾教授吾兄：

来信敬悉。我请前些日子一本此间校方为我出版的[illegible]纪念集，据邮局查，想必收到。

来信所嘱，对于提名尊著《山西古战场野外考察与研究》为一等奖，我当然完全同意。

我曾查国家人事部文件（仅1994年发过一次这种文件）终身任职不退休，但文件内容明确："继续研究，继续著作"。并无"继续教学"字样，所以从未去学校，并且与全国政协等会也已没有关系，[illegible]。

因[illegible]有一会，[illegible]文史馆[illegible]，[illegible]。

祝
好，并问候谢兄。

陈桥驿
2014.3.28

中国·杭州 HANGZHOU CHINA

二〇一四年三月二十八日陈桥驿致靳生禾函

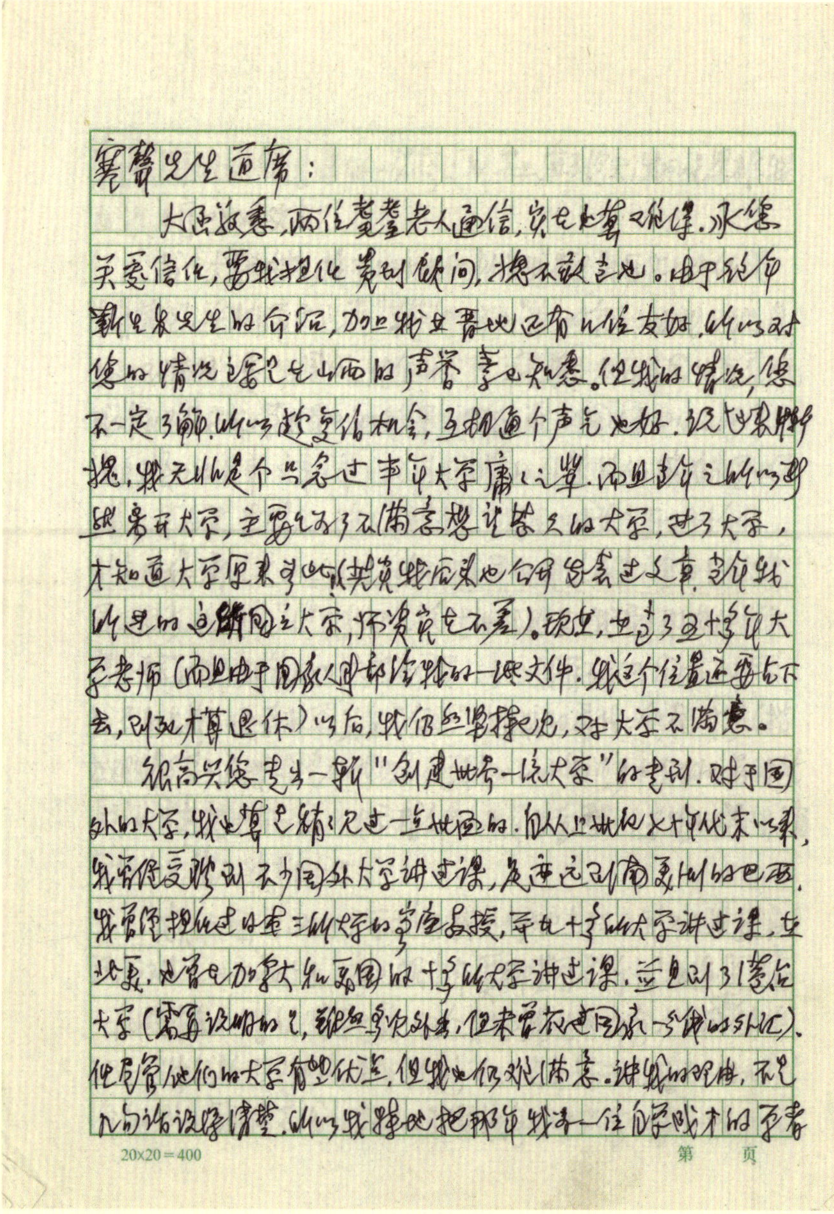
寒声先生道席：

大函敬悉。两位耄耋老人通信，实在也算难得。承您关爱信任，要我担任责刊顾问，愧不敢当也。由于经由靳生禾先生的介绍，加上我在晋地还有几位友好，所以对您的情况通过山西的声誉素已知悉。但我的情况，您不一定了解，所以趁复信机会，互相通个声气也好。说起来惭愧，我无非是个当过十年大学庸庸之辈。而且当年之所以想离开大学，主要是为了不满意那些老的大学，进了大学，才知道大学原来如此（其实我后来也写过文章，说我所进的这所国立大学，师资实在不差）。现在，当了五十多年大学老师（而且由于国家人事部给我的一张文件，我这个位置还要当下去，到死才算退休）以后，我仍然坚持己见，对大学不满意。

很高兴您是出一辑"创建世界一流大学"的专刊。对于国外的大学，我也算是稍稍见过一些世面的。自从上世纪七十年代末以来，我曾经受聘到不少国外大学讲过课，从遥远的南美洲的巴西，我曾经担任过日本三所大学的客座教授，到九十多所大学讲过课，在北美，也曾在加拿大和美国的十多所大学讲过课，并且到了哈佛大学（需要说明的是，我每次外出，但未花过国家一分钱的外汇）。但尽管他们的大学有些优点，但我也仍然不满意。讲我的理由，不是几句话说得清楚，所以我特地把那年我请一位自学成才的学者

20x20=400　　第　页

二〇〇四年五月十九日陈桥驿致寒声函（一）

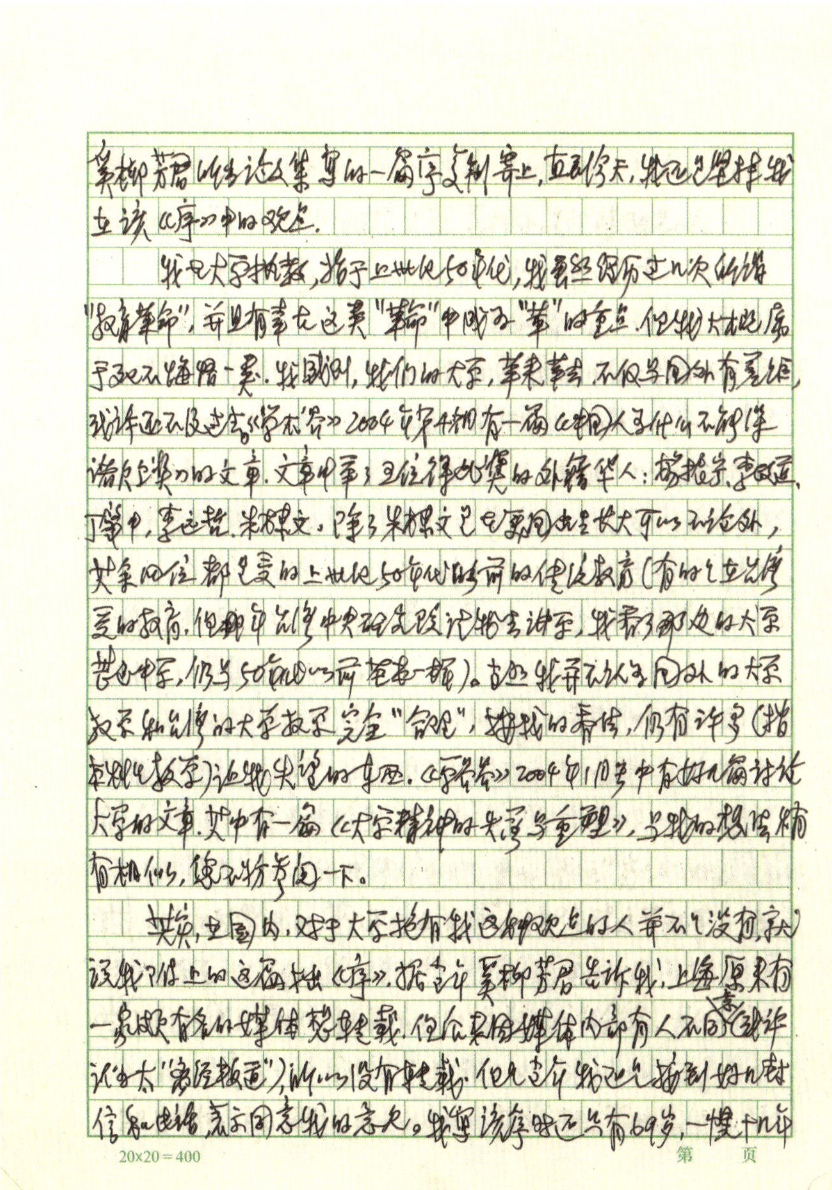

吴柳芳君所出论文集写的一篇序文刊登上，直到今天，我还是坚持我在该《序》中的观点。

我也大学执教，始于上世纪50年代，我曾经经历过几次所谓"教育革命"，并且有幸在这类"革命"中成了"革"的重点。但我大概属于死不悔悟一类。我认为，我们的大学，革来革去，不仅与国外有差距，或许还不及过去。《学术界》2004年第4期有一篇《中国人为什么不能得诺贝尔奖？》的文章。文章中第3—5位得此奖的外籍华人：杨振宁、李政道、丁肇中、李远哲、朱棣文。除了朱棣文是在美国出生长大可以不论外，其余四位都是受的上世纪50年代以前的传统教育（有的是在台湾受的教育，但都毕业于中央研究院或西南联大等，我看了那边的大学普通中学，仍与50年代以前差不多一样）。当然我并不认为国外的大学教育和台湾的大学教育完全"合理"，按我的看法，仍有许多（指本地的教育）让我失望的东西。《学术界》2004年1期中有好几篇讨论大学的文章，其中有一篇《大学精神的失落与重塑》，与我的想法稍有相似，您可将参阅一下。

其实，在国内，对于大学抱有我这种观点的人并不是没有，就说我寄给上海的这篇短文《序》，据当年吴柳芳君告诉我：上海原来有一家很有名的媒体想要转载，但后来因媒体内部有人不同意（说许是太"离经叛道"），所以没有转载。但几年来我还是接到好几封信和电话表示同意我的意见。我写该序时还只有69岁，一晃十几年

20×20＝400 第 页

二〇〇四年五月十九日陈桥驿致寒声函（二）

过去了。这十几年中，因为一直在北大（虽然只带几个研究生），所以仍然常常思考这个问题，我始终觉得："大学"怎样办，是值得研究的。

所以我非常喜欢您出这样一部书。这是意义深远的。怎样的大学才算世界一流大学。英国的牛津、剑桥大家早已熟知，美国则有所谓"长春藤盟校"（IVY）：哈佛、耶鲁、普林斯顿、哥伦比亚、布朗、Dartmouth、康奈尔、斯坦福。在这方面，也均有不同意见。由于我的两个儿子都是北美大学的教授，现在在电脑上又可以面对面（看到影像）讲话，有时也常常谈及这个问题（他们也已到了子女即我的第三代的问题），也常有不同意见。所以您的这一部书，我希望您多修剪些芜蔓，让大家有讨论的余地，将会起到改革我国（包括外国）大学教育的作用。

此外还要告诉你两件事。一件是我的一位好友叶老师在《中华读书报》上访谈我的，我事前不知道，由于此报在高级知识界很流行，许多朋友（包括学生）打电话给我，我才知道，我只好加了一个"角注"。有的是通信中告知，也有的电传给他们，我的"角注"是把它比较全面的，其实，叶老师称赞我的，算不上什么"好事"，与其表扬这类"好事"，还不如检讨和反省一下，所以请发生这些"好事"的原因。因为您阅报甚广，唯恐您也看到了，所以也附上这个"角注"给您。另外一份是一位朋友发表在一种国际交流刊物上的，它的内容也不易看到这种印刷精美的刊物（《文化交流》），据说刊物要他写此文，目的

20×20＝400　　第　页

二〇〇四年五月十九日陈桥驿致寒声函（三）

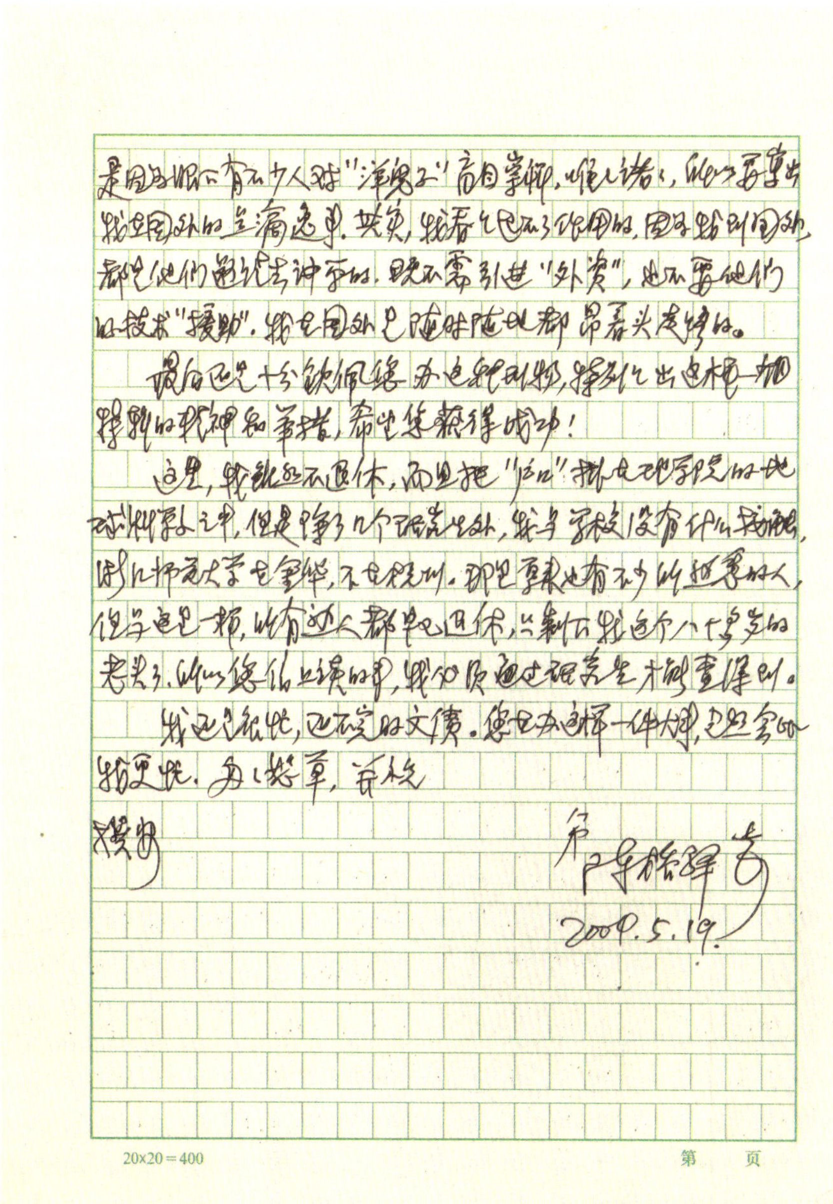

是因为他们有不少人对"洋鬼子"盲目崇拜，唯唯诺诺，他们要拿出我在国外的[illegible]漏逸事。其实，我看了也起不了作用的，因为我到国外，都是他们邀请去讲学的，既不需引进"外资"，也不要他们的技术"援助"，我在国外是随时随地都昂着头走路的。

最后还是十分钦佩您办这种刊物，拿出这样一种拼搏的精神和举措，希望您获得成功！

这里，我虽然不退休，而且把"户口"挂在地学院的地球科学系之中，但是除了几个研究生之外，我与学校没有什么关联，跟几所师范大学也是这样，不再多说。那里原来也有不少的出色的人，但年龄也一样，所有的人都早已退休，只剩下我这个八十多岁的老头了。所以您信上说的事，我只能通过研究生才能查得到。

我还是很忙，还不完的文债。您也办这样一件大事，想必会比我更忙。多多保重，并祝

撰安

弟 陈桥驿 上

2004.5.19.

20x20＝400　　第　页

二〇〇四年五月十九日陈桥驿致寒声函（四）

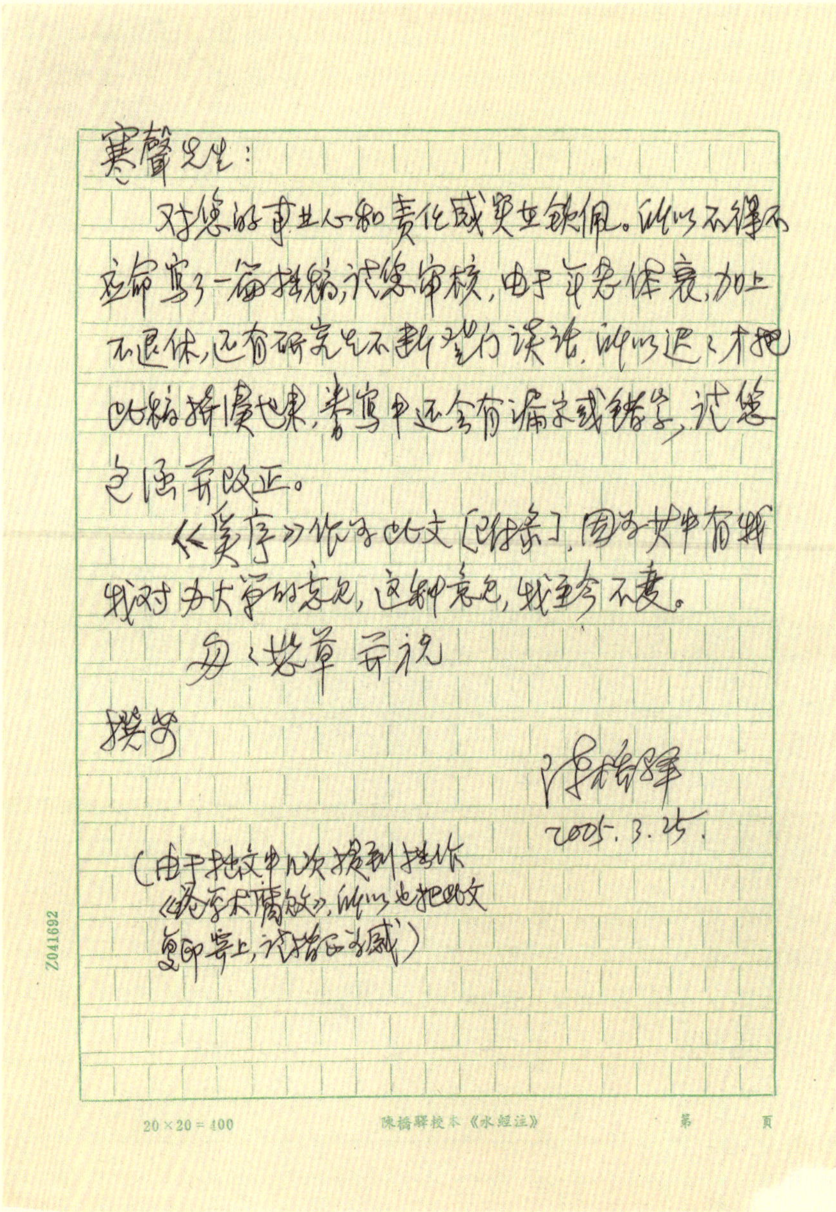
寒声先生：

对您的事业心和责任感实在钦佩。所以不得不应命写了一篇拙稿，请您审核。由于年老体衰，加上不退休，还有研究生不断登门讨论，所以迟迟才把此稿誊清寄来，誊写中还会有漏字或错字，请您包涵并改正。

《吴序》作于此文[已附录]，因为其中有我我对办大学的意见，这种意见，我至今不变。

匆匆草草 并祝

撰安

陈桥驿

2005.3.25.

（由于拙文中几次提到拙作《论学术腐败》，所以也把此文复印寄上，请指正为感）

Z041692

20×20=400　陈桥驿校本《水經注》　第　頁

二〇〇五年三月二十五日陈桥驿致寒声函

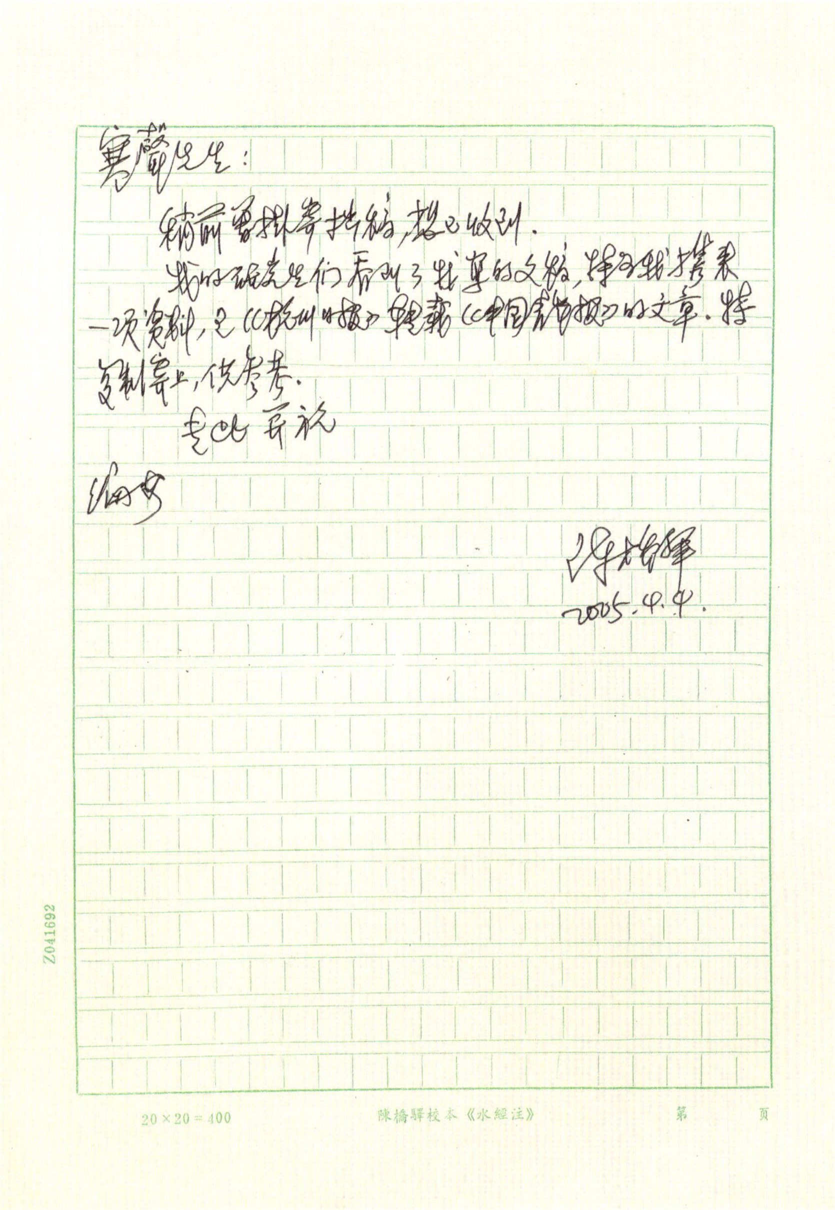

寒声先生：

稍前曾拜奉拙稿，想已收到。

我的研究生们看到了我写的文稿，特为我找来一项资料，是《杭州日报》转载《中国青年报》的文章。特复制奉上，供参考。

专此 并祝

编安

陈桥驿

2005.4.4.

Z041692

20×20=400　陈橋驛校本《水經注》　第　页

二〇〇五年四月四日陈桥驿致寒声函

浙江大学
ZHEJIANG UNIVERSITY

寒声先生：

谢谢您的推荐。抱歉的是我的"下笔不能自休"的坏习惯。您嘱我写千把字，我却大大超过了您的叮嘱，我自己也很不满意。

拙稿已寄上，您可以用两种办法处理：

一、不采用，就当入字纸篓，不必退还给我；

二、删改，按您的意见删，删到您认为勉强可用为止，我毫无意见，也不必告诉我。

匆匆潦草，并祝

编安

陈桥驿谨启
2006.3.14.

中国·杭州 HANG ZHOU CHINA

二〇〇六年三月十四日陈桥驿致寒声函

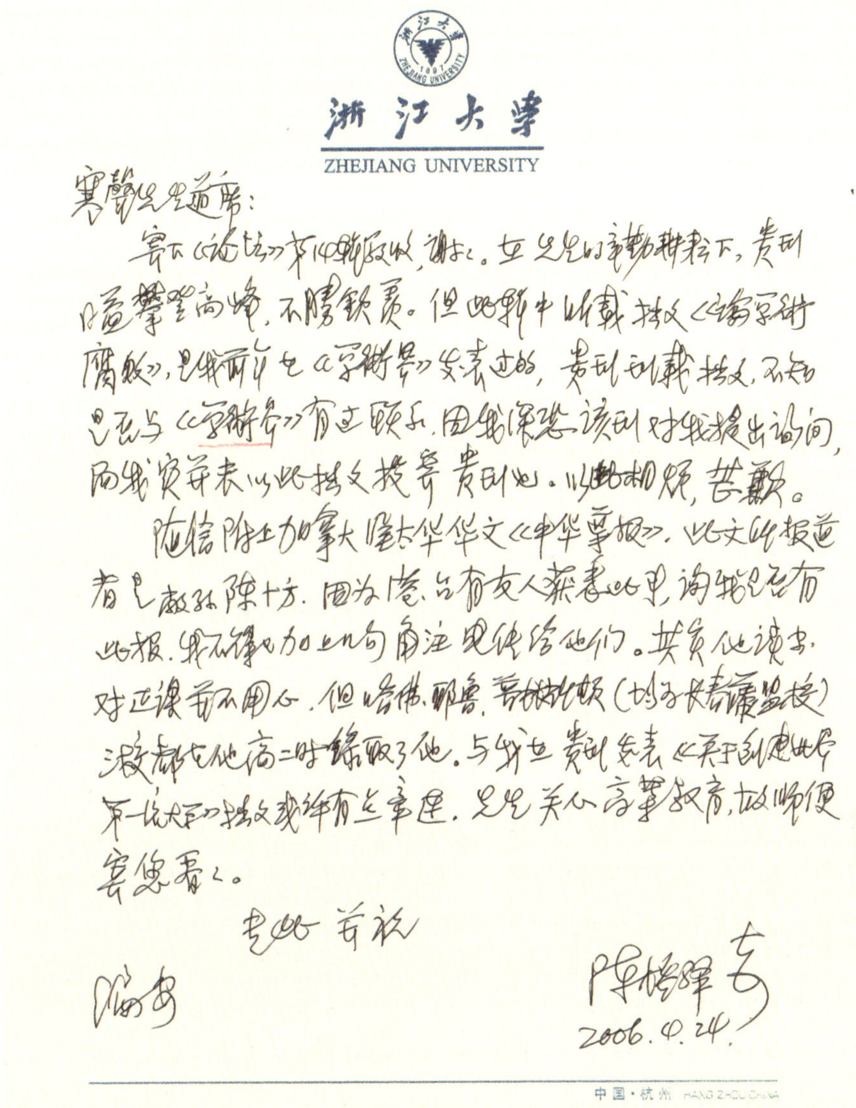
浙江大学
ZHEJIANG UNIVERSITY

寒声先生道席：

寄下《论坛》第14辑收讫，谢谢。在先生的辛勤耕耘下，贵刊日益攀登高峰，不胜钦羡。但此辑中所载拙文《论学术腐败》，是我前年在《学术界》发表过的，贵刊刊载拙文，不知是否与《学术界》有过联系，因我深恐读到对我提出询问，而我实并未以此拙文投寄贵刊也。以此相烦，甚歉。

随信附上加拿大温太华华文《中华导报》，此文所报道者是敝孙陈十方，因为台湾有友人获悉此事，询我是否有此报，我不得不加上此句角注复印给他们。其实他读书时对上课并不用心，但哈佛、耶鲁、普林斯顿（均属长春藤盟校）三校都在他高二时录取了他。与我在贵刊发表《关于创建世界第一流大学》拙文或许有点牵连，先生关心青年教育，故顺便寄您看看。

专此 并祝

撰安

陈桥驿 上

2006.4.24.

中国·杭州 HANG ZHOU CHINA

二〇〇六年四月二十四日陈桥驿致寒声函

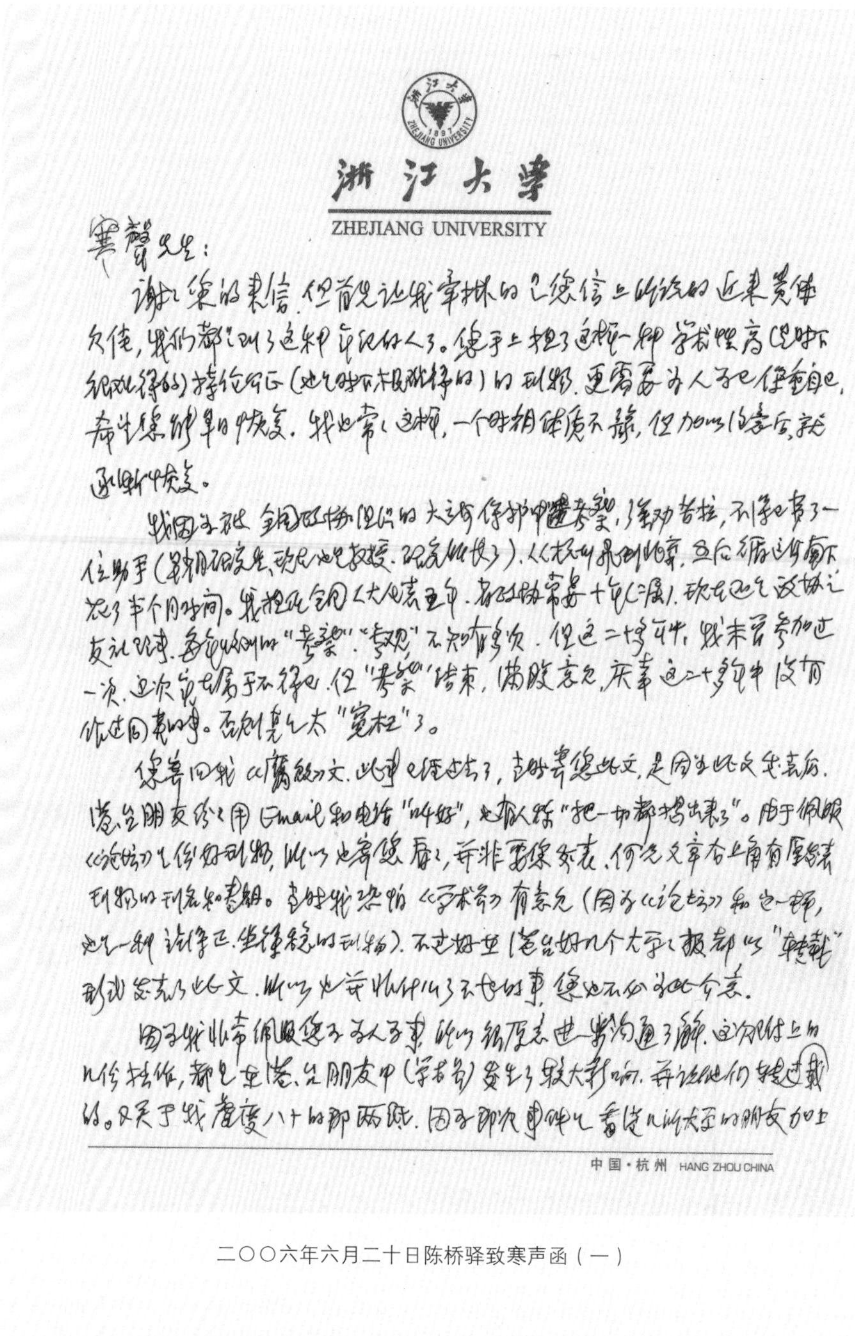

浙江大學
ZHEJIANG UNIVERSITY

寒声先生：

谢谢您的来信。但首先让我牵挂的是您信上所说的近来贵体欠佳，我们都已到了这种年纪的人了。您手上抱了这样一种学术性高（但时下组织得好的）持论公正（也是时下不很难得的）的刊物，更需要为人多加保重自己。希望您能早日恢复。我也常常这样，一个时期体质不济，但加以注意后，就逐渐恢复。

我因参加全国政协组织的大运河保护申遗考察，徒劳奔走，不得已带了一位助手（是我的研究生，现已也是教授、研究所长了），从杭州到北京，直后循运河南下，花了半个月时间。我担任全国人大代表五年，全国政协常委十年（二届），现在已是政协之友社理事。每年例行的"考察"、"参观"不知有多少次，但这二十多年中，我未曾参加过一次。这次虽然也属于不得已，但"考察"结束，满腹哀怨，庆幸这二十多年中没有作过同样的事。否则真是太"冤枉"了。

您要向我《腐败》一文，此事已经过去了，当时寄您此文，是因为此文发表后，港台朋友纷纷用Email和电话"叫好"，也有人称"把一切都揭出来了"。由于佩服《论坛》是份好刊物，所以也寄您看看，并非要您发表。何况文章右上角有原发表刊物的刊名和期号。当时我恐怕《学术界》有意见（因为《论坛》和它一样，也是一种论争正、坐得稳的刊物）。不过好些港台好几个大学学报都以"转载"形式发表了此文。所以也并非什么了不起的事，您也不必为此介意。

因为我非常佩服您为人为事，所以很愿意进一步沟通了解。这次附上的几份拙作，都是在港、台朋友中（学者为）发生了较大影响，并让他们转载过的。又关于我虚度八十的那两纸，因为那次事件已普及几所大学的朋友加上

中国·杭州 HANG ZHOU CHINA

二〇〇六年六月二十日陈桥驿致寒声函（一）

浙江大學
ZHEJIANG UNIVERSITY

家乡绍兴市和浙大联合举办的，在电台报刊也都刊登了，所以也附上，供您有时间随意翻翻，没有时间就丢弃好了。

我们全家所受的教育就都注重读"正书"。我是从小学到大学毕业，都不断命中注定要在大学教书，已经教了五十六年了，却因那年国家人事部一纸文书而不得退休，身体已经有些衰退，还得教下去。我的两个儿子（老三老四）的事在《嵊州》中谈过，您已知道了。我的两个女儿（老大老二）也都在美国学过，但现在都回国执教（老大与我同校）。所以我这次所说的和我在美国大学的孙子，高二就接到哈佛、耶鲁、普林斯顿的录取信，今年九月将要入学（他已决定去哈佛，但此三校都是Ivy，即长春藤盟校）。我从洛杉矶"客家"回国后，他们一家三口（儿、媳、孙）也回国探亲（阔别回国我们家人大半团聚已几年）。我急于了解孙子的思想，原来他也是反对读"正书"的。他们回国探亲前，已经哈佛之邀，一家去访问过哈佛。据我儿子告诉我，他们学校招生的要求就是：读书自主，听课自由。而领导即以首肯。孩儿们的思想，与主流向大学冲突的大势，竟然是如此的，也是好听了。因为这是您的公正，所以向您汇报一下。花您时间，还请见谅。匆匆纸草，并祝

暑安

陈桥驿谨启
2006.6.20.

中国·杭州 HANG ZHOU CHINA

二〇〇六年六月二十日陈桥驿致寒声函（二）

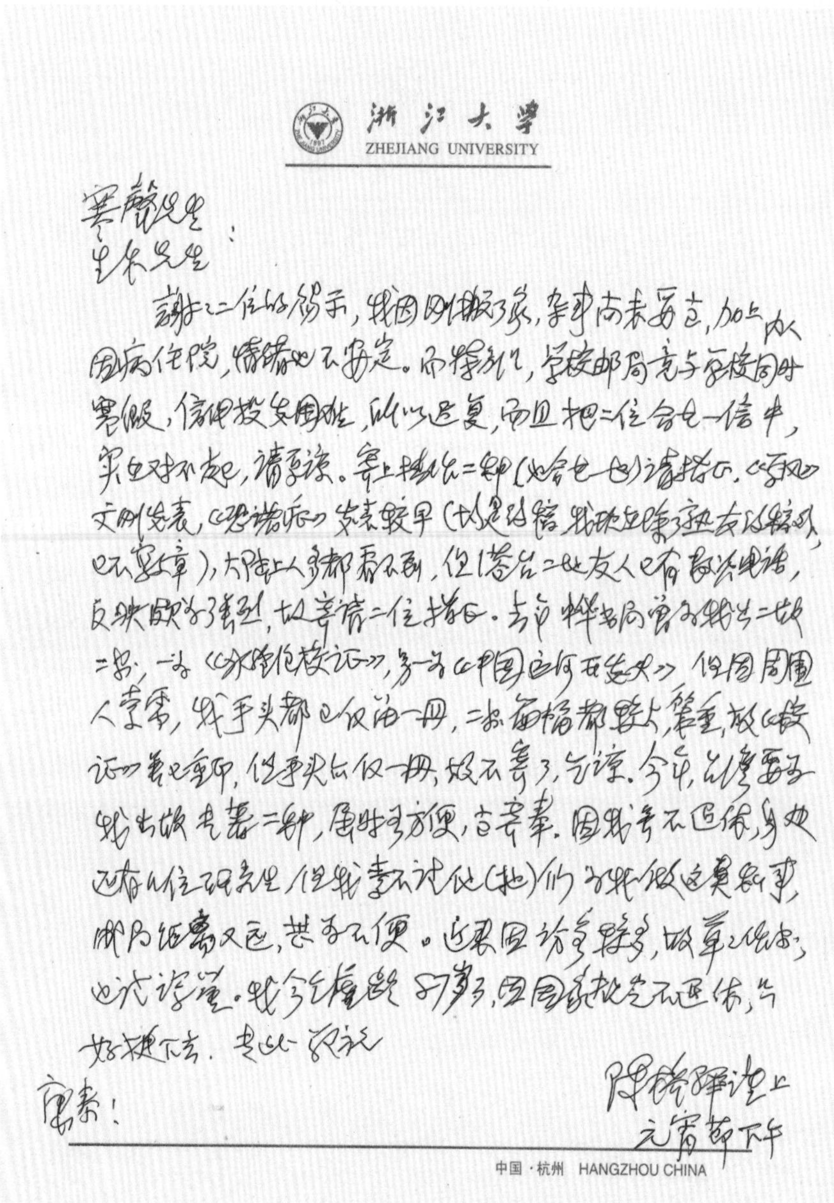

浙江大學
ZHEJIANG UNIVERSITY

寒声先生
生禾先生：

谢谢二位的贺年，我因刚搬了家，条件尚未安定，加上内人因病住院，情绪也不安定。而更糟的是，学校邮局竟与学校同时寒假，信件投递困难，所以迟复，而且把二位合在一信中，实在对不起，请原谅。奉上拙作二种（也合在一起），请指正。《学风》文刚发表，《悲诺尔》发表较早（也是结稿，我现在除了熟友的稿以外，已不写文章），大陆上人多都看不到，但台湾二地友人已有数次电话，反映欣然收到，故亦请二位指正。去年中华书局曾为我出二本书，一为《水经注校证》，另一为《中国运河开发史》，但因周围人索要，我手头都已仅留一册，二书篇幅都较大，笨重，故《校证》虽已重印，但手头仍仅一册，故不寄了，请原谅。今年台湾要为我出版专著二种，届时当方便，定寄奉。因我年老不适，身边还有几位研究生（但我虽不讨论他（她））们为我做这类杂事，此乃纸寄又迟，甚多不便。近来因诸多琐事，故草草住笔，也请谅鉴。我今年虚龄87岁了，因周身都觉不适，只好搁下不写。专此 敬祝

寓泰！

陈桥驿谨上
元宵节下午

中国·杭州 HANGZHOU CHINA

二〇〇九年二月九日陈桥驿致寒声、靳生禾信

附　录

靳生禾致陈桥驿信 1通

陈老师：

手教已接多日，惟应急省里一旅游规划院邀外出，复信迟迟，甚感歉疚。知有您的人间难寻的亲情支撑，有（我的）侄女、婿的至贤至孝，犹得当今难得的保姆日夜护理，胡师病情稳定，也算她老人家一份独有的福份了。吾师近期完成一大事——搬家，好不容易；无论如何，您得偷闲缓解缓解，还得严防善后不适啊！

绍兴能为在世老学者树碑，开办陈列馆，一方面可谓有胆有识，敢为天下先；一方面置于吾师之身，则又觉理乎自然。的确，在当今世风之下，瞻顾偌大学界，有几人为学能恪守民族文化地道传统，为人能威武不能屈、富贵不能淫、贫贱不能移而如吾师者？！吾师“天行健，君子以自强不息”，56部专著，部部传世精赅，我曾数有评议，姑不论；吾师平生为人师，不独桃李布四海，更有诸如“陈桥驿教授改变我的一生”的特殊弟子叶光庭、张步天、吕以春……之辈，大同小异，我作为一个身处逆境、近“天命”始得真正意义上的求学之落魄学子，之所以能坚持“走盘山道”走到今日，哪一步没有吾师的鞭策、肯定、激励和奖掖啊！

《恐诺症》读过，我不独是赞成，更认定说出了当今学界有识之士欲言未言（或许难言）之最基本之言——是以所言之普遍性（科学性），正在于斯。倘若上层当局不囿于成见而意识到正是“转移一时之风气，而示来者以轨迹”（借用）——那可就好了。我所以说是最基本之言，意在吾师犹有“尽在不言”中，我想诸如当今晋级、晋职、评项目、评奖……某种程度上都成了卖票的炒作了，怎么能指望“诺”呢？！藉此机会，我也附上日前上书此间省委和主管部门一信存件，请吾师寓目批评。即颂

春祉，阖府佳节万福

生禾

2009.1.15

又及：如今海内外凡闻知吾师者，皆以著名历史地理学家称之——这当然是无可厚非。我还认为毫无逊于此的是，吾师更为得天下英才而教之之著名教育家。前已述其详，吾师不独课堂教学弟子遍布海内外，更有数不胜数的另一种非课堂教学的诸如叶、张、吕、我这类弟子——我起码可以以珍藏的相识近 30 年间吾师约 80 封信札支持我说。说到此，我尚有一设想，我们是否考虑适当时候（譬如大家都不太忙了）通过一定汇集刊行一册吾师书信选集？

寒声致陈桥驿信 1通

陈桥驿先生：

您好！

我以诚挚、感激与谢意，祝你在这牛年的喜庆节日里，吉祥如意、安康幸福。

我最崇敬你的，是你对朋友的坦诚胸怀。在你来信中曾说，你未住成大学，是因为看不惯大学的课堂教学仍重复了高中教学方式，为了独立思考，不得不离开了大学。从自我专业追求与综合文化素质上下功夫，结果竟成为一位前无古人、国内外少有的郦学专家。

我青年时代比你生存条件差，祖父辈全是赤贫加文盲，只有父亲为富户所开办的私塾当了几年书僮，识了一些字。便在县城里一家杂货铺做了店员。祖父去世后，他不得已，回村半农半商。我初小毕业后，由人介绍至河北省获鹿县一家旧式花布行当学徒，但我并不甘心经商，一年半后，这个花布行倒闭了，失业在家，求职无门，又自带粗粮自起火，进入县立高小补学。后由于学业成绩突出，得到一份贫寒生津贴，才学至高小毕业。在师友们的热情资助下，在太原投考半工半读的公费职业学校。1936 年的抗日救亡宣传高潮中，加入山西的牺牲救国同盟会，成为其宣传干部，次年加入中国共产党。七七事变后，在太行抗日根据地建设中，先后做了两个报纸的美编。太行鲁艺分校进修木刻美术与选修音乐系结业后，又先后担任《工人报》杂志主编与太行文联《文艺杂志》副主编。后任太行文工团团长，直至新中国建立，我先后分任省文工团团长、省剧协主任、与分管艺术的省文化局副局长等职。由于我这个人始终不爱做行政工作，又常常因行政工作杂事对我的读书与写作有很大干扰，结果还是转到戏剧专业，最终成为一位滥竽充数的戏剧家、戏曲音乐家、研究员、省授人民艺术家。

我年岁大了，拟将《黄河文化论坛》停办，抓紧我的《寒声文集》的编辑出版。你对《论坛》多年来热情帮助，使我永记不忘，乘此牛年良辰吉日，以表衷心谢意，并祝我们友谊长存。

二〇〇九年元月四日　寒声再拜

陈桥驿生平著作年表简编

1923 年 1 岁

12 月 10 日（农历十一月初三戌时），出生于浙江绍兴（绍兴城内车水坊状元台门。该宅原为明隆庆状元张元忭府第，清嘉庆间售于陈氏）。因按生日时辰推算，五行缺土少金，所以取名“庆鋆”。后因字形较繁，改为“庆均”，小名“阿均”。

1927 年 5 岁

夏夜，祖孙天井纳凉，祖父陈质夫（清举人）教之唐诗：“松下问童子，言师采药去。只在此山中，云深不知处。”仅一遍就能背，并懂诗的大意。祖父信心大增，从此教诗不止。

1928 年 6 岁

已能熟背整本《唐诗三百首》。被族人誉为“好记心”。

1929 年 7 岁

祖父试教《大学》《中庸》二篇，一个上午就能熟背，祖父大喜，即教《论语》《孟子》。同时又读《神童诗》《千家诗》《幼学琼林》《诗经》；自看《三国演义》《水浒传》《红楼梦》，尤喜《三国》，《水浒》次之，《红楼》兴趣不大。开始背五经。时年除夕，祖父宣布阿均是陈氏家族中第一个背熟“四书”的孙子。

1932 年　10 岁

入省立第五中学附属小学二年级。

1934 年　12 岁

升入同校高小五年级。读《苦儿努力记》《木偶奇遇记》《鲁滨孙漂流记》，读了日本监谷温的《中国文学史概论》，读《胡适文存》并甚佩服，问祖父，祖父说“这就是做学问”，从此立下“做学问”的宏愿。

1935 年　13 岁

祖父学生孙伏园从欧洲回来，认为仅学“子曰诗云”不够，建议再学英语，遂请家教以林语堂的《开明英语读本》作教材。

1936 年　14 岁

高小毕业，考入承天中学。遵祖父意，通读《史记》《汉书》，略读《通鉴》《旧唐书》。幼时听祖父讲故事，发现不少故事都出自巾箱本《合校水经注》，遂将祖父二十册巾箱本归为己有。祖父藏书逾万册，经常翻阅。中学时，几乎每天下午入中学图书馆，读了不少茅盾、冰心、巴金、周作人、鲁迅的小说。还经常到旧书摊掏书，掏得英文原版《短篇小说选集》《英文字典大全》《纳氏文法》《标准英汉字典》。因喜欢《李后主词》，以毛笔抄录并熟背。

1937 年　15 岁

抗战爆发，举家逃难，发现《中国地图集》有全国地名，很实用，熟背全国各县地名；闲时，还背中华书局的《辞海》。

1938 年　16 岁

插入省立绍兴中学初二班。一直不读“正书”，泡图书馆读“万有文库”“丛书集成”等。

1940 年 18 岁

入花明泉高中读书。

1941 年 19 岁

绍兴沦陷，逃往嵊县，入崇仁廿八都分校读书。后回绍兴，在祖父指导下读《水经注》。

1942 年 20 岁

嵊县沦陷。祖父去世。中学复学无期，至绍兴柯桥阮社小学任校长。

1943 年 21 岁

仍在阮社任校长。暑期出奔，冒险越金华日军防线。原拟到后方以同等学力投考大学，因道路险阻，出沦陷区后已逾考期，在上饶读完高中三年级。

1944 年 22 岁

秋，从上饶经赣州拟去内地投考大学，因衡阳失陷，道路断绝，在赣州考取国立中正大学社会教育学系。年底，战事更紧，一腔热血，认为“国家兴亡，匹夫有责”，遂弃学从军，参加“青年远征军”，预备到缅甸或印度。部队考试一举夺冠，被分配到“青年远征军”208 师 623 团任英语教官。

1946 年 24 岁

秋，到嘉兴青年职业学校高职部任英语教师，至 1947 年。

1948 年 26 岁

春，任新昌县立中学教导主任，兼教地理，至 1953 年夏。

当时，发现上海一家出版社出版的地图有不少错误，于是连续在《大公报》副刊《读书与出版》上发表批评文章。上海地图出版社社长写信邀其去该社，因学校不允，未成。

1952 年　30 岁

10 月，《淮河流域》由上海春明出版社出版。

1953 年　31 岁

12 月，《黄河》由天津益智书店出版。

1954 年　32 岁

春，到浙江师范学院任地理系讲师（时校园在杭州市六和塔附近的原之江大学校址处）。因教学需要，自学梵文。

1957 年　35 岁

任浙江师范学院地理系经济地理教研室主任。

1962 年　40 岁

发表《古代鉴湖兴废与山会平原农田水利》，载《地理学报》1962 年第 3 期。

1964 年　42 岁

发表《〈水经注〉的地理学资料与地理学方法》，载《杭州大学学报（哲学社会科学版）》1964 年第 2 期。

1965 年　43 岁

发表《古代绍兴地区天然森林的破坏及其对农业的影响》，载《地理学报》1965 年第 2 期。

1973 年 51 岁

因国务院〔国发（73）143 号〕文件，全国九省市出版局准备翻译外国地理书，从“牛棚”提出，外借到浙江省出版局，负责浙江翻译工作。

1978 年 56 岁

任杭州大学地理系副教授。

1979 年 57 岁

发表《论〈水经注〉的版本》，载《中华文史论丛》1979 年第 3 辑。

1980 年 58 岁

为美国匹茨堡大学高年级学生举办文化学习班，用英语讲授“杭州地理”课程。

是年起，招收历史地理专业硕士研究生（9 月入学）。

发表《我读〈水经注〉的经历》，载《书林》1980 年第 3 期。

1981 年 59 岁

发表论文：

《〈水经注〉记载的城市地理》，载《中国历史地理论丛》第1辑（陕西人民出版社，1981 年 7 月版）；

《评森鹿三主译〈水经注（抄）〉》，载《杭州大学学报（哲学社会科学版）》1981 年第 4 期；

《小山堂钞本全谢山五校〈水经注〉》，载《杭州大学学报（哲学社会科学版）》1981 年第 4 期。

1982 年 60 岁

在巴西出席国际地理学会议，用英文写成《一千年来杭州的城市建设与经济发展》，引起与会者的极大兴趣。是年秋，应邀到美国讲学。

出版著述：

1 月，中国科学院《中国自然地理》编辑委员会编《中国自然地理·历史自然地理》（合编）由科学出版社出版。

9 月，《绍兴史话》由上海人民出版社出版。

发表论文：

《〈水经注〉记载的热带地理》，载《热带地理》1982 年第 3 期；

《我国古代湖泊的湮废及其经验教训》，载《历史地理》第 2 辑（上海人民出版社，1982 年 11 月版）；

《编纂〈水经注〉新版本刍议》，载《古籍论丛》（福建人民出版社，1982 年 12 月版）。

1983 年　61 岁

任杭州大学地理系教授。

担任日本关西大学客座教授。

出版著述：

1 月，《越中杂识》（点校）由浙江人民出版社出版。

4 月，《中国六大古都》（主编）由中国青年出版社出版。

5 月，《浙江分县简志》上册（合编）由浙江人民出版社出版。

11 月，《绍兴地方文献考录》由浙江人民出版社出版。

发表论文：

《评台北中华书局影印本〈杨熊合撰水经注疏〉》，载《杭州大学学报（哲学社会科学版）》1983 年第 3 期；

《论郦学研究及其学派的形成与发展》，载《历史研究》1983 年第 6 期。

1984 年　62 岁

发表论文：

《〈水经注·金石录〉序》，载《山西大学学报（哲学社会科学版）》1984 年第 4 期；

《爱国主义者郦道元与爱国主义著作〈水经注〉》，载《郑州大学学报（哲学社会科学版）》1984 年第 4 期；

《关于〈水经注疏〉不同版本和来历的探讨》，载《中华文史论丛》1984 年第 3 辑。

1985 年　63 岁

春，受聘担任日本国立大阪大学客座教授一学期，并在东京、京都、广岛等地大学讲学。

担任中国地理学会历史地理专业委员会主任（1996 年卸任）。

出版著述：

4 月，《中国六大古都》（主编）由中国青年出版社出版。

5 月，《〈水经注〉研究》由天津古籍出版社出版。

发表论文：

《熊会贞郦学思想的发展》，载《中华文史论丛》1985 年第 2 辑；

《评〈中国历史地图集〉》，载《中国社会科学》1985 年第 4 期。

1986 年　64 岁

出版著述：

8 月，《中国历史名城》（主编）由中国青年出版社出版。

发表论文：

《〈水经注〉戴、赵相袭案概述》，载《郑州大学学报（哲学社会科学版）》1986 年第 1 期；

《港台〈水经注〉研究概况评述》，载《史学月刊》1986 年第 1 期；

《编绘出版〈水经注图〉刍议》，载《地图》1986 年第 2 期；

《〈水经注文献录〉序》，载《杭州大学学报（哲学社会科学版）》1986 年第 3 期；

《胡适与〈水经注〉》，载《中华文史论丛》1986 年第 2 辑。

1987 年　65 岁

出版著述：

9 月，《郦道元与〈水经注〉》由上海人民出版社出版；《水经注研究二集》由山西人民出版社出版。

发表论文：

《论戴震校武英殿本〈水经注〉的功过》，载《中华文史论丛》1987 年第 2、3 期合刊；

《〈历代郦学家治郦传略〉序》，载《杭州大学学报（哲学社会科学版）》1987 年第 4 期；

《郦学概论》，载《文史哲》1987 年第 5 期。

1988 年　66 岁

出版著述：

5 月，《当代中国名城》（主编）由浙江人民出版社出版；

8 月，《中华人民共和国地名词典·浙江省》（主编）由商务印书馆出版。

发表论文：

《关于〈水经注疏〉定稿本的下落——与刘孔伏、潘良炽二先生商榷》，载《中国历史地理论丛》1988 年第 2 辑；

《郦道元生平考》，载《地理学报》1988 年第 3 期；

《〈水经注军事年表〉序》，载《杭州大学学报（哲学社会科学版）》1988 年第 4 期；

《郦道元，活跃于公元 500 年前后》（*Li Daoyuan, fl.c. 500. A.D.*），载英国《地理学家传记研究》第 12 卷（*Geographers: Biobibliographical Studies, Vol.12*: 125–131）。

1989 年　67 岁

12 月，受聘担任日本国立广岛大学客座教授，并在九州、福冈等地讲学。

出版著述：

6 月，《水经注疏》（全三册）（段熙仲点校，陈桥驿复校）由江苏古籍出版社出版。

发表论文：

《王国维与〈水经注〉》，载《中华文史论丛》1989 年第 2 辑；

《〈水经注〉的歌谣谚语》，载《中国历史地理论丛》1989 年第 2 辑；

《〈地理学思想史〉序》，载《中国历史地理论丛》1989 年第 3 辑；

《评〈北京历史地图集〉》，载《历史研究》1989 年第 5 期。

1990 年　68 岁

出版著述：

4 月，《杭州市地名志》（特约主编）由浙江人民出版社出版；

9 月，《水经注》（点校）由上海古籍出版社出版。

发表论文：

《为学的教训》，载《高教学刊》1990 年第 2 期；

《郦道元和〈水经注〉以及在地学史上的地位》，载《自然杂志》1990 年第 3 期；

《郑德坤与〈水经注〉》，载《中国历史地理论丛》1990 年第 3 辑；

《历史地理学家杨守敬及其〈水经注〉研究》，载《中国历史地理论丛》1990 年第 4 辑。

1991 年　69 岁

获国务院颁发“从事教育工作突出贡献”证书并享受政府特殊津贴。

被国际地理学会（IGU）聘任为历史地理专业委员会咨询委员。

出版著述：

3 月，《浙江灾异简志》（编）由浙江人民出版社出版；

9 月，《浙江古今地名词典》（主编）由浙江教育出版社出版；

10 月，《中国七大古都》（主编）由中国青年出版社出版。

发表论文：

《评〈胡适手稿〉》，载《中华文史论丛》第 47 辑（上海古籍出版社，1991 年 5 月版）。

1992 年　70 岁

出版著述：

1 月，《郦学新论——水经注研究之三》由山西人民出版社出版。

发表论文：

《钟凤年与〈水经注〉》，载《陕西师范大学学报（哲学社会科学版）》1992 年第 3 期；

《吴天任与〈水经注〉》，载《中国历史地理论丛》1992 年第 2 辑。

1993 年　71 岁

发表论文：

《全祖望与〈水经注〉》，载《历史地理》第 11 辑（上海人民出版社，1993 年 6 月版）；

《赵一清与〈水经注〉》，载《中华文史论丛》第 51 辑（上海古籍出版社，1993 年 8 月版）。

1994 年　72 岁

被国务院评为终身教授（杭州大学转发国家人事部转省人事厅文件，规定无限期不退休，“继续研究，继续写作”）。

出版著述：

4 月，《郦道元评传》由南京大学出版社出版。

发表论文：

《民国以来研究〈水经注〉之总成绩》，载《中华文史论丛》第 53 辑（上海古籍出版社，1994 年 6 月版）。

1995 年 73 岁

2 月 16 日，偕夫人寻踪至涿州市郦道元村。

7 月，应邀至加拿大、美国访问讲学半年。

出版著述：

9 月，《水经注全译》（主译）由山西人民出版社出版。

发表论文：

《〈水经·浿水篇〉笺校——兼考中国古籍记载的朝鲜河川》，载《韩国研究》1995 年第 2 辑。

1996 年 74 岁

出版著述：

10 月，《水经注全译》（全二册，陈桥驿等译注）由贵州人民出版社出版。

发表论文：

《汪辟疆与〈水经注〉》，载《史念海先生八十寿辰学术文集》（陕西师范大学出版社，1996 年 2 月版）；

《北美汉学家论中国方志》，载《中国地方志》1996 年第 2 辑。

1997 年 75 岁

应聘为英国剑桥国际传记中心荣誉委员。

出版著述：

1 月，《陈桥驿方志论集》由杭州大学出版社出版。

发表论文：

《评〈西安历史地图集〉》，载《历史研究》1997 年第 3 期。

1998 年 76 岁

发表论文：

《关于〈水经注校释〉》，载《杭州师范学院学报（社会科学版）》1998 年第 5 期；

《评介英文本〈徐霞客游记〉》，载《徐霞客研究》第 3 辑（学苑出版社，1998 年 8 月版）；

《前无古人的历史军事地理研究成果——评〈长平之战与长平古战场考察报告〉》，载《黄河文化论坛》（北岳文艺出版社，1998 年 12 月版），后稍作删节，以《前无古人的历史军事地理研究成果——评〈长平之战〉》为题，载《中国图书评论》2000 年第 6 期。

1999 年　77 岁

6 月，应邀赴台湾访问讲学。

出版著述：

4 月，《水经注校释》由杭州大学出版社出版；

9 月，《中国都城辞典》（主编）由江西教育出版社出版；

12 月，《吴越文化论丛》由中华书局出版。

发表论文：

《我说胡适》，载《辞海新知》第 4 辑（上海辞书出版社，1999 年 12 月版）。

2000 年　78 岁

出版著述：

9 月，《郦学札记》由上海书店出版社出版；

4 月，《郦道元》由花山文艺出版社出版。

发表论文：

《〈水经注〉评价》，载林德宏主编《科技巨著》第一册（中国青年出版社，2000 年 7 月版）。

2001 年　79 岁

出版著述：

1 月，《水经注》（注释）由浙江古籍出版社出版。

2002 年　80 岁

3 月，《水经注（一）：黄河之水》《水经注（二）：汾济之水》《水经注（三）：海河之水》《水经注（四）：洛渭之水》《水经注（五）：淮河之水》《水经注（六）：沔淮之水》《水经注（七）：长江之水》《水经注（八）：江南诸水》，由台湾古籍出版有限公司出版。

2003 年　81 岁

《水经注校释》获第三届中国高校人文社会科学优秀成果一等奖。

出版著述：

4 月，《水经注研究四集》由杭州出版社出版；

5 月，《水经注图》（校释）由山东画报出版社出版。

发表论文：

《〈山海经解〉序》，载《中国历史地理论丛》2003 年第 1 期；

《我对清史编纂的管见》，载《学术界》2003 年第 3 期。

2004 年　82 岁

发表论文：

《论学术腐败》，载《学术界》2004 年第 5 期；

《我校勘〈水经注〉的经历》，载《杭州师范学院学报（社会科学版）》2004 年第 5 期。

2005 年　83 岁

发表论文：

《关于创建世界第一流大学》，载《黄河文化论坛》第 13 辑（陕西人民出版社，2005 年 10 月版）；

《从商、入仕、做学问——读〈杨守敬学术年谱〉》，载《学术界》2005 年第 6 期。

2006 年　84 岁

10 月 29 日，《光明日报》刊发报道《陈桥驿：寻山问津治郦学》。

2007 年　85 岁

7 月，《水经注校证》由中华书局出版。

2008 年　86 岁

出版著述：

9 月，《中国运河开发史》（主编）由中华书局出版。

10 月，《水经注论丛》由浙江大学出版社出版。

发表论文：

《“恐诺症”——兼论科研机构及高校的体制问题》，《学术界》2008 年第 5 期；

《学问与学风》，载《杭州师范大学学报（社会科学版）》2008 年第 6 期。

2009 年　87 岁

7 月 31 日，夫人胡德芬女士去世，享年 83 岁。

12 月，绍兴“陈桥驿先生史料陈列馆”正式开馆。

出版著述：

10 月，《水经注》（译注）由中华书局出版。

2010 年　88 岁

5 月，被浙江大学授予“竺可桢奖”。

出版著述：

1 月，《水经注撷英解读》由台北三民书局出版。

2011 年　89 岁

11 月 12—13 日，浙江大学、绍兴市人民政府举办“陈桥驿先生九十华诞庆贺会暨历史地理学发展学术研讨会”。全国人大常委会副委员长路甬祥题词“史地巨子，郦学大家”。

出版著述：

4 月，《新译水经注》（全三册，陈桥驿、叶光庭译注）由台北三民书局出版。

11 月，《陈桥驿方志论文续集》由中华书局出版。

11 月，《八十逆旅》（自传）由中华书局出版。

2012 年　90 岁

7 月 13 日，《钱江晚报》D1、D2 版刊发专访《陈桥驿：俯仰山河》。

10 月，《水经注校证》（中华书局 2007 年版）一书，荣获“第六届吴玉章人文社会科学奖”优秀奖。10 月 3 日，至中国人民大学领奖。

出版著述：

5 月，《〈水经注〉地名汇编》（编著）由中华书局出版。

2013 年　91 岁

1 月 21 日，“陈桥驿先生史料陈列馆”被中共绍兴市委、市人民政府确定为“第七批市级爱国主义教育基地”。

5 月 7 日，参加浙江大学地球科学系历史地理学专业硕士论文答辩会，也是生前最后一次参加学生的论文答辩。

10 月，被中国地理学会授予中国地理学界的最高荣誉“中国地理科学成就奖”。

11 月 30 日，在中国水利学会、中国文物学会主办的“中国大运河水利遗产保护与利用战略论坛”上，因对浙东运河绍兴段的卓越研究，以及对水利遗产保护和利用有突出贡献，荣获 2013 年度“中国水利遗产保护个人奖”。

2014 年　92 岁

2 月，《庆贺陈桥驿先生九十华诞学术论文集》（罗卫东、范今朝主编）由浙江大学出版社出版。

11 月 5—6 日，在家中接受香港凤凰卫视中文台“我的中国心”栏目组专访。12 月 27 日，专题片《半在清溪半在山——陈桥驿》在凤凰卫视中文台播出。

2015 年　93 岁

2 月 11 日上午 11 时 16 分，在杭州逝世。12 日，十二届全国政协副主席、九三学社中央主席、中国科学技术协会主席韩启德题写挽词：“陈桥驿先生是中国优秀知识分子的代表，他的品格和风范在当今形势下显得尤为可贵。陈桥驿先生是九三楷模，所有九三学社成员都要了解他，向他学习。”

说明：《简编》原载于《陈桥驿全集》（人民出版社，2018 年版）集末，署名“范今朝整理、续编”，并附说明：“本年表（2008年 之前）主要据《水经注论丛》所附‘陈桥驿年表’（陈桥驿著《水经注论丛》，浙江大学出版社 2008 年版，第 490—499 页）补充修改编定，2008 年后由范今朝续编。”本次征得编者同意，特摘引 1923—2015 年相关内容，并针对本书内容做个别修改、补充。特此说明。

后 记

已故的浙江大学终身教授陈桥驿先生是我国著名的历史地理学家，也是当代郦学研究泰斗！

今年是陈桥驿先生百年诞辰，我们将所收藏的陈先生致山西大学历史系教授靳生禾先生以及致人民艺术家寒声先生的手札整理出版，也是对先生最好的纪念！

陈桥驿先生写给靳生禾先生的信有 89 通。最早的是 1984 年 2 月 14 日，最晚的是 2014 年 3 月 28 日。写给寒声先生的信札有 7 通，最早的是 2004 年 5 月 19 日，最晚的是 2009 年元宵。

拜读陈桥驿先生写给友人的这近百通手札，我们既是在聆听先生倾诉心曲，也是在感受先生的高尚人格，同时也让我们了解到先生日常生活中的真实细节和学术研究活动的点点滴滴。

拜读陈桥驿先生写给友人的这近百通手札，也让我们见证了先生为郦学发展所做出的努力以及与靳生禾、寒声两位先生之间的深厚情谊，具有很高的文献价值和史料价值。

关于信札的整理，在这里我们也作一说明：（一）本书所收信札，大体按写信时间先后排序。陈先生的信大都写有年月日期，个别未署年份的，则根据信中内容判断大致时间，并插在相应的位置。（二）在整理的过程中，对缺字用［ ］补正；异体字、二简字、繁体字以及错字径改，不出校记；无法释读的字用□表示。（三）原信存在部分标点符号使用不规范的问题，亦径改。（四）原信数字用法照旧，不做改动。（五）个别书信略加小注，或纠正原信表述不确或过简之处（如著述文章名称、出处等），或说明原信写作背景、人物因缘，以便疏通文义，利于一般读者阅读。

这本书信集之所以能够顺利出版，是众人共同努力的结果。浙江古籍出版社对本书的出版给予了全力的支持，责任编辑孙科镂老师在立项、论证、设计、编校等方面付出了艰辛的劳动；著名历史地理学家、复旦大学博士生导师葛剑雄教授在百忙中为本书作序；著名书法家、苏州大学图书馆研究馆员华人德先生在百忙中为本书题写书名；山西大学中国社会史研究中心李嘎教授、山西省文联编审李维加先生分别在百忙中对本书作了细致审读；陈桥驿、靳生禾和寒声三位先生的家属均授权全力支持出版！在此，我们一并致以最衷心的谢意！

由于水平有限，释文注解难免有不妥或疏漏之处，也诚恳希望大家批评指正！

编 者

2023 年 10 月